À PROPOS DE L'AUTRICE

Passionnée de romance et de littérature fantastique, **Lil Evans** a commencé à écrire il y a quelques années pour ne plus jamais s'arrêter. Elle adore voyager, aussi bien en vrai qu'à travers ses manuscrits, et caresse l'espoir de voir un jour sa maison entièrement remplie de livres. Ou de chocolat, elle hésite encore.

Pour Noël je te veux toi !

LIL EVANS

Pour Noël je te veux toi !

Harper Collins
POCHE

HARPERCOLLINS FRANCE

83-85, boulevard Vincent-Auriol, 75646 PARIS CEDEX 13

Tél. : 01 42 16 63 63

www.harpercollins.fr

ISBN 979-1-0339-1102-9

Chapitre 1

Leonie

La plupart des gens prétendent que j'ai un sale caractère. Mais c'est faux. En fait, je trouve plutôt que je suis facile à vivre. Un petit peu. Bon d'accord, je suis sympa uniquement quand je dors, et encore ! Et puis, ce sont les gens qui sont cons… Ce n'est tout de même pas ma faute s'ils ne savent pas faire la différence entre un sarcasme et une insulte.

Durant la plus grande partie de la journée, je porte un uniforme noir, strict, mon regard est meurtrier, et j'ai une main sur la crosse de mon arme à impulsion électrique. Si les gens étaient plus malins, ils éviteraient de m'adresser la parole. Pour leur propre bien ! Qu'est-ce que je peux y faire, s'ils aiment vivre dangereusement ? Je ne vais tout de même pas me mettre à sourire à tout le monde juste pour faire plaisir à des idiots incapables de remarquer que je ne veux pas leur parler !

Bref, me voilà plantée devant mon patron, mes joues rougies de colère. Enfin, non, pas de colère, parce que je n'ai pas un sale caractère, je le jure ! Disons que je suis *presque* en colère.

Les bras croisés, au beau milieu du centre commercial encore bondé en ce début de soirée, et avec mes chaussures de lutin vertes à pompons roses – et à grelots, pour l'amour de Dieu ! Je suis maudite… –, je regarde M. Pumpkin avec… un sentiment qui n'est pas de la colère. Vraiment. Mais qui s'en approche beaucoup. Dangereusement, même.

J'enfonce mes ongles dans mon biceps couvert de lycra vert et pince les lèvres. Mieux vaut que j'évite de parler maintenant – ou plutôt que j'évite de protester –, ou bien je finirai par dire des choses que je regretterai. Ou pas. Mais qui ne seraient pas franchement bonnes pour ma carrière ici.

Je détourne le regard pour ne pas effrayer mon patron et le pose sur un môme qui réclame une glace en hurlant. Une… deux… trois secondes passent sans qu'on se quitte des yeux, puis il se met à hurler encore plus fort parce qu'à présent il est terrifié. Eh merde, raté ! Pourtant, d'habitude, le coup de l'intimidation qui rend muet marche du tonnerre.

Autour de nous, c'est l'effervescence. Nous sommes en plein mois de décembre, ce qui veut dire que les gens se pressent pour faire leurs courses de dernière minute, acheter des cadeaux trop chers, trouver du homard, de la dinde, de la glace ou se moquer de mes pompons. J'en ai ras le bol. Le prochain qui me pointe du doigt en me demandant s'il peut me prendre en photo, je lui fourre mes grelots entre les fesses.

Je serre les bras sur ma poitrine pour éviter de saisir mon patron par la cravate et le menacer de mort violente. Bon sang, il y a des lutins même sur ce foutu bout de tissu qui lui pend autour du cou ! C'est quoi cette obsession, à la fin ? Je compte cinq longues inspirations pour ne pas me mettre à hurler, et la tempête s'apaise légèrement en moi.

Le pire, c'est que M. Pumpkin est très gentil, adorable, même. Lui crier dessus serait presque un crime, mais ça ne m'empêche pas de le faire régulièrement, surtout pour lui faire entendre raison quand il se laisse marcher sur les pieds par certains employés. Il n'a pas à faire des heures supplémentaires pour remplacer les filles qui prennent rendez-vous chez le coiffeur sur leur temps de travail, bon sang ! Tout le monde profite de lui, c'est juste honteux.

Et bien sûr, en cette fin de samedi après-midi, c'est sur moi que retombe son manque de fermeté. Je suis furieuse.

— S'il vous plaît, mademoiselle Greene, j'ai besoin de vous ! Vous êtcs la seule employée encore disponible ce soir.

Je détourne le regard pour ne pas voir ses grands yeux de chien battu. Je ne dois pas craquer ! Il faut que je rentre chez moi, j'ai des choses importantes qui m'attendent, comme finir de tricoter mon nouveau pull qui ressemble vaguement à une écharpe difforme, ou manger mes derniers carrés de chocolat, affalée sur le canapé. Oui, de mon point de vue, ce sont des choses très importantes.

Pour couronner le tout, cette overdose de paillettes et de lumières partout me donne une migraine atroce. L'immense hall du centre commercial est orné d'un sapin naturel de plus de dix mètres de haut, décoré de guirlandes rouges, de nœuds dorés et de boules lumineuses. Les escalators sont enrobés dans des rubans de velours carmin, tandis qu'au plafond des milliers d'étoiles pendent pour émerveiller les enfants. Et me filer une crise d'épilepsie tous les matins quand j'arrive, au passage.

Qu'est-ce que je peux détester cette période de l'année, avec tous ces sourires et ces gens heureux… Vivement le 2 janvier, que je rigole un peu devant les gueules de bois et les échos des disputes de famille ! Sans compter qu'ils seront tous fauchés et éviteront donc le centre commercial. J'ai hâte !

L'objet principal de ma haine reste tout de même la petite cabane en bois juste derrière moi : le village du Père Noël, où mes grelots et moi passons toute la journée à sautiller pour inviter les enfants dans le chalet. À l'intérieur, il y a tellement de bonbons, dans de grands sacs rouges et brillants, que je sens mon taux d'insuline monter en flèche rien qu'en les regardant.

Le chalet est mignon, mine de rien. La façade est décorée de guirlandes lumineuses, les fenêtres, entourées de branches de sapin d'un vert très tendre. Sur le toit, de la fausse neige scintille un peu tandis que le tapis blanc, de chaque côté de l'entrée, est recouvert d'énormes cadeaux enveloppés dans du papier coloré. J'ai certes envie d'y mettre le feu tous les soirs après le boulot, mais je tiens quand même à ma paye, à défaut de garder un peu de dignité dans mon collant vert ultra-moulant.

— Je vous en prie, Leonie, faites cela pour moi. Pensez à toute la magie que vous allez apporter aux enfants en cette fin d'année, me supplie mon patron.

Je regarde la longue file de mioches qui s'étend devant le cabanon fermé.

— Où est Manfred ? grogné-je.

Il s'agit de mon collègue censé faire le Père Noël cette année.

— C'est son boulot, pas le mien. J'ai déjà l'air ridicule déguisée en farfadet mal luné, je ne vais pas empirer ma situation pour vos beaux yeux. Enfin… Vos yeux un peu globuleux, on va dire.

— Manfred est…

Mon patron toussote, gêné, alors je comprends évidemment ce qu'il se passe.

Manny est le pire de tous les Pères Noël que nous ayons jamais engagés, et pourtant, une année, on en a eu un qui a montré ses fesses ! En plus de boire un petit coup dans sa flasque entre chaque enfant qui passe, il sent terriblement mauvais et a l'habitude de lancer des grossièretés quand il trouve les parents malpolis. Je l'adore. Il est mon modèle.

— Il a eu… un léger empêchement de dernière minute. Pitié, pitié, pitié, Leonie, conclut-il avec un sourire sincère qui finit par me faire craquer.

— Très bien, je serai votre Père Noël pour les quarante dernières minutes d'ouverture du centre commercial. Mais je vous préviens, Gordon, vous me devrez un service en échange, et vous n'aurez pas la possibilité de dire non.

— C'est noté. Bon, votre tenue est prête dans les vestiaires, filez tout de suite, et dispensez l'amour autour de vous, s'exclame-t-il en tournant sur lui-même.

Ah ! Dans quoi est-ce que je m'embarque, encore ?

Je lui lance un regard noir. Dans son costume rouge, avec sa cravate verte, il a l'air ridicule, mais tellement content que je n'arrive même pas à lui dire que je le déteste.

Je file aux vestiaires, où je trouve effectivement le déguisement que je dois enfiler. Le pantalon est ultra-large, en moumoute, et la veste, rembourrée pour simuler le ventre rond du vieux barbu. Heureusement qu'il y a des bretelles pour tenir le bas en place parce que, même avec mes hanches bombées, il reste trop grand pour moi. Bien sûr, une fois que j'ai passé le costume, il devient presque impossible de lacer les chaussures noires, si bien que mes bras battent l'air dans l'espoir de pouvoir faire au moins un petit nœud ! Je ressemble à ces bazars gonflables devant les concessionnaires auto, qui s'agitent au gré du vent. Je ne pouvais pas tomber plus bas.

Mes lacets finalement noués, le bonnet et la fausse barbe enfilés, j'ai l'impression d'être aux Bahamas, mais seulement parce qu'il fait 50 °C dans ce fichu déguisement. Je marche lourdement jusqu'à la cabane en répétant en boucle dans ma tête : *N'insulte personne, essaie de sourire, ne dis surtout pas aux enfants qu'ils ont été méchants et qu'ils n'auront pas de cadeaux à Noël.* Je ne sais pas si j'arriverai à me retenir. Certains semblent être de vraies têtes à claques et ma bouche a de plus en plus de mal à coopérer.

— Ho, ho, ho…, marmonné-je sans entrain en arrivant devant la file. Toutes mes excuses, chers amis ! Mes rennes avaient grand besoin d'un petit bonbon avant de reprendre le chemin du pôle Nord, mais je suis de retour.

Je tente de sourire, mais je crois que ça a effrayé le maigrelet qui joue avec son téléphone. Sérieusement, à dix ans, quel mioche aurait besoin d'un portable ? Moi, je jouais avec de la poussière, à son âge, et ça m'allait très bien. Bon, je suis peut-être devenue asociale entre-temps, mais je suis sûre que ce n'est pas à cause de ça. Ni des gâteaux de boue que je faisais avaler à ma sœur. En fait, j'étais probablement déjà asociale quand j'étais petite.

Émerveillés, les petits tapent dans leurs mains tandis que

je vais prendre place sur une chaise royale au haut dossier de velours, à l'intérieur du chalet. L'odeur des bonbons me met l'eau à la bouche. Ils sont uniquement réservés aux enfants qui passent me dire bonjour, mais je suis à deux doigts de leur imposer une taxe de deux friandises chacun s'ils ne veulent pas que je reprenne tous leurs cadeaux…

Le défilé commence dès que j'ai posé mes volumineuses fesses rembourrées sur mon fauteuil. Quelques parents prennent des photos de leurs enfants sur mes genoux, d'autres les ignorent totalement. Les gamins me débitent la liste de tous les cadeaux qu'ils souhaitent – trente-cinq pour certains ! – et je n'ai même pas le droit de les mettre à la porte de ma propre cabane. C'est la misère. J'ai l'impression de devoir supporter toute une farandole de Dudley. Je me demande comment Harry Potter a pu tolérer son cousin toutes ces années.

Bien sûr, je dois faire des heures supplémentaires à mon tour parce que M. Pumpkin me fait son regard de chien battu pour que je fasse passer tous les marmots. J'en ai déjà marre de ces nids à microbes sur pattes !

Je n'ai qu'une envie, c'est me frotter le corps tout entier à la lingette désinfectante.

Quand je suis enfin débarrassée de ces mini-Satan de la surconsommation, je me lève pour aller fermer la porte à clé et empêcher qui que ce soit de me rejoindre à l'intérieur du chalet pendant que je m'empiffre en cachette de friandises. C'est là que je l'aperçois…

Un môme qui doit avoir sept ans à peine vient tout juste de se planter devant le battant. Lentement, un sourire diabolique se dessine sur mes lèvres tandis que je lève ma main gantée pour tourner le panneau « FERMÉ ». Comme s'il pensait pouvoir me manipuler si facilement, il me lance à son tour un immense sourire joyeux et me fait coucou de sa petite main. Il lui manque les deux dents de devant, et ses cheveux châtains aux larges bouclettes sont en désordre.

— Je peux vous faire un bisou ? demande-t-il en criant pour que je l'entende.

— C'est écrit « fermé », tu ne sais pas lire ou quoi ? grommelé-je.

— Ben non, j'ai six ans moi !

— On vous apprend quoi à l'école, de nos jours ?

— Des trucs.

— Eh bien, c'est fermé. Maintenant au moins, tu le sais.

— Mais comment est-ce que je vais faire pour vous donner ma liste de cadeaux ? dit-il en sanglotant d'un seul coup.

— Je t'offrirai un peigne, le môme, tu as l'air d'en avoir grandement besoin, rétorqué-je de ma grosse voix d'homme, même si ça me chatouille la gorge et que je me vois dans l'obligation de toussoter délicatement.

— Mais… mais… J'ai déjà un peigne.

Il renifle. Bat des paupières en me dévisageant. Ses immenses yeux bleu-vert sont pleins de larmes et j'essaie de ne pas craquer. Alors je retente le coup du regard de tueur pour le faire filer en vitesse. Mince, ça ne fonctionne pas ! Il reste planté là, à attendre que je change d'avis et que j'ouvre la porte.

— Certains gamins seraient contents d'avoir un peigne pour Noël, tu sais. Ou même des cheveux. Ou des membres. Alors, estime-toi heureux de ta chance.

Quand je relève les yeux, mon cauchemar s'intensifie. En plus du gosse, il y a à présent son père, qui s'est planté devant moi et m'adresse le même sourire épanoui que son enfant une minute plus tôt. Un sourire immense, éclatant et lumineux. Mais qu'est-ce qu'ils ont, tous ces gens, à être joyeux en décembre ? Il fait froid, il fait tout le temps noir, et les magasins sont surpeuplés. C'est du masochisme, là !

— Salut, lance-t-il en se penchant vers la vitre pour que je l'entende bien.

— Monsieur, vous êtes devant un chalet de centre commercial, annoncé-je. Pas la peine de crier pour que j'entende. Nous n'avons pas de double vitrage, ici.

— Hum, fait-il en toussotant, y a-t-il une chance pour que vous nous laissiez entrer juste une seconde, s'il vous plaît ?

— Non.

Je pose les mains sur mes hanches et je le dévisage méchamment, espérant qu'il s'en aille, mais bien sûr il reste, et en plus il se moque ! Je suppose que ma grosse barbe blanche l'amuse trop pour qu'il craigne ma mauvaise humeur légendaire. Enfin, je veux dire… Ah ! et puis merde, oui ! Ma mauvaise humeur est digne des histoires épouvantables qu'on se raconte à Halloween, voilà !

— En l'honneur de la magie de Noël ? insiste-t-il avec une moue boudeuse.

Son mioche, qui sautille d'excitation, répète après lui :

— En l'honneur de la magie de Noël, s'il vous plaîîîîît !

Je suis encore une fois sur le point de craquer. Je me penche en avant pour le regarder danser sur place, renifle deux ou trois fois, puis je soupire jusqu'à ce que le carreau se couvre de buée.

— C'est quoi, ce truc, d'abord ? Une version bactériologique de « la morve contre-attaque » ?

— Ce truc, c'est un enfant avec un léger rhume, m'explique l'homme en éclatant de rire.

Mon cœur tout rabougri sursaute dans ma poitrine et accélère d'un coup. Je déglutis avec difficulté en l'observant, lui qui a l'air si heureux et amusé. Mon regard se met soudain à remarquer ces petites choses que je ne vois que rarement chez les êtres humains. Son sourire est bienveillant, chaleureux et attirant. Il me fait haleter légèrement. Son visage est d'une perfection absolue. Rasée de près, sa mâchoire carrée est effleurée par une écharpe à carreaux, comme ces tartans des clans écossais dans cette lointaine contrée qu'est l'Europe. Ses yeux d'un bleu ponctué de pépites couleur jade me contemplent avec amusement et une pointe d'attention qui me met mal à l'aise. J'ai l'impression qu'il essaie de deviner ce qui se cache sous mon costume, si bien que je me sens mise à nu.

Son nez droit et royal est coloré de minuscules taches de

rousseur qui s'étendent au reste de son visage. Elles sont si claires qu'elles semblent avoir été posées délicatement sur sa peau à l'aquarelle.

Il me dévisage soudain en mordillant sa lèvre inférieure et je sens mes joues virer à l'écarlate. Cet homme dégage quelque chose de lourd, d'excitant, de suave et de doux. Un mélange de virilité, de sex-appeal tout masculin, allié à une étrange douceur qui s'épanouit dans son sourire et son regard brillant.

Dans son beau costume, avec son long trench-coat noir parsemé de neige fondue, il est terriblement classe. Ses cheveux d'un brun clair et doré sont aussi désordonnés que ceux de son fils. En plus, il l'a habillé comme lui, c'est vraiment mignon. Le petit porte un costume avec un mini-manteau noir, mais à la différence de l'inconnu il a de grosses bottes jaunes avec de la moumoute à l'intérieur.

Conscient que je ne céderai pas si facilement, il s'agenouille auprès du petit et lui fait moucher son nez très bruyamment. Ensuite, il sort un paquet de lingettes désinfectantes, et ils s'essuient tous les deux soigneusement les mains.

— Voilà, la morve contre-attaque n'est plus de mise, m'indique-t-il.

— Ouais, ouais, ouais… Qu'en est-il de la version « storm crotteur » ?

— Il a six ans, aucun risque.

— Bon, c'est d'accord. Mais pas plus d'une minute, je suis déjà en heures supplémentaires. Et elles ne seront probablement jamais payées.

— Merci mille fois, mon brave, lâche-t-il avec un sourire.

J'ouvre la porte et les invite à entrer. La fausse cheminée avec ses flammes dansantes et lumineuses crépite tout doucement, ce qui me rappelle qu'il fait au moins 1 000 °C, dans le centre commercial. Et près du double dans mon rembourrage ventral.

Je reprends ma place dans le siège royal qui m'attend, et le petit bonhomme se précipite vers moi avant d'escalader mes jambes pour s'asseoir sur mes genoux.

— Bonjour ! lance-t-il gaiement.

— 'Jour, marmonné-je.

— Je m'appelle Sailor et, lui, c'est mon papa, Ford. Et toi, comment tu t'appelles, Père Noël ?

— C'est quoi cette question ? dis-je, étonnée.

Mince, je suis prise au dépourvu ! Qu'est-ce que je vais bien pouvoir répondre ? Il ne pouvait pas simplement me parler du monceau de consoles de jeux qu'il voudrait, comme tous les autres ?

— Je m'appelle… Eh bien… Père.

— Ah bon ? J'aurais pensé que c'était Noël.

Ça me semble plutôt logique, en effet. Ford ricane doucement et porte le poing à sa bouche pour le cacher. Je le dévisage furieusement jusqu'à ce que ses joues soient aussi rouges que les miennes.

— Alors, dis-moi, mon enfant, reprends-je de ma grosse voix pour mettre fin à cette mascarade le plus vite possible, as-tu été sage, cette année ?

— Oh oui ! J'ai eu des bonnes notes à l'école, j'ai rangé ma chambre tous les jours.

— Hum, hum…, fait Ford.

— Presque tous les jours.

— Hum, hum…

— J'ai rangé ma chambre de temps en temps, renchérit Sailor. Donc je crois que je mérite tout un tas de cadeaux.

Ce petit s'exprime vraiment très bien, je suis surprise. Pour un peu, on pourrait penser qu'il est le fils caché de Kate et William. Je suis presque sûre qu'il doit lever le petit doigt pour boire son verre de lait le matin.

— Et qu'aimerais-tu donc pour Noël, mon garçon ?

— Je voudrais que Gabrielle, dans ma classe, arrête de m'embêter tout le temps, elle est trop méchante. L'autre jour, elle m'a volé mon biscuit au chocolat.

— Elle n'a pas osé ! m'écrié-je, une main sur ma poitrine.

— Si ! Et elle l'a mangé juste devant moi en me tirant la langue !

— Tu sais quoi ? Je mettrai une crotte de chien dans sa cheminée, ça lui apprendra ! déclaré-je.

Sailor éclate de rire tandis que son père secoue la tête, dépité.

— Vous êtes sans nul doute le pire Père Noël de l'histoire de l'humanité, murmure-t-il à mon intention.

— J'ai appris auprès du meilleur, rétorqué-je.

Manfred serait fier de moi. Une gorgée de liqueur à la menthe et j'aurais été son portrait craché.

— Qu'aimerais-tu d'autre ? Des jouets ? Des jeux vidéo ? La paix dans le monde ? je poursuis en retenant un bâillement.

— J'aimerais plus que tout que mon papa sourie, quand il est à la maison. Parfois, il est triste, et ça me rend triste aussi. Je crois que c'est parce qu'il n'y a plus maman avec nous, alors j'aimerais aussi avoir une maman, dit-il soudain, tout penaud.

Ford et moi reprenons notre sérieux pour le dévisager. La mélancolie qui se dégage du bonhomme fait tant de peine à voir qu'instinctivement je le serre contre moi.

— La mienne est dans les étoiles, c'est papa qui le dit, mais des fois dans le ciel on ne les voit pas, alors elle me manque.

— Tu sais, quand quelqu'un nous manque très fort, il suffit quelquefois de fermer les yeux et d'imaginer sa main dans la nôtre pour aller mieux.

Sailor lève la tête vers moi, et ses yeux s'écarquillent.

— Vous avez une drôle de voix, Père Noël.

— Oh ! merde ! lâché-je soudain en reprenant mon ton rauque.

— Et vous dites des gros mots ! Tu vois, papa, qu'on peut en dire ! Ce n'est pas si terrible !

— Sailor, déclare Ford en ignorant l'hilarité de son enfant, même quand les étoiles ne sont pas dans le ciel, elles brillent toujours dans ton cœur, c'est de cela qu'il faut te souvenir. Et les gros mots sont interdits, un point c'est tout. N'est-ce pas ? grogne-t-il en me dévisageant.

— Oui…, marmonné-je. Les gros mots, c'est mal. Maintenant, si ça ne vous ennuie pas, j'aimerais rentrer chez moi dormir un peu.

— Père Noël, vous avez raison. Vous seriez nettement plus charmant après une bonne nuit de repos, me lance Ford. Et avec quelques poils en moins.

Son clin d'œil fait palpiter mon cœur.

— Mes poils vous disent…

Je m'arrête net avant de lancer une nouvelle suite de gros mots.

— Ils tiennent bien chaud en hiver, répliqué-je avec un sourire forcé.

— Je vous remercie de nous avoir accueillis dans votre jolie demeure, nous n'allons pas vous importuner plus longtemps.

— On peut avoir une photo avant de partir, s'il te plaît, papa ?

— Bien sûr, poussin. Enfin, si ça ne vous dérange pas, *Père* ?

Je le dévisage un long moment sans répondre, la bouche pincée, en clignant lentement des yeux.

— Bon, d'accord, ça vous dérange un peu.

Il sort tout de même son téléphone de sa poche…

Je me déçois. Je ne fais plus aussi peur qu'avant. Pourquoi est-ce que je me ramollis autant, d'abord ?

Sailor se remet à sourire avec tout le bonheur du monde sur le visage, et je me contente de regarder le téléphone de Ford avec mon expression fabuleuse d'ennui mortel combiné à un agacement notoire.

— Pourriez-vous sourire un peu, petit papa Noël ? Vous avez l'air sur le point de tuer quelqu'un.

— Si je pouvais, je vous ferais payer cette photo 500 dollars. Puis je vous étriperais, terminé-je tout bas en posant les mains sur les oreilles du môme.

Ford rit de nouveau. Je finis par céder avec un petit rire contrit, moi aussi, et il prend toute une série de clichés avec le gosse heureux comme tout.

Quand je les mets enfin à la porte, épuisée, il se tourne vers moi et attrape son portefeuille.

— Je plaisantais, pour les 500 dollars, dis-je immédiatemcnt, rouge de honte.

— Je le sais, fait-il en sortant sa carte de visite.

Elle est sobre, toute noire avec son simple prénom dessus et un numéro de téléphone.

— Je vous offre un café demain en guise de remerciement. Contactez-moi quand vous êtes disponible, s'il vous plaît.

— Et vous pensez qu'un seul petit café pourrait équilibrer les choses ? Vous venez de poser une bombe bactériologique sur mes genoux pendant trente minutes, au moins !

— Il s'est écoulé trois minutes, seulement.

— J'ai arrondi, maugréé-je.

— S'il faut deux cafés pour vous combler, je veux bien céder. Votre prix sera le mien.

— Je ne peux être achetée qu'en chocolat, bougonné-je de façon indistincte.

Ford approche davantage sa carte – et son corps – de moi, et soudain son parfum remplace tout l'oxygène dans mes poumons. C'est une odeur brute et sensuelle qui me donne chaud. Trop chaud. Il est vraiment temps pour lui de partir d'ici !

J'attrape la carte par pur défi, mais je lui lance un : « Vous pouvez toujours courir pour que j'appelle », avant de lui tourner le dos pour retourner aux vestiaires.

Quand j'arrive enfin dans ce petit fief calme, loin du brouhaha des allées du centre commercial, je m'affale sur le banc blanc, devant les rangées de casiers métalliques, et je soupire un grand coup. Ma journée est terminée, ce n'est pas trop tôt.

J'ôte ma fausse barbe, mes gants, et je retourne la carte de Ford entre mes doigts. Les lettres, en relief argenté, font des volutes sous mon index.

Je ne peux m'empêcher de repenser à sa culpabilité et à sa tristesse quand Sailor a dit vouloir une maman pour qu'il se remette enfin à sourire quand il est chez lui. Aucun gamin sur terre ne devrait souffrir la perte d'un parent mais, avec les fêtes de fin d'année, c'est encore pire, car tout le monde nous rabâche que Noël c'est familial. Et quand on n'a pas de famille, il n'y a rien de plus douloureux et de plus triste que de voir les autres se réjouir d'avoir leurs proches auprès d'eux.

Bon, personnellement, je me débarrasserais bien de toute ma famille pour Noël, mais je vais encore être obligée de me les coltiner. Quelle merde !

Chapitre 2

Leonie

Une fois mon costume de Père Noël jeté dans l'énorme bac à linge des vestiaires, je me rends compte que je suis moite et même dégoulinante de sueur. Pas question de remettre mes vêtements dans ces conditions. Toujours dans mon costume ultra-moulant de lutin, j'attrape donc mon cabas portant l'inscription « Chieuse à temps plein » où je les ai fourrés, et j'enroule ensuite ma grosse écharpe autour de mon cou. Il s'agit de la laideur que je suis en train de tricoter et qui est censée être un pull. Oui, bon, je n'avais pas vraiment les moyens de m'en acheter une neuve et, en plus, j'ai dû utiliser des restes de laine bradés, ce qui fait que c'est un dégradé des quinze couleurs dont personne ne veut. Marron, ocre, jaune moutarde, d'autres nuances de marron. Beaucoup trop de marron.

Je traverse le centre commercial pour rejoindre le parking et, bien sûr, Mariah Carey se remet à brailler dans mes oreilles. Sérieusement, on est en mode « compil de fin d'année » depuis le 1er novembre. J'ai envie de hurler comme une cinglée chaque fois que j'entends le son d'une clochette, maintenant.

En plus, avec mes stupides grelots, je suis limite en rythme avec Mariah, et ça va finir par me filer des boutons. Vivement la Saint-Valentin que je me jette sur le chocolat et que je me marre en regardant les gens se faire larguer sur du Céline Dion.

En trois années de travail ici, au temple du shopping White Mountain View, j'en ai vu, des spectacles incroyables. Un mari qui annonce à sa femme qu'il la quitte, avant de lancer avec emphase : « Mais non, je rigole. » Il s'est pris un uppercut si violent que j'ai bien cru qu'il n'allait plus pouvoir se relever tout seul. J'ai applaudi. Il y a eu aussi bon nombre de ruptures très moches, une naissance qui a failli avoir raison de mon repas de midi et une demande en mariage sur du rap japonais.

En fait, je déteste les gens, alors ce boulot à White Mountain View – ou « The View », tout simplement – devrait me casser les pieds, mais au fond de moi j'aime bien voir à quel point les êtres humains peuvent représenter à eux seuls de petits spectacles fascinants.

En général, je travaille à la sécurité et je passe donc mes journées à faire des rondes dans le centre, la main sur mon arme de service, en compagnie de mon collègue Harley. Il y a cette petite dame qui vient tous les lundis et qui insulte toutes les personnes qui la regardent passer. Je l'adore, je veux être comme elle, plus tard. Il y a aussi Jimmy, le vieux policier qui vient manger un donut chaque jour de la semaine. Un à la framboise avec des pépites de chocolat sur le dessus. Les habitués me permettent de me détendre et d'avoir un peu ma place ici-bas. Je m'y sens plus en famille qu'avec mes propres parents.

D'autant que les rondes avec Harley sont épiques. Il est aussi asocial que moi, donc il me fait rire, à hurler sur les gens qui osent encore bafouer le règlement du centre commercial. Et puis qu'est-ce que j'adore quand on passe nos journées à critiquer les autres ! Il est le seul de tous mes collègues que je n'ai jamais envie d'étrangler. Enfin, presque jamais.

Quand les portes vitrées s'ouvrent à la sortie de The View, je pousse un petit couinement en sentant le vent glacial me fouetter le visage et frigorifier mon corps trop moulé dans ma tenue vert pomme. Je suis sûre qu'on peut me voir depuis l'espace !

Je cours jusqu'à ma voiture dans un tintamarre de « gling-gling-gling ». Saloperies de grelots ! Quand j'y arrive, un homme me bloque soudainement le passage.

— Oh ! vous tombez bien, me lance Ford avec son sourire craquant et son regard profond.

Dans le vent, ses cheveux bruns sont complètement ébouriffés et je ressens le besoin étrange d'y passer les doigts. Je me sens… Mon Dieu, je me sens fascinée par lui ! Je dois avoir une maladie rare, ce n'est pas possible autrement. Une souche de peste noire qui me force à devenir gentille avec les gens. Les gens sexy. Et qui portent une écharpe écossaise.

Cet homme alarme des parties de mon corps que je pensais en sommeil depuis des années. Je croise les bras sur ma poitrine, avant de sautiller sur place. Je meurs de froid !

— Vous m'espionnez ou quoi ? m'exclamé-je. Comment connaissez-vous ma voiture ? Cinglé ! Si j'avais ma matraque sur moi, je vous préviens, ce sont vos grelots à vous qui seraient dans la merde !

— Ne vous emportez pas si vite, dit Ford, c'est un parfait hasard, je suis garé juste à côté de vous.

— Vraiment ? marmonné-je.

Je me penche un peu et remarque le petit Sailor à l'arrière d'une voiture, en train de me faire coucou et de s'exclamer : « Un elfe, un elfe, papa, c'est trop, trop cool ! » Je suis un peu obligée de sourire, mais c'est complètement contre ma volonté ! Je lui fais un signe en retour et un clin d'œil discret pour apaiser ses cris perçants.

C'est fou ce qu'il ressemble à son père. Une masse de cheveux bruns et dorés légèrement bouclés, des yeux bleu-vert saisissants, quelques taches de rousseur, beaucoup plus foncées pour Sailor. Une propension à me taper sur les nerfs, aussi.

— Bon, d'accord, mettons que je vous croie un tout

petit peu, qu'est-ce que vous me voulez, encore ? Les mille millions de bactéries que le microbe m'a refilées sont…

Mon souffle se coupe et toutes mes insultes meurent sur mes lèvres quand il ôte son trench-coat et le pose sur mes frêles épaules, avant de fermer le tout premier bouton, comme pour me faire une cape élégante.

J'entrouvre les lèvres.

La chaleur soudaine qui m'enrobe me fait un bien fou, et je cesse de grelotter. Le parfum suave et piquant qui s'élève des revers du col me plonge instantanément dans un petit cocon de bien-être tout doux, qui me donne envie de fermer les yeux et de sourire.

Mince alors, qu'est-ce qui m'arrive ?

Je dois couver quelque chose, ce n'est pas possible autrement. Est-ce que je suis en train de mourir ? Ma peste noire a-t-elle empiré ?

— Je me suis rendu compte, reprend Ford en comprenant qu'il m'a coupé la chique, que je ne vous avais pas demandé votre prénom et, voyez-vous, je m'en voulais terriblement. Il me faut absolument pouvoir mettre un nom sur la charmante créature que vous êtes. Et permettez-moi d'ajouter que vous avez un regard meurtrier tout à fait mignon.

— Mignon ? Charmante ? Non, mais ça vous arrive souvent d'insulter les gens comme ça, dans la rue, sans même les connaître ? m'emporté-je.

— Chère lutine, ce ne sont pas des insultes dans le dictionnaire des gens normaux, mais j'ai comme l'impression que vous n'êtes pas, justement, une femme banale.

— Bien sûr que si, rétorqué-je avec fierté, en enfouissant le nez dans mon écharpe. Je suis banale, méchante et *célibataire*.

J'insiste sur ce dernier mot en haussant les sourcils, pour lui faire comprendre que je suis très bien toute seule, et qu'il commence à m'agacer. Mais évidemment, son sourire s'élargit, comme si j'avais dit quelque chose qui l'intéressait.

Je pince les lèvres et tente de me souvenir de ce que je viens de raconter. Je suis méchante, ça, c'est dit… Banale aussi. J'adore mon lit, mon canapé, le chocolat et dormir. Et j'ai bien insisté sur… Oh ! mince alors ! J'ai insisté sur le *célibataire*, et il croit que je suis en train de le draguer ! Quelle galère.

Mes grelots me démangent. J'ai envie de prendre mes jambes à mon cou pour éviter d'avoir encore à fondre devant son sourire parfait. Et son accent excitant. Quand il parle, j'ai l'impression de me retrouver face à un gentleman anglais, et j'en ai d'autres palpitations. Bien plus déplacées que celles que son sourire provoque dans ma poitrine. Quel mufle !

— Intéressant, lance-t-il. Il se trouve que je suis aussi célibataire en ce moment, et que je vous ai invitée à prendre un café avec moi demain. Vous êtes toujours sûre de ne pas être tentée ?

Je jette un regard au microbe qui lèche la vitre pour tenter d'attraper un petit flocon de neige tombé de l'arbre au-dessus de nos voitures, puis je souris.

— Absolument certaine.

Une nouvelle fois, je lui tourne le dos et m'installe derrière mon volant avant de lancer le moteur, qui crachote douloureusement. Ma voiture est une véritable poubelle. Elle pollue, elle est capricieuse et, en plus, elle se permet de me coller la honte devant les beaux apollons en refusant d'être moins bruyante. J'ai pourtant fait changer le pot d'échappement il y a quelques semaines, mais bon, c'était par l'un de mes voisins qui n'avait pas vraiment l'air de savoir bien s'y prendre. C'était tout de même moins cher qu'un véritable garagiste.

Je recule avec précaution, puis je marmonne une grossièreté ou deux en voyant Ford qui me regarde avec amusement. Je crois que je les déteste, lui et son nid à microbes. Personne n'a le droit de me trouver mignonne ! C'est une insulte, j'en suis certaine !

Je roule jusque chez moi tandis que le temps se couvre peu à peu. La nuit est tombée lourdement, et même s'il n'est que 21 heures, il fait déjà – 5 °C. Heureusement, dans le manteau tout doux que j'ai sur le dos, je me sens au chaud. D'autant que le radiateur de ma voiture met dans les quarante minutes avant de commencer à faire son travail. Le problème, c'est que je n'ai qu'un quart d'heure de trajet pour rentrer de The View.

Je me gare au bout de la rue, à la première place que je trouve, car dans ce quartier malfamé il y a beaucoup plus dc voitures que d'espace disponible pour se ranger. Les gens travaillent tous très dur et cumulent les boulots, si bien qu'il n'est pas rare que certains foyers possèdent trois véhicules. Un pour chaque parent et un pour l'adolescent en âge d'avoir un emploi.

Je récupère mon cabas, que je passe à mon épaule après avoir enfilé le manteau. Il est beaucoup trop grand pour moi, mais c'est agréable, j'ai l'impression d'être une Lilliputienne.

Je marche d'un pas vif dans la rue, si bien que, quand je plonge la main dans mon sac pour attraper une friandise, celle-ci tombe par terre. C'est là qu'une minuscule bestiole saute devant moi et se jette dessus comme un affamé.

— Mon bonbon ! m'écrié-je.

On pourrait penser que j'ai assez de dignité pour ne pas le ramasser et le dévorer. C'est faux. Je l'aurais fait si l'animal ne l'avait pas déjà mâchouillé.

Le voleur est un chat roux tigré, si petit qu'il tiendrait dans ma main. Je regarde autour de moi pour voir si sa maman traîne dans les parages, mais il est seul, visiblement perdu et abandonné, d'après son corps malingre et son poil sale.

— Tu as de la chance, je te laisse mon morceau de pâte de fruits, mais seulement parce qu'il est tombé par terre et que je ne suis pas encore tout à fait désespérée, dis-je au cas où un voisin m'entendrait.

Sur ce, j'enjambe la bestiole, qui se met à miauler.

Je me retourne.

— Non mais, ça ne se fait pas de harponner les gens dans la rue ! le grondé-je.

Il s'assoit et me regarde, la tête penchée sur le côté, avant de recommencer à miauler. La pâte de fruits a disparu.

— Je ne parle pas le chat, je ne sais pas ce que tu veux.

Je me détourne pour rentrer chez moi.

En fait, je suis persuadée qu'il veut une autre friandise, mais je ne vais pas lui filer tout mon stock non plus. Je fais quelques pas, quand je sens un regard posé sur moi. Je me retourne une dernière fois. Ce maudit rouquin est en train de me suivre, sa petite queue dressée toute tremblante et ses grands yeux brillants pleins de tristesse.

— Va-t'en ! Je ne suis pas baby-sitter. D'ailleurs, je n'aime pas les animaux. Ni les humains, tu vois ! Je ne te serai pas utile et, en plus, tu n'es même pas beau.

Il miaule à nouveau en arrivant à moi et en posant deux pattes sur ma chaussure pour jouer avec la clochette. Durant un instant, j'ai l'impression qu'il passe le meilleur moment de toute son existence, à se rouler par terre en tendant ses minuscules pattes pour faire résonner les grelots. C'est trop mignon.

— Bon, d'accord, tu n'es pas moche. Mais arrête de m'ennuyer, j'ai une vie en dehors de toi, l'affreux, alors va rejoindre les autres chats errants du quartier.

C'est là qu'il lève sa tête pour me regarder avec ses grands yeux verts. Comment résister ? Je vais craquer…

Je finis par me baisser pour le prendre entre mes mains. Son corps tout doux est grelottant, je me vois donc dans l'obligation de l'emmitoufler dans le manteau de Ford, au niveau du col. Il ne reste plus qu'une oreille qui dépasse à présent. J'ai envie de lui faire des papouilles.

Seigneur, je viens de me transformer en mémère à chat !

Je passe donc chez Gino, le vieux tenancier de la petite épicerie du coin. Il vend des produits en provenance directe d'Italie et parle en agitant les mains. La boutique, à l'auvent rouge, vert et blanc, décorée de guirlandes de Noël, est encore plus vieille que moi.

J'entre, dis bonjour au patron et prends quelques boîtes de thon, des croquettes, et je me laisse avoir par une petite souris mécanique. Le temps de rentrer chez moi, je sers à boire et à manger au chat, puis je me déshabille pour prendre une douche rapide. J'enfile ensuite un pyjama en pilou et mes chaussettes moumoute « spécial canapé » puis j'attrape le chat en train de lécher les dernières miettes de thon. Je ressens de la peine à le voir aussi maigre et tout tremblant.

— À ton tour d'aller au lavage, lui annoncé-je.

Je le conduis à la salle de bains, une petite pièce sombre dans mon petit appartement sombre, et le glisse doucement dans l'eau chaude que j'ai préparée, y ajoutant quelques gouttes de savon bio et naturel. Je le malaxe délicatement, le débarrassant de sa crasse et – j'espère – de toutes ses puces s'il en a.

Quand il est enfin propre, je l'enveloppe dans une serviette de la même couleur azur que mon pyjama et, tous les deux, nous rejoignons le canapé. Je me suis pris un plateau-repas avec un gros sandwich à la dinde, que je dévore rapidement devant un bon petit film. Je suis en train de m'endormir quand une vibration me réveille en sursaut.

Je pose la main sur mon téléphone, mais je n'ai reçu aucun message.

Je me rends alors compte que mon nouveau compagnon s'est extirpé de sa serviette pour se coucher sur ma poitrine, et qu'il s'est mis à ronronner. Bien malgré moi, je souris et embrasse sa tête, toute sèche à présent.

La serviette mouillée finit dans le bac à linge sale et je garde le petit chat tout contre mon cœur en retournant dans le salon. Son ronron me rend étrangement zen.

— Comme tu es un vilain squatteur, j'ai décidé de te donner un prénom totalement ridicule pour te punir de ta conduite. Tu t'appelles donc à présent Chamallow. Chamallow Greene. Nous allons bien nous entendre, je le sens déjà.

Un nouveau bourdonnement retentit. Cette fois j'en suis certaine, c'est bien mon téléphone qui sonne.

Je regarde le numéro inconnu puis je décroche en soupirant.

— Si vous souhaitez me vendre quoi que ce soit, vous pouvez toujours courir. Et si vous me rappelez une seule fois dans toute votre vie, je vous retrouverai et je ferai de votre existence sur terre un enfer, c'est bien compris ? grondé-je.

— Je suis tenté de vous dire que je me suis trompé de numéro, mais ce serait un mensonge.

Un rire retentit. Ford est à l'autre bout du fil…

Comment a-t-il trouvé mon numéro, ce psychopathe ? C'est vraiment la pire soirée de toute ma vie !

Sentant probablement que je suis énervée – ou contente, peut-être ? Non, je suis définitivement énervée –, Chamallow se redresse et se met à me lécher le menton. Bon, d'accord, cette soirée n'est pas si horrible, en fin de compte. Mais je dois quand même retenir un petit gloussement amusé pour que Ford ne pense pas que je suis heureuse d'entendre sa voix. Et pour ne pas lui révéler que je peux être gentille, parfois.

Chapitre 3

Ford

Quand je gare la voiture devant la maison, Sailor est déjà à moitié endormi. Nous avons eu une journée de shopping très intense, pour lui trouver de nouveaux vêtements. Il grandit beaucoup trop vite, je ne vois pas les années défiler à ses côtés. D'ailleurs, il se pourrait que je l'aie envoyé à l'école cette fin de semaine avec un pantalon dont le bas lui arrivait à mi-mollet, et un pull qui dévoilait son nombril dès qu'il levait la main. Le vendredi étant le seul jour de la semaine où les enfants sont autorisés à ne pas porter l'uniforme, je n'ai pas fait attention. Ses habits pour la maison sont devenus trop petits.

C'est d'ailleurs la raison pour laquelle nous avons été au centre commercial en costume. C'était son seul vêtement encore à la bonne taille. Il s'agit de la tenue obligatoire pour les fêtes de fin d'année dans son école privée, mais il est si mignon dedans que j'ai presque envie de le lui laisser tout le week-end.

Je le prends dans mes bras pour le porter jusqu'au canapé du salon. Au moment même où je franchis le seuil de la villa, je sens mon humeur changer et se faire plus maussade. C'est là que je comprends que Sailor avait raison, tout à l'heure. J'ai tendance à être trop sérieux, peut-être aussi un peu aigri quand je suis ici. Tout me rappelle sa mère, et ce ne sont pas des souvenirs que me rendent heureux. Enfin, pour être plus précis, être ici, dans ce foyer chaleureux, me rappelle son absence dans nos vies. Voilà ce qui me fait grincer des dents.

Bon sang, il va falloir que je fasse des efforts. Pas question de reporter sur mon fils les années de doute qui ternissent mes pensées. Je veux qu'il soit heureux, et si, pour ce faire, je dois apprendre à repousser mes vieux souvenirs, alors je m'y plierai sans perdre une seconde.

Avec douceur, je lui ôte son manteau, son bonnet et ses chaussures. Je le couvre ensuite d'un grand plaid moelleux puis je retourne à la voiture décharger les paquets.

Le temps de rejoindre l'allée de larges pierres grises ourlées de neige blanche, la minuterie que j'ai installée dans le débarras se met en marche et toute la façade de la maison s'illumine de la magie de Noël. Je m'arrête aussitôt pour admirer le résultat, le sourire aux lèvres. C'est magnifique.

Une somptueuse guirlande dorée suit chaque arête de la vaste toiture et dessine les formes pointues des fenêtres du toit. La maison est une bâtisse de caractère, onéreuse et d'un style américain typique, avec ses hauts murs blancs, ses quelques marches qui mènent à l'entrée et sa grande porte rouge.

Située dans un quartier chic, en plein cœur de Philadelphie, je l'ai achetée après avoir perdu ma femme. Je voulais pouvoir offrir à Sailor un nouveau départ, loin des souvenirs de Katya, pour qu'il puisse se reconstruire dans son deuil. Il m'était devenu insupportable de le voir pleurer dans notre lit, à la place qu'elle avait occupée. Mon cœur se brisait à chacune de ses larmes.

Et puis j'avais moi aussi besoin d'oublier ma peine. Je l'avais mise de côté pour élever Sailor, mais le soir, quand j'arpentais la cuisine pour faire à dîner, avant d'aller me coucher seul, j'avais l'impression d'être dévoré par le fantôme de Katya, qui me faisait mille reproches sur mon rôle de père, de mauvais mari.

Il fallait que je l'oublie, pour mon bien.

Et pour que ma peine n'assombrisse pas les pensées de Sailor.

Et j'ai tout raté, parce que être là-bas sans elle me rappelait toutes les erreurs que j'avais commises dans mon couple.

Alors j'ai quitté tout ce que j'avais construit précédemment. Mes bureaux chics de New York, où je dirigeais une grande agence de photographie de mode, qui m'a valu de récolter des millions. Je l'ai revendue à un Russe multimilliardaire avec un goût peut-être trop prononcé pour les zébrures et les motifs léopard.

Ensuite, le choix de la ville s'est fait un peu par hasard. Le soir où j'ai tout plaqué, je me suis disputé avec mon meilleur ami, qui me jugeait cinglé de mettre de côté une entreprise prospère pour ce qu'il appelait des « broutilles ». Si l'idée que j'élève mon enfant dans un environnement sain et que je puisse le voir plus souvent lui déplaisait, alors c'est qu'il n'était pas vraiment un ami. En balançant mon téléphone sur le canapé, j'ai allumé la télévision pour tenter de me calmer un peu et c'est sur *Rocky* que je suis tombé, plus précisément sur le passage où il grimpe les marches du musée d'art de Philadelphie en levant les mains comme un champion. J'ai compris que j'avais envie qu'un jour Sailor puisse se sentir aussi bien, aussi fort et heureux. J'ai donc acheté la maison la plus grande, la plus luxueuse et la plus belle de toute la ville, pour l'emmener loin des tracas.

En admirant ma propriété, je comprends que je suis fier de ces années que nous avons passées tous les deux, à gérer et digérer notre peine. Je suis fier de mon bonhomme et de chacun de ses sourires. Et je devrais peut-être me concentrer davantage sur ces jolies choses que sur les souvenirs néfastes d'une femme qui n'est plus dans notre vie.

Ce soir, quand il a parlé d'avoir une nouvelle maman pour que je sois heureux à mon tour, je me suis rendu compte que j'avais peut-être délaissé trop longtemps le contact humain pour ne diviser mon temps qu'entre lui et mon travail.

Je ferais tout et n'importe quoi pour mon fils, mais l'équilibre d'une présence féminine dans son existence lui fait visiblement défaut.

Mon seul but dans la vie est de le rendre heureux. Et lorsqu'il verra qu'il a loupé le moment des illuminations, il va être déçu. Je déteste quand il est triste.

Les grands arbres, sur l'avant de la pelouse, sont éclairés, tandis que les fenêtres carrées de la maison sont décorées de tresses de branchages verts, où sont plantées des boules rouges et dorées. Sailor, quant à lui, a réalisé la couronne que j'ai accrochée sur la porte. Elle n'est pas très ronde, et il a choisi d'y mettre des cœurs roses, des pommes de pin pailletées et un petit renard polaire poilu avec un nez en pompon noir.

Satisfait de cette jolie décoration, je la prends en photo pour lui faire plaisir, remonte l'allée et salue d'un signe de tête les trois rennes lumineux que Sailor m'a fait installer près des marches. Ils sont grandeur nature. Je suis incapable de résister à ses grands yeux brillants quand il me supplie de lui passer ce genre de fantaisies.

Alors que je m'apprête à aller porter les nouveaux vêtements de Sailor dans la buanderie pour une petite lessive rapide, Mira arrive vers moi, une main posée sur la hanche.

— Tu aurais pu me dire que tu étais rentré ! lance-t-elle d'un ton agacé. Je t'attendais pour préparer le repas !

— Désolé, je te promets de rapporter une pizza la prochaine fois.

— Et puis quoi, encore ? s'exclame-t-elle, outrée que je préfère me vautrer dans la malbouffe plutôt que de déguster l'un de ses plats gastronomiques. Si tu prononces encore une fois ce mot en ma présence, tu seras privé de dessert jusqu'à Noël, compris ? me menace-t-elle.

Je réalise soudain que j'ai un petit faible pour les femmes menaçantes, ce qui me fait rire. Mais j'arrête rapidement sous son regard courroucé. Être privé d'un des desserts de Mira serait comme perdre un morceau de mon âme.

Je prie tous les soirs en rentrant du boulot pour qu'elle ait été d'humeur à pâtisser.

— Je capitule, tu sais bien que tes plats délicieux me redonnent goût à la vie.

J'exagère un peu, mais elle a l'air si heureuse du compliment qu'elle rougit. Des deux mains, Mira lisse sa robe très moulante en détournant le regard, prête à glousser. Sa tenue est d'un très beau carmin, qu'elle a associé avec des escarpins vert sapin. Ses longs cheveux blonds, lâchés dans son dos, s'agrémentent d'un serre-tête orné d'un minuscule bonnet de Père Noël.

Durant une seconde, mon esprit s'évade vers le petit chalet du centre commercial, et je repense à la ravissante lutine déguisée en vieux barbu acariâtre. Je n'arrive plus à l'ôter de ma tête, ce qui me dérange profondément, surtout lorsque Mira me regarde avec cette intensité. J'ai l'impression qu'elle parvient à débusquer chacune de mes pensées coupables et que cela la rend curieuse.

— Tes joues sont toutes rouges, fait-elle remarquer.

— Je viens de dehors.

— Et où se trouve ton manteau ? continue-t-elle tandis que ses escarpins battent la mesure sur le carrelage à un rythme infernal.

— Je n'aime pas tellement cet interrogatoire, rétorqué-je d'un ton sombre, en essayant de ne pas me sentir coupable de ressentir un tel élan de désir envers une parfaite inconnue.

— Papa l'a donné à un elfe, glousse alors Sailor, qui vient d'arriver près de nous. Elle était très jolie, avec des grands cheveux noirs, et des grelots sur ses chaussures.

Des grelots ? Je n'avais même pas remarqué. Dans sa tenue excessivement moulante, j'ai pris note de quelques autres atouts comme… ses yeux verts saisissants et la fossette adorable de son menton.

Non mais, quel faux-cul ! s'exclame ma propre conscience. *Et ses longues jambes aux cuisses pulpeuses, et sa taille creusée chutant sur des hanches exceptionnelles, et sa poitrine ferme et durcie par le vent froid, alors ?*

C'est vrai. D'ailleurs, si je lui ai offert mon manteau, ce n'est qu'à cinquante pour cent par galanterie. Le reste, c'était pour m'éviter d'avoir les yeux rivés sur son magnifique décolleté. Je ne suis pas du genre à déguster du regard les belles femmes, mais je n'ai pas résisté à jouer les voyeurs avec celle-ci. Son caractère bien trempé a eu raison de mon cœur, et l'avoir croisée dans cet uniforme me garantira quelques fantasmes étranges, festifs et pour le moins excitants.

J'ai d'ailleurs du mal à me concentrer sur Mira et son petit sourire amusé, alors que je repense aux courbes de l'inconnue qui, sans être ronde, était plutôt pulpeuse. Savoureuse. À se damner.

— Tu as donné ton trench-coat à 2000 dollars à quelqu'un dans la rue ? dit-elle en retenant un éclat de rire.

— Elle avait très froid, explique Sailor. Je la voyais grelotter parce qu'elle n'avait qu'une écharpe. Papa a été gentil.

— N'essaie pas de te rattraper, petit cafteur, et file mettre ton pyjama ! le houspillé-je.

Au son de ce rire aigu qui me met du baume au cœur, je le regarde courir dans les escaliers blancs, en se tenant à la rambarde de bois. Celle-ci est décorée d'une guirlande de sapin, et à chaque barreau est accrochée une chaussette de taille et de couleur différentes, dans les tons beiges et rouges. Je les ai remplies de petits cadeaux ludiques, tel un calendrier de l'avent, et Sailor en découvre un par jour. Celui de ce matin était un parchemin sur lequel était noté de ma main un conte que ma grand-mère me lisait quand j'étais enfant. Ce soir, si Sailor ne s'endort pas trop vite, on le lira ensemble.

En bonne gouvernante, Mira m'adresse un simple signe de la main pour m'ordonner de la suivre à la cuisine, tandis qu'elle termine de préparer le repas avant de l'enfourner.

— Alors, qu'est-ce que c'est que cette histoire ?

— Je n'apprécie pas tellement que tu me donnes l'impression de te devoir des comptes, lâché-je. Aux dernières nouvelles, j'étais ton patron.

— Aux dernières nouvelles, j'étais la meilleure employée de l'année et je méritais une augmentation, rétorque-t-elle avec un clin d'œil appuyé.

— Tu es ma *seule* employée, je te signale.

— D'où le fait que je sois toujours la meilleure, s'exclame-t-elle en nettoyant le plan de travail de marbre gris, tandis que je prends place à la table de bois qui trône au centre de la pièce.

— Pour cette augmentation, je verrai en fonction du dessert que tu as préparé, dis-je pour la taquiner.

— Mince, je n'ai rien fait pour ce soir.

— Tant pis pour toi.

Elle me regarde en secouant la tête, puis s'admire un long moment dans le petit miroir collé magnétiquement au réfrigérateur, entouré de dessins multicolores.

— Tu sors, ce soir ? demandé-je.

Elle n'a pas l'habitude de travailler dans une tenue aussi somptueuse.

— Oui, mon premier rendez-vous en plus d'un an. Je suis très nerveuse.

— Tu n'as pas à l'être, voyons. Tu es très belle, charmante de temps en temps, et n'importe quelle femme sur cette terre serait ravie de t'avoir dans sa vie.

— Seulement si elle est lesbienne aussi, glousse Mira.

— Non, toutes les femmes du monde, je te le garantis. Tes fondants au chocolat sont divins et irrésistibles.

— Quel flatteur ! Tout ça pour ne pas m'augmenter.

— Tu gagnes déjà trop, je trouve, avoué-je.

Mira travaille pour moi depuis que j'ai emménagé à Philadelphie. Elle était l'un des mannequins vedettes avec qui je bossais, à l'époque de New York. Jeune et talentueuse, elle a cependant été écartée des défilés après un accident de la route très grave qui lui a laissé une cicatrice sur toute la cuisse droite. Si ça n'avait tenu qu'à moi, je l'aurais gardée. Mira avait un talent unique et une prestance incroyable sur les podiums, et sa cicatrice n'est à mon sens qu'une plume posée délicatement sur sa peau pâle.

Furieuse mais entêtée, elle a menacé de porter plainte contre son agence lorsqu'elle a été mise de côté, mais j'ai décelé chez elle une certaine note de fragilité. Être repoussée l'a vraiment touchée, alors je lui ai proposé de venir avec moi dans cette ville pour une nouvelle aventure. Je ne voulais pas la laisser avec ces imbéciles de New York, prêts à écarter des podiums une femme adorable pour une simple cicatrice.

Quand j'ai pris les rênes de *Royalties*, un célèbre magazine de renommée internationale, j'ai offert un poste à Mira, qui l'a accepté avec entrain. Mais me voyant empêtré dans les soucis à gérer ce nouveau job, l'acclimatation de Sailor, mes diverses responsabilités et mon rôle de père, en plus de mon incapacité chronique à trouver la baby-sitter parfaite pour mon enfant, Mira a craqué. Elle a décidé de le garder une seule et unique journée, le temps que je fasse les démarches pour l'inscrire dans sa nouvelle école et que je déniche cette fameuse nounou idéale. Et finalement, la journée s'est transformée en une semaine, un mois, et elle est restée définitivement. Elle adore Sailor et s'est découvert une passion pour la cuisine et le rôle de gouvernante à temps plein ou presque. Elle dispose de tout un étage à elle, le troisième, et a des horaires bien précis, mais elle déborde toujours, surtout quand elle pâtisse. Je ne peux pas lui en vouloir.

— Et toi, parle-moi de ce lutin qui t'a tapé dans l'œil, dit-elle.

— Malheureusement, elle est et restera une inconnue pour moi. Je ne connais pas son nom, elle ne me l'a pas dit, et je le regrette sincèrement. C'est une véritable bouffée de bonheur, cette princesse. Tout en courbes, en grossièretés et en mauvaise humeur.

— Eh bien, on dirait qu'elle t'a fait de l'effet, Ford. Tu souris comme je ne te l'avais pas vu faire depuis… hum, la disparition de Katya.

— Je souris tout le temps, allons…

— Oui, mais pas ici, et pas de cette façon non plus. Pas avec les yeux qui brillent et le regard distant, comme si tu pensais à elle, tout près de toi. Je suis ravie que quelqu'un refasse battre ton cœur, tu le mérites bien.

— Qu'est-ce que tu ne comprends pas dans « elle est et restera une inconnue » ? dis-je dans un soupir.

— Tu as les moyens de la retrouver, bon sang. Il faut vraiment tout t'apprendre ou quoi ? Les réseaux sociaux, c'est magique, mon grand. Tu devrais essayer de vivre avec ton époque. Pour quelqu'un qui bosse dans la mode et l'actualité, tu es étrangement démodé. Bon, commence par me dire ce qu'elle fait de sa vie. Lutin à temps partiel, c'est ça ?

— Oui… Non… Je ne sais pas. Enfin si, elle travaille pour White Mountain View, le centre commercial. Il y avait leur logo sur…

Ses fesses.

— Ses vêtements, fais-je en toussotant.

— Très bien.

Mira sort son téléphone de sa poche puis va faire un tour sur le site de The View. Dans la section des employés, elle élimine directement les hommes, puis les femmes qui ne correspondraient pas à mes critères. Celles qui sont mariées, trop jeunes ou trop âgées, en gros.

— Ses cheveux ? demande Mira.

— Noirs. Et ses yeux sont verts et meurtriers.

Elle glousse, puis semble trouver son bonheur, car un grand sourire illumine son visage. Elle file alors sur Facebook chercher le profil de la jeune femme en question. Impatient, je plaque une main sur son poignet pour abaisser son smartphone et voir ce qu'elle a découvert.

— C'est elle ? couine-t-elle en me montrant un cliché.

— C'est elle…, soufflé-je, conquis par la moue boudeuse de sa photo de profil.

Son regard est tourné vers le côté tandis qu'elle semble perdue dans ses pensées. Ses longs cheveux noirs sont légèrement ondulés, signe qu'elle a pris le temps de s'en occuper. Elle est un peu plus mince qu'aujourd'hui, mais le post date de trois années auparavant.

— Est-ce que… Est-ce qu'il y a d'autres photos ? m'enquiers-je, le cœur battant à tout rompre.

J'ai beau avoir la trentaine, j'ai l'impression d'être un adolescent face à son premier amour de vacances.

— Oui. Elle n'a pas mis son profil en mode privé… D'ailleurs elle devrait faire attention. Mais au moins, on va pouvoir l'espionner un peu.

— C'est mal, non ? Je ne devrais peut-être pas…

— Oh ! ce ne sont que de vieux posts, ce n'est pas comme si tu regardais par la fenêtre de chez elle.

— C'est pourtant l'impression que j'ai, marmonné-je.

Cependant, je ne peux m'empêcher d'admirer les quelques clichés pour lesquels Leonie – c'est son prénom – a posé. Ils sont incroyables de beauté, de solitude, et d'une douceur un peu fragile, un peu désuète, qui colle parfaitement à ses traits délicats.

La photo la plus récente date de la semaine dernière. Elle est en noir et blanc. C'est un portrait où on la voit dans un pull clair, en maille, une main autour d'une tasse de café fumante, assise sur un canapé sombre, les genoux relevés. Je ne sais pas qui l'a immortalisée, mais je ressens un soudain élan de jalousie envers cette personne. Qui prend des photos de Leonie quand elle ne regarde pas l'objectif ? Qui parvient à voir cette facette de sa personnalité, quand elle ne m'a offert que les tessons de ses paroles acérées ? Moi aussi, je veux la connaître dans cette intimité si vaporeuse.

— Elle est très jolie, dit Mira. Mais elle a l'air si triste. Je donnerais cher pour savoir à quoi elle pense.

Mira effleure des doigts la photo qui s'affiche soudain en plein écran.

— Moi aussi, je réponds. Moi aussi.

— Elle n'a qu'une trentaine d'amis sur sa page, dont

les deux tiers sont des collègues de boulot, apparemment. Ça fait un peu pitié.

— J'ai vingt amis sur mon Facebook, moi, je te signale.

— Toi, tu fais *très* pitié, ça fait une sacrée nuance, dit-elle, amusée.

Elle fait défiler les posts du mur de Leonie. L'une des photos, où l'on aperçoit un minuscule bout de décolleté, a suscité une petite conversation.

— Affiche ça, ordonné-je en pointant du doigt le segment « 8 commentaires ».

Tandis que Mira s'exécute, je ne peux m'empêcher d'être exaspéré par ce que je lis.

Un crétin, apparemment nommé Paolo, s'est fendu d'une remarque désobligeante, mais Leonie n'est pas femme à se laisser marcher sur les pieds.

L'imbécile :

Bella, il fallé visé un peu plus bas.

Réplique de Leonie :

Tu voudrais une photo de mes pieds, c'est ça, pervers ?

Hum, ne jou pas avec moi, montre-moi t melon en privé, Bella.

Uniquement si tu me montres ta bite. Ah non, excuse, tu ne peux pas avec le micropénis que tu dois te taper. Si seulement j'avais une loupe à la maison parce que, bon, mon zoom x30 ne sera jamais assez puissant.

Nouveau commentaire de Leo quelques minutes plus tard.

Eh ben alors, tu n'as plus rien à me dire ? Tu es parti chercher ton Bescherelle, c'est ça ?

Va te fer voir, connasse.

Il ajoute encore :

T qu'une connasse.

Leo conclut :

Ton compliment me va droit au cœur 😉

Mira éclate de rire.

— Cette femme est une vraie diablesse, je l'adore !

— Moi aussi, je suis sous le charme… Je crois que son côté antisocial m'a chamboulé. Je n'ai jamais eu autant envie d'ennuyer quelqu'un que cette femme qui cherche à éviter tout le monde.

— Alors, un bon conseil, trouve son numéro, pousse-la dans ses retranchements et enregistre la conversation pour que je puisse l'écouter en rentrant, ce soir, conclut-elle en gloussant.

Sur ce, elle range son téléphone dans un petit sac à main en forme de bonhomme de neige, m'embrasse sur la joue et me donne toutes les instructions sur la fin du temps de cuisson du repas.

L'instant d'après, elle disparaît de la cuisine, et quelques minutes plus tard, j'entends la porte d'entrée claquer.

Les mains derrière la tête, je ferme les yeux en repensant aux magnifiques photos de Leonie. Seigneur, ce prénom lui va à merveille. Elle est une véritable lionne, sans conteste. En prime, son profil indique qu'elle est célibataire. Elle ne m'a donc pas menti durant notre bref échange sur le parking de The View.

Quand Sailor arrive à la cuisine, vêtu de sa grenouillère à pois et de ses pantoufles en pattes de yeti, je me lève et le soulève dans mes bras pour embrasser sa joue rebondie.

— Papa, tu crois qu'un jour on reverra un elfe pour de vrai ? s'enquiert-il en bâillant.

— Je l'espère bien, bonhomme. Elle t'a bien plu, à toi aussi, cette petite lutine verte, non ?

— Je crois. Elle m'a même fait un clin d'œil !

Je le dépose sur sa chaise et lui montre les photos que j'ai prises de la maison illuminée. Son regard se remplit d'étoiles, ce qui me comble à mon tour. Après un coup d'œil à ma montre, je sors le plat du four et nous sers à dîner. Je ne peux cependant pas ôter de mon esprit le souvenir de ma belle asociale.

Même si Leonie semble en vouloir au monde entier, je suis sûr que, dans le fond, elle est adorable. Sa façon de regarder Sailor quand il lui a dit qu'il avait perdu sa mère m'a chamboulé. Elle avait l'air si triste, si désemparée, que j'ai préféré couper court à l'entrevue et quitter le chalet. Je ne voulais pas gâcher sa fin de journée alors que nous la forcions déjà à faire des heures supplémentaires.

Quand Sailor est enfin monté dans sa chambre pour se brosser les dents et se mettre au lit, il est temps pour moi de passer à l'action. J'appelle Beth, l'une des journalistes de *Royalties* qui n'a pas son pareil pour fouiner et dénicher des informations capitales, et lui confie une mission : me dégoter le numéro de téléphone de Leonie Greene pour demain à la première heure. Beth, plus rapide que son ombre, me rappelle une minute plus tard pour me dicter la précieuse série de chiffres que je note sur une feuille, dans mon bureau.

Le moment est venu de prendre mon courage à deux mains et d'asticoter un peu la féroce inconnue qui hante mes pensées.

Chapitre 4

Ford

Je compose le numéro de Leonie avec une pointe d'appréhension. J'ai comme le sentiment qu'elle va détester que j'envahisse sa soirée comme elle a envahi mes pensées, mais tant pis. J'ai envie de lui parler, d'entendre sa voix si douce enrobant d'amusantes grossièretés. Et j'ai aussi envie qu'elle accepte de me revoir demain. Pour cela, j'ai le moyen de pression idéal, mais je vais garder cette carte en main pour le cas où elle refuserait catégoriquement mon invitation.

Je souris lentement tandis que la sonnerie retentit deux, puis trois fois, et qu'enfin Leonie décroche et m'agresse sans détour.

— Si vous souhaitez me vendre quoi que ce soit, vous pouvez toujours courir. Et si vous me rappelez une seule fois dans toute votre vie, je vous retrouverai et je ferai de votre existence sur terre un enfer, c'est bien compris ?

Sa tirade me fait beaucoup rire, mais j'essaie de garder mon sérieux au cas où cela la rende plus féroce encore.

— Je suis tenté de vous dire que je me suis trompé de numéro, mais ce serait un mensonge, répliqué-je d'une voix posée.

Mon éducation stricte m'a appris à contrôler mes émotions, mes expressions, tout ce qui pourrait me faire passer pour un homme au tempérament de feu. J'ai compris très jeune que le flegme me porterait plus loin que les coups de sang. Mon côté british de la haute société m'aura servi une fois de plus dans ma vie.

Leonie hoquette de façon très discrète, comme réticente à me montrer le moindre signe de faiblesse, mais je perçois sa surprise. Elle ne va probablement pas tarder à mettre le mode « meurtrière » en route.

— D'accord, je veux bien que votre voiture ait été garée à côté de la mienne par simple coïncidence, mais là ça fait beaucoup quand même. Vous allez peut-être me dire que mon numéro de téléphone est tombé dans votre poche par le plus grand des hasards, hum ?

— Non, j'ai juste demandé à ma secrétaire de me le trouver.

— Votre secrétaire ? Je suis un peu perdue, là. Moi qui croyais que vous étiez une sorte de voyant, ou même de génie. J'étais prête à astiquer toutes les lampes de mon salon pour vous faire dégager.

— Votre amabilité me touche. Pourrions-nous avoir une conversation civilisée, à présent ? Je vais me présenter, et vous allez faire de même. Vous allez voir, c'est presque aussi naturel pour moi que les insultes pour vous.

— Je vais raccrocher…, me menace-t-elle.

Je fais fi de son ultimatum. Après tout, si elle est encore là, c'est qu'elle est un tout petit peu intéressée par ce que j'ai à dire. Ou qu'elle s'ennuie profondément.

— Bonjour, lancé-je alors avec enthousiasme. Je m'appelle Ford Maxwell, nous nous sommes croisés ce soir au centre commercial. Vous vous en souvenez forcément, j'ai mis mon petit sac de microbes sur vos genoux. Je suis célibataire, j'adore les pâtisseries et j'ai un peu craqué sur vous, avec votre magnifique barbe blanche et vos grelots charmants.

— Je ne vous pardonnerai jamais cet affront, sachez-le tout de suite, Ford.

— Lequel ? Vous appeler ? Vous ennuyer ? Vous trouver jolie ?

Elle soupire, ce qui me fait dire qu'elle ne raffole pas

des compliments. Tant pis, elle est bien trop belle pour que je me prive de le lui dire !

— Je vous en veux de m'avoir collé votre mioche dans les pattes ! Je déteste ces boules puantes qui sortent d'endroits fort peu convenables, d'ailleurs, et qui passent leur vie à brailler.

— Sommes-nous en train de parler de vagins, là ? Je crois que cette discussion a d'ores et déjà pris un très mauvais tournant.

— Hum, je crois aussi, fait-elle, soudain radoucie.

— Êtes-vous en train de rougir ? Je vous sens toute gênée.

— Je ne suis pas gênée, monsieur ! Je suis… simplement en train de penser que j'aurais dû raccrocher avant de raconter n'importe quoi. Ce que je vais faire à présent.

— Dites-moi au moins comment vous vous appelez, s'il vous plaît ! lancé-je précipitamment avant qu'elle ne mette fin à notre conversation.

— Vous le savez déjà, sans quoi vous n'auriez jamais trouvé mon numéro de téléphone. D'ailleurs, j'ai de quoi monter un dossier contre vous pour harcèlement, là, je vous signale.

— Je ne suis pas désolé. J'aime vous entendre me menacer, dis-je en riant.

Je termine le verre de whisky que je me suis servi, puis éteins toutes les lumières avant de monter dans ma chambre. La pièce est gigantesque, avec une dépendance pour mon dressing, et une seconde qu'occupe une salle de bains luxueuse, aux nuances de blanc et d'or.

Je mets mon téléphone sur haut-parleur et le pose sur la commode noire. Sous mes pieds désormais nus, le moelleux tapis taupe est agréablement tiède. La cheminée à gaz qui crépite à l'autre bout de la pièce a réchauffé l'atmosphère.

Je fais glisser ma cravate le long de ma nuque, puis la suspends à la poignée de la porte du dressing. Je la rangerai plus tard. Un bouton après l'autre, j'ôte ma chemise et la laisse tomber dans le panier à linge.

— Que faites-vous ? souffle Leonie. J'entends de drôles de bruits.

— Je me déshabille, dis-je d'une voix sensuelle.

— Ford, vous allez me faire craquer, et ce n'est pas un compliment ! Si vous vous lancez dans un téléphone rose… Bon sang, Chamallow ne peut pas être témoin de votre dépravation !

— Qui est Chamallow ? l'interrogé-je.

— Un chat. Je viens de le trouver. Maintenant, il est à moi.

Sa voix se fait étrangement enfantine, pleine d'émotion et d'un sentiment de solitude qui me prend aux tripes. J'ai soudain envie d'être près d'elle, de la serrer dans mes bras et de la regarder s'endormir tout contre moi. La présence d'une femme dans ma vie me manque terriblement, même si je ne m'en rends compte qu'aujourd'hui. Plaisanter, rêver, aimer quelqu'un, c'est une sensation de magie qui n'a que peu d'égale au monde.

— Il dort sur moi, là, entre mon pyjama en pilou et mon plaid rose. Je n'ose plus bouger… Pour tout vous dire, c'est la raison pour laquelle je ne raccroche pas.

Je lâche un petit rire attendri et ferme les yeux en débouclant ma ceinture pour me débarrasser de mon pantalon.

J'imagine sans mal la jeune femme, ses longs cheveux tombant sur l'une de ses épaules, un sourire en coin en regardant le félin. Le tableau est craquant.

— Vous remercierez Chamallow de ma part, dans ce cas. Je lui dois une fière chandelle. Maintenant, j'attends toujours que vous vous présentiez. S'il vous plaîîîît, insisté-je d'un ton accommodant.

— Je n'arrive pas à croire que je sois *vraiment* en train de vous suivre dans ce petit jeu… Bon, je m'appelle Leonie, j'ai vingt-six ans, je suis lutin en chef du Père Noël, grommelle-t-elle. Et je déteste ça. J'ai un chat depuis moins d'une heure, quarante-deux boîtes de thon, que j'ai transportées dans les poches de votre manteau pour la plupart, et je peux vous dire que c'est très lourd. Et je suis célibataire aussi. Mais j'aime ça !

— Pas la peine de vous justifier. Moi aussi, j'aime être célibataire. Ça me donne l'occasion d'inviter les lutins quand j'en rencontre un qui me tape dans l'œil. Donc pour demain…

— Il n'y aura pas de demain.

— Vous en êtes sûre ? Je suis un négociateur hors pair, vous savez. Rien que dimanche dernier, j'ai réussi à convaincre mon fils de ne pas regarder *La Petite Sirène* pour la septième fois. Le même jour. À la place, nous avons dû mettre la bande originale de *La Reine des neiges*. Oui, je crois que j'ai fait une très mauvaise transaction, pourtant je peux parvenir à vous donner envie de me revoir. Il me suffit de trouver votre point faible. Je vous promets de… Laissez-moi réfléchir… De vous emmener au Sweet Sugar si vous acceptez un rendez-vous.

— Le Sweet Sugar ? Qu'est-ce que c'est ? Une boîte de strip-tease ?

— Non, dis-je en riant. C'est un salon de thé chic, où chaque dimanche un chef pâtissier de renom se met aux fourneaux pour offrir aux clients des mets de premier choix.

— Est-ce qu'il y aura des trucs au chocolat ? demande-t-elle.

Hum, j'entrevois un premier point faible à exploiter. Parfait !

— Des tonnes de chocolat.

— Eh bien, j'espère que vous vous régalerez, alors.

Complètement nu dans ma chambre, j'éclate de rire et embarque mon téléphone avec moi dans la salle de bains. Je passe une main sur mes abdos saillants. Je me donne faim tout seul en pensant à des pâtisseries. Et à Leonie. J'ai peut-être un goût très prononcé pour les friandises, mais je viens de me découvrir une passion toute récente pour un autre type de plaisir, aussi pimenté qu'agaçant.

— J'en suis certain, mademoiselle.

Comprenant qu'elle campera sur ses positions quoi qu'il

arrive, je me vois dans l'obligation de jouer mon joker et de la prendre un peu par les sentiments. En gros, je vais la faire culpabiliser. Je suis prêt à tout pour ce petit bout de dimanche en sa compagnie, puis, si jamais elle ne veut réellement plus me voir après cela, je la laisserai tranquille. Pour mon plus grand malheur.

Il me faudra faire forte impression.

— Écoutez, en réalité, mon but n'était pas de vous ennuyer et de jouer les présentations par téléphone. Le fait est que vous avez mon trench-coat, et que je n'en ai qu'un. Nous sommes en plein hiver, ce qui veut dire que j'en ai réellement besoin. Voudriez-vous bien qu'on se voie au moins pour que je le récupère ? Et je vous assure que j'ai vraiment envie de vous inviter dans ce salon de thé pour vous remercier. Vous avez mis des étoiles plein les yeux de Sailor et, pour cela, je vous dois beaucoup. Il est tout pour moi, je l'aime plus que ma propre vie et, le voir sourire grâce à vous, c'était très émouvant.

— Si ça ne tenait qu'à moi, je vous aurais tous les deux laissés à la porte, mais bon, c'est le boulot, lâche Leonie.

— Oui, oui, avouez que vous avez quand même du cœur.

— Vous voulez vraiment que je jette votre manteau à la poubelle, ma parole ! Vous pourrez vous geler les miches tout l'hiver, je vous préviens.

— Bon, d'accord, je capitule. Vous êtes une femme très méchante, horripilante, mais j'ai tout de même besoin de mon trench. Alors, je passe vous chercher demain ? 15 heures ?

— J'accepte, mais dans ce cas-là vous devrez absolument me payer un chocolat chaud. C'est indispensable. C'est la seule boisson au monde qui me rende un peu gentille, ça me permettra de ne pas passer pour une asociale cinglée. Et sinon, dois-je vous donner mon adresse ou la connaissez-vous déjà aussi, monsieur l'espion ?

— Je ne suis pas encore James Bond, bien que nous partagions la même nationalité, alors vous pouvez me la donner, je la noterai tout à l'heure.

— Pourquoi pas tout de suite ?

— Parce que je suis complètement nu et sur le point de passer sous la douche, Leonie.

— Merci pour les détails, vous auriez pu vous en abstenir ! bougonne-t-elle.

— Vous avez demandé.

— Et je le regrette. Je vais faire de drôles de rêves, cette nuit.

— Ils ne seront pas drôles, si vous m'imaginez. Ils seront classes, torrides et probablement bien fichus.

— Vous n'auriez pas un léger complexe de supériorité ?

— Je vous assure que non, ce n'est que la vérité.

— Si vous saviez comment je vous imagine, là, gémit-elle d'une petite voix fatiguée.

— Et comment cela ?

— Comme un yeti tout poilu et puant. Ça m'aide beaucoup à rester fâchée contre vous, glousse-t-elle.

— Viendriez-vous de rire, Leonie ?

— Eh, allez vous faire voir, avec vos insultes !

— Vous avez un réel problème avec la définition de certains mots, lui fais-je remarquer. Je pense vous offrir un dictionnaire sous peu, cela vous évitera de vous mettre en colère pour rien.

— Je ne me mets jamais en colère pour rien. Vous êtes d'ailleurs une raison suffisante, avec votre accent prétentieux, votre trench-coat de lord anglais et votre mioche plein de puces.

— Il vous faudra au moins deux chocolats chauds demain, je crois !

Après toute une série d'insultes impressionnantes, elle me lance son adresse dans un grognement indélicat. Et après, c'est moi le yeti ? Non mais, c'est le monde à l'envers !

Elle raccroche avant que je n'aie pu lui dire qu'elle était aussi douce et charmante qu'une brise de printemps, puis je file sous la douche.

Aujourd'hui, j'ai passé la matinée au bureau, en plein cœur du quartier d'affaires de Philadelphie, avant de rentrer à la maison en début d'après-midi pour sortir avec Sailor. J'ai hâte de décompresser un peu demain.

Une fois propre et vêtu de mon pantalon de pyjama noir, je passe voir mon bonhomme. À entendre les petits couinements dans la chambre, je le soupçonne d'être en train de faire du trampoline sur son matelas.

Je tourne doucement la poignée de la porte, qui grince fortement, et souris en pénétrant dans la pièce aux nuances de beige et de bleu ciel. En m'entendant entrer, Sailor s'est couché aussitôt et a remonté sa couette jusqu'au menton. Il fait semblant de dormir, ronfle un peu, mais je ne suis pas dupe.

Je m'assois sur le siège rose sombre posté près du lit. Il s'agit du trône officiel de Tina, la sirène en peluche que Sailor ne lâche pas d'une semelle quand il est à la maison. Elle a des cheveux roses, une queue mauve et des paillettes sur ses écailles.

— Bon, puisque mon fils adoré dort, je ne vais pas pouvoir lui lire son histoire, je suppose, déclaré-je en l'observant.

Il ouvre un œil.

— Oh ! papa, tu es là ? Je ne t'ai pas entendu entrer. Je crois que je suis assez éveillé pour une histoire, en fait.

— Vraiment ?

— Oh, oui. Tu viens avec moi dans le lit ?

— D'accord.

Je m'allonge à son côté, où il m'a fait une petite place, puis j'attrape le parchemin qui se trouvait dans sa chaussette de l'avent. Je lis l'histoire que ma grand-mère a inventée d'un ton lent et paisible, en le regardant s'endormir peu à peu. Pour de vrai, cette fois.

Il s'agit de l'histoire d'une fillette qui a tout perdu, sauf l'espoir d'avoir un jour une vie meilleure. C'est une fable magnifique sur la confiance, l'optimisme et la persévérance.

J'espère qu'un jour Sailor sera aussi fort que cette enfant, et aussi heureux.

Je sais qu'il est bien ici, avec moi, mais je vois encore trop souvent ses yeux s'humidifier quand il regarde la photo de sa mère que je lui ai donnée, où on la voit sourire, devant un paysage de montagnes. Je voulais qu'il garde un souvenir d'elle. Il en avait besoin, quand nous avons déménagé, mais je déteste qu'il soit triste à cause d'elle.

Elle a été égoïste, elle ne l'a jamais aimé autant qu'elle l'aurait dû, et je ne supporte pas qu'il soit toujours aussi triste de l'avoir perdue.

— Courage, mon bonhomme, soufflé-je en me levant doucement avant d'embrasser son front. Un jour, tu oublieras que tu as mal et tu seras aussi heureux que tu mérites de l'être.

J'éteins la lumière en lui laissant une veilleuse licorne jaune, puis je rejoins ma chambre. Je ne parviens pas à m'endormir sans m'être souvenu du discret gloussement de Leonie avant que nous raccrochions, un peu plus tôt, puis je passe une nuit paisible, heureux qu'elle ait fini par accepter mon invitation à sortir.

Quand je me réveille le dimanche matin, c'est avec un petit microbe niché au creux de mes bras, ronflant comme un ourson, tandis que la maison embaume les merveilleux pancakes à la vanille de Mira. La journée commence très bien !

Chapitre 5

Leonie

Je pousse un hurlement en me réveillant en sursaut, le cœur battant à mille à l'heure. Il y a quelqu'un chez moi ! Oh ! mon Dieu, je vais me faire assassiner dans un pyjama en pilou ! Pourvu que ma famille ne me le fasse pas graver comme épitaphe. Ce serait tellement leur genre. « Ci-gît Leonie, fille indigne, morte vêtue d'une grenouillère aussi poilue que ses jambes. »

La honte suprême et pour l'éternité…

Vivant dans un quartier peu recommandable et en proie à la délinquance, j'aurais dû prendre plus de précautions, comme pousser un meuble devant la porte d'entrée (astuce donnée par mes voisins), ou mettre un post-it sur le battant en indiquant clairement que la seule chose à voler, ici, c'est mon sens de l'humour. Et qu'il n'est pas très développé.

L'une de mes mains se faufile sous l'oreiller de la place libre à mon côté, toute froide, et se saisit d'une barre de Toblerone. Ça me fait mal au cœur de devoir l'utiliser comme arme, mais je n'ai pas d'autre option. Et elle fait près d'un kilo. Enfin, elle faisait un kilo quand je l'ai achetée, hier. Elle doit avoisiner les cinq cents grammes, à présent. Mmm ! le meilleur demi-kilo que j'aie pris de toute ma vie.

Je tends ma main libre pour allumer la lampe de chevet et, remarquant qu'il n'y a personne dans la chambre avec moi, je souffle un peu. J'entends cependant encore ce bruit dans le salon, comme quelqu'un qui fouillerait la maison. Le pouls battant toujours aussi follement, je me lève discrètement et éteins la lumière pour faire croire au voyou que je me rendors. J'avance jusqu'à la porte de ma chambre et l'ouvre lentement, ma barre de chocolat brandie devant mon visage.

Sa merveilleuse odeur me rend soudainement paisible, et je suis tentée d'en grignoter un petit bout vite fait. Après tout, ce sera peut-être mon dernier repas avant de mourir…

Non !

Pas question que je me laisse faire.

J'allume la lumière du salon et fais un bond en avant en lançant un « Ha, ha ! », jouant du Toblerone comme s'il s'agissait d'un sabre. Un sabre appétissant.

Soudain, le redoutable intrus se fige et me regarde de ses grands yeux brillants.

— Miaou, lance Chamallow qui faisait des siennes dans tout l'appartement.

J'observe les dégâts. Mes plaids traînent partout, le cabas qui me sert à transporter mes vêtements de boulot arbore à présent un trou en plein milieu – comme par hasard pile de la taille d'une petite tête de chat – et il y a des griffures sur ma boîte de pâtes de fruits.

— Miaou toi-même, affreux chat moche ! Non mais, qu'est-ce que tu fabriques ? Tu t'entraînes pour le marathon de New York ou quoi ? Ça ne va pas de courir dans tous les sens comme un cinglé ! Tu es possédé, ma parole !

— Miaou, rétorque-t-il sans se départir de son assurance.

— J'aurais mieux fait de te laisser à la rue.

C'est alors qu'il est pris d'une énorme quinte de toux. Je me précipite vers lui, lâchant même ma barre chocolatée sans un remords. Je m'agenouille et ose à peine le toucher tant j'ai peur qu'il lui arrive malheur. Son petit corps tressaute. Ses yeux se ferment comme s'il était au bout de sa vie.

— Non, non, non, couiné-je. Je ne t'aurais jamais laissé dehors, je le jure. Allez, arrête de tousser, s'il te plaît. Je t'aime déjà trop, Chamallow.

Et c'est là qu'il vomit une grosse boule de poils gluante et dégueulasse devant moi.

Dégoûtée, je me relève en me retenant difficilement de l'imiter.

— Bah, tu es répugnant, espèce de chat le plus affreux du monde !

Je passe les minutes qui suivent à nettoyer le massacre avant de désinfecter mon parquet, puis je retourne me coucher en bougonnant. Chamallow me suit, bien sûr, et quand il vient se coller tout contre moi, je ne peux réprimer un sourire… qui s'efface lorsqu'il me lèche la joue, ce qui me rappelle l'horreur gluante que j'ai dû essuyer. Je finis malgré tout par m'endormir sereinement, sans penser à demain.

Le matin arrive beaucoup trop vite à mon goût, cependant, et je paresse quelques minutes sous la couette, le regard tourné vers la fenêtre. Le vent qui souffle fait valdinguer dans l'air des flocons de neige, qui viennent s'accumuler sur le rebord de la vitre. C'est un spectacle qui m'apaise toujours.

Un peu plus tôt, j'ai allumé une bougie, dont le halo peint de reflets dorés les livres qui s'empilent un peu partout.

Un jour, je rangerai. Mais pas aujourd'hui. Ni bientôt. Et puis j'aime bien voir ces vieux ouvrages se prélasser sur l'appui de la fenêtre, la flamme qui vacille faisant briller leur couverture.

Chamallow, qui ronronne tandis que je gratouille son petit ventre tout doux, n'a pas l'air de vouloir bouger, lui non plus, si bien que nous ratons tous les deux le repas de midi.

Quand enfin il est l'heure pour moi de me préparer, je me maudis d'avoir accepté de voir Ford. Certes, il est très beau, avec un léger accent british qui fait furieusement palpiter mes parties sensibles, et un regard chaud comme la braise, mais tout de même. Le dimanche n'est pas franchement mon jour de prédilection pour sortir. Comme la plupart des autres jours, en fait.

Devant mon armoire, je me débarrasse de mon pyjama, enfile des sous-vêtements jaune vif et hésite sur le reste de ma tenue. Il fait très froid, dehors, mais nous allons dans un café où il fera probablement bon. J'opte donc pour des leggings noirs tout simples. Je mettrai mes bottines en fourrure synthétique avant de quitter l'appartement.

Comme il fait bien chaud chez moi, je me contente de passer un débardeur noir échancré et extrais de l'armoire le pull en grosse maille qui m'arrive à mi-cuisses. Je le mettrai plus tard aussi.

Je file ensuite au salon remplir les bols de Chamallow de croquettes et d'eau fraîche, quand j'entends enfin des pas dans le couloir.

Je me précipite et entrouvre ma porte pour espionner les alentours. Quand Ford m'a un peu forcé la main pour que je sorte avec lui, je lui ai donné le numéro d'appartement de Mme Maks, la pire voisine de l'histoire de l'humanité. Ça lui apprendra à m'appeler par surprise, non mais !

À quelques pas de là, je le vois donc qui frappe à la porte verte portant le numéro 303. Bien malgré moi, je suis prise d'une petite bouffée de chaleur en découvrant son profil fier et le sourire qu'il arbore à l'idée de me revoir. Son long nez droit a quelque chose d'aristocratique, tout comme cette écharpe en tartan, qui lui donne l'air de venir directement des Highlands. Avec ses épais cheveux noirs malmenés par le vent, il pourrait très bien jouer le rôle d'un laird charismatique, ce qui, étrangement, m'évoque… hum… son épée.

Je secoue la tête pour me débarrasser de ces pensées gênantes et souris quand Mme Maks ouvre enfin sa porte.

— Qui êtes-vous ? lance-t-elle, suspicieuse.

— Je m'appelle Ford, et je suis à la recherche de…

— Si vous voulez me cambrioler, je vous préviens, j'ai un flingue, et je sais m'en servir, espèce de morveux ! Retournez dans votre pays, si vous avez besoin de quelque chose, mais n'essayez pas de m'extorquer de l'argent avec vos sales combines. Je ne veux ni de vos tapis, ni de vos aspirateurs, ni de vos calendriers. Ici, c'est l'Amérique, pas la Russie, espèce de communiste ! crie-t-elle.

— Je suis désolé de vous avoir importunée, madame. Sachez cependant que les Américains sont tous des immigrés, à l'exception des *Amérindiens ou peuples autochtones amérindiens.*

Choquée, Mme Maks pose la main sur sa poitrine et s'étouffe presque dans son racisme. Je crois que je viens d'avoir un minuscule coup de cœur pour Ford.

Quand elle lui claque la porte au nez, je laisse échapper un léger gloussement, suffisamment peu discret pour qu'il tourne enfin le visage vers moi. Ford comprend aussitôt que je l'ai mené en bateau, mais cela le fait sourire. Mince alors, pourquoi est-ce que je remarque à nouveau à quel point il est beau ?

— Cela vous amuse, petite lutine ?

— Beaucoup, mais je m'attendais à plus de bagarre, en réalité. Elle sait se servir de ses poings, celle-là, dis-je en désignant le 303 d'un signe de la tête.

— J'ai pour principe de ne jamais frapper les dames, surtout âgées, même si elles ont l'air d'être l'incarnation de Satan en personne.

J'ouvre ma porte en grand pour le faire entrer, avant de refermer à la hâte pour ne pas laisser l'air frais du couloir me voler ma douce chaleur.

Mon logement est petit et assez sombre, surtout avec la luminosité catastrophique de cet après-midi hivernal, mais il est très cosy. Un feu crépite doucement dans la vieille cheminée du salon. Bien sûr, l'appartement est équipé de radiateurs, mais de temps en temps j'aime faire monter quelques bûches pour donner de la vie à mon modeste foyer. Seuls les logements du dernier étage ont encore la chance d'avoir un bel âtre et, malgré la petite contrainte que ça représente, je ne renoncerais à mes feux de bois de décembre pour rien au monde.

L'entrée s'ouvre directement sur le salon, où un sofa

d'un rose doux occupe presque toute la place. Il est recouvert d'un plaid et de plusieurs coussins dorés, que j'ai dû récupérer dans tout l'appartement après la crise de nerfs de Chamallow. Sur les meubles, j'ai installé quelques décorations dans les mêmes tons, ainsi que des guirlandes électriques qui scintillent merveilleusement bien.

Mon minuscule sapin trône sur la table. C'est un petit de Nordmann vert tendre, qui disparaît presque sous une guirlande de plumes blanches et une autre cuivrée, ainsi que quelques boules miniatures en forme de gouttes.

— C'est très joli, chez toi, fait remarquer Ford en caressant ma joue.

Mon pouls s'accélère. Fortement.

— On en est déjà à ce degré de familiarité ? lancé-je en tentant de ne pas lui montrer que son geste m'a plu.

— Oui. C'est mieux pour briser la glace.

— Qui dit que c'est ce que je veux briser ? grogné-je en le regardant de haut en bas, emmitouflé dans un très chic caban gris sombre. Je croyais que tu n'avais pas de manteau et que tu devais impérativement me voir pour récupérer le tien ?

— Techniquement, j'ai dit que je n'avais qu'un seul trench-coat, et oui, je voulais le récupérer. Peut-être pour te revoir, peut-être parce que c'est mon manteau préféré au monde, je ne sais pas, plaisante-t-il.

— Je vais être conciliante – crois-moi, c'est un gros effort que je fais – et te rapporter ton manteau préféré, grondé-je. En plusieurs morceaux.

— Ah ! voilà la Leonie qui me fait vibrer, dit-il, moqueur. Avec un appartement aussi charmant, j'ai bien cru que tu étais en fait une jeune femme toute douce. J'ai failli m'évanouir.

Alors que je passe dans la chambre pour récupérer le trench dans ma penderie, je découvre Chamallow roulé en boule sur mon oreiller. Oh ! je crois que je l'aime déjà de tout mon cœur, il est adorable ! Si j'avais des amis sur les réseaux sociaux, je leur enverrais tout un tas de photos de lui.

— Tu veux voir mon minou ? crié-je à Ford, tout excitée.

— Je te demande pardon ?

Sa voix est soudain rauque, et tandis qu'il s'approche de moi d'une démarche posée, les joues rougies, en me détaillant des pieds à la tête, mon cœur loupe un minuscule battement. J'entrouvre les lèvres, soudain consciente de ne pas être assez vêtue.

Mes leggings noirs font davantage office de collants opaques que de pantalon, et mon débardeur au décolleté plongeant captive visiblement son beau regard.

Il fait lentement glisser son écharpe le long de son cou, puis entre ses doigts, comme s'il s'agissait d'un lien de soie destiné à des ébats érotiques. Ma peau doit être en feu, car je me sens soudain prise d'une fièvre violente.

— Est-ce que tu veux voir mon…

Je me tais. Et me rends compte de ce que je viens de lui demander.

— Oui, je veux bien, souffle-t-il en se penchant sur moi, ses lèvres à quelques millimètres des miennes.

Je pose une main sur son torse, mes doigts se recourbant involontairement sur la laine douce de son pull moulant. Son pouls est furieux. Ma chair, brûlante. La glissière métallique de son caban semble gelée quand je l'effleure.

— Je parle de Chamallow, murmuré-je. Pas de mon… Je ne suis pas ce genre de femme.

Désormais rouge pivoine, je m'évente de ma main libre et remarque que l'autre est toujours pressée contre son cœur. Qui bat très fort. Alors je le repousse de quelques centimètres.

— Espace vital, tu connais le principe ? C'est un truc merveilleux, qui permet de ne pas choper tous les microbes disséminés sur les pères de famille un peu collants.

Je redresse le menton, effrontée, et j'attrape Chamallow pour le serrer contre moi.

— J'avoue que c'est là un très beau minou, dit Ford. Il a l'air doux, je glisserais bien les doigts dans son pelage soyeux.

Je lui lance un regard courroucé. Je n'aime pas tellement le ton suave qu'il prend.

— Arrête de parler de cette façon, j'ai l'impression que tu ne fais pas vraiment référence à Chamallow.

Pour toute réponse, il émet un petit rire en baissant les yeux.

Est-ce donc cela, le charme britannique ? Un accent sensuel couplé à une attitude toute en retenue, hérissée de quelques mots osés ici et là ? Mon Dieu, cela fonctionne terriblement bien.

— Tu es la première à avoir mis ton minou sur le tapis, je te signale.

— Je ne mettrai jamais mon minou sur un tapis, rétorqué-je en lui tournant le dos pour aller chercher son trench-coat dans le placard. Et tu as de la chance que Chamallow ne soit pas en période de mue, sinon je l'aurais fait dormir dessus et tu aurais eu des poils roux sur ton manteau pour l'éternité.

— Je suis presque terrifié par la menace.

— Je l'espère.

— Et maintenant, si nous allions nous promener ? J'ai hâte de t'offrir ce fameux chocolat chaud qui, si j'ai bien compris, te rendrait aimable.

— Aimable ? Jamais de la vie ! m'emporté-je. Un peu moins piquante, peut-être. Le chocolat me rend toute… tendre, avoué-je, gênée. J'ai l'impression d'être une guimauve, après.

— J'ai hâte de voir ça.

— Tiens, prends mon minou, gloussé-je en déposant Chamallow dans ses bras.

Je recule de quelques pas, les yeux rivés sur lui.

Homme et chaton, homme et chaton, homme et chaton…

Je crois que mes hormones sont en train de se réveiller et de s'agiter dans tous les sens. Il y avait si longtemps que je n'avais pas réagi à une présence humaine qu'elles font la java dans tout mon corps et… Horreur ! J'ai soudain devant les yeux une image de Ford à moitié nu, mon minou entre ses mains. Et il ne s'agit pas de Chamallow !

Oh ! mon Dieu, il m'a bousillée ! Je suis cassée. Je suis devenue… une vraie psychopathe, qui imagine de parfaits inconnus tout nus !

Je me détourne en vitesse puis prends le trench-coat de Ford, avant de le lui tendre. J'attrape ensuite mon pull, que j'enfile à la va-vite. Il est large, m'arrive un peu au-dessus des genoux et sera bien chaud pour affronter le vent qui souffle assez fort.

Sans regarder ce démon qui me vole ma mauvaise humeur, je file au salon mettre mes bottines, avant de m'emmitoufler dans mon écharpe et mon manteau.

— Et maintenant, pose ce chat par terre et éloigne-toi de lui lentement, ordonné-je d'une voix mal aimable en plissant les yeux.

Mon comportement lui laisse sans doute penser que je suis en colère, alors que j'essaie simplement de ne pas l'imaginer encore une fois à moitié dévêtu, mon mini-chat dans sa grande main et… un plaid en tartan autour des hanches… Non ! Ça suffit !

Dans l'entrée, je fouille le pot où sont censées se trouver mes clés – au milieu d'autres trésors, comme des bonbons ou des barrettes mystérieusement non disparues –, pendant que Ford va poser Chamallow sur le canapé.

— Miaou.

Je me tourne vers le chaton, puis vers Ford.

— Bouche-toi les oreilles, s'il te plaît, demandé-je. Question de décence.

Il s'exécute aussitôt, visiblement curieux de savoir ce qui me prend.

Pour être sûre qu'il n'entend rien, je me vois dans l'obligation de faire un petit test. Plantée devant lui, j'articule doucement :

— J'ai envie que tu me touches, que tes mains glissent entre mes cuisses et ta langue, dans ma bouche.

Bon, il ne rougit pas, je suis sauvée !

Je vais alors m'agenouiller auprès de Chamallow, qui a probablement compris que nous allons quitter l'appartement. Je lui fais un rapide câlin, frottant mon visage tout contre lui.

— Ne t'en fais pas, mon bébé d'amour, maman revient vite à la maison, je te le jure. Et j'aurai plein de cadeaux pour toi ! À tout à l'heure, Chacha.

Je plaque plein de petits bisous sur sa fourrure douce, puis rejoins Ford, qui me regarde d'un air interrogatif, les bras de nouveau le long de son corps.

— C'est bon, on peut y aller.

Une fois dehors, le vent glacial me surprend. Enfilant mes gants, je constate qu'il ne neige plus. Les routes et les trottoirs sont dégagés mais, au pied des immeubles, de hautes vagues nacrées résistent aux pelles des riverains.

— Et donc tu aimerais que je te touche, c'est ça ? déclare Ford, posant une main sur mes épaules pour me réchauffer un peu.

Je suis bouche bée, incapable de répondre. Bon sang, il a tout entendu ! J'ignore ce qui m'embarrasse le plus : mes mots crus ou mon babillage stupide à mon chat.

— Je savais bien que cette histoire de minou avait un fond de réalité, continue-t-il. C'est moi, je n'y peux rien, je suis irrésistible. Les femmes se pendent littéralement à mon cou quand je marche dans la rue.

— Ah bon ? C'est curieux, je n'en vois pas une seule.

— C'est parce que tu les fais fuir, bien sûr. Tu es trop renfrognée, ça éloigne les candidates potentielles.

D'une manière peu distinguée, je ne peux me retenir de pouffer de rire.

— Hé, tu me vexes…

— Désolée. En fait, non, tu peux rester vexé.

— Arrête d'être aussi mesquine, Leonie.

— Pourquoi ? fais-je en haussant les sourcils, les bras croisés.

Après tout, c'est lui qui a insisté pour sortir avec moi, il était prévenu que je n'étais pas d'humeur à cela.

Quand il devient évident que je suis agacée, Ford se place

devant moi pour m'interdire de m'enfuir, puis se penche tout près de mon oreille. Son souffle est chaud, son regard, sombre et envoûtant. Le temps semble s'arrêter quelques secondes, durant lesquelles mon pouls s'accélère.

— Parce que tu me donnes envie de te dompter, ma belle. De glisser les mains entre tes cuisses et ma langue dans ta vilaine bouche pour t'empêcher de dire des méchancetés.

Un léger gémissement m'échappe ; mon imagination s'emballe. C'est… terriblement bon, de se laisser aller de la sorte, même si ce n'est qu'en pensée.

— Tu devrais faire attention à toi, murmuré-je.

— Vraiment ?

— Oui. Je mords, terminé-je d'une voix rauque.

Ford s'amuse de mes menaces, auxquelles il croit visiblement de moins en moins, puisqu'il se risque à enlacer ma taille. Nous nous remettons en marche. Je n'ose même plus parler ou protester. À présent, je suis perdue dans mes pensées et elles sont définitivement brûlantes.

Nous arrivons bien trop vite à mon goût à sa voiture. À la lumière du jour, je constate qu'elle est d'une taille impressionnante, avec de belles lignes épurées et une magnifique couleur rouge métallisé. Mais bon, elle ne doit pas être si haut de gamme que ça, puisque je ne reconnais pas le logo de la marque. Une espèce de trident argenté. Sûrement de la camelote européenne.

— S'il te plaît, dit-il avec douceur en m'ouvrant la portière.

Je m'engouffre avec difficulté dans l'habitacle, mes mouvements entravés par les couches de vêtements accumulées sur mon dos. Calmement, il dépose son trench-coat à l'arrière et prend place derrière le volant. Il tourne la clé de contact, pousse le chauffage au maximum puis ôte ses gants avant de frotter ses mains l'une contre l'autre.

Mes yeux captent le mouvement et je l'observe, fascinée. Est-ce que des mains peuvent être viriles ? Parce que les siennes le sont, sans aucun doute.

— Ce sont mes doigts que tu regardes ainsi ?

— Quoi ? Non ! m'exclamé-je aussitôt, rivant mes pupilles sur le pare-brise embué.

— Oh ! je vois… Tu as encore envie que je te caresse, c'est ça ? Je t'avoue qu'en voiture ça m'a toujours fait fantasmer, mais il va falloir attendre qu'il fasse un peu plus chaud, sans quoi nous risquons d'avoir quelques soucis *de taille*.

— Pas question que tu poses tes sales pattes sur moi, ni aujourd'hui ni un autre jour. Si j'ai pu dire certaines choses tout à l'heure, chez moi, c'était uniquement pour voir si tu m'écoutais. Et maintenant je sais que tu as trahi ma confiance !

— Absolument pas ! se récrie-t-il. Tu m'as demandé de me boucher les oreilles, et je l'ai fait.

— Tu aimes jouer sur les mots.

— J'aime jouer avec beaucoup de choses, dit-il en retour.

Je secoue la tête, agacée, et ne descelle plus les lèvres du trajet.

Malgré la circulation qui nous force à rouler au ralenti, je me détends peu à peu tandis que l'habitacle se réchauffe doucement. Le petit sapin accroché au rétroviseur, au parfum de biscuits de Noël, me met en appétit. Il émet des effluves de noisette, de cannelle et de fleur d'oranger. Ce côté gourmand et oriental me rappelle surtout les grands repas de famille que nous faisions le soir de Noël, quand j'étais enfant. Ma mère cuisinait de la dinde aux marrons, ma sœur s'occupait d'écraser les pommes de terre pour la purée et, moi, la plus jeune, je confectionnais les biscuits épicés et les cookies avec l'aide de mon père.

— Tu souris, fait remarquer Ford.

— J'étais perdue dans mes pensées. Souvenirs d'enfance.

— C'est à cause de la neige ?

— Non, de ton sapin parfumé, en fait. Quand j'étais petite, je faisais des gâteaux pour le Père Noël avec mon père, c'était bien.

— Tu peux toujours t'y remettre, tu sais. Les biscuits, c'est bon à tout âge.

— Oui, malheureusement, ce sont les parents qui posent

problème à un certain moment, grogné-je. On va dire que je n'entretiens pas une relation extraordinaire avec ma famille… avec qui je vais devoir passer deux jours, le 24 et le 25, ce qui me stresse d'avance.

— Pourquoi ?

— Parce que je suis le mouton noir de la famille, et que je ne supporte pas de les avoir sur mon dos sans arrêt.

— Je suis sûr que ce n'est pas si terrible, réplique-t-il.

Ah oui, c'est ce qu'il croit ? On voit qu'il n'a pas rencontré mes parents et ma sœur. Ce sont les pires êtres humains au monde, devant Hitler. Ou peut-être derrière, n'exagérons rien. Ce ne sont pas des monstres racistes, antisémites, ni des meurtriers de masse, mais ils m'énervent prodigieusement.

— Et toi, que fais-tu à Noël ? demandé-je tandis qu'il se gare devant le fameux salon de thé dont il m'a parlé.

Je me penche en avant pour mieux regarder la jolie devanture mauve, au pied de laquelle scintille une neige immaculée. La vitrine, illuminée de guirlandes, présente de magnifiques cupcakes de saison, au glaçage bleu ciel piqué de petites étoiles blanches. J'en ai l'eau à la bouche. Il y a aussi les traditionnels brownies et des cookies de la taille de ma main ! Je vais tout prendre, c'est sûr !

— Je ne fais rien de spécial. Un dîner avec mon fils, peut-être que ma mère se joindra à nous, je ne sais pas encore. En général, elle se décide à la dernière seconde, s'il reste de la place sur un vol.

— Elle vit loin ?

— Oui, et comme elle est seule, désormais, elle n'a pas particulièrement envie de voyager. J'aimerais pouvoir lui rendre visite plus souvent, mais Sailor est malade en avion.

— Dommage.

Nous sortons du véhicule, dont Ford fait le tour avant de me tendre le bras, que je saisis machinalement. Même si, à vrai dire, j'en éprouve peut-être un certain plaisir inavouable.

Nous nous précipitons à l'intérieur de l'établissement, baptisé Sweet Sugar, pour échapper au vent glacial qui nous rougit les joues. À travers la vitrine, j'admire la splendide décoration de la rue, plantée de grands sapins ornés de nœuds carmin et de boules dorées, quand une femme âgée vient prendre nos vestes. Surprise, je refuse de lui donner la mienne, mais elle insiste. Bon sang ! Ford toussote pour m'inciter à capituler.

— Elle gère le vestiaire, m'explique-t-il alors qu'elle repart en fulminant. Tu as failli la vexer, Leonie.

— Je n'aime pas particulièrement qu'on touche à mes affaires.

— Tu ne disais pas ça à propos de ton minou, tout à l'heure.

Au moment exact où il prononce ces mots, trois autres dames passent près de nous et nous regardent, choquées, en lançant des « Oh ! Seigneur » indignés.

— Je ne sais plus où me mettre, grommelé-je, les joues en feu.

En plus, il a l'air de trouver cette situation hilarante. J'ai envie de le frapper.

Nous patientons encore quelques secondes, puis l'une des serveuses vient nous placer, tandis que Ford se retient toujours de rire. Nous naviguons entre les tables peu espacées, le plancher de bois grinçant sous nos pieds. Tout, ici, semble authentique et raffiné. Le mobilier en chêne, les sièges en cuir brun et la gigantesque vitrine proposant des mets délicieux contribuent à l'atmosphère chaleureuse de l'établissement.

Dans l'air flotte une légère odeur d'épices, de thé à la rose et de vanille, très réconfortante.

La serveuse, une jeune Asiatique aux longs cheveux noirs et aux yeux en amande rehaussés d'un trait d'eye-liner, nous tend la carte avec un sourire avant de disparaître.

Nous sommes assis face à face, dans un coin au fond de la salle, entre une bibliothèque garnie de vieux livres, décorée de branches de sapin et de pots de verre où brillent des guirlandes lumineuses, et une armoire antique débordant de bocaux de thé et de café en grains.

En consultant le menu, je suis frappée par la finesse des mets proposés. Les biscuits ne sont pas de simples gourmandises, mais de véritables petits chefs-d'œuvre de pâtisserie. Il y a les cookies aux noix de macadamia et aux pépites de chocolat noir d'Équateur, à 85 % de cacao ; le brownie parfumé à la vanille de Madagascar et à la fève tonka… Et bien sûr, aucun prix n'est indiqué.

— Je ne sais pas quoi prendre, avoué-je, gênée. Comment je peux savoir ce qui serait à ma portée ?

— À ta portée ?

— Oui, financièrement. Je ne veux pas m'endetter pour un cookie, tout de même.

Il éclate de rire, sincèrement amusé. La petite étincelle pas très futée qui danse la java dans ma culotte me donne chaud. Oui, bon, il est bel homme et a un rire charmant, mais ce n'est pas non plus une raison pour m'amouracher !

— Je t'invite, Leonie, tu as déjà oublié ?

— Je n'aime pas ce principe.

— Tu n'aimes pas qu'on t'offre un chocolat ?

— Un chocolat ou autre chose. Je suis forte et indépendante, moi ! répliqué-je avec fierté.

— Eh bien, ce soir, en rentrant chez toi, tu seras forte, indépendante et bien nourrie. Allez, fais-toi plaisir. Ce n'est pas tous les jours que j'invite le Père Noël.

— Officiellement, je suis un lutin.

— J'aurais dit un *leprechaun*, le farfadet maléfique irlandais.

— Waouh, c'est sympa ! grondé-je.

La serveuse revient vers nous avant que j'aie pu répliquer, même si le petit air amusé que Ford arbore me donnerait plutôt envie de grimper sur ses genoux pour l'embrasser jusqu'à l'en faire gémir. Quel petit con !

— Avez-vous fait votre choix ? nous interroge-t-elle.

— Oui, dis-je d'un ton mielleux. Je vais prendre le chocolat chaud à la chantilly, ainsi qu'un cupcake à la vanille, une part de brownie, deux cookies tout chocolat, un roulé à la cannelle et un assortiment de biscuits de fêtes. S'il vous plaît.

— Très bien. Et pour vous, monsieur ?

— Un Earl Grey et les *crinkled cookies* au chocolat colombien.

— Je reviens dans un instant, indique la jeune femme.

Je ricane et lance un regard acéré à Ford, dont les cheveux sont en pagaille à cause du vent. C'est ridicule… et totalement craquant. Bon sang, pourquoi est-ce que j'ai envie d'y passer les doigts, encore une fois ? Je suis mortifiée. J'aurais mieux fait de mourir de la peste cette nuit, tiens !

— Alors, tu ne vas toujours pas t'endetter avec cette commande ? demandé-je, moqueuse.

— Loin de là, je suis riche, lâche-t-il.

— Mais bien sûr, et moi je suis la reine d'Angleterre.

— *Primo*, tu es bien trop jolie pour cela.

— Je ne suis pas jolie ! Je ressemble à une marmotte. Je suis velue et dodue !

Ford se contente de secouer la tête, l'air de dire que je raconte n'importe quoi.

— *Secundo*, continue-t-il sans se démonter, je suis riche. C'est vrai. Tu n'as pas vu ma voiture ou quoi ?

— Si, c'est une vieille caisse européenne, c'est ça ?

— Elle a moins d'un an ! Et c'est une italienne !

À son accent qui ressort soudain, je crois qu'il est un peu choqué, ce qui me fait rire.

— Une Fiat ? l'enfoncé-je.

— Une Maserati, Leonie.

Je cesse aussitôt de rire et le regarde avec attention. C'est alors que je remarque que son pull, qui le moule parfaitement, semble être en cachemire. Ses manches remontées ne dévoilent pas seulement ses avant-bras pâles et musclés, où deux veines saillantes s'entremêlent, mais aussi une Rolex rutilante, qui me calme immédiatement.

— Tu es…

— Riche.

— Tu aurais pu le dire avant, je n'aurais pas eu de remords à commander tous mes gâteaux.

— Tu en as eu ? s'enquit-il.

— Évidemment, mais tu m'avais insultée, alors j'en ai profité.

— Je ne t'ai pas insultée, enfin pas vraiment. Dans le folklore irlandais, les *leprechauns* ne sont pas totalement maléfiques.

— Pas totalement ? Merci, je me sens franchement mieux. Et comment sais-tu tout cela, d'abord ? Tu es anglais, pas lutinologue britannique.

— En réalité, je ne suis qu'un tout petit peu anglais. Tout le reste de ma personne est écossais.

Écossais ? Pitié, ce n'est pas possible ! Mes fantasmes vont s'emballer à fond, je vais finir par être incapable de les contrôler. Je dois être maudite, forcément, sans quoi je n'aurais jamais croisé la route de ce Britannique aussi charmant que sexy.

— Et donc ta mère vit là-bas ? lancé-je pour détourner la conversation de mes pensées enflammées.

— Oui, elle a un cottage au nord du pays, dans les Highlands, près d'un immense lac. C'est un endroit magnifique, Leonie. Je suis certain que tu adorerais le découvrir.

Je me perds un instant dans les paillettes qui brillent au fond de ses yeux. En parlant de son pays, de cette Écosse qui le fait rêver, il a l'air plus qu'heureux. Il est épanoui, fascinant et beau comme un dieu.

— Pourquoi es-tu venu ici, en Amérique ? J'ai l'impression que tu donnerais tout pour retourner vivre là-bas.

— C'est vrai… Si je suis parti, c'est pour mon métier. Et si je suis coincé ici, c'est pour la même raison. J'ai bâti ma vie et ma carrière aux États-Unis, puis Sailor est entré dans mon existence comme un sublime rayon de soleil dans un ciel sombre. Il est scolarisé dans une bonne école, où il s'est fait quelques amis, ce qui n'était pas arrivé depuis un moment. Donc, pour l'instant, il n'est pas question de repartir.

— Oh ! Pourquoi n'avait-il pas d'amis ? C'est si triste.

Silencieusement, la serveuse nous apporte notre commande et s'éclipse tout aussi discrètement. Ford se saisit de sa tasse de thé, dont il suit le contour du bout de l'index.

— Quand il a perdu sa mère, il s'est beaucoup replié sur lui-même et a repoussé tout le monde autour de lui. Il était très nerveux, irritable, si bien que plus personne n'osait aller vers lui. Avec le temps et notre déménagement, il a enfin commencé à guérir, et je suis heureux de le voir à nouveau si épanoui à présent.

— Je suis désolée, dis-je en baissant les yeux.

Ils ont perdu un être si cher. Je me demande si lui s'en est remis aussi, ou s'il fait semblant pour aider Sailor à aller de l'avant.

— Ne le sois pas, mon bonhomme aussi est fort et indépendant. Il s'en est sorti et, après cela, je sais qu'il aura la force de faire face à tout ce que la vie pourrait lui infliger. Comme les foudres d'une lutine sexy, par exemple. Tu travailles, cette semaine ?

— Non, pas du tout.

C'est un mensonge, mais je n'ai pas envie qu'il revienne m'ennuyer avec son nid à microbes, si mignon soit-il.

— Mince, moi qui espérais te revoir dans ce costume moulant.

— Pervers, grommelé-je avant de goûter à mon chocolat chaud.

Oh là là ! Il est si onctueux et crémeux que je ferme les yeux pour le déguster. Le chocolat est d'une qualité irréprochable, et je sens une pointe de miel qui en adoucit la légère amertume. Et cette chantilly vanillée… C'est le rêve.

Toute douce et apaisée, je bats des paupières et remarque que Ford me dévisage avec intensité. Ses joues sont un peu rosées, rehaussant les pépites sombres sur ses pommettes et son nez. Lorsqu'il pose les coudes sur la table pour joindre les mains et y appuyer son menton, je me délecte du spectacle de ses muscles qui ressortent sous son pull. Je l'admire. Un long moment. J'observe les taches de rousseur sur sa peau pâle, la perfection de ses traits masculins et la masse brune de ses cheveux emmêlés, comme s'il sortait tout juste du lit.

Et voilà que je me remets à l'imaginer nu avec Chamallow entre les bras ! Non mais, qu'est-ce qui cloche chez moi ?

Je prends une grande gorgée de ma boisson pour tenter de penser à autre chose et, soudain, un sourire éclatant illumine son visage. Ses yeux fixés sur moi semblent apprécier le spectacle, et pourtant je suis plutôt renfrognée, avec mon vieux pull miteux et ma mauvaise humeur en barre. Il doit avoir un grain.

— Tu as quelque chose… Attends, bredouille-t-il.

Il déplace sa chaise pour la coller à la mienne, puis saisit la serviette de coton blanc sur la table et l'approche de mon visage. Avant d'essuyer le bout de mon nez.

Je me fige. Je crois bien que je n'arrive plus à respirer. Puis il pose sa main libre sur la mienne, et ça me fait comme une bouffée d'oxygène en plein cœur. Comme une chaleur envahissante, mais terriblement rassurante.

— De la chantilly, fait-il, tout sourire. Je pensais que tu m'insulterais avant même que ma serviette ne touche ton joli minois. Tu ne mentais pas, pour le chocolat chaud. À présent, c'est toi le mignon petit minou tout doux.

— Si tu m'appelles encore une fois comme ça, je te tuerai, et tu mourras dans d'atroces souffrances.

Il rit avant de répliquer :

— Bois encore une gorgée. Tu as de sérieux problèmes avec les compliments, les lutins, la proximité, les hommes, et les relations amicales.

— Et la liste n'est pas exhaustive, donc garde tes distances, William Wallace.

— Oh ! une référence à *Braveheart* ? Fais attention, tu risques de me captiver un peu trop pour notre bien à tous les deux.

— J'ai des chaussons à grelots et je sais m'en servir, alors tu ferais mieux de ne pas jouer avec moi. Je suis sérieuse, Ford. Je ne suis pas intéressée.

— Par moi ? demande-t-il du tac au tac, visiblement déçu et blessé.

Je me sens aussitôt mal.

Au fil des ans, repousser mes semblables est devenu pour moi une seconde nature. D'abord pour me protéger des remontrances de ma famille, puis de toute personne susceptible de me faire du tort, comme c'est déjà arrivé par le passé.

En tout cas, depuis que je porte cette carapace épineuse, je ne souffre plus. Du moins, plus à cause des autres. C'est mieux comme ça.

— Oui, rétorqué-je. Nous ne sommes pas du même monde ni du même tempérament, et rien ne pourrait me faire changer d'avis sur les gens. Je les déteste tous autant les uns que les autres. Surtout ceux qui se croient supérieurs.

— Tu sais, ce n'est qu'une façade quand je dis que je suis parfait, intelligent, drôle, charismatique, adorable. En réalité, je suis un homme qui manque beaucoup de confiance en lui, et je comble ce défaut par une arrogance simulée qui tend à me mettre à l'aise en société.

— Je ne savais pas, murmuré-je en baissant les yeux.

Il se tient si près de moi que je sens sa chaleur m'envahir, son regard me couver, et son parfum m'embrumer l'esprit.

— Ne me repousse pas simplement parce que j'essaie de te faire sourire, Leonie, souffle-t-il en glissant doucement une main dans mon dos, pour jouer avec une mèche de mes cheveux.

— Ce n'est pas toi, Ford, c'est juste que la vie est compliquée, tu vois. On fait confiance aux gens, on les laisse entrer dans notre existence, nous voler notre cœur et, d'un seul coup, tout a disparu. La flamme, l'amour, le respect, et on vous abandonne sur le trottoir avec votre amour propre en miettes. Votre cœur en morceaux. Votre âme disloquée. Je n'ai pas envie de revivre ça. Surtout pas pendant la période de Noël, alors que je vais devoir supporter ma famille sous peu. Ce serait mortellement cruel pour moi.

— Ne crois-tu donc pas en l'amour ? Celui avec un

« A » majuscule, avec des papillons dans le ventre et des étoiles dans les yeux ? Celui qui dure toute une vie et qui ne pourrait lasser, quand bien même tous les malheurs du monde s'abattraient sur nos épaules ?

— Non, soufflé-je.

Ford place un doigt sous mon menton et, même si je ne relève pas tout à fait la tête, mon regard se pose sur lui et je craque un peu plus pour son sourire enfantin, plein d'espoir et d'amusement.

— Moi, j'y crois, glisse-t-il à mon oreille.

Quand sa bouche effleure mes cheveux, je sens un frisson prendre naissance au creux de mes reins et s'étendre vers ma poitrine. J'inspire profondément. J'hésite soudain entre prendre la fuite comme une lâche pour effacer de ma mémoire le souvenir de ses mots, ou affronter cette situation comme une adulte.

Je choisis d'être une grande fille, bien sûr.

— Retourne à ta place, grondé-je en attrapant mon cookie en guise d'amuse-gueule. L'amour, c'est pour les faibles qui n'ont rien d'autre à faire de leur vie que de roucouler comme des crétins.

Je parle la bouche pleine, en lui lançant mon regard le plus irrité, mais naturellement il ne bouge pas d'un millimètre, restant collé près de moi et allant même jusqu'à glisser une main sur mon bras.

Quel imbécile !

Quel…

— Je te déteste ! Je te préviens, je te déteste !

Bien entendu, il faut que je prenne une gorgée de chocolat chaud juste après, apaisant ma râleuse intérieure.

— Je n'arrive pas à te croire quand tu as un tel sourire sur le visage, glousse Ford.

— C'est le cacao !

— Mais bien sûr…

Oui, je déteste définitivement cet homme, j'en suis sûre. Même s'il est beau. Qu'il sent bon. Et qu'il m'a payé tout un tas de pâtisseries.

Chapitre 6

Leonie

Bon, je me vois dans l'obligation de demander à la serveuse d'emballer mes pâtisseries. Il y en a beaucoup trop pour moi toute seule et je refuse que Ford m'en pique une, comme il a essayé de le faire deux ou trois fois. Tout comme un certain Joey Tribbiani, je ne partage pas ma nourriture !

Nous terminons nos boissons lentement puis, une fois nos tasses vides, je me lève.

— Qu'est-ce que tu fais ? m'interroge-t-il en haussant les sourcils.

Le Sweet Sugar est chaleureux, débordant de joie et de bonne humeur. J'ai peur que ça me contamine.

— Eh bien, nous en avons fini, non ? Tu m'as invitée pour te faire pardonner, je t'excuse bien volontiers. Maintenant, j'ai d'autres choses à faire.

Je marche vers la vieille dame du vestiaire, quand je me rends soudain compte que, dans ma précipitation à vouloir m'éloigner de lui, j'ai oublié de le remercier.

Je fais brutalement volte-face et m'élance dans la direction opposée… pour rentrer en plein dans Ford. Je n'avais pas remarqué qu'il s'était levé en même temps que moi pour me suivre, mais il a le réflexe de m'enlacer pour m'éviter de chuter.

— Oh ! lâché-je dans un souffle rauque.

Mon pouls s'emballe alors de façon scandaleuse tandis que je m'accroche à ses bras. Je sens ses biceps gonflés sous son pull. Ils sont terriblement durs… J'en suis toute retournée. Il faut absolument qu'il cesse de me coller !

— Merci, parviens-je à prononcer.

— Mais de rien, j'adore serrer contre moi les jolies filles en détresse.

— Je ne suis pas en détresse !

En voyant son sourire coquin, je comprends qu'il cherchait simplement à me faire prendre la mouche. Il m'énerve volontairement, juste pour le plaisir de me voir râler.

— Tu es vraiment…

Adorable ! lance mon cerveau à toute vitesse.

— Insupportable, déclare mon cœur plein de tendresse. Je voulais te dire merci pour ce moment, et pour m'avoir offert quelques gâteaux. Maintenant, si tu veux bien me lâcher la grappe, je dois faire mes courses.

Il me suit tout de même jusqu'au vestiaire, où nous récupérons nos manteaux et, chose importante, mes petites douceurs emballées dans un sachet en papier.

— Où vas-tu ? s'enquiert Ford.

— À The View, je n'ai pas encore acheté mes cadeaux de Noël pour ma famille. J'hésite entre des trucs moches et des objets vexants, comme une balance ou du savon.

Le rire lent et sensuel qui s'échappe de sa gorge fait tourner quelques têtes dans notre direction. Les femmes le dévorent des yeux. Littéralement. Elles lui lancent des sourires aguicheurs et même de petits signes du bout de leurs doigts manucurés. Je baisse soudain le regard vers les miens. J'ai des mains de travailleuse, abîmées, avec des ongles courts et des résidus du vernis rose que ma nièce m'a forcée à porter. Elle s'est servie de moi comme d'un cobaye, et il se peut qu'il reste un morceau de sticker Olaf sur mon pauvre pouce.

Une jolie blonde près de nous, en train de tendre son manteau à la préposée, toussote élégamment pour attirer son attention.

Ford lève un instant les yeux vers elle, sans même s'attarder sur ses courbes mises en avant par sa tenue sublime, et m'offre à nouveau son bras.

— Qu'est-ce qui cloche, chez toi ? m'exclamé-je dès que nous sommes de retour dans la rue. Cette blonde te faisait de l'œil ! Tu aurais pu récupérer le numéro de téléphone de trente femmes entre vingt et soixante-quinze ans, là.

— Tu es adorable. Tu penses que j'étais intéressé, vraiment ? Je ne drague pas à droite et à gauche, en temps normal. Encore moins lorsque je suis en rendez-vous galant.

— Non mais, tu vas me faire avoir une crise cardiaque ! Ce n'était absolument pas un rendez…

— Bien sûr que si, me coupe-t-il alors que je m'évente de ma main libre. Allez, grimpe en voiture, je t'emmène au centre commercial.

— Je n'aime pas tellement ce petit ton de chef que tu emploies.

— Tu préfères y aller à pied ?

Il fait le tour de sa voiture et me regarde en haussant les sourcils.

— Eh bien… Il fait très froid… Et ta Fiat est confortable.

Ses lèvres se pincent pour réprimer un nouveau rire agaçant. Finalement, je cède et m'installe sur le siège passager, avant de placer mes gâteaux dans la boîte à gants presque vide.

Ford démarre aussitôt et me dépose quelques minutes plus tard sur le parking de The View, où je devrais revenir dès demain pour faire le lutin. Je déteste Noël.

Je reste un petit moment assise, sans bouger, à regarder le paysage devant moi, tandis que le chauffage tourne et que les effluves épicés de son désodorisant me plongent dans un état de bien-être apaisant. Le centre commercial est entièrement décoré, lumineux, festif. Derrière lui, en toile de fond, on aperçoit les hautes vallées aux pics enneigés et presque cachés dans un banc de brouillard cotonneux. C'est magnifique.

— Je m'étonne que tu ne m'aies pas demandé comment je suis devenu riche, lance Ford au bout d'un moment.

Il augmente un peu le chauffage. La chaleur de la ventilation fait vraiment du bien, surtout quand on entend le vent souffler et siffler autour de nous. Les clients se hâtent de traverser le parking, échevelés, l'extrémité de leur écharpe virevoltant derrière eux.

Des flocons de neige, balayés des branches d'arbres, dansent dans la lumière blafarde du ciel. Heureusement, la décoration chargée du centre commercial met un peu de gaieté dans ce dimanche gris. Un Père Noël géant mécanisé lance des « Ho, ho, ho ! » lorsque quelqu'un passe devant lui. Il est entouré de rennes lumineux d'un kitsch ridicule, dont le nez scintille d'un rouge vif.

— C'est un peu indiscret de poser ce genre de question à des inconnus, non ? rétorqué-je, le regard tourné vers l'entrée du centre.

— Pourtant, personne ne se gêne pour le faire, comme si c'était la seule chose intéressante me concernant… Mais toi, tout ce que tu m'as demandé, c'est si ma mère vit loin de chez moi. Alors c'est à mon tour de te dire merci d'avoir eu la décence de t'être intéressée au moins un minimum à moi.

Je rougis et tourne vivement la tête vers lui.

— Sache que, si je n'avais vraiment pas eu la moindre envie de sortir avec toi, je serais restée avec Chamallow, avoué-je. Mais ne va pas croire non plus que tu m'as eue par les sentiments avec des gâteaux ! Même si c'est quand même un peu le cas.

— Je saurai comment m'y prendre la prochaine fois, lâche-t-il avec un soupir.

— Si tu imagines qu'il y en aura une, tu es fou.

— Non, je suis tenace, et je suis certain que ce sera le cas. Par ailleurs, je suis devenu riche en travaillant comme un dingue, au cas où tu te le demanderais.

— Ce n'était pas le cas, mais merci de la précision. Moi aussi, je travaille comme une dingue. Peut-être que je pourrai également me payer une Fiat un jour, qui sait ?

— Je ne sais pas pourquoi, mais je te verrais davantage au volant d'un rouleau compresseur.

— Arrête, c'est mon plus grand fantasme ! dis-je en riant. Je sors de voiture et m'étonne que Ford fasse de même. Il enfonce ses clés dans l'une de ses poches puis me rejoint avant de glisser un bras autour de ma taille. Gênée par le sentiment de satisfaction que cela déclenche en moi, je ne pense pas à protester.

Nous entrons dans The View, et je respire un grand coup pour ne pas hurler en entendant les chants de Noël. Si Mariah me répète à nouveau que tout ce qu'elle veut pour Noël c'est moi, je vais faire une syncope.

— Tu dois faire des courses, toi aussi ? lancé-je.

— Oui. J'ai quelques bricoles à acheter, pour Sailor, notamment. Je le gâte trop, mais je n'arrive pas à m'en empêcher. Du coup, je t'accompagne.

— Vas-y, invite-toi dans ma vie, marmonné-je.

Je nous fais entrer dans le local interdit au public, pour ranger nos manteaux dans mon casier. Le centre est surchauffé, on sera mieux ainsi. Puis, quand vient enfin le moment de commencer nos emplettes, je l'entraîne directement là où je veux réellement aller. L'animalerie.

J'entre dans la boutique, les yeux écarquillés. Il y a tant de choses que Chamallow adorerait… J'achète des jouets, de la litière, un bac bleu à pois blancs, un peu de vermifuge et un collier antipuces, des vitamines, une brosse, une canne à pêche avec des plumes au bout. Soudain, je remarque un magnifique couffin moelleux, rembourré, dans un tissu orné de petites têtes de chat grises. Je craque, même s'il est un peu trop cher.

La caissière me met le tout dans un énorme cabas, et je souris comme une môme le jour de son anniversaire.

— Eh bien, je crois que Chamallow va me ruiner, avoué-je une fois sortie du magasin.

— Il en a de la chance, de t'avoir, lance Ford en m'embrassant sur la joue.

Avant que je ne m'énerve, il me prend le sac des mains

et m'entraîne à sa suite. Je fais quelques arrêts pour acheter les cadeaux destinés à ma famille – il se pourrait que j'aie choisi un shampoing antipelliculaire pour ma sœur –, puis nous allons chercher ceux de Sailor.

Ford jette son dévolu sur un beau puzzle avec une sirène, m'apprenant au passage que son fils est en adoration totale devant ces créatures. Amusée, je ne peux qu'avouer que c'est un bon choix ! Les sirènes sont fascinantes. Tout comme les licornes, d'ailleurs. Mais bon, je ne peux pas lui dire cela, sous peine de passer pour une tendre.

Lorsque nous longeons les jolis petits chalets au milieu de l'allée centrale, je m'extasie, comme toujours, devant le spectacle des peluches animées.

Mais soudain, Ford m'arrête et me décoche un immense sourire.

— Tu as vu où on est, Leo ? susurre-t-il d'un air de conspirateur.

Je regarde autour de moi, sans vraiment comprendre.

— Dans un centre commercial ?

— Plus exactement ?

— Devant un gros nounours polaire qui nous fait coucou avec sa patte ?

— Lève les yeux.

— Oh ! je fais en rougissant.

Au-dessus de nous se trouvent de magnifiques branches de gui. Quand je plonge mon regard dans les beaux yeux de Ford, je comprends aussitôt ce qu'il a en tête. Son sourire disparaît peu à peu, remplacé par un regard d'une intensité qui me coupe le souffle. Le bleu-vert de ses yeux est fascinant, son côté espiègle me fait frémir…

— Sais-tu ce qu'il faut faire, quand on se trouve sous ces branchages, Leo ?

— Oui, haleté-je. La tradition veut que l'on s'embrasse.

Excitée, je passe la langue sur mes lèvres et le regarde se consumer de désir.

Je vais craquer… Et j'en ai envie. Alors, comme toute

personne saine d'esprit le ferait, je me détourne et avise une petite dame âgée et moustachue qui passe près de nous.

— Bien le bonjour, madame, lui lancé-je en riant. Vous avez vu ce beau jeune homme à mes côtés. Eh bien, il se trouve sous le gui.

— Oh ! mais c'est vrai !

— Voulez-vous tenter votre chance ?

— Avec plaisir ! roucoule-t-elle.

Son parfum de vieux bonbon à la sève de sapin finlandais me donne la nausée.

— Leo, grogne Ford tout bas, tu vas me le payer…

Mais il se prête au jeu et embrasse la petite mamie sur la joue. Elle repart en gloussant comme une adolescente, les joues rouges de plaisir.

Ford me regarde alors avec patience, en poussant un long soupir de dépit.

Nos courses terminées, nous passons devant une librairie, où j'insiste pour faire un dernier saut. J'adore venir ici et flâner après mes heures de boulot. Books & Joy fait partie de ces endroits qui me mettent de bonne humeur. Marta, la propriétaire, a été l'une des premières à s'installer ici, en 1979, quand The View a ouvert ses portes. Son sourire et sa joie de vivre ne sont pas les seules raisons pour lesquelles je viens la voir. Elle offre aussi des bonbons à tous les gens qui pénètrent dans son fief.

J'en prends deux dans le petit panier d'osier à l'entrée et en tends un à Ford.

Les mains pleines, il ne peut le saisir. Je ne me gêne donc pas pour manger les deux.

— Hé ! C'était le mien ! s'écrie-t-il. Mais quelle monstrueuse femme tu fais, de me voler mes bonbons de cette façon.

— Tu n'en as pas voulu, je te signale.

— Je n'ai pas pu l'attraper, surtout. Tu as remarqué que je porte nos emplettes ?

— Tant pis pour toi !

Je l'abandonne au milieu d'une allée pour me perdre dans les romances. Personne ne doit savoir que j'en lis. Que j'en ai toujours lu. D'ailleurs, je n'ai pas toujours été cynique et morose, loin de là. Au contraire, j'adorais ma petite vie tranquille et je donnerais cher pour retrouver en moi un peu de la jeune fille que j'ai été. Je ne sais même pas si c'est possible. Je la regrette tellement, la Leo qui souriait, qui s'épanouissait, qui agissait comme elle l'entendait. Jusqu'au jour où elle a croisé le chemin d'un homme. Un homme dont elle est tombée amoureuse. Lui, par contre, ne l'a jamais été.

En me quittant sans aucune tendresse, sans le moindre égard, il a bousillé toute ma confiance en moi et ma joie de vivre, pour ne laisser que cette sorcière qui a au moins le courage d'affronter sa solitude.

Je regrette qu'il m'ait blessée au point de me transformer ainsi, mais je ne veux plus jamais revivre cela. La douleur de ne pas se sentir assez bien, la terreur d'être abandonnée, la violence d'un cœur brisé. Puis devoir survivre jour après jour, alors que mes larmes s'assèchent autant que ce foutu organe dans ma poitrine. C'était dur. C'était douloureux. Je ne pourrais pas supporter à nouveau d'être rejetée, dénigrée, blessée. Saignée.

Je suis tentée par quelques livres, mais les prix me dissuadent de me les offrir. J'ai fait trop de folies pour Chamallow.

Au détour d'un rayonnage, je tombe finalement sur quelques petites pépites pas trop chères et jette mon dévolu sur un titre en particulier, en rougissant de tout mon être. Je lance un coup d'œil à droite, puis à gauche, et constate que Ford est perdu entre la section histoire et celle des ouvrages pour enfants. Je profite de son inattention pour filer à la caisse.

Bien sûr, il y a une longue queue et je deviens nerveuse. Je ne veux surtout pas qu'il débarque maintenant.

Au moment de payer, je sors mon porte-monnaie, mais sa grande main s'abat sur le comptoir, entre Marta et moi, et il paie mon livre.

— Voici la monnaie, claironne ma dealeuse livresque préférée.

— Merci, lancé-je.

Je veux attraper mon livre et le cacher dans ma poche, mais elle s'en saisit avant moi et l'observe un long moment.

— *Séduite par le Highlander ténébreux*. Oh ! tu vas te régaler, ma jolie. Il est très coquin, glisse-t-elle en me le tendant.

Bien sûr, la couverture présente une demoiselle à moitié dévêtue entre les bras d'un guerrier torse nu. C'est la honte suprême.

Je le presse contre moi en sortant de la librairie et j'essaie de ne pas regarder Ford, qui a un sourire jusqu'aux oreilles.

— Passionnée par les Écossais sexy ? s'enquiert-il quand nous retournons chercher nos manteaux.

— Pas du tout. C'est le cadeau de Noël pour ma sœur. Elle est fan de cette littérature mielleuse et insipide.

Oh ! je m'en veux presque d'insulter mon livre, mais c'est pour la bonne cause. J'ai une réputation à tenir, celle de la dure agente de sécurité de ce centre commercial.

Je sais bien qu'il n'y a aucune honte à lire de la romance, mais qui va me prendre au sérieux si on apprend que je suis un peu tendre, dans le fond ? Les mioches n'auront plus peur de mon regard assassin et, ça, ça gâcherait ma vie entière.

— Ta sœur a très bon goût, dans ce cas. Les Écossais sont réputés pour leur virilité, leur talent légendaire pour le sexe et leur charme incomparable.

— Ah bon ? Je croyais qu'ils étaient simplement connus pour être nuls en foot, incapables de parler correctement avec leur accent ridicule et qu'ils aimaient avoir les fesses à l'air sous leur kilt.

— Il va vraiment falloir que je t'inculque quelques-unes de nos valeurs fondamentales, Leo. On pourrait commencer par le sexe.

— Tu n'as donc aucune retenue ? le grondé-je.

— Tu m'as fait du rentre-dedans la première, avec ton minou, fait-il en sortant dans le parking.

Après avoir récupéré nos manteaux, nous déposons nos affaires dans le coffre. Pourquoi ai-je croisé la route de cet homme ? Il me rend toute chose. Et un peu heureuse. Pour compenser, il me faut une bonne cure de mauvaise humeur et, pour cela, quoi de mieux qu'une petite visite à l'improviste chez mon collègue de la sécurité ?

Quand Ford ralentit à l'approche de chez moi, je lui demande finalement de ne pas s'arrêter.

— Tu veux passer un peu plus de temps à mes côtés ?

— Pas du tout. Et puis quoi encore ?

Je croise les bras, boudeuse, et lui demande de me déposer un peu plus loin, devant une petite maison sans fioritures ni guirlandes, où je sonne après avoir récupéré mes paquets. Ici, Noël n'existe pas, ce qui en fait le havre de paix parfait dont j'ai besoin.

Ford me rejoint au bout de l'allée et pose une main sur ma taille. Quelques instants plus tard, Harley ouvre, vêtu uniquement de son caleçon noir.

— Je passe à l'improviste, ça ne te gêne pas ? dis-je avec un regard assassin en m'engouffrant chez lui, pour aller larguer mes affaires près de la table de la salle à manger couverte de cartons de nourriture asiatique.

— Non, fais comme chez toi, comme d'habitude.

Je décèle un peu de désespoir et d'accablement dans ses mots. Ainsi qu'une bonne dose de consternation. Harley n'aime pas tellement qu'on envahisse son territoire, mais il ne parvient jamais à me refuser quoi que ce soit.

Je me débarrasse de mes couches de vêtements pour me retrouver en leggings et débardeur, comme si j'étais chez moi. Il fait une chaleur apocalyptique dans cette maison.

Quand je me retourne enfin, j'avise Ford et Harley qui se regardent sans parler, d'un air menaçant, avec une virilité qui me donne soudain quelques bouffées de chaleur. L'un est dehors, froid comme la glace. L'autre à l'intérieur, chaud comme la braise. La tension grimpe à chaque seconde de ce face-à-face presque létal.

— Non mais, ferme cette porte, tu vas refroidir toute la maison ! ordonné-je à Harley.

Et il claque le battant au nez de Ford.

Chapitre 7

Ford

Passer l'après-midi avec Leonie a été un véritable cadeau de Noël avant l'heure. Mon Dieu, comme j'aime l'agacer, la faire râler, la mettre hors d'elle ! Cela n'en rend que plus précieux ces moments où elle m'offre ses sourires parfaits. Elle n'a pas l'air de le réaliser, mais cette femme splendide est une vraie énigme que j'ai envie d'étudier des heures et des heures durant. Et pas forcément habillée. Ni debout. Mmm, oui, je rêve de pouvoir découvrir sa peau soyeuse et la parcourir de mes mains avides… Seigneur ! Mes fantasmes ne se calment plus, depuis que je l'ai rencontrée.

Et puis je suis sûr qu'au fond elle m'aime bien.

Après tout, la surprendre avec une romance à base de Highlanders est bien un signe, non ? J'espère qu'elle m'imaginera dans le premier rôle en lisant cette histoire. En tout cas, il faut que je l'y incite… Ce sera tellement drôle de voir son air choqué.

Je la prends par la taille quand elle sonne à la porte de cette maison étrange, un simple cube, sans la moindre décoration festive. Bon, d'accord, toutes les maisons voisines arborent tant de guirlandes électriques et de Pères Noël en plastique que j'ai l'étrange impression d'être observé par une bande de pervers barbus ! Mais tout de même. Une couronne sur la porte, ça n'aurait pas été du luxe.

Après quelques secondes, un type à moitié nu ouvre. Leo

se précipite à l'intérieur, avant d'ôter aussitôt son manteau. Une rage sans commune mesure s'abat sur moi, tandis que je crispe les poings. C'est qui, ce type ? Et pourquoi est-ce qu'il me regarde de cette façon ? Avec l'air de vouloir me tuer. Je crois qu'il n'a pas aimé me voir serrant Leo tout contre moi au moment où il a ouvert la porte.

Ses cheveux blond foncé, hirsutes, sont ébouriffés par le vent qui s'engouffre entre nous. Il exhibe son torse fin et musclé, couvert de tatouages, en bombant la poitrine quand Leo se met à râler. Nous nous dévisageons sans un mot. Il y a de la tension dans l'air, entre nous, et je crois bien que la jolie Leonie en est la cause.

Et ça, je peux tout à fait le comprendre. Elle ne paraît pas avoir beaucoup d'estime pour elle-même, pourtant c'est une femme formidable, chose que nous avons manifestement remarquée tous les deux.

— Non mais, ferme cette porte, tu vas refroidir toute la maison ! crie-t-elle à ce gus qui semble sortir d'un magazine pour amateurs de bad boys.

Avec ses tatouages tribaux et son air supérieur, j'ai juste envie de lui dire de s'habiller et de cesser d'exhiber la marchandise. En plus, il va choper la crève.

Mais cet enfoiré me claque alors la porte au nez et je reste planté là, bouche bée, sans savoir que faire.

Je recule d'un pas. Apparemment, Leonie va me larguer ici, sur le seuil d'une maison bancale, ce qui me fout encore plus en rogne. Mais soudain, elle rouvre le battant en hurlant au type qu'il est malpoli et exaspérant. Visiblement, je ne suis pas le seul homme sur qui elle passe ses nerfs. Je n'apprécie pas forcément ça, de devoir la partager. En fait, ça me fait même vraiment chier. Je pousse un grognement qui se perd au milieu de ses insultes destinées à l'autre imbécile.

Furieuse, elle me lance finalement un regard d'excuse, lorsque le blond l'attrape par les épaules avec l'attitude possessive dont font preuve certains hommes quand leur compagne est le centre de l'attention.

C'était vraiment la chose à ne pas faire.

Elle lui donne une tape sur le bras en rouspétant davantage.

— Qu'est-ce que tu fabriques, bon sang ? Tu sais bien que je n'aime pas qu'on mette ses sales pattes sur moi !

Je souris d'un air hautain qui fait gronder l'autre type, comme si je lui avais balancé à la figure un « Moi, elle m'a laissé faire ». J'ai bien conscience que c'est totalement puéril, mais je m'en fous, parce que c'est la vérité.

— Ford, entre une minute, s'il te plaît. Harley, laisse-nous un instant. Et par pitié, arrête de me regarder comme si j'étais folle.

— Avoue que tu l'es un peu, Leonie. Depuis quand tu ramènes des inconnus chez moi ? C'est qui, ce type ?

— Mon chauffeur.

Il jette un œil par la fenêtre, avise ma voiture et se renfrogne davantage avant de passer à la cuisine, sans cesser de nous jeter des regards ulcérés. Je ne sais pas qui, de Leo ou de lui, est le plus asocial…

— C'est qui, ce type ? dis-je à mon tour en enfonçant les mains dans mes poches.

— Un collègue, c'est tout.

C'est tout ? Vraiment ? Ils sont assez proches pour se mettre à moitié nus l'un près de l'autre, bon sang. Je suis sûr qu'il y a plus entre eux que ce qu'elle prétend, mais ce n'est pas le bon moment pour une crise de jalousie. Même si, franchement, je suis furieux de devoir la laisser ici.

— On traîne ensemble presque tous les week-ends, et… toute la semaine aussi, en fait. Et je n'ai pas à me justifier.

Elle relève le menton, les bras croisés sous sa poitrine, ce qui la fait ressortir de façon si ravageuse, si délicieuse que j'en ai l'eau à la bouche.

Alors, je me radoucis et pose les mains sur ses épaules pour me rapprocher. Puis je les fais glisser le long de son cou jusqu'à ce que mes pouces tracent lentement les arêtes de sa mâchoire.

— Ne boude pas, Leo, je voulais juste savoir de quoi

il retournait. Il n'était pas question de te laisser seule chez un sociopathe. Non mais, tu as vu sa maison ?

— Qu'est-ce qu'elle a, sa maison ?

— Ce qu'elle a ? Et la magie de Noël, où est-elle ? Les gens qui n'ont pas de magie de Noël dans leur cœur sont forcément des tueurs en série.

— Ou bien ils sont fatigués, car ils n'ont personne avec qui passer cette fête de famille, répond-elle tristement.

Je m'en veux, d'un seul coup. C'est vrai que tout le monde n'a pas la chance d'avoir de l'amour et du bonheur pour enchanter son quotidien. Mira et Sailor sont de petits rayons de soleil dans mon univers, et je sais que certaines personnes ne vivent que sous une nuit éternelle. Soucis, drogue, alcool, solitude, maladie… Tout n'est pas rose partout, je me sens mal de l'avoir oublié ne serait-ce qu'une seconde.

— Tu sais, si j'étais comme Harley, en colère contre le monde entier, moi aussi j'aurais cette fête en horreur. Il faut croire qu'il reste encore un peu de guimauve dans mon cœur, même si je sais que ma famille va l'éliminer dans quelques jours, m'avoue-t-elle en baissant les yeux.

— Oh ! Allez, je suis certain que ce ne sera pas si terrible. Ce sera Noël ! Les gens sont heureux, à Noël.

— Dans ton univers, peut-être, mais pas dans le mien. Chez moi, les règlements de comptes sont légion, et c'est sur moi que tout le monde tape pour se passer les nerfs, parce que je suis la plus jeune, celle qui ne fait rien comme les autres. Rien que d'y penser, j'en ai l'estomac qui se noue, grommelle-t-elle.

— Tu exagères.

Je suis certain de ce que j'avance. Qui pourrait avoir quoi que ce soit à reprocher à Leonie ? Elle est parfaite telle qu'elle est.

— Non ! Et arrête de me contredire. Tu sais quoi ? Je suis forcée d'aller chez ces idiots mercredi pour la préparation de la fête, tu n'auras qu'à venir avec moi, tu verras bien que je ne dis pas de bêtises.

— C'est d'accord. Tu vois, je savais que nous aurions un nouveau rendez-vous sous peu. Je passe te chercher à 18 heures chez toi, OK ?

Sans lui laisser le temps de dire non, je plaque un baiser sur son front puis quitte la maison en silence.

Le soir venu, après un souper léger, je monte dans la chambre de Sailor dans l'intention de lui lire une histoire, mais je le trouve pelotonné dans son lit, déjà à moitié endormi. Je reste un peu près de lui, puis me mets moi-même au lit avec un journal, avant de sombrer à mon tour.

Ce n'est qu'en arrivant au boulot, le lundi matin, que je ressens une sorte de mélancolie à l'idée que le week-end soit déjà terminé. Je crois aussi que je suis trop impatient de revoir Leo pour me concentrer sur autre chose.

Quand je coupe le moteur de la Maserati, sur le parking, le chauffage s'éteint et je sens soudain comme une odeur de sucre et de vanille dans l'air.

Je souris, ouvre la boîte à gants et découvre les pâtisseries de Leo, encore emballées dans leur carton. Je m'en saisis, puis j'entre dans l'immense immeuble, en plein cœur de Philadelphie, dont je suis le propriétaire.

Le « Heart of Glass » est une haute tour de verre, dont tous les étages sont déjà illuminés. Il est tôt, mais je me dois d'arriver parmi les premiers, puisque je commence ma journée en validant l'ensemble des articles que mes rédacteurs m'ont envoyés.

Je dirige le magazine *Royalties*, un luxueux mensuel sur le monde de la royauté et de la mode, qui a le vent en poupe.

En arrivant dans le hall aux nuances blanches et nacrées, je salue Liza, l'agente d'accueil, occupée à photographier le sapin que j'ai fait installer ce week-end. Il est naturel et mesure plus de quatre mètres de haut. Décoré dans des tons de vieux rose et de cuivre, il est tout simplement splendide.

Je monte au vingtième et dernier étage, qui abrite mon bureau, puis j'ouvre la boîte de gâteaux de Leonie. Je prends un cookie au hasard, le glisse dans ma bouche et fais un selfie avant de le croquer.

J'envoie aussitôt la photo à Leo qui, une minute plus tard, m'appelle. Je crois qu'elle est furieuse.

— Ôte immédiatement ce cookie de ta bouche, barbare, ou je te jure que tu vas le regretter.

— Quand on est polie, on dit « s'il te plaît ».

— S'il te plaît, ôte ce cookie de ta bouche ou je t'étripe. Je n'arrive pas à croire que je les ai oubliés dans ta voiture. Je suis… Ah, en rage !

— Leo, reviens te coucher, lance une voix d'homme derrière elle.

Ma bonne humeur s'évapore aussitôt, tandis que mes entrailles se tordent douloureusement. Est-ce que j'aurais mal interprété sa relation avec Harley ? Ou avec moi… Mais bon sang, de quel droit est-ce que je peux lui en vouloir d'être avec cet homme, alors que depuis notre rencontre je passe mon temps à lui mentir sur un sujet important, trop important. Au moins, ma culpabilité s'évanouit doucement, et je comprends que je n'aurai jamais à avouer à Leonie que… Bordel, je n'arrive même pas à formuler mes pensées, tant elles me dégoûtent.

— Tu es encore chez…

— Harley, oui. J'ai dormi chez lui. Je voulais lui présenter Chamallow, alors il m'a accompagnée à la maison, où on a déposé mes emplettes. Puis on est ressortis tous les trois, après quoi il s'est remis à neiger un peu, et je me suis endormie sur le canapé. Là, il est agacé parce que je parle trop fort, et comme il s'est endormi sur le plancher à mes pieds, il râle.

— Il est couché sur le plancher ? Comme un chien…, déclaré-je, agacé de le savoir tout près d'elle de bon matin.

Ça peut sembler complètement maso mais, moi aussi, je veux avoir droit à ses grognements de bête sauvage au saut du lit…

— Oui, et il ronfle à nouveau, en plus. Je crois aussi que Chamallow ne l'aime pas, il n'a pas arrêté de lui feuler dessus.

— Ce chat a du goût, je trouve.

Elle glousse un peu.

Je m'installe dans le fond de mon fauteuil, pose les pieds sur mon bureau et je me surprends à sourire.

— Tu comptes repasser chez toi avant d'aller travailler ? l'interrogé-je.

— Oui. Je ne vais pas tarder, d'ailleurs. Je dois être au centre commercial pour l'ouverture, à 9 h 30, et avant je dois me doucher et prendre je ne sais combien de temps pour enfiler mon costume de lutin ultra-moulant. Je déteste ce truc, c'est comme mettre des collants qui arrivent jusqu'au cou, et tu ne peux pas savoir comme c'est compliqué, de mettre des collants, quand on a des formes volumineuses.

— Tes formes ne sont pas volumineuses. Tu parles de ton corps comme s'il s'agissait d'un objet, un peu de respect, s'il te plaît.

— Mouais, lance-t-elle, moyennement convaincue.

Elle raccroche l'instant suivant, et je râle à mon tour parce que j'aurais voulu lui parler plus longtemps.

Avant de me mettre au boulot, j'allume mon ordinateur, me connecte sur le site de Sweet Sugar et fais livrer à Leonie quelques pâtisseries fraîches accompagnées d'un grand gobelet de chocolat chaud.

Je passe une heure à lire les articles de mes collaborateurs, puis un bip m'avertit de l'arrivée d'un message. Il provient de Leo. Elle m'a envoyé un « ♥ » tout simple, mais qui me semble plus clair que des milliers de mots.

Bien sûr, elle se rattrape tout de suite après en râlant à nouveau.

Oui, enfin, ce n'est pas ce que je voulais dire ! Tu achètes ma gentillesse avec des sucreries, espèce de riche ! Tu sais quoi ? Chez les gens pauvres comme moi, ce serait mal vu. Il n'y a que les types louches qui offrent des bonbons à des inconnues dans la rue, je te signale.

Et moi je te rappelle que nous ne sommes plus des inconnus l'un pour l'autre.

Alors quel est mon deuxième prénom, monsieur le malin ?

Touché…

Non, non, non, ça n'arrivera jamais.

Elle conclut notre conversation avec un smiley rouge de colère, ce qui ne m'empêche pas de rire. Peut-être un peu trop fort, car j'attire l'attention de ma secrétaire, dans le bureau face au mien.

Derrière la paroi de verre, je la vois se lever lentement, ouvrir la porte et avancer jusqu'à moi d'un pas chaloupé.

— Tout va bien, monsieur Maxwell ? s'enquiert-elle avec un sourire aguicheur, une main sur la hanche.

Dans sa robe rouge moulante, avec ses lèvres grenat et sa longue chevelure dorée laissée libre, elle me met mal à l'aise. C'est le genre de femme à tout tenter pour gravir les échelons, je me suis déjà fait avoir une fois, et on ne m'y reprendra pas.

Une seconde, je me dis que ce serait peut-être plus facile que de courtiser Leo, moins sportif, moins fatigant… mais ce serait aussi moins exaltant, et moins excitant. Leo me repousse, me rejette, quand bien même je sais que je ne lui suis pas indifférent. Je l'intéresse au moins un peu. En fait, je ne regrette pas un instant qu'elle ne soit pas comme Bridgit ici présente, toujours prête à jouer de ses charmes pour obtenir ce qu'elle veut. Non, Leo est authentique et bien trop fière pour s'abaisser à ce genre de pratiques.

— Tout va bien, je réponds immédiatement. Vous pouvez disposer, Bridgit.

Je la regarde à peine et retourne à ma lecture. C'est la seule façon de lui faire quitter cette pièce. Pas question qu'elle m'approche ou qu'elle pose les mains sur moi, comme c'est déjà arrivé de trop nombreuses fois. Je me connais, j'ai du mal à la repousser, et je ne veux pas la blesser ou la vexer à nouveau.

Je ne veux pas non plus qu'elle exploite la brèche que cela a ouverte entre nous. Désormais, je sais qu'elle est prête à tout pour se faire une place dans cette société, alors elle ne se gêne plus pour les allusions coquines et les propositions déplacées.

Je n'ose même pas lui dire clairement qu'elle dépasse les bornes et que je ne suis pas ce genre d'homme, car je suis mortifié à l'idée de la froisser. Finalement, Bridgit quitte la pièce quand elle se rend compte que je ne lui prête aucune attention.

Le reste de la journée est assez calme, et elle ne fait aucune réapparition intempestive dans mon bureau.

Quand je quitte le centre-ville puis arrive chez moi, dans les rues désertées, à l'écart de la circulation, je suis accueilli par les cris de Sailor, qui court se jeter dans mes bras.

— Papaaaaa ! lance-t-il, ravi.

Mira arrive à son tour pour m'embrasser la joue, puis me montre le magnifique dessin que mon fils a fait pour moi.

Il m'a représenté avec un immense sourire, main dans la main avec une jolie lutine.

Mince, Leonie lui en voudrait terriblement si elle voyait les hanches qu'il lui a faites…

Je prends le dessin, que j'accroche sur le frigo, et félicite Sailor pour ses talents incroyables, même s'il m'a fait une tête en forme de patate.

— Tu sais quoi ? lui dis-je. Il se pourrait que bientôt je revoie ce petit elfe facétieux. Et si tu lui faisais un dessin, à elle aussi ? Je pourrais le lui apporter.

— Oh ! Tu ferais ça, papa ?

— Oui, bien sûr.

— Alors je vais beaucoup m'appliquer ! dit-il en reprenant sa place devant le plan de travail, couvert d'épluchures de légumes.

Quand Mira cuisine, c'est un vrai champ de bataille dans la pièce. Il y a littéralement du bazar partout mais, dans le four, je repère également une jolie tarte au chocolat.

Je crois que j'en apporterai une part à Leo demain, cela me donnera la meilleure des excuses pour aller l'embêter.

Chapitre 8

Ford

Le mardi, je me réveille en sursaut au beau milieu de la nuit tandis que mon téléphone braille une vieille rengaine des années 1960. Je bats des paupières, l'esprit encore embrumé, puis j'attrape l'appareil sur ma table de chevet.

— Ford, grogné-je.

— Monsieur Maxwell, je suis désolé de vous déranger à une heure pareille. C'est la sécurité du Heart of Glass. Il y a eu un petit incident. Rien de grave, je vous rassure tout de suite, mais je tenais tout de même à vous en informer.

— Vous avez bien fait, mon ami, dis-je en me redressant pour m'asseoir sur le matelas, les pieds posés sur le parquet lustré.

Mon pouls est un peu trop rapide, tandis qu'une tension désagréable naît au creux de mon ventre.

— Que s'est-il passé, au juste ? Il y a eu des dégâts matériels ? Une effraction ?

— Non, rien de tout cela. En fait, une alarme s'est déclenchée à l'entrée du bâtiment. Comme je faisais ma ronde et que j'étais tout proche, je me suis précipité et j'ai tout de suite repéré une femme qui essayait d'y pénétrer.

— Mais les portes étaient fermées.

— Oui, monsieur, je le vérifie toujours dès le début de mon service, et régulièrement au cours de la nuit. Mais il y a un détail étrange… La femme avait un badge, donc je me suis dit qu'elle travaillait ici et qu'elle avait peut-être oublié des affaires dans son bureau, mais elle était vêtue de noir des pieds à la tête, avec une capuche, ce que j'ai vraiment trouvé curieux.

— Hum, grogné-je. Écoutez, le temps de m'habiller, et j'arrive. Nous regarderons les bandes des caméras de sécurité ensemble pour voir si je reconnais quelqu'un, mais je ne comprends pas ce qui a pu se passer. Nous ne gardons pas d'argent dans ces locaux. Rien qui puisse motiver un vol.

— En effet, monsieur. Je suis désolé de vous avoir importuné, en tout cas.

— Mais non, vous avez eu raison de m'appeler, Al, c'est mieux ainsi.

Un petit son étouffé résonne à l'autre bout du fil. Je crois qu'il est surpris que je connaisse son nom, mais je sais presque tout sur mes salariés. Quand j'engage quelqu'un, je fais passer moi-même les entretiens finaux, et tous les employés remplissent une fiche d'informations auprès des ressources humaines. Ainsi, je sais s'ils ont des enfants ou quelqu'un d'important dans leur vie, ce qui me permet, entre autres, de personnaliser leurs colis de fin d'année.

C'est toujours mieux de ne pas offrir un petit ours en peluche violet à un célibataire de quarante-cinq ans… Même si la seule fois où j'ai commis cette erreur, il a accroché le nounours à son porte-clés, qu'il traîne depuis avec fierté partout où il va.

D'ailleurs, le célibataire en question est devenu mon meilleur ami. Et je suis convaincu que, s'il est toujours célibataire à présent, c'est précisément à cause de ce porte-clés. La plupart des femmes pensent qu'il est homosexuel et les autres se demandent s'il n'est pas un kidnappeur qui essaie d'appâter des gosses avec ce nounours. Je crois que j'ai bousillé la vie de Bas.

Il a été l'un des tout premiers à être engagé ici, quand j'ai repris les rênes de *Royalties*. C'est un photographe talentueux, qui parcourt le monde pour couvrir les manifestations mondaines, les mariages ou les naissances, les garden-parties, pour le compte du journal.

Récemment, quand un couple d'acteurs stars a fait part à la planète entière d'un heureux événement, nous avons obtenu l'exclusivité du shooting, et c'est Bas qui s'en est chargé. Ses photos sont arrivées dans nos locaux hier, d'ailleurs, et le numéro spécial à paraître sera probablement notre meilleure vente de l'année, grâce à ces clichés. Pas question de me planter. Le magazine a beau être en bonne santé, ce genre de coup représente un énorme investissement et on ne peut pas le foirer. Il ne faut pas… Non, je ne veux pas penser à un potentiel problème.

J'ai hâte de voir les premières maquettes de couverture, en tout cas.

Après avoir raccroché, je me lève, file sous la douche et passe mon costume bleu nuit, avec ma chemise grise, une cravate sombre et un veston à carreaux.

Dans sa chambre, Sailor dort encore à poings fermés. La veilleuse illumine ses traits d'un halo d'un jaune laiteux. Je pourrais passer des heures à le regarder dormir.

Je glisse une main dans ses cheveux en pagaille et j'embrasse sa joue, avant d'aller à la cuisine où Mira est déjà en train de préparer le petit déjeuner.

— Tu es tombée du lit ? lancé-je.

— Toi aussi, apparemment.

— J'ai reçu un appel de la sécurité de *Royalties*. Je vais voir de quoi il retourne. Et toi ?

— J'ai reçu un appel de mon amoureuse, dit-elle joyeusement, l'hôtesse de l'air. Impossible de me rendormir, après ça. Elle est au bout du monde, on est en décalage horaire, aujourd'hui, mais ça valait le coup. Entendre sa voix m'a boostée pour la journée.

— Je suis ravi de te voir heureuse.

— De ton côté, avec la mystérieuse Leonie, ça va ?

— Je crois qu'elle est assez hermétique à mon sourire, mais mon charme écossais a l'air de lui faire de l'effet. D'ailleurs, tu me fais penser que je dois l'appeler, tout à l'heure ! Si j'ai un moment entre deux réunions, je l'embêterai un peu.

— L'embêter ? C'est comme ça que tu comptes gagner ses faveurs ?

— Oui.

— Alors bon courage. Rassure-moi, tu as quand même d'abord essayé les fleurs ou le chocolat ?

— Le chocolat, oui. Je crois que c'est sa kryptonite. Elle devient gentille dès qu'elle en mange.

Mira éclate de rire, et je la quitte à regret pour rejoindre les bureaux de *Royalties*.

Al m'attend à l'accueil, derrière les portes vitrées, et il se hâte de m'ouvrir quand il me voit arriver.

— Monsieur, me salue-t-il. Bienvenue chez vous.

Je souris.

— Merci, Al. Allons tout de suite dans la salle de contrôle, je voudrais voir ce qu'il s'est passé.

— Bien sûr, monsieur.

Il hoche la tête et me conduit à travers les couloirs plongés dans le noir, où seule la lumière des veilleuses éclaire nos pas. Tout au fond, près de la chaufferie et de la salle de détente où les employés prennent leur pause, il se poste devant une épaisse porte noire dont il saisit le code de sécurité.

Il s'écarte pour me laisser entrer le premier dans la pièce surchauffée, où une vingtaine d'écrans montrent des images en noir et blanc de tout le bâtiment.

Al s'assoit sur une vieille chaise de bureau élimée, qu'il refuse absolument que je remplace. Apparemment, l'empreinte de ses fesses s'y est imprimée ces dix dernières années, ce qui la rend bien trop confortable pour envisager d'en changer. Quant à moi, je préfère rester debout derrière lui.

Il soupire ostensiblement en pianotant lentement sur la console pour afficher les images de notre mystérieuse inconnue. Je crois qu'il n'est pas encore habitué au système informatique que j'ai fait installer quand j'ai pris les commandes de *Royalties*, où il travaillait déjà depuis plusieurs années.

Je me souviens qu'à notre première rencontre – il avait déjà cette moustache touffue blanchâtre et le crâne dégarni – il a failli pleurer. Il pensait que j'allais le licencier, comme la plupart du personnel, d'ailleurs… Mais j'ai gardé tout le monde, tout en faisant venir beaucoup de jeunes talents pour redynamiser le magazine.

Ma longue expérience dans l'univers de la mode m'a permis de redresser rapidement la barre de *Royalties*, alors déclinant, et de nous ériger en pilier dans l'univers du papier glacé.

Al parvient enfin à sélectionner la caméra 1, celle de l'entrée du bâtiment, puis fige la vidéo quelques secondes avant l'arrivée de la femme.

— Voilà, j'appuie sur… *play*…, dit-il calmement en cherchant le bouton.

Enfin, la séquence vidéo reprend.

Je me penche un peu sur le dossier de la chaise devant moi et regarde, imperturbable, la femme vêtue de noir qui tente d'ouvrir les portes. Ces dernières étant bouclées, elle sort son badge d'une poche et le passe plusieurs fois devant le dispositif d'ouverture. Heureusement pour nous, Al ferme toujours à clé, ce qui empêche même mes employés – ou qui que ce soit s'étant procuré illégalement un pass – d'entrer après les heures d'ouverture.

Les badges ne sont pas nominatifs, cependant. Si je regarde les relevés de la machine, je ne verrai qu'une tentative d'entrée à l'heure dite, mais pas le nom de l'employée en question.

Pourtant, je n'ai pas besoin de cela pour reconnaître Bridgit.

Ses longs cheveux blonds aux boucles impeccables dépassent un peu de sa capuche, même si elle s'échine à les repousser sous le tissu.

Je me sens soudain mal. Que comptait-elle faire ici à une heure pareille ? Peut-être avait-elle simplement oublié quelque chose dans son bureau. Mais dans ce cas, pourquoi serait-elle venue vêtue ainsi, comme une voleuse ?

— Merci, Al. Écoutez, ne parlez de cet incident à personne. Si cette femme tente à nouveau quelque chose, nous préviendrons les autorités, mais pour le moment il n'y a pas eu d'effraction ni même de tentative réelle, alors oublions cette histoire, vous voulez bien ?

Je suis un instant tenté de lui dire d'effacer la vidéo, pourtant je m'abstiens. Je ne sais pas pourquoi, mais je suis saisi d'un mauvais pressentiment que je préfère écouter.

Quand nous en avons terminé, je monte à mon bureau et, comme il est encore très tôt, j'en profite pour gérer le planning des articles et valider les maquettes des premières interviews pour le hors-série.

Les photos de Bas que j'ai sélectionnées doivent être entre les mains des graphistes pour les retouches et la création du décor de fête en arrière-plan.

Quelques heures plus tard, lorsque Bridgit arrive à son poste, je me lève et avance jusqu'à son bureau. L'appréhension me retourne l'estomac. Je me demande ce qu'elle aura à répondre quand je lui poserai enfin la question qui me brûle les lèvres.

Au moment où je frappe à sa porte, qui est ouverte, elle lève la tête vers moi. Puis elle me sourit avec cette espèce de lueur prédatrice dans le regard qui me met mal à l'aise. Assise sur sa chaise à roulettes, elle redresse le dos, bombe la poitrine et mordille sa lèvre inférieure.

— Bonjour, monsieur le directeur, susurre-t-elle en balayant langoureusement ses cheveux.

Depuis le seuil, je la regarde avec froideur.

— Dans mon bureau, je vous prie. Il faut qu'on parle.

Sans l'attendre, je retourne directement dans mes quartiers, m'installe dans le fauteuil et, d'un signe de la main, désigne la place vide en face de moi.

Quand Bridgit sourit, les hommes n'ont en général aucune chance. Elle est le stéréotype parfait de l'Américaine reine du bal de promo, miss quel-que-soit-son-État, aux lèvres pulpeuses toujours peintes de rouge. Ses dents ultra-blanches rehaussent l'éclat de ses cheveux presque dorés.

Elle fait partie des personnes présentes avant mon arrivée, et je sais qu'elle ambitionne mieux que son poste de secrétaire. Elle a postulé plusieurs fois pour intégrer la rubrique mode et beauté, pour laquelle des créateurs de renom nous envoient chaque semaine des tenues complètes destinées aux séances photo.

Malheureusement pour elle, Bridgit n'a jamais su me convaincre. Ses articles sont médiocres et je la soupçonne d'être surtout intéressée par les fringues de haute couture qu'elle pourrait garder pour elle.

Elle prend place lentement, croisant haut ses jambes nues, terminées par de luxueux escarpins aux talons immenses. Dans sa robe moulante, d'un rose peu discret, elle croit probablement avoir le contrôle de la situation. Elle me lance un sourire aguicheur, auquel je n'accroche pas, et bat des paupières, la tête penchée sur le côté.

— Que puis-je faire pour vous, monsieur ? s'enquiert-elle d'une voix pleine de sous-entendus graveleux.

— J'aimerais savoir…, commencé-je. Vous habitez près d'ici, n'est-ce pas ?

J'ai relu sa fiche de présentation avant de la convoquer. Je sais tout d'elle.

— Non, pas vraiment. J'ai une heure de trajet pour rejoindre le bureau. Mais, vous savez, il y a pas mal d'hôtels tout près d'ici, si vous…

— Une heure, la coupé-je. Ce qui veut dire que vous avez dû quitter votre domicile à 3 heures du matin pour venir au bureau, aujourd'hui.

Elle se fige, tendue, alors que ses joues se couvrent d'un rouge écarlate qui descend le long de son cou et se perd sous les fins maillons d'or de son collier.

— Je suis désolée, monsieur, je ne vois pas de quoi vous parlez.

— Ah, vraiment ? Vous ne vous souvenez de rien ? Parce que vous avez essayé d'entrer dans mes locaux, cette nuit, alors je me demande une chose, Bridgit. Êtes-vous sous médication pour somnambulisme ?

— Non.

— Donc vous me mentez, mais pour quelle raison ? Pour vous foutre de moi, peut-être ?

— Non, je n'oserais jamais…, balbutie-t-elle.

Je suis peut-être sévère, mais j'aimerais comprendre ce qu'elle fabriquait là, et je ne veux pas qu'elle tisse sa toile de mensonges pour se tirer de cette situation.

Sous mon regard froid et implacable, elle perd un peu contenance, et je vois ses traits se déliter tandis qu'elle cherche la réponse qui m'apaiserait. Pour autant que ce soit possible.

— Dites-moi ce que vous faisiez ici en pleine nuit, Bridgit. Je vous ai reconnue grâce aux caméras de sécurité de l'entrée. Je sais avec certitude que c'était vous, alors ne me mentez plus, votre place est en jeu, asséné-je, même si c'est du bluff.

Son visage devient cramoisi et ses lèvres s'entrouvrent pour laisser échapper un petit hoquet de stupeur.

— J'avais oublié… des papiers importants dans mon bureau, monsieur. Je voulais absolument les récupérer.

— Des papiers ?

— Personnels. Je… J'ai postulé pour un autre emploi, pour être honnête. Mon CV et ma lettre de motivation étaient dans mes tiroirs, et je devais les poster à la première heure, car c'est aujourd'hui le dernier délai. Quand j'ai réalisé que j'avais oublié l'enveloppe ici, ça m'a empêchée de dormir, alors je suis venue en pensant que mon badge me permettrait d'entrer. J'ai eu tort, et je suis désolée si j'ai dépassé les bornes.

Je la regarde sans ciller. Je crois qu'elle ment. J'en suis presque certain. Mais la voir ainsi, les larmes aux yeux, me met si mal à l'aise, me retourne tellement le ventre, que je me sens coupable.

— Cette lettre… Montrez-la-moi, s'il vous plaît, ordonné-je d'une voix plus douce.

Nous nous levons tous les deux et regagnons son bureau. Bridgit ouvre le tiroir du haut de son meuble de verre noir. Sa main tremble légèrement mais, sans me la donner, elle me présente une enveloppe A4 en kraft sur laquelle sont inscrits une adresse et un nom. Un nom qui me provoque une bouffée de colère.

— Vous voulez postuler pour *See You Soon* ? m'exclamé-je.

— Oui.

Je m'esclaffe, dégoûté. Je ne regretterai pas de perdre Bridgit, et je ne suis pas vexé qu'elle veuille partir. Mais pour aller chez ces minables ? Mon Dieu, elle est tombée bien bas. Je ne comprends pas ses motivations, parce qu'à part l'argent il n'y a aucun prestige à travailler pour un magazine spécialisé dans les photos volées de stars et les articles racoleurs, dégradants et choquants. Passer de *Royalties* à la presse de caniveau, c'est presque gênant pour moi et tout le boulot que j'ai fait pour cette entreprise.

— Eh bien, je vous dois des excuses, je crois. Je suis désolé. Et je vous souhaite bonne chance si vous arrivez jusqu'à l'entretien d'embauche, Bridgit, ce que j'espère sincèrement si c'est vraiment l'emploi que vous rêvez de décrocher.

Je sors de son bureau droit comme un I, les poings serrés, et referme la porte vitrée avec un peu trop de vigueur. Au moment de regagner mes quartiers, je me fige.

Je suis peut-être allé trop loin ; je n'aurais pas dû la forcer à me prouver sa bonne foi. Je me retourne, prêt à lui demander pardon une nouvelle fois.

À travers la vitre, je constate que Bridgit est à présent au téléphone. Son regard se lève lentement vers moi tandis qu'elle murmure quelque chose dans le combiné. Je n'entends rien, mais j'ai le temps de lire sur ses lèvres une phrase qu'elle n'a pas le réflexe d'interrompre.

« Il sait quelque chose. »

À qui parle-t-elle ? À une amie ? Un membre de sa famille à qui elle relate sa mésaventure ? C'est possible, et pourtant je suis convaincu que ce n'est pas le cas. Pour ne pas lui montrer que j'ai l'avantage, je lui lance un petit sourire d'excuse avant de descendre au rez-de-chaussée.

Au local de surveillance, Al termine sa journée de travail en déjeunant devant les écrans.

— Monsieur Maxwell !

Il s'essuie précipitamment la bouche et s'apprête à se lever pour me saluer une nouvelle fois mais, d'un signe de la main, je l'invite à rester assis.

— Al, j'ai un service à vous demander.

— Je vous écoute, dit-il en faisant frétiller sa moustache d'un sourire.

— J'aimerais que vous surveilliez les allées et venues de Mlle Humbert durant les jours qui viennent. Je ne vous demande pas un rapport complet et détaillé, bien entendu, mais je souhaiterais être tenu au courant si elle se met à fréquenter des étages où elle n'a pas à se trouver, par exemple.

— C'est compris. Je serai attentif et ferai passer l'information à mes collègues.

— Merci beaucoup. Il va de soi que cette demande est confidentielle, Al.

— Bien sûr, monsieur.

Tracassé, je passe le reste de la journée à reporter ma frustration sur tous les gens qui défilent pour discuter du hors-série. Ma mauvaise humeur passagère entache désagréablement l'excitation que je ressentais à l'idée de sortir enfin notre numéro spécial.

Vers 16 heures, incapable de me concentrer et plus nerveux que jamais, je préfère quitter le bureau pour rentrer travailler chez moi.

Autant en profiter aussi pour aller chercher Sailor. Garé devant l'école, je préviens Mira par SMS, puis rejoins les nombreux parents qui attendent leurs enfants.

Quand Sailor apparaît finalement, emmitouflé dans son manteau bleu ciel, coiffé d'un bonnet rouge à pompon et chaussé de bottes fourrées en caoutchouc jaunes, j'éclate d'un rire heureux, le premier de la journée.

Je lui adresse un grand signe de la main. Quand son regard se pose sur moi, il sourit et se précipite dans ma direction.

— Papa, papa, papa ! s'exclame-t-il.

Je me baisse pour l'étreindre puis le soulève dans mes bras.

— Voilà le meilleur moment de la journée, déclaré-je.

— Lequel ?

— Celui où je peux te faire plein de bisous ! dis-je en embrassant ses joues toutes chaudes.

Sailor éclate de rire. Quand je le repose par terre, je remarque que plusieurs mamans ont les yeux rivés sur nous.

— Mesdames, lancé-je.

Elles gloussent, et l'une d'elles s'approche, la main d'une blondinette dans la sienne.

— Monsieur Maxwell, c'est toujours un plaisir de vous voir.

— Le plaisir est partagé.

— La maîtresse a confié aux enfants une petite fiche, à propos de la fête de l'école. Nous devons tous préparer des biscuits de Noël… Si jamais vous avez besoin de conseils, n'hésitez pas à faire un saut chez moi, je vous donnerai une leçon particulière.

Elle m'adresse un clin d'œil appuyé, avant de balayer ses longs cheveux vers l'arrière.

— J'y réfléchirai, répliqué-je aimablement.

Elle retourne auprès de ses amies, qui pouffent comme des gamines. Je crois que je vais me faire passer la bague au doigt, si je continue à me promener seul aux abords de cette école.

Je ramène Sailor à la maison, et à 18 heures nous dînons en compagnie de Mira.

Ce soir, elle a préparé des muffins. Heureusement qu'elle apporte toujours la moitié de ses petits plats à la maison de retraite où elle est bénévole dans la journée, sans quoi nous aurions du mal à tout avaler à nous trois.

Après le dîner, Mira et Sailor s'installent sur le canapé pour regarder la télé, tandis que je ressors, non sans avoir pris soin d'emporter avec moi deux muffins tout chocolat dans une boîte en carton. Il se pourrait que j'aie mangé tous les gâteaux de Leonie, alors je ne peux pas me présenter chez elle sans une offrande acceptable, sous peine de me faire découper en mille morceaux.

Après avoir rejoint l'appartement de la jeune femme, je frappe à la porte.

Je suis toujours un peu frustré de cette histoire avec Bridgit, et venir ici est la seule idée que j'ai eue pour me détendre. Les moments les plus heureux de mon existence, ces derniers temps, sont ceux que j'ai passés auprès de Leo et de mon fils. Mais je ne peux pas parler de mes soucis à Sailor.

Je ne pense pas non plus être capable de me confier à Leonie, mais au moins je pourrai souffler un peu et oublier cette étrange journée.

La porte s'ouvre à la volée sur la jolie brune, vêtue d'un T-shirt moulant aussi noir que son humeur actuelle, d'un gilet gris pâle ponctué de cœurs dorés et d'un legging qui met en valeur ses jambes parfaites. Ses hanches rebondies. Ses fesses charnues… Je souris en la voyant si agacée et rougis légèrement en constatant qu'elle ne porte pas de soutien-gorge. Puis, en gage de paix, je lui présente mon carton de muffins. Préparés en fin de journée par une Mira en pleine folie pâtissière, ils sont encore tièdes et sentent délicieusement bon.

D'une main hésitante, Leonie saisit la boîte, ouvre doucement le couvercle pour observer son contenu puis, satisfaite, m'autorise enfin à entrer chez elle.

J'ai l'impression de revivre, dans ce petit cocon calme et chaleureux. Serein. Auprès de mon lutin diabolique.

Chapitre 9

Leonie

Harley me manque un peu, peut-être. Depuis que je suis lutine officielle du Père Noël, nous ne faisons plus nos heures ensemble. Cela fait deux ans qu'on patrouille côte à côte, en équipe, dans le centre commercial. Asociaux et râleurs, mais jamais séparés.

J'hésite donc à retourner chez lui ce soir, histoire de dévorer de la pizza devant la télé, mais quand je vois Chamallow se mettre à courir après sa souris électrique, je glousse et m'installe sur le canapé pour le filmer.

Il est trop mignon.

J'envoie la vidéo à Harley, qui me répond d'un émoji exaspéré.

Je lui écris, du tac au tac.

Tu ne mérites pas sa mignonitude, de toute façon.

Tu es le seul chat errant que j'aime voir en photo, Leo. Ou que je veux chez moi.

Je ne suis pas… Non mais, je rêve… ! La prochaine boulette de poils gluants que recrache Chamallow, je la fous dans ta boîte aux lettres pourrie en forme de carpe !

De un, c'est la plus belle boîte aux lettres du monde, t'as aucun goût, c'est tout ! De deux… Ose, et je demande à Pumpkin de changer de coéquipière !

Sa menace ne me fait pas peur, au contraire.

Pas de problème, il te passera en équipe de nuit et tu seras de garde avec Suzy. Je suis impatiente que tu commences à la connaître mieux.

Suzy ? La fille qui parle tout le temps et qui raconte sa vie dans les moindres détails ? Merde… Je crois que je préfère encore les vidéos de ton chat.

C'est pile ce que je voulais entendre 😊.

Sur quoi je lui envoie celle de trente-cinq minutes où il ronfle, bouge ses petites pattes, puis ronfle encore plus fort.

Quand on frappe à la porte, Chamallow se fige et me regarde, la tête penchée sur le côté.

— Moi non plus, je ne sais pas qui est là, voyons, je lui réponds.

Je vais ouvrir et rougis un peu en découvrant Ford. J'ai envie d'être agacée et de lui faire une remarque déplaisante, mais son air de filou me fait hésiter. Il est là pour une raison, et je suis curieuse de savoir laquelle.

Avant que je puisse me montrer hargneuse, il me tend une boîte cartonnée, que je saisis prudemment et ouvre avec circonspection. Elle contient deux énormes muffins tout chocolat qui sentent divinement bon.

Oh ! Ma soirée vient soudain de s'améliorer !

— Bon, ça va, tu as gagné le droit d'entrer, annoncé-je en déposant le carton sur le bras du canapé. Mais ça ne veut pas dire que je suis heureuse de te revoir, ajouté-je en me renfrognant.

Ce qui est tout à fait faux, bien sûr.

Son rire sonore me met un peu de baume au cœur et me

réchauffe aussi le corps. Je me tourne vers lui et constate qu'il est resté à la porte, appuyé contre l'encadrement.

Chamallow et moi le regardons ; ma mauvaise humeur s'envole un peu en remarquant qu'il va mal. Je ne sais pas pourquoi je le pense, pourtant j'en suis certaine. L'homme si heureux, si insouciant que j'ai connu a laissé place à quelqu'un d'un peu mélancolique, ou du moins tracassé.

Son regard est plus sombre que de coutume, son sourire, fatigué, et honnêtement, ça me fait un léger pincement au cœur de le voir si las, ce soir.

J'avance vers lui, les sourcils froncés. Ma mine renfrognée lui arrache un petit sourire, ce qui me donnerait presque envie de lui crier dessus, juste pour le distraire un instant.

Lorsque je m'arrête à quelques centimètres de lui, son parfum vaporeux, excitant, fait s'emballer mon pouls. J'ouvre la bouche pour lui dire quelques mots d'apaisement, qui se volatilisent à l'instant même où Ford m'avoue ce qu'il a sur le cœur.

— Tu m'as manqué, fait-il dans un soupir.

Surprise, je ressens un élan de tendresse et de bonheur presque douloureux. Avant que je puisse esquisser le moindre pas en arrière, pour fuir cet homme et son affection, il se redresse, si près de moi que les pans de son manteau m'effleurent et me font frissonner. Puis il baisse la tête pour l'enfouir au creux de mon cou, et son souffle caresse ma peau avec la douceur d'une brise d'été.

Je n'ose plus bouger. Du tout. Pas même respirer.

Parce que je ne veux pas qu'il s'arrête, je ne veux pas qu'il ôte ses mains qui glissent autour de ma taille et je veux continuer à sentir son souffle doux et chaud sur ma nuque. Je veux… Je veux qu'il détruise chacune des barrières que j'érige entre nous, et qu'il me plaque contre cette porte pour m'embrasser, et me caresser, et me toucher jusqu'à ce que ma peau porte la marque de ses doigts, s'imprègne du parfum brut de la sienne.

Je halète, m'essouffle, ferme les yeux en ressentant ce plaisir vorace qui prend naissance au creux de mes cuisses pour envahir tout mon être, jusqu'à mon âme. Ford va vraiment finir par me briser le cœur, j'en suis sûre. Et le pire, c'est que je n'arriverai pas à l'en empêcher, car je suis incapable de le repousser.

Je lève les mains, caresse langoureusement son torse musclé, parfait, en mordillant ma lèvre inférieure pour retenir mes gémissements. Quand je plante les ongles dans son veston à carreaux, c'est lui qui râle de plaisir. Ses lèvres se posent délicatement contre la peau sensible de mon cou… Un petit frisson me saisit.

— Tu vas me tuer ? Tu en as envie, non ? dit-il en riant et en me relâchant doucement, avant de se redresser.

— Tu vas souffrir. Ce sera très moche, déclaré-je d'une voix rauque, en hochant la tête pour masquer mon léger tremblement.

— Je devrais peut-être y aller. Je ne voulais pas te déranger, mais…

Il baisse les yeux, soudain agacé de lui-même.

— Mais quoi ? soufflé-je.

— J'avais envie de te voir, dit-il tout simplement.

— Eh bien, je suis là. Alors, si tu veux, installe-toi cinq minutes. Il fait très froid, ce soir, réchauffe-toi un peu.

— Merci.

Il sourit, pose son manteau sur l'une des chaises de cuisine puis va s'asseoir au milieu du petit canapé. Misère ! Je serai obligée d'être tout près de lui pour manger mes muffins. À moins que j'attende qu'il soit parti ? Non, je ne résisterai jamais aussi longtemps.

— Est-ce que tu es malade ? s'enquiert-il en me regardant m'activer en cuisine.

— Non, pourquoi ?

— Tu es gentille.

Je lui lance un regard monstrueux avant de remplir deux verres de lait frais et un bol, que je dépose sur le sol pour Chamallow, qui se précipite aussitôt dessus. Puis je tends un verre à Ford et m'assieds, la boîte de muffins sur les genoux.

Une merveilleuse odeur de chocolat flotte jusqu'à moi

quand j'ouvre à nouveau le couvercle. Avec un grand sourire, j'attrape un gâteau, dans lequel je mords sans attendre.

Ford tend la main pour prendre le second, mais je lui crie :

— Hé ! C'est à moi ! Tu me les as apportés !

— Mais le verre de lait, c'est pour quoi, dans ce cas ?

— Je ne peux pas tenir les deux et manger en même temps, bien sûr ! grondé-je.

— Oh ! Leo, tu es un rayon de soleil dans ma nuit noire, ricane-t-il.

Je rougis, tentant de dissimuler un petit sourire amusé, puis je lui cède un gâteau sans rechigner davantage. Parce qu'il me fait pitié, pas parce que je suis gentille ! Quand nous sommes rassasiés, je pose les verres et le carton sur la desserte, près de moi, et laisse Chamallow grimper sur mes jambes pour grignoter quelques miettes.

— Aussi gourmand que sa maman, lâche Ford.

— C'est bien vrai, n'est-ce pas, mon bébé ? dis-je en soulevant le chaton pour le couvrir de bisous.

— Tu es belle, comme ça, souffle Ford, un bras posé sur mes épaules.

— Je sais que c'est faux. Pas la peine de dire des conneries.

— Tu te trompes, gronde-t-il. Je ne suis pas en train de te mentir.

Je n'ose plus le regarder, même si je sens dans sa voix une faiblesse, une fêlure qui le rend si humain que j'éprouve soudain le besoin de me presser contre lui.

— Ford, je sais que tu ne vas pas bien, avoué-je en posant Chamallow sur mes jambes, qui se roule en boule et s'endort l'instant d'après. Est-ce que je peux faire quelque chose pour toi ?

— Non, Leo, je ne suis pas là pour ça, je t'assure. J'ai eu une journée un peu étrange… Dérangeante, disons. La sécurité m'a prévenu d'une tentative d'effraction dans mes locaux à 4 heures du matin, mais finalement c'était une fausse alerte. Enfin, c'est la version officielle. Mon assistante prétend avoir voulu récupérer un papier important dans son bureau, mais au fond de moi je n'y crois pas. Je suis certain qu'il y a plus, qu'elle me cache quelque chose, mais je n'arrive pas à mettre le doigt dessus. Je ne sais pas… Peut-être que je m'angoisse pour rien… Tout ce dont je suis sûr, c'est que je me sens bien quand je suis avec toi, et que je voulais te voir pour avoir un peu de répit.

L'agente de sécurité en moi hausse les sourcils, intriguée par cette histoire.

La femme, elle, essaie d'oublier ce que Ford vient de dire. Qu'il se sent bien avec moi. Cette idiote le croit et a la bêtise d'avoir le sentiment d'être spéciale à ses côtés, alors qu'elle devrait être vaccinée contre la gent masculine depuis bien longtemps.

— Ton assistante a réussi à entrer, en fin de compte ?

— Non, elle est restée dehors. Du reste, il n'y a absolument rien de valeur chez nous. Nous ne faisons pas de transactions d'argent en liquide, tout est informatisé.

— Rien de valeur ? Vraiment ? D'après mon expérience, ce n'est pas forcément ce qui a de la valeur qui attire les voleurs, crois-moi. Chacun a sa propre vision de ce qui est beau, attirant, luxueux.

— Je trouve aussi, dit-il en me regardant avec tendresse.

Sa main glisse dans mes cheveux détachés. Je le laisse faire, quand bien même je meurs d'envie de le repousser. Juste pour qu'il se rende compte que je suis vraiment très méchante. Mais je n'y arrive pas trop, là.

— Tu bosses dans quoi, au juste ? Tu ne me l'as pas encore dit.

— Je travaille pour le magazine *Royalties*.

— C'est quoi ? Un truc économique ?

Il laisse échapper un petit rire.

— Non, c'est sur la mode, les célébrités, les têtes couronnées à travers le monde.

— Un magazine sur les riches, en gros. Il y a des gens qui achètent ça ?

— Oui, et tu vas me vexer si tu continues à dénigrer mon boulot.

— Désolée, mais je marche avec des grelots aux pieds

toute la journée. Je crois que, si l'un de nous est au fond du gouffre, ce n'est pas toi, rétorqué-je. Je ne dénigre rien, de toute façon. Ça a l'air assez chouette. Tu as un grand bureau ? Et tu fais quoi, au juste ? Tu es mannequin ? J'aurais dû m'en douter. Tu es un roi ?

Le flot de questions qui vient de s'échapper de mes lèvres me rend un peu honteuse. Pour un peu, il pourrait penser que je m'intéresse à lui, ce qui n'est pas du tout le cas. Il faut que je le précise.

— Enfin, tu as le droit de ne pas répondre, je m'en moque totalement, de ta vie, dis-je, retrouvant ma fierté.

— J'y croirais presque. Et comme il est mal élevé de ne pas répondre, je vais tout de même t'en dire plus sur moi. Non, je ne suis pas un roi, même si j'ai toute la richesse du monde au creux de la main, à cet instant, murmure-t-il en effleurant délicatement ma joue.

Mon regard se rive au sien. Mon souffle s'intensifie de seconde en seconde. Ses mots sont comme une caresse sur mon âme, que je voudrais insensible, mais qui s'effrite, victime de toutes les bassesses de l'existence. Pourtant, à ses côtés, elle cherche à nouveau à briller, à se ressouder, à rester forte et belle.

Je détourne soudain les yeux en m'apercevant qu'il serait dangereux pour moi d'offrir une nouvelle fois ma confiance à quelqu'un. Je ne veux plus faire entrer qui que ce soit dans ma vie. À part des chats. Je suis sûre que Chamallow voudrait un frère ou une sœur.

— Je ne suis pas mannequin non plus et, oui, j'ai un très grand bureau. Le plus grand de l'immeuble, d'ailleurs. Il est situé au dernier étage du Heart of Glass. Au coucher du soleil, quand les vitres sont couvertes de givre formant des étoiles, et que l'horizon est doré, il y a quelques secondes où tout devient magique. Les lumières des bâtiments alentour s'allument, la nuit tombe d'un seul coup et le monde ralentit. J'adore cet instant. Il faudrait que tu le voies par toi-même, un jour.

— Pourquoi diable irais-je te voir à ton bureau ?

— Pour me dire bonjour, parce que je t'aurais trop manqué, par exemple.

Ses paroles me font sourire.

— Tu es si naïf.

— C'est vrai, d'ailleurs j'ai grand besoin d'un câlin, si tu voulais bien être une gentille fille et me rassurer par ta merveilleuse présence.

— Me lécher les bottes ne servira pas ta cause, mais pour une fois je veux bien être sympa.

Je prends Chamallow et le lui tends.

— Tiens, lui, il adore les câlins. Tu verras, c'est agréable.

En grommelant, il saisit le chaton et enfouit son nez dans ses petits poils tout doux. Sans se réveiller, Chamallow se met à ronronner, ce qui me fait rire. J'attrape mon téléphone sur la desserte et, sans savoir pourquoi, je les prends tous les deux en photo. Ford, amusé, tourne la tête vers moi, un grand sourire sur le visage, et un deuxième cliché s'enregistre dans mon album.

— Dommage que tu ne sois pas tout nu, je ferais fortune en revendant ces photos à toutes les vieilles filles du coin, marmonné-je.

— Suffit de me demander gentiment, répond-il avec un clin d'œil.

— Non, merci. Je risque de faire des cauchemars, dis-je, la gorge soudain sèche. Et donc, pour en revenir à cette affaire en cours, qui m'intéresse un peu trop d'ailleurs, tu travailles pour des célébrités royales.

— Avec, me reprend-il. Pas pour.

— Tu travailles avec ces gens riches et célèbres, et tu me dis que tu n'as rien de valeur dans tes locaux ? Pas de couronne en diamants, ou de sceptre avec un rubis, par exemple ? Si j'étais une voleuse et que je travaillais avec le roi d'Écosse, j'aurais très envie de m'amuser avec ses bijoux royaux.

— Leonie…, lâche Ford, amusé.

Merde, je viens de dire… ? Je m'exaspère, parfois.

— Bien que je sois un peu choqué de ton aveu, et même si tu joues avec ce que tu veux dans l'intimité – ton minou, les bijoux de famille d'hommes célèbres –, je dois t'avouer que tu marques un point. Je n'y avais pas pensé, mais nous avons effectivement en studio, sous clé, quelques belles pièces de collection. Des robes haute couture que Bridgit a justement toujours rêvé de porter, et quelques bagues et bracelets ornés de saphirs que mon photographe, Bas, doit shooter dans la semaine.

Bridgit ? C'est quoi ce prénom à la con ? Je la déteste déjà, cette greluche. Je suis sûre qu'elle pue les ennuis à dix kilomètres à la ronde.

— Si tu veux mon avis, tu devrais mettre une caméra près de cet endroit.

— Oui, je vais faire ça. Merci, Leo. Paradoxalement, je me sens soulagé de savoir qu'elle doit me préparer un sale coup. Au moins, c'est rationnel. Je vais être vigilant, à présent.

Il soupire, et son sourire se fait bien plus franc, plus détendu. Et encore plus séduisant.

Une petite partie de moi a envie de le foutre à la porte pour le punir d'être aussi beau et attirant. Une autre partie, bien plus sombre et stupide, craque pour ce crétin. Doucement, timidement, je pose la tête sur son épaule, et sa joue caresse le sommet de mon crâne.

— Leo, tu es une femme extraordinaire.

— C'est faux ! m'écrié-je. Rends-moi mon chat, et rentre chez toi, d'abord !

Je récupère Chamallow et tourne vivement la tête vers Ford. Qui se tourne vers moi.

Nos nez se frôlent et, ravi, il avance d'un millimètre pour frotter le sien contre le mien. Je bats des paupières, le pouls affolé, la peau en feu. Chamallow, qui s'est réveillé, miaule un coup l'air de me dire : « Mais qu'est-ce que tu attends ? » Je finis par le serrer tout contre mon cœur pour mettre une barrière entre Ford et moi. Une barrière poilue.

— Je suis célibataire.

— Je le sais.

Il sourit, alors j'ajoute :

— Et je compte le rester.

— Pourquoi ?

— J'ai mes raisons, marmonné-je.

— Dis-les-moi. Dis-moi pourquoi tu ne veux pas me laisser une chance, Leo. Qu'est-ce que j'ai bien pu te faire ?

Son sourire si parfait n'est plus de mise. Il est redevenu sérieux, et je remarque alors une profonde tristesse dans son regard. Je suis désolée de le blesser, de le vexer peut-être aussi, mais je dois me protéger. Je dois réparer mon cœur avant de le remettre en gage entre les mains de n'importe qui. C'est capital. C'est vital.

— Ce n'est pas toi, le problème, je te le jure. J'ai aimé, une fois, avoué-je avec honte. J'ai aimé, j'ai tout donné, et il m'a quittée sans même se retourner, sans même s'excuser de m'avoir blessée. Ce jour-là, j'ai perdu beaucoup. Ma confiance, un bout de moi, et peut-être tout mon bonheur, aussi.

— C'était ton premier amour.

Je hoche la tête.

— Celui pour qui mon cœur battait, celui qui me faisait rire, qui me rendait heureuse. Tout allait si bien entre nous. J'avais quinze ans, à l'époque. Il en avait vingt. J'y croyais, à ses « je t'aime », même s'ils étaient faux. Je pensais que, m'acheter des babioles et m'embrasser dans les coins sombres, c'était ça l'amour. Sais-tu quand il m'a quittée ? dis-je en reniflant avec mépris.

— Non.

— Quand il a fini par avoir ce qu'il voulait de moi. Il m'a dépucelée sur son canapé dégueulasse, dans son appartement crasseux, après des semaines à me faire des avances. J'ai résisté, j'avais peur de faire ces choses-là, je n'y connaissais rien, et puis il m'a accusée de ne pas l'aimer. C'est là que j'ai craqué, et que je l'ai laissé faire. Tu n'imagines même pas comme j'ai eu mal, Ford, c'était une brûlure au fer-blanc. C'était moche, désastreux. Je me suis sentie mal, mais il prenait tellement de plaisir que j'ai fermé les yeux et que je l'ai laissé continuer. Je l'ai laissé se servir de moi. Une fois rhabillé, il m'a dit de partir parce que ses potes allaient arriver. Et il m'a dit de ne plus jamais revenir. Parfois, quand je ferme les yeux, j'entends encore son rire immonde résonner à mes oreilles et je me revois me jeter sur mon lit, après être rentrée en douce chez moi, à pleurer toutes les larmes de mon corps en me roulant en boule tellement j'avais mal au ventre.

— Leo, je suis désolé de ce qui t'est arrivé, et désolé aussi que tu sois tombée sur un connard pareil. Mais tu te punis, tu t'en rends compte ? Tu refuses d'accorder ta confiance à tous les hommes parce que tu as peur d'être à nouveau blessée, mais sache que nous ne sommes pas tous des enfoirés. Et sache également que tu n'es pas responsable de ce qui t'est arrivé. Il s'est servi de toi. Il t'a utilisée. Mais tu n'as pas à avoir honte de l'avoir aimé. Maintenant, dis-moi qui est cet homme, Leo. Dis-le-moi immédiatement.

Le grondement dans sa gorge fait palpiter mon cœur. Son regard si sombre, si meurtrier, me fait l'effet d'une bombe sur le point d'exploser. Ford est furieux, et sa colère vibre dans l'atmosphère entre nous, flambe et m'effraie un peu.

Je halète.

— Où est donc passé le flegme britannique qui te rend si droit et si calme, habituellement ? plaisanté-je pour le détendre.

— Il a été dévoré par mon cœur de Highlander, Leo, gronde-t-il. Le feu dans mes veines l'a consumé et va faire davantage de dégâts quand ce salaud sera juste devant moi, et que je l'acculerai dans une ruelle sombre au cœur de la nuit.

— Ford… C'est du passé, n'en parlons plus, et ne te mêle pas de sa vie. Il n'en vaut pas la peine.

— Mais il t'a blessée.

— Comme beaucoup d'autres personnes dans mon entourage.

Son soupir triste me fait réaliser à quel point il tient à moi.

— L'amour c'est beau, et magique, et tu mérites d'avoir de la magie dans ton existence.

— J'en ai ! marmonné-je en lui montrant Chamallow.

— De la magie moins poilue.

— C'est facile à dire, pour toi. Je suppose que tu as eu une parfaite petite vie de famille avec ton épouse avant qu'elle…

Merde.

Comment puis-je être aussi insensible ? Aussi cruelle.

Les mots s'évaporent entre nous tandis que quelques larmes me montent aux yeux face à ma propre barbarie. La cruauté des autres m'a rendue terriblement mesquine. Y compris avec ceux qui ne le méritent pas. Je m'en veux tellement !

Je me tais, mais il est déjà trop tard. Ford a compris où je voulais en venir. Je vois son regard s'assombrir et ses traits se crisper. De colère ? De déception ? De peine ?

— Je suis désolée, soufflé-je. Je ne voulais pas…

Je cesse à nouveau de parler avant de dire davantage de bêtises, et je lui tends Chamallow pour un autre câlin.

— Non, gronde Ford.

Il pose la main sur mon poignet et le chaton reprend sa place sur mes genoux.

— Tu te méprends si tu penses que ma vie a été heureuse et parfaite, ma belle, finit-il par lâcher. J'ai rencontré Katya, mon épouse, quand j'ai commencé à travailler dans le monde de la mode. Elle était mannequin. Un tempérament de feu, un regard froid et une personnalité explosive. Je suis tombé sous le charme de celle qui se dissimulait sous ce masque d'indifférence. Elle avait parfois de petites sautes d'humeur et devenait une autre personne. Une femme bienveillante, abordable et joyeuse. Nous nous sommes fréquentés quelque temps, juste assez pour que je m'éprenne d'elle, mais je crois que ce qui lui plaisait surtout, chez moi, c'est que je me faisais un nom dans le milieu et qu'elle pourrait en tirer profit.

Il baisse les yeux, aussi honteux que moi quelques secondes plus tôt.

Je pose ma main sur la sienne, premier contact pleinement consenti de ma part, et je la serre fort. Ford la porte à ses lèvres pour l'embrasser, et garde mes doigts entre les siens.

— Notre couple battait de l'aile dès le début, mais j'étais jeune, stupide, et je pensais qu'une femme aussi belle à mes côtés me vaudrait respect et honneurs. C'est mon respect pour moi-même qui s'est effiloché au fil des mois. Quand j'ai voulu rompre, elle m'a supplié d'essayer de trouver une solution. Elle voulait que nous nous donnions une chance d'aller mieux, mais je crois qu'elle voulait simplement continuer à profiter de mon argent. Les mois passaient, et ma réussite dans le monde de la mode ne faisait plus aucun doute. Sauf qu'un jour elle est rentrée à la maison avec une mauvaise nouvelle. Une très mauvaise nouvelle.

Sa mâchoire parfaite se contracte et il lâche ma main pour se frotter le visage.

— J'ai dû la payer, Leo. Je l'ai payée.

— P-payée ? bégayé-je. Comme une… fille de joie ?

— Non ! s'exclame-t-il.

Il passe la main dans ses cheveux. Pour la première fois depuis notre rencontre, je vois une vraie détresse s'inscrire sur ses traits. Une peur presque palpable dans l'air, devenu électrique.

— Je l'ai payée pour qu'elle ne se fasse pas avorter, lâche-t-il enfin.

La bombe explose entre nous, et je reste immobile face à son aveu.

— Katya est rentrée un soir, complètement paniquée en comprenant qu'elle était enceinte. J'ai essayé de l'apaiser, de la calmer, mais elle était furieuse. Un bébé signait la fin de sa carrière, mais je m'en moquais, moi, de ces conneries. Je l'ai amenée d'urgence à l'hôpital pour un check-up, et c'est là que nous avons appris qu'elle était enceinte de quatre mois. Leo, à l'instant même où mes yeux se sont posés sur les petits poings serrés de Sailor, à l'échographie, j'étais en adoration. Même si les délais pour un avortement étaient passés, Katya n'en démordait pas, elle voulait se débarrasser de lui. Alors je lui ai proposé des centaines de milliers de dollars pour qu'elle accepte de le garder. Pour qu'elle me le laisse. Et je n'ai jamais regretté une seule fois ce choix, pas une seule seconde. Sailor est mon univers tout entier.

Il sourit et reprend :

— Mais Katya ne l'a jamais vraiment aimé. Il symbolisait sa chute des podiums, et elle est devenue exécrable, avec nous deux. Je refusais de la laisser partir pour ne pas blesser Sailor, mais tout était compliqué, entre nous trois. Alors elle a commencé à voyager. De plus en plus loin, de plus en plus longtemps. Jusqu'au jour où elle a disparu, sans avoir passé réellement de temps avec nous, finalement. J'ai eu des difficultés à m'en remettre, mais pour Sailor c'était pire. Et pourtant, Leo, jamais je n'aurais l'idée de repousser toutes les femmes parce qu'une seule m'a fait du mal. Tu comprends ? Tu comprends que tu ne dois pas laisser ce salopard gagner ? Tu as mérité le droit d'être libre d'aimer, de détester et, surtout, de te laisser aller.

— Tu ne peux pas comparer nos expériences, murmuré-je. Elle ne t'a pas trahi, elle ne t'a pas menti. Vous vous êtes servis l'un de l'autre, elle pour ton prestige, toi pour son physique, c'était voué à l'échec dès le début. Mais est-ce qu'elle t'a regardé dans les yeux pour te dire qu'elle t'aimait, alors que c'était un mensonge ? Est-ce qu'elle t'a embrassé pour le simple plaisir de te manipuler, de se jouer de toi ?

— Non. Mais, Leo, le fond du problème reste le même. Tu mérites d'être heureuse. Tu le mérites tellement, souffle-t-il.

Il caresse une dernière fois ma joue puis se lève pour rejoindre la porte.

— Où vas-tu ? dis-je, apeurée.

— Tu veux que je reste ? demande-t-il avec un sourire.

Je secoue négativement la tête.

— Alors je rentre chez moi. J'ai beaucoup de travail qui m'attend.

Je lui apporte son écharpe en tartan et son trench-coat, dans lequel j'ai envie de m'emmitoufler. Je serre Chamallow contre moi, pour que mes mains ne se posent pas sur le torse de Ford, ne s'agrippent pas à son veston élégant pour le garder ici toute la nuit.

— Merci de m'avoir parlé de toi, et merci de m'avoir aidé à y voir clair avec Bridgit. À demain, Leo, fait-il en m'embrassant sur la joue. Pense fort à moi quand tu liras *Séduite par le Highlander ténébreux*.

— C'est pour ma sœur ! lui rappelé-je dans un cri désespéré tandis qu'il traverse le palier pour gagner l'escalier. Et je suis sûre qu'elle détestera. Les Écossais sont insupportables.

— Je n'ai jamais rien entendu d'aussi ridicule ! s'écrie-t-il en disparaissant.

Mince, son petit accent des Highlands me fait un effet pas permis !

Je secoue la tête, puis rejoins ma chambre avant d'attraper le livre que j'ai commencé dimanche.

Séduite par le Highlander ténébreux.

Rah, je me déteste d'être aussi faible face à lui !

Chapitre 10

Leonie

Une fois seule chez moi, j'en profite pour passer sous la douche, puis m'emmitoufler dans ma couette, au creux de mon lit. Je dois avouer que je me sens plutôt mal à l'aise. Les révélations de Ford m'ont touchée. Je n'imagine même pas sa détresse quand sa compagne a voulu se débarrasser de Sailor. Ce petit microbe a l'air de représenter tellement, à ses yeux. Leur relation est très belle.

Cependant, je suis plus mortifiée encore de lui avoir confié mes propres secrets. Je n'avais jamais dit à personne ce que mon ex m'avait fait. Me manipuler pour coucher avec moi, puis me virer de son existence de cette façon. Même mes parents, même ma sœur, ne l'ont jamais appris. J'ai gardé mes blessures pour moi, avant de me renfermer doucement sur moi-même, pour éloigner les autres de ma vie.

Non pas que j'aie toujours été un modèle de sociabilité, c'est sûr. Mais de là à repousser un homme qui ne le mérite pas, je commence à me poser des questions. Et si Ford avait raison ? Et si je me punissais en refusant d'être heureuse ?

Et si je lui faisais du mal ?

Ce n'est pas du tout ce que je veux. C'est même l'exact opposé, mais… mais il y a toujours cette sensation cuisante de honte et de colère qui tournoie dans ma poitrine. Je ne sais pas si je serai un jour capable d'effacer cet orage qui agite mon âme.

— Pff, et toi, qu'en penses-tu, minou ? demandé-je à Chamallow, qui est à présent couché sur ma tête, ses petites pattes plantées dans la masse de mes cheveux.

Il ne répond pas, ce chacal, mais je l'aime quand même.

J'attrape mon livre sur la table de nuit, l'ouvre à l'endroit où se trouve mon marque-page – enfin, le ticket de caisse – et je reprends ma lecture.

Bon sang, cette Fiona a le don pour débarquer où il faut au bon moment. Je m'évente de la main et essaie de ne pas prêter attention aux ronrons de Chamallow. Il ne faut pas qu'il me déconcentre. La lecture, c'est sacré. Et puis, voyager au cœur de l'Écosse fait palpiter mon petit cœur tandis que je pense à Ford et à ses yeux splendides aux nuances de bleu et de vert… à son corps musclé et ferme… et à son sourire lumineux, à se damner !

Merde, Leo, concentre-toi sur ta lecture, allons ! Ta lecture et rien d'autre !

> *« Les Highlands étaient en proie à une chaleur lourde et inhabituelle, qui rendait Fiona fébrile. Sa peau, moite, brillait sous un soleil torride tandis qu'elle traversait la lande – qui perdait de sa superbe –, pour se rendre à la rivière, en contrebas du château. L'édifice magistral, avec ses hautes tours pointant vers un ciel azur tourmenté de quelques nuages laiteux, la rendait folle. Il avait de plus en plus des allures de prison à ses yeux, car elle n'était pas autorisée à faire le moindre pas sans une escorte. Pourtant, la jeune femme ne supportait plus d'avoir près d'elle ces hommes armés, ou ces femmes aux petits soins pour elle, s'enquérant de ses besoins et de ses désirs à toute heure de la journée.*

Habituée à plus de liberté dans le magnifique Londres où elle était née, Fiona était tout à fait capable de se vêtir seule, de se nourrir seule et, pour l'amour du ciel, de se défendre si besoin en était. Mais le clan Campbell semblait penser qu'elle serait en danger si leurs rivaux avaient connaissance de sa présence sur leurs terres, où elle avait trouvé refuge.

L'herbe tiède sous ses pieds nus était sèche, se parant de doré là où un vert émeraude resplendissait en temps normal. Cependant, le tapis de fleurs qu'elle foula soudain était un peu plus frais. Elle pouvait sentir la végétation se faire plus humide à mesure qu'elle approchait de son but. Les pluies diluviennes des semaines précédentes avaient fait déborder les eaux de leur lit, imbibant la terre fraîche, mais à présent, sous ce soleil parfait, il n'en restait plus aucune trace, si ce n'étaient la bruyère et les jonquilles fièrement dressées sur son chemin.

Dans sa tunique bleue aux manches courtes, simple et légère, Fiona se sentait mal à l'aise. Elle n'avait qu'une envie, se débarrasser de ses vêtements et s'immerger dans la rivière pour se rafraîchir. Elle serra le tissu de sa robe entre ses doigts. Même s'il était inconvenant pour une jeune femme de se comporter de la sorte, Fiona s'était sentie obligée de ramasser le bas de son vêtement et de dévoiler ses jolis mollets, ainsi que ses genoux, pour profiter du vent trop ténu de la plaine.

Elle arriva près d'un massif de pins et de bouleaux et, déjà, l'ombre qu'ils lui procurèrent lui fit grand bien. La jeune femme, essoufflée par les efforts sous cette chaleur accablante, ralentit l'allure pour s'adosser au large tronc d'un vieux chêne, au cœur du bosquet. Elle ferma les yeux un instant pour reprendre son souffle et s'éventer de la main, quand un rire rauque la surprit. Un rire qui provoqua instantanément un certain émoi en elle. Un rire qui lui plaisait de plus en plus.

Elle étouffait un léger couinement en portant une main délicate à ses lèvres, quand elle remarqua, à travers les branchages, des hommes du clan en train de se baigner.

Les joues rougies, elle hésita un instant à retourner au château en courant, quand son pied nu se prit dans les racines d'un arbrisseau. Fiona tomba lourdement, mais sa chute fut amortie par le tapis d'aiguilles de pin moelleux au parfum d'humus.

Pour autant, elle fut incapable de se relever lorsque son regard, attiré par la rivière aux reflets argentés, effleura les muscles sensuels des deux frères cadets du laird.

Patrick et Alistair plaisantaient en se lavant, frottant vigoureusement leurs corps sous l'imperturbable soleil de l'après-midi. Les torses nus, ciselés de muscles saillants, étaient stupéfiants de virilité, et pourtant il manquait à l'appel l'aîné, ce qui aurait satisfait la curiosité déplacée de Fiona.

Le laird séduisait la jeune femme avec bien trop de facilité, ce qui l'agaçait prodigieusement. Ce barbare avait le don de titiller ses bas instincts, quand bien même elle tentait désespérément d'oublier que son sourire faisait battre son cœur.

Les doigts de Fiona se crispèrent sur les aiguilles, et elle retint son souffle lorsque les deux hommes s'avancèrent vers le banc de la rivière, complètement nus. Et… impressionnants.

Les lèvres entrouvertes sur un souffle lourd, elle laissa ses yeux papillonner d'un corps à l'autre, fascinée par leur force, par leur virilité tout écossaise. Jamais elle n'avait vu d'hommes nus avant cela, mais le spectacle était tout à fait saisissant.

– Il me semblait bien avoir entendu du bruit dans les fourrés, dit une voix grondante et amusée derrière elle.

Fiona sursauta et se retourna, toujours allongée sur son lit d'aiguilles de pin. Le cri qui montait du fond de sa gorge s'étrangla sur sa honte quand elle réalisa qu'on l'avait surprise dans une position plus que compromettante ! C'était... Oh ! comme c'était horrible !

— Seigneur, souffla-t-elle, ce simple mot haché par son sentiment de gêne.

À cet instant précis, elle aurait aimé devenir invisible.

Le laird la surplombait de toute sa magistrale hauteur. Nu, le corps ruisselant de gouttes fraîches, il la toisait, un immense sourire sur ses lèvres pleines. Ses cheveux bruns et mouillés cachaient la moitié de son visage, dans un fouillis indiscipliné de mèches mi-longues.

— Moi qui pensais trouver l'ennemi prêt à nous sauter dessus, voilà que je découvre une lady respectable en train de se rincer l'œil. Avez-vous envie de nous rejoindre, Fiona ? Mes frères et moi savons comment traiter une dame avec respect. Surtout lorsqu'elle est nue, elle aussi.

— Espèce de sauvage ! s'écria la jeune femme. J'ai simplement chuté en voulant rejoindre la rivière pour me rafraîchir. Vous pourriez au moins me proposer votre main pour m'aider à me relever, au lieu de m'accuser d'un crime aussi perfide !

— Admirer un paysage aussi magnifique que celui des Highlands n'a rien d'un crime. Encore moins

lorsqu'il est agrémenté des hommes de mon clan. Nous sommes la perfection même, vous ne trouvez pas ? fit-il, le sourire aux lèvres.

— J'ai déjà vu des cochons rouler dans la boue et qui étaient bien plus raffinés que vos hommes et vous, Camdan.

Ce dernier éclata de rire avant de tendre vers elle son énorme main. Échaudée, Fiona la repoussa brusquement pour se relever seule. Amusé, le laird la regarda faire, mais bien sûr la jolie Anglaise n'était pas habituée à marcher pieds nus. Elle qui n'avait connu que le faste d'une vie londonienne aisée poussa un petit cri en butant sur une pierre aiguisée et, avant qu'elle ne chute à nouveau, le sauvage Highlander l'enlaçait pour la rattraper.

Son souffle se suspendit une seconde. Ses yeux brillèrent deux secondes. Puis elle reprit contenance et se mit à protester.

— Lâchez-moi immédiatement, brute ! s'écria-t-elle.

— En êtes-vous sûre, milady ? Vous sembliez fascinée par le corps humain quelques instants plus tôt, et me voilà tout contre vous, prêt à vous servir de sujet d'étude. Vous pourriez en profiter à votre aise.

Il murmura ces derniers mots à son oreille, balayant une mèche de ses boucles blondes et soyeuses. Le corps de Fiona se tendit lorsque le râle chaud du chef effleura sa gorge. Lorsque ses yeux se baissèrent vers sa poitrine opulente, à peine cachée par la robe légère qu'elle avait enfilée à la hâte.

— Camdan, chuchota-t-elle, vous…

Elle ne termina pas sa phrase, ses quelques paroles s'évanouissant tandis que ses doigts fins et élégants se posaient sur les épaules noueuses du Highlander. Fiona battit des paupières, prête à succomber au charme de cet homme si fougueux sur lequel elle fantasmait depuis des semaines.

Pourtant, terrifiée à cette idée, elle s'apprêtait à remonter sa garde pour s'enfuir loin de lui, lorsqu'il posa l'une de ses lourdes mains sur sa joue et se pencha lentement sur elle pour l'embrasser. Avec une telle douceur, une telle tendresse que le cœur de la jeune femme s'emballa éperdument dans sa poitrine.

Le laird lui laissait toute chance de le repousser, mais elle en avait fini avec la lâcheté. Fiona poussa un petit soupir élégant, satisfait, avant de plaquer sa poitrine ferme contre la peau fraîche du chef de clan, lui indiquant par la même occasion qu'elle souhaitait plus. Qu'elle voulait ce baiser.

Alors, la douceur de Camdan s'effaça au profit d'un baiser plus fougueux, plus impérieux qui la laissa essoufflée, exaltée entre ses bras.

Perdue dans un désir soudain et brûlant, elle caressa toute la longueur de ses bras musclés, de son torse parfait, et remarqua qu'il aimait son toucher. Qu'il l'aimait si fort que sa peau se couvrait de frissons et… Seigneur ! Que son membre se faisait de plus en plus dur entre eux. Fiona s'écarta de Camdan. Un simple millimètre, qui lui donna le loisir de le contempler. Le laird n'avait pas l'air d'avoir honte de son excitation, bien au contraire. Son regard de braise était plus sombre que jamais.

— Je…, souffla-t-elle, incapable de trouver une pensée cohérente au milieu de ces émotions en fusion qui se battaient en elle.

— Vous… aimez ce que vous découvrez, peut-être ?

Pour une fois, son ton n'était ni narquois ni suffisant, et encore moins empli de ces notes de séduction dont il usait toujours avec elle. Il était vraiment intéressé par sa réponse, et tandis qu'il attendait de la recevoir, elle perçut chez lui une réelle sensation d'impatience, et d'humilité, également.

— Oui, se vit-elle contrainte de répondre.

La vérité lui sembla convenir au mieux à la situation. Ce n'était ni l'heure ni le moment de replonger dans leurs petites piques assassines qui mettaient de la bonne humeur au château.

Fiona glissa la main dans le creux des abdominaux si bien dessinés de Camdan et elle jura que ce dernier venait de murmurer son prénom d'un ton aussi doux que merveilleux. Cela effaça toute hésitation en elle, et elle saisit alors, entre ses doigts fébriles, la hampe dure et dressée de son sexe.

Le Highlander poussa un soupir enfiévré et glissa son visage au creux de son cou. Ses lèvres s'y posèrent, excitant la jeune Anglaise, interdite par la sensation exquise de cette peau veloutée entre ses doigts.

— Vous me faites un tel effet, milady, que je ne pense qu'à vous à chaque instant de la journée, à chaque heure de la nuit, chuchota Camdan à son oreille.

D'un geste vif, Fiona défit les lacets de son corsage et dévoila à son guerrier ce corps qu'aucun autre que lui n'avait vu jusqu'à présent. Il poussa un râle d'extase, la coucha à même ses jupes sur le tapis moelleux au sol et glissa les doigts dans les boucles blondes de son intimité. »

— Oh là là ! couiné-je à mon tour en fermant les yeux, avant de soupirer pour faire baisser un peu ma tension.

Soudain, je pousse un cri de panique. À peine mes paupières baissées, Camdan, dans sa nudité parfaite, m'apparaît… sous les traits de Ford. Ce n'est pas possible !

Je balance mon livre sur la table de nuit, tremblante, et prends Chamallow dans mes bras.

— Toi, tu files dans ton couffin, lui dis-je. Maman va avoir… des choses à faire. Du rangement, précisé-je.

Je retourne au lit après avoir fermé la porte de ma chambre et éteint la lumière en souriant. Et en repensant au beau Camdan, sous les traits d'un Écossais au visage constellé de taches de rousseur, au costume élégant, et à la hampe dure et dressée.

NON ! EH MERDE !

Après cela, je vis malheureusement une nuit très agitée. Entre des rêves qui me donnent chaud et Chamallow qui refait son marathon dans le salon, je me réveille avec une envie de tuer le monde entier. Surtout Ford. Et mon chat.

En râlant, j'enfile mon stupide costume d'elfe du Père Noël, et remplis les bols de Chacha pour la journée. Bien sûr, il n'a qu'une envie ce matin : jouer avec les grelots à mes pieds.

Qu'est-ce que je déteste ce boulot…

Je me rends au centre commercial tandis que le soleil se lève. Au moins, malgré le vent glacial et la neige qui recouvre toujours les trottoirs et les parcs, il fera beau aujourd'hui.

Je passe la matinée avec un sourire artificiel coincé sur les lèvres, et à midi, je n'en peux plus. À l'instant même où le Père Noël prend sa pause, je retrouve mon expression fétiche : regard meurtrier et air ennuyé. Je file en salle de repos pour attraper un sandwich dans le frigo, puis je retrouve Harley qui arbore la même expression que moi, assis seul à une table de quatre. Je m'installe face à lui, vautrée, un coude sur la table, et grogne :

— Je vais démissionner. C'est de la torture, ce job.

Au même instant, Eva et Clara passent près de nous, dans la même tenue que moi, toutes guillerettes et souriantes. Le pompon de leur petit chapeau rayé rouge et blanc s'agite. J'ai envie d'y foutre le feu.

— Oh ! Le sourire de ces enfants, ça n'a pas de prix, commence l'une des deux blondes.

— C'est merveilleux, s'extasie Clara.

— C'est merveilleux, reprends-je en grimaçant, d'un ton mesquin. Tu sais ce qui serait merveilleux ? Que je puisse coller une tarte en pleine figure à tous ces petits cons qui pensent mériter des cadeaux alors que ce sont juste de mini-enflures. Ouais, et je prendrais une tarte au miel, bien collante et dégueulasse. Et je mettrais des brocolis dedans, en plus, pour que ça pue.

Harley lève doucement les yeux vers moi et éclate de rire.

— Arrête de te moquer. Je ne suis pas faite pour être un lutin, je veux retourner à la sécurité, gémis-je.

— Encore deux semaines, et Noël sera passé. Sois forte. Mais je t'avoue que tu me manques. Faire mes rondes avec les autres, c'est nul. Soit ils parlent trop, soit… ils ne sont pas toi, quoi, dit-il en rougissant.

— Tu viens de me faire un compliment ou je rêve ? Tu sais que je déteste ça !

— Ah, Leo, ta mauvaise humeur exquise me manque. J'aimerais que nous puissions refaire le monde comme avant, juste toi et moi, dans les allées du centre commercial, à nous plaindre de la politique. Du gouvernement. De la religion. Des crétins autour de nous.

— Le bon vieux temps, lâché-je.

Je lui tapote la main avant d'entamer mon sandwich. Moi aussi, j'aimerais passer plus de temps avec lui. D'autant que Noël n'est jamais une période facile pour Harley. Il a perdu ses parents à cette époque de l'année, quand il était petit, et chaque éclat de joie autour de lui lui rappelle les heures à pleurer sur leur tombe. J'aimerais qu'il trouve un jour quelqu'un qui le rende heureux, même à Noël. Quelqu'un qui le poussera à sourire quand il n'a envie que de se lamenter.

— Tu passes chez moi ce soir ? propose-t-il.

— Je ne peux pas, je dois aller chez mes parents. Je n'ai qu'un désir, c'est de me casser les deux jambes pour pouvoir y échapper.

— C'est violent. Je peux t'aider, si tu veux. Ou te kidnapper et leur envoyer une demande de rançon, mais au bout du compte je te garderai, comme ça, j'aurai l'argent et toi, lance-t-il.

— Ouais, comme s'ils allaient payer quoi que ce soit pour moi. Éventuellement, ils te diraient que tu peux me garder et te donneraient les sous pour ça. Je crois qu'on tient une idée, là…

Harley fait glisser son plateau d'un geste vif sur la place d'à côté, puis pose les coudes sur la table. Sous son uniforme noir d'agent de sécurité, plutôt sexy, j'aperçois les tatouages mandalas qui recouvrent complètement ses avant-bras.

Je sais qu'il les a fait faire des années plus tôt, quand il essayait de s'en sortir, de s'extirper de cette spirale de dépression et de mauvais souvenirs. Quand je le vois aujourd'hui, plutôt heureux et presque souriant, je me sens bien, moi aussi. Nous nous sommes rencontrés il y a deux ans, quand j'ai été engagée à The View. À l'époque, il était loin d'être aussi épanoui.

J'ai commencé mes rondes avec un homme taciturne, violent, hérissé de piquants, et aujourd'hui j'aperçois un peu de cet être fantastique qu'il pourra devenir quand ses démons auront fini de l'étouffer.

— Quoi ? grogné-je quand il se met à me dévisager.

— Rien. Je me disais juste que je ne serais pas contre le fait de te garder.

— Prisonnière ? Quel cinglé tu fais, mon vieux. J'espère au moins que tu me bâillonneras, parce que je hurlerai jusqu'à te faire changer d'avis. Oh ! et puis je vais dresser Chamallow à attaquer les gens et me protéger du monde extérieur, tiens.

— Adopte d'autres chats, tu auras une armée pour toi toute seule.

— Quelle excellente idée, dis-je avec un sourire. Et je débarquerais ici le 24, quand tous les mioches feraient la queue pour voir le Père Noël. Je lancerais un « À l'attaque ! », et tous mes chats se précipiteraient vers les enfants pour les faire fuir. Je leur mettrais des petits gilets que j'aurais tricotés moi-même, et je porterais le même.

— Leo, je crois que tu commences à me faire flipper, se moque Harley.

— Je vais encore faire des rêves bizarres, cette nuit, je crois.

— Encore ?

— Oui, la nuit dernière, ça a été la fête dans mon esprit. Des Highlanders, des chats qui faisaient du marathon avec un bandeau autour du crâne pour éponger leur transpiration – c'était ridicule d'ailleurs – et aussi… Euh, rien.

— Quoi ? Dis-moi ?

— Non, ce n'est pas de ton âge, rétorqué-je avec un grand sourire.

Amusé, il secoue la tête et me dévisage un long moment, comme s'il pouvait deviner ce dont j'ai rêvé.

Quand j'ai fini mon sandwich, je quitte la salle de repos en compagnie de Harley. En temps normal, nous nous remettrions tous les deux dans notre rôle d'agent de sécurité, surveillant les gens autour de nous d'un œil neutre mais aiguisé. Mais aujourd'hui encore, je vais devoir retourner au chalet.

Harley m'accompagne donc jusqu'au traîneau de bois rempli de faux cadeaux tandis que les chants de Noël résonnent un peu plus fort à nos oreilles. Encore une fois, j'en ai la chair de poule.

— Tue-moi, articulé-je d'une voix suffisamment

basse pour que notre patron, qui passe près de nous, ne m'entende pas.

— J'aimerais en être capable, Leo, mais ce serait une grande perte pour le monde de ne plus t'avoir sur terre.

Je jette un coup d'œil furtif à M. Pumpkin, qui agite les mains en direction des enfants. Son air enjoué et heureux me donne envie de démissionner sur-le-champ.

— Sérieusement, ce n'est pas normal d'être aussi joyeux, non ? lancé-je à Harley.

— Cocaïne. Je ne vois pas d'autre explication.

Je glousse et capte aussitôt l'étrange regard que pose Harley sur moi.

— J'ai un truc sur la figure, c'est ça ? Ces morveux ont voulu faire un millier de photos avec moi, et la plupart d'entre eux arboraient des peintures de guerre pleines de paillettes sur leurs petits visages ignobles. Je n'ai jamais vu autant de nez rouges et de bonnets en caribou de toute ma vie. J'aimerais bien en avoir un, par ailleurs. Un bonnet avec des cornes, pas un vrai caribou.

— Tu n'as rien sur le visage, Leo. Tu es parfaite.

Je fronce les sourcils et retiens un « Tais-toi, bordel » qui vient du fond de mon cœur. Depuis que je suis venue chez lui avec Ford, Harley a un comportement étrange envers moi. Il est plus… attentif. Oui, il remarque mes sourires, touche mes cheveux, comme s'il avait pris conscience de quelque chose, mais de quoi ? Je n'en ai aucune idée.

— Retourne bosser, d'abord, dis-je en le repoussant des deux mains.

Il secoue la tête en souriant et débarrasse le plancher l'instant d'après, non sans un regard terrifiant vers un môme, en train de préparer une bêtise, d'ailleurs.

L'après-midi est plus long que jamais. Les bras croisés, cognant du pied sur le sol pour éviter que les marmots ne m'approchent de trop près, le « gling-gling » de mes grelots me tape sur le système. M. Pumpkin, qui craint probablement que mon humeur trop noire ne provoque un vent de panique dans le centre commercial, vient se planter devant moi avec son grand sourire un peu trop forcé. Je crois qu'il a peur de moi. C'est un sentiment dont je ne me lasserai jamais.

— Mademoiselle Greene, je crois qu'il serait judicieux d'agir de façon à diffuser l'esprit de Noël autour de vous.

« Tu sais où tu peux te le fourrer, ton esprit de Noël ? » ai-je envie de lui dire. Mais il reste mon patron. Sa moustache frétille de terreur quand je prends une profonde inspiration.

— Mon Taser me manque, dis-je simplement.

— S'il vous plaît, Leonie. Faites un effort et je vous promets de ne pas vous choisir pour être lutine l'année prochaine.

Cette promesse me fait aussitôt réagir. Mes yeux s'écarquillent comme ceux de Chamallow quand je commence à tricoter, et aussitôt je me mets à sautiller sur place pour agiter mes grelots, répandant la bonne humeur autour de moi. Enfin, avec modération, quand même !

— Oyez, oyez, chers clients, venez rencontrer le Père Noël et vivez la magie des fêtes en compagnie de vos adorables bambins, m'exclamé-je en tournoyant et virevoltant.

S'ils savaient que je suis en train de les maudire bien comme il faut dans mon esprit, ils fuiraient en courant. Mais franchement, je ne veux plus jamais enfiler ce costume ridicule de ma vie, et la perspective d'être débarrassée de mes chaussons à grelots l'année prochaine est bien trop réjouissante.

M. Pumpkin glousse en rougissant, tournoyant également pour rejoindre son bureau.

Cette journée n'en finira jamais…

De retour à la maison, je m'offre quelques minutes de pause, affalée sur le canapé, pour faire des bisous à

Chamallow. Ce dernier ne se laisse pas faire et miaule en me grimpant dessus avant de me tâter les joues de ses deux pattes.

— Tu es sérieux, là ? Est-ce que je te tâte, moi, peut-être ?

Il saute un coup sur mon ventre, malaxe mon manteau, que je n'ai même pas encore ôté, puis retourne à ses occupations de chat, c'est-à-dire qu'il s'allonge en plein milieu du salon.

Je soupire, le prends en photo puis file sous la douche.

Le rendez-vous avec ma famille m'angoisse terriblement. Comme chaque fois que je dois les voir, je me sens au plus mal. Pas assez bien, pas assez jolie. Je suis une ratée, à leurs yeux, et par effet miroir, c'est ainsi que je me vois.

Le *dress code* imposé m'énerve au plus haut point. Dîner pré-Noël oblige, nous sommes censés porter une tenue de circonstance. Certes, je pourrais me contenter d'un simple jean et d'un pull, comme je l'ai fait il y a quelques années. Sauf que, résultat, ma mère m'a obligée à me changer pour enfiler une monstruosité : une robe pull tricotée à la main (probablement par un aveugle aux goûts douteux) dans un atroce dégradé de marron et de kaki, avec des pompons rouges et une ébauche de sapin dans la tourmente. Depuis, je préfère choisir mes propres fringues festives plutôt que de subir cet affront une nouvelle fois.

J'enfile donc une jolie robe de velours rouge, dont le bas est bordé de dentelle blanche. Mon décolleté plongeant se pare de minuscules pompons blancs et de ma crinière, que je coiffe en queue-de-cheval sur le côté. Je boucle mes longues mèches soyeuses puis je passe aux choses sérieuses. Mes collants.

Sur une chorégraphie apocalyptique, je les enfile jusqu'à ce que le haut m'arrive presque sous la poitrine. Chamallow, qui me regarde d'un air songeur, doit probablement penser que je suis folle. Quand je me regarde dans le miroir en pied, j'éclate de rire en réalisant qu'on voit mes collants dans le dos nu de ma robe. Je les remplace donc par mes jarretelles sexy.

J'ai à peine le temps de chausser mes pantoufles en poils de Grinch qu'on frappe à la porte. Ford, probablement. Je me résous donc à enfiler mes escarpins noirs avant de lui ouvrir. Je ne veux pas qu'il se moque de mes chaussons vert fluo.

Un grand sourire aux lèvres, Ford se fige en me voyant. Il me détaille des pieds à la tête, sérieux et visiblement troublé. En franchissant enfin le seuil, il m'enlace et plaque un baiser soudain sur ma joue. Ses doigts glacials pressent la peau nue, brûlante, de mon dos, me faisant frissonner contre lui.

— Tu es magnifique, Leonie, susurre-t-il à mon oreille.

— Et toi, tu es collant, merci bien.

— Tu n'aimes pas ça ?

— Je… Je ne sais pas.

Ses mains glissent alors lentement au creux de ma taille, effleurent le bas de mes reins et découvrent lentement la peau de mon dos, me donnant un délicieux aperçu de son toucher si doux.

— Dis-moi ce que tu ressens à cet instant précis, Leo.

— De l'agacement ? bougonné-je.

Il sourit.

— Tu n'en es pas sûre ?

Incapable de mentir plus longtemps, je baisse les yeux avec pudeur et secoue la tête. Mon souffle est si fort que ma poitrine percute son torse à chacune de mes inspirations. Son manteau, ouvert, semble m'accueillir dans l'étreinte chaleureuse et masculine qu'il m'offre sans remords.

— Allez, ôte donc cette carapace couverte de piquants juste une petite seconde, et dis-moi vraiment ce que tu ressens lorsque je fais cela…

L'une de ses mains caresse mon visage alors que, du bout des doigts, l'autre glisse de ma nuque à mes reins en suivant la ligne creuse de mon échine. Je me cambre. Je n'arrive pas à m'en empêcher. C'est comme un instinct, comme si le plaisir que je ressens me forçait à m'offrir plus encore à lui. Je ferme les paupières une seconde et murmure un « Encore… » plein de pudeur et de gêne. De désir. Et d'une infinité de peurs qui m'assaillent l'instant suivant.

Mais je les refoule, et les combats, et laisse la sensualité de son geste me bercer tandis que ses doigts empruntent le chemin inverse, effleurant mes fesses avant de caresser ma nuque.

— Leo, souffle Ford.

Ses lèvres frôlent timidement les miennes, doucement, très doucement. Et je réalise alors que j'ai besoin de plus de temps pour m'habituer à lui, à un « nous », et au risque que mon cœur se retrouve à nouveau brisé un jour.

Je le repousse sans ménagement, le mettant à la porte pour pouvoir reprendre mon souffle. Quand il est loin, j'ai l'impression de parvenir un peu mieux à contrôler mes émotions. Cependant, c'est de plus en plus difficile lorsqu'il est près de moi. Ou au creux de chacune de mes pensées.

Je dis au revoir à Chamallow, puis, une fois mon manteau et mon affreuse écharpe enfilés, je rejoins Ford dans le couloir. Il ne semble même pas m'en vouloir de l'avoir traité avec aussi peu d'égards. Moi, j'ai du mal à me le pardonner. D'autant qu'il n'a fait que me réconforter et me prouver que je ne suis pas une ratée.

Je lui indique la route jusque chez mes parents, sans parvenir à parler d'autre chose, mais quand nous nous garons devant la maison, je suis incapable de sortir de la voiture. Mon angoisse a atteint des sommets. Mes mains tremblent de plus en plus fort.

Une fois le moteur coupé, ma respiration lourde couvre la vitre de buée.

— Leo, tout va bien se passer, me rassure Ford. Ce n'est qu'une petite réunion de famille.

Je lui lance un regard tranchant. Il ne comprend pas. Il ignore ce que c'est de ne pas recevoir d'amour de ses propres parents.

— Ce sera cauchemardesque, oui. Je le sais. Je ne conçois même pas que tu ne me croies pas, en fait. Tout ce qu'on est censés faire, ce soir, c'est décider de ce qu'on va préparer à Noël et attribuer son rôle à chacun. Ça va se terminer en mise à mort de ma petite personne qui ne sera jamais assez bien pour eux.

— C'est faux, tu es une femme extra, Leo. Crois-moi.

Ses doigts jouent avec une boucle de mes cheveux et, désireuse de mettre fin à ce moment trop intime, je sors enfin de la voiture. À l'idée qu'il n'ait pas confiance en moi, qu'il mette en doute ce que je représente pour mes proches, je me sens encore plus mal à l'aise.

Je remonte l'allée au milieu des arbustes illuminés, des nains de jardin exhibitionnistes et des rennes en train de se chevaucher. Seigneur, je n'ai jamais eu aussi honte de toute ma vie.

— Regarde droit devant toi, par pitié, ordonné-je à Ford.

— Trop tard, fait-il en riant.

Je dois vraiment être maudite.

Dans la maison, une odeur de cannelle et de vanille nous assaille aussitôt. Bon, si ma mère a pâtissé, c'est qu'elle est de bonne humeur. Peut-être que je serai épargnée, ce soir.

Mouais, c'est peu probable.

Ford et moi accrochons nos manteaux à la patère, tandis que je crie :

— C'est moi, je suis arrivée !

L'entrée est minimaliste, mais kitsch à souhait. Une petite pièce à la tapisserie moyenâgeuse, avec des murs couverts de cadres. Parmi eux, il pourrait y avoir les photos de ma sœur, de sa fille et de moi, mais non. Il y a un portrait de chacun des nains de jardin pervers de mes parents. Ouais, je suis moins aimée que le gros nain avec le pénis à l'air, c'est sympa.

Ford se retient de rire et, avant que nous ne quittions le cagibi, il pose ses mains sur mes hanches et me regarde, des étoiles dans les yeux.

— Ma vie est mille fois plus drôle depuis que je te connais, avoue-t-il.

— La mienne est bien plus pénible, espèce de pot de colle, rétorqué-je en lui donnant une tape sur les doigts.

J'inspire un grand coup, et Ford revient à la charge.

— Détends-toi.

— Impossible.

Il dépose un petit baiser au creux de mon cou et je me sens soudain toute fébrile.

— Arrête de m'embêter, ordonné-je.

Puis nous nous mettons en marche. J'ouvre la porte qui mène au salon désert, plongé dans le noir, hormis les guirlandes électriques, qui clignotent si vite sur le sapin gigantesque qu'en les regardant plus de trois secondes c'est la crise d'épilepsie assurée. Heureusement, d'ailleurs, que l'œil humain ne peut pas se poser trop longtemps dessus, ou Ford risquerait d'apercevoir les boules en forme de fesses et de petites crottes à paillettes. Je suis désemparée.

Nous traversons les lieux en naviguant autour des cartons débordant de décorations pour rejoindre la cuisine, où ma famille tout entière est installée.

Maman et papa sont assis à la table carrée, au centre de la pièce défraîchie, un énorme cahier devant eux. Ma mère est sur le pied de guerre pour décider du menu du réveillon. Mon père, qui a posé ses lunettes sur le sommet de sa tête – ce qui veut dire qu'il n'écoute rien de ce qu'on lui dit –, est en train de grignoter des cookies en mettant des miettes partout. Ma sœur, debout derrière ma mère, rouspète contre sa fille qui court dans tous les sens en faisant voler les fiches de recettes éparpillées sur la table.

Ils parlent si fort qu'aucun d'eux ne remarque ma présence.

Agacée, je lève les yeux au ciel et pousse un soupir

qui fait frétiller les guirlandes rouges et vertes scotchées au plafond.

— On peut partir ? dis-je à Ford.

Il n'a pas le temps de répondre que ma sœur, Ansley, lève la tête vers lui. Elle est vêtue d'une robe en skaï verte, moulante et ultra-courte. Dans ses cheveux parfaits, elle a posé un diadème en plumes blanches avec deux petites antennes au bout desquelles dansent des flocons de neige.

— Leonie, tu as amené de la compagnie, susurre-t-elle en bombant soudain la poitrine.

— Oui, grogné-je. Voici Ford. Ford, je te présente Rex, mon père, Jazlynn qui est ma maman, et il y a la petite Mayah qui court quelque part, ainsi que sa mère, Ansley.

— Ravi de vous rencontrer, jeune homme.

— Moi de même, monsieur, mesdemoiselles, dit Ford avec amabilité.

Je me sens presque trahie qu'il soit gentil avec eux.

— Alors, qu'est-ce que vous faites avec notre Leo ? Franchement, vous auriez pu trouver mieux, attaque directement ma sœur.

Elle se met à glousser comme une dinde, ce qui me donne vachement envie de la pousser dans le four. Le thermostat à fond.

Je rougis, et Ford pose une main dans mon dos, à l'endroit le plus bas où ma robe dénude ma peau.

— Mieux que Leo ? J'en doute fort, réplique-t-il aussitôt d'un ton soudain froid, presque brutal.

— Hum, hum, toussote Ansley, qui me détaille des pieds à la tête. Tu n'aurais pas encore pris un peu de poids, ma vieille ? Il va falloir arrêter, un jour, ou tu ne pourras plus courir après les suspects dans ton centre commercial miteux.

— C'est vrai, ça, Leo, reprend ma mère, qui me regarde enfin à son tour, comme pour vérifier que le moindre de mes défauts est visible à l'œil nu.

— Désolée, mère, d'être aussi moche, raillé-je.

— Tu n'es pas moche, ma chérie. Tu es… Disons,

quelconque. Tu pourrais faire des efforts de temps en temps, et te maquiller un peu. Ou un peu mieux.

— Vous m'avez tous tellement manqué, lâché-je en prenant place à la table.

Ford reste debout derrière moi, ce qui m'angoisse davantage. Qu'est-ce qu'il fabrique ? Il ne pourrait pas poser ses fesses à côté de moi, que je n'aie pas l'impression d'être cernée par l'ennemi ?

— Leo, par pitié, ne parle pas comme cela à ta mère ! Pas de sarcasme dans cette maison, jeune fille ! gronde papa.

— Vous vous fichez de moi ou quoi ? m'exclamé-je.

— Tata Leo, moi je t'aime tout plein et tu es très jolie, me rassure aussitôt Mayah.

— Moi aussi, je la trouve très jolie, dit Ford en se penchant vers elle pour lui ébouriffer les cheveux.

— Si on aime l'ordinaire, se moque Ansley. Au fait, tu l'as trouvée où, cette robe ? Elle est très mignonne. Elle ne te va pas, mais j'aime bien le style.

— Ah bon ? Ce n'est pourtant pas le genre pétasse qui te plaît tant.

— Leo ! s'écrie maman.

— Quoi ? Ce n'est pas moi qui montre ma touffe à tout le monde avec des robes ras la marchandise.

Ford se met à tousser bruyamment. Je crois qu'il s'est étouffé sur son rire. Il finit par s'asseoir à côté de moi, probablement lassé du match de catch qui débute, et aussitôt maman lui colle deux fiches de recettes devant les yeux.

— J'ai besoin d'un avis impartial, jeune homme. Dinde aux airelles ou jambon au miel ?

— Dinde, répond-il du tac au tac. Et puis cela vous donnera moins de travail, madame.

— Parfait, c'est aussi ce que je pensais. Comme il est poli, Leo. Où as-tu déniché un gentleman pareil ? Pas dans ce taudis où tu travailles. D'ailleurs as-tu pensé à refaire tes vaccins ? On ne sait jamais.

— Parce que tu imagines que je me roule sur les seringues que tous les drogués laissent traîner par terre, peut-être ? Je n'ai pas d'hépatite, je te rassure.

Je n'arrive pas à croire qu'ils pensent que The View est un repaire malfamé. Il s'agit d'un des plus beaux centres commerciaux de la ville, mais bien sûr ils se moquent éperdument de ce que je peux leur dire. Ils préfèrent se faire leurs idées pour mieux me dénigrer.

— En réalité, c'est plutôt moi qui ai trouvé votre fille, madame, intervient Ford. Elle m'a aidé à un moment où j'en avais vraiment besoin, et je lui ai proposé un rendez-vous le lendemain.

— Tu as sauté sur l'occasion pour harponner un homme fortuné, Leo, pas vrai ? Tu en avais marre d'être pauvre ? se gausse Ansley.

Ford, gêné, baisse les manches de sa chemise pour cacher sa montre luxueuse.

— En fait, elle ne voulait pas me voir, mais j'ai insisté.

— Ah, elle joue les prudes, alors.

Bon sang, quoi que je fasse, je m'en prends plein la figure, j'en ai marre !

— Pas comme toi, pas vrai ? répliqué-je en désignant Mayah d'un signe de tête.

La petite – que j'aime *presque* fort parce qu'elle reste une gosse et que j'ai horreur de ces trucs-là – joue à présent à la poupée sur le sol de la cuisine, sans se soucier de nos chamailleries. Elle doit avoir l'habitude.

— T'es en train de me traiter de ce « mot en *p* » ou je rêve ?

— Je ne t'ai pas insultée, que je sache.

— Ça suffit, les filles.

Mais nous commençons tout de même à nous disputer et papa se lève soudain de table pour taper du poing sur le bois brut.

— Leo, Ansley, plus un mot ! hurle-t-il.

Il me fait un vague signe de la main pour que j'aille au salon, loin de Belzébuth, et je pars en fulminant. Je me jette dans l'un des fauteuils et les laisse discuter entre eux du repas de fête. Je n'ai même pas envie d'allumer la lampe. Je reste là, dans le noir, à les regarder être une famille, tandis que Ford me dévisage, les yeux remplis de tristesse et de honte.

Ouais, je suis le vilain petit canard, je l'avais prévenu.

— Et toi, bien sûr, tu vas te cacher pour que personne ne te donne de travail à faire ! s'écrie soudain ma mère. Fainéante !

Je me lève d'un bond, outrée.

— Tu te fous de ma gueule ? Vous venez de me virer de la cuisine, je te signale ! Non mais, donne-moi toute la bouffe à faire, s'il le faut, tant que vous me foutez la paix !

— Je t'interdis de me parler sur ce ton ! File dans ta chambre, jeune fille !

— Je suis adulte, je te sign…

— Dans ta chambre. Immédiatement.

Tremblant de frustration et de honte, je serre les poings et cours dans les escaliers m'enfermer dans ma vieille chambre d'adolescente. Ma respiration est atrocement lourde et douloureuse. Je me sens si mal, dans cette maison. Comme si j'étais une telle déception pour eux tous que je ne mérite même pas le moindre égard.

Assise sur mon lit aux draps rose bonbon, j'allume la lampe de chevet. Un halo doré éclaire une petite partie de la pièce aux murs recouverts de posters de groupes de rock, de citations célèbres et de quelques jolis dessins. Elle est loin, la Leo insouciante et rebelle. Je me demande quand je l'ai perdue de vue.

J'ai peut-être toujours été un peu rude et cynique, mais je reste persuadée que c'est ma toute première peine de cœur qui a fait de moi une personne si seule. J'ai cessé de faire confiance à tout le monde après cela, et c'est tant mieux. Je ne veux plus jamais offrir mon cœur à qui que ce soit, c'est trop douloureux.

Si même ma famille n'est pas capable d'en prendre soin, alors qui le pourra, à part moi-même ?

Je me penche en arrière et me laisse tomber sur le matelas. J'espère que Ford est reparti. Je ne veux pas qu'il reste en compagnie de ces gens. Et je ne veux pas qu'il sache que j'ai de la peine.

Chapitre 11

Ford

Leo est tellement belle, ce soir, que j'arrive à peine à détourner le regard. Son corps voluptueux est mis en valeur par une tenue soulignant chacune de ses courbes incendiaires. Sa chair crémeuse se dévoile avec timidité, et ses cheveux bouclent délicatement, me donnant envie de jouer avec leurs vaguelettes soyeuses. Dans sa robe rouge, la peau de son dos totalement dénudée et un air toujours mystérieux sur son beau visage, elle me fait complètement craquer.

Pourtant, je ne l'ai jamais vue aussi angoissée que ce soir, alors que nous poussons la porte de la maison de ses parents.

J'entends des voix dans une pièce adjacente. Il y a déjà de l'orage dans l'air.

Les épaules tendues, les poings serrés, Leo me conduit jusqu'à la cuisine, où c'est le branle-bas de combat.

Nous nous retrouvons tous les deux face à ces gens totalement absorbés par des recettes, tandis que des cookies à la cannelle et à la vanille s'entassent dans un plat, au centre de la table. Le père de Leo est d'ailleurs en train de les réduire en miettes.

Quand elle me présente enfin sa famille, je reste un instant choqué par les propos de sa sœur, qui me lance que j'aurais pu trouver mieux. Je me sens mortifié de l'entendre proférer de telles absurdités.

Je regarde tour à tour ces étrangers devant moi, qui semblent attendre leur tour pour abattre la foudre de leur furie sur ma belle Leo. Ma rage fait soudain enfler cette part violente de mon être. J'ai envie de frapper. Brutalement. Pour leur faire comprendre ce que cela fait, de souffrir. Car il n'y a aucun doute que Leo souffre par leur faute.

Rex, le père, dont la concentration se répartit entre les biscuits et les échanges de noms d'oiseaux entre ses filles, approche la soixantaine. Son ventre rond dans son gilet rouge et vert est couvert de miettes. Ses cheveux d'un gris foncé sont épais, et même entretenus avec soin, marqués d'une raie sur le côté. Il semble agacé par tous les cris autour de lui.

Le regard de sa femme, Jazlynn, incisif quand elle le pose sur Leo, s'attendrit quand elle le tourne vers moi, comme si elle pensait me devoir un respect que sa fille ne mérite pas. Petite et menue, elle a les cheveux blond platine et des sourcils noirs qu'elle fronce constamment. Je sais d'où ma belle brune tient ce tic.

Ansley, la sœur aînée, est celle qui me met le plus en colère. Avec son air hautain, supérieur, elle prend un plaisir évident à agacer et insulter Leo, en sachant pertinemment que cette dernière rétorquera et se fera incendier par leurs parents.

Plutôt grande, avec les mêmes cheveux sombres et le même nez mutin que sa sœur, elle cherche à me séduire en bombant sa poitrine opulente et en se dandinant. Elle remarque bien vite qu'elle ne m'intéresse pas le moins du monde, ce qui semble la décevoir.

Quand Leo est sommée de s'exiler au salon, je me sens au plus mal. Je n'aurais jamais dû assister à ce carnage. J'ai l'impression d'être la cause de railleries plus virulentes encore à l'égard de Leo. Je n'arrive même pas à imaginer la tristesse que ma lionne doit ressentir à cet instant. Elle semble sur le point de craquer, là-bas toute seule dans le salon.

Et c'est alors que je réalise une chose.

Si Leo râle, si elle se cache derrière des piques et des mots durs, c'est pour ne pas pleurer. Pour ne pas craquer. Ses yeux ont beau être humides, chaque retour de balle qu'elle envoie à sa sœur ou à ses parents lui fait du bien et la fortifie.

Je m'apprête à me lever pour la rejoindre, mais sa mère la relègue alors dans sa chambre.

Je ne sais pas quoi faire. J'hésite entre les insulter, prendre la défense de Leo et leur dire qu'ils sont indignes d'elle, mais le plus important pour moi, à cet instant, c'est de m'assurer que ma lutine va bien.

Je repousse ma chaise et me redresse lentement. Mon corps me fait étrangement souffrir, comme si j'avais reçu des coups. Je sais, au fond, que ce n'est que cette mascarade ignoble qui me rend malade, mais j'ai du mal à réaliser la mise à mort à laquelle je viens d'assister. Celle de la confiance et de l'amour de Leo.

— Si vous voulez bien m'excuser, je vais aller voir comment va votre fille.

— Pas la peine, elle va sûrement redescendre quand elle aura fini sa crise pour se faire remarquer, lance Ansley.

— Oui, restez avec nous, Ford. Leo n'a probablement envie de voir personne.

— Là, je ne peux pas vous contredire, maugréé-je.

Elle doit préférer se cacher seule plutôt que de subir la présence de gens aussi malsains.

Je les quitte tout de même dans un silence quasi religieux. Préférer leur fille à leur présence semble les laisser stupéfaits.

Mes pas me conduisent hors de cette cuisine où, instantanément, les disputes reprennent à propos de dinde, de tenues de fête et de cookies.

Mes nerfs sont si tendus que j'ai l'impression qu'ils vont craquer.

Je monte à l'étage, d'un pas rapide et silencieux. Il fait noir, mais sous la porte d'une seule pièce se dégage une douce lumière. Je frappe quelques coups discrets et, sans attendre son aval, j'entre dans la chambre de Leo.

Mon cœur se brise en la voyant étendue sur son lit, les mains sur le visage, de légers sanglots de colère s'échappant de ses lèvres incarnates.

— Laisse-moi tranquille, grogne-t-elle.

Oui, j'en suis sûr, à présent. Si elle est en colère contre la terre entière, c'est pour ne pas s'effondrer et se mettre à pleurer. Ce constat me blesse sans que je sache pourquoi. Sans que…

Mais qu'est-ce que j'essaie de me raconter ? Bien sûr que j'ai compris pourquoi j'avais si mal. Mal quand elle se faisait insulter. Mal en la voyant bouleversée. C'est parce que je tiens à elle. Je tiens à elle si fort que j'ai envie de la faire sourire.

Je vais m'asseoir à son côté et pose les yeux sur cette chambre à demi plongée dans le noir. L'adolescente qu'elle a été semblait aimer un tas de choses aussi diverses que variées. Je repère une petite collection de porte-clés, des cartes postales du monde entier et des lunettes de soleil d'aviateur, avec des verres bleutés. Je l'imagine les porter, un sourire aux lèvres, tirant la langue. Je me demande si sa personnalité aurait été différente sans cet homme qui a abusé de sa confiance. Sans cette famille qui passe son temps à la blesser.

Évidemment qu'elle aurait été différente.

Je soupire, le cœur transpercé de sa peine et de ma colère.

— Leo, je suis désolé…, commencé-je.

Ma voix se brise et je me tais quand elle se relève d'un bond pour se planter au milieu de la pièce.

— Désolé de quoi, au juste ? D'avoir été aux premières loges pour assister à mon humiliation ? Tu ne devrais pas. C'est toi qui as insisté pour venir, alors que je t'avais prévenu. Maintenant, tu devrais vraiment partir. Je n'ai plus envie de…

Elle fait un vague geste de la main pour englober sa chambre.

Elle n'a plus envie de… moi. De ma présence. De cette maison, de cette situation et peut-être même de cette vie. Je suis si choqué que je peux à peine respirer.

— Non. Je ne partirai pas sans t'avoir dit ce que j'ai sur le cœur, Leo.

Elle fulmine avant de se précipiter vers la porte pour l'ouvrir et me faire sortir manu militari, mais je l'arrête en posant une main brutale sur le battant, que je claque pour le refermer. Quand elle se tourne vers moi, pressée contre mon corps, je glisse les doigts sur son visage et la caresse avec une douceur qui doit manquer dans sa vie.

Ses battements de cœur sont aussi furieux qu'elle. Les miens s'apaisent étrangement à son contact.

— Leo, soufflé-je, tu ne peux pas continuer à être malheureuse, à être en colère parce que les gens te déçoivent. Tu ne vis que par leur regard, et je peux te dire qu'il est très cruel et complètement faux. Tu es une femme magnifique, belle, attirante et fascinante. J'aimerais que tu puisses te voir à travers mes yeux à moi, pour comprendre enfin quel être extraordinaire tu es. Arrête de penser que tu es moche, incapable et décevante, simplement parce que ta famille cherche à te le faire croire. De toute ma vie, je n'avais jamais assisté à un spectacle aussi épouvantable. Rien de ce qu'ils ont dit ce soir n'est vrai, Leo. Aime-toi, parce que jamais ils ne le feront pour toi. Les gens sont parfois durs et cruels, plus encore avec leurs proches, mais ce n'est pas pour autant que chaque personne sur cette terre cherchera à te faire du mal, ma Leo. Crois-moi sur parole. Tu vaux la peine d'être connue, aimée, désirée. Tu vaux toutes les peines du monde, surtout quand tu essaies de me mettre à la porte, parce que ça me donne encore plus envie de me battre pour toi. Tu es sublime, et je ne te laisserai pas te fourvoyer plus longtemps.

Elle secoue la tête, incapable de me croire.

— Je sais qu'il est plus facile de croire au mépris,

continué-je. On pense toujours que les gens qui font des compliments ne sont que des flatteurs et des menteurs. Pourtant, quand je te regarde, il ne me viendrait pas à l'esprit de te trouver un seul défaut. Tu es têtue, râleuse, et j'adore ça. Tu me fais tellement rire. Avec toi, j'oublie qu'un jour j'ai été marié à une femme égoïste qui ne cherchait qu'à se montrer à mes côtés et à profiter de ma célébrité. J'oublie que j'ai été ce con qui a épousé sa compagne simplement par convenance. Avec toi, j'oublie que j'ai été malheureux, Leo, et j'oublie surtout que le monde existe autour de nous. Je perds la notion du temps, je perds cette peur que j'ai de refaire les mêmes erreurs que dans ma jeunesse, parce que je sais que, avec toi, il n'y a pas d'erreur possible. Tu es mon chemin vers le bonheur.

Ses lèvres s'entrouvrent sur de nouvelles protestations, alors je la prends de court.

— Attention, ma belle. Si tu mets de nouveau en doute mes paroles, je t'embrasse, dis-je d'une voix rauque.

Un grand sourire habille ma bouche alors qu'elle entreprend de protester.

Mon pouce caresse sa joue délicate, mes yeux balayent son visage magnifique tandis que je me rapproche peu à peu d'elle.

— Tu n'as pas intérêt, je te préviens, fait-elle. Et arrête de me raconter des salades, espèce de…

Avant qu'elle puisse finir sa phrase, je la presse contre la porte et l'embrasse avec une douceur et une tendresse qui lui donneraient l'occasion de s'échapper si elle le souhaitait. Pourtant, Leo préfère affronter le choc de notre premier baiser. Elle hoquette, excitée, puis passe les bras autour de mon cou pour me serrer vigoureusement contre elle. Là où je suis calme, elle est passionnée. Là où je suis tendre, elle est indomptée.

Ses lèvres s'écrasent contre les miennes, sa langue se faufile dans ma bouche pour me déguster en même temps que ses mains tremblantes agrippent mes cheveux. Elle ondule des hanches. Se frotte contre moi. Mon corps entier brûle du désir de la toucher, de la prendre et de la goûter.

— Leo, soufflé-je.

Mes lèvres sont humides d'elle, mes yeux brillent de sa beauté.

— J'ai envie de toi, avoue-t-elle soudain dans un murmure aussi fébrile que gêné.

Les secondes se suspendent autour de nous tandis que je contemple son visage expressif. Ses joues sont rougies, ses lèvres, entrouvertes ; et avant même que je puisse mesurer l'effet terrible qu'elle me fait, nous nous remettons à nous embrasser comme des sauvages.

Les mains de Leo griffent ma nuque, puis descendent le long de mon torse, qu'elle caresse avec vigueur. Ses doigts agiles découvrent mon corps à travers ma chemise blanche, mais rapidement cette barrière la gêne. Alors, un à un, elle défait les minuscules boutons nacrés de ma chemise, dont elle écarte les pans.

Elle me repousse l'instant suivant et son regard balaye mon torse, de mes pectoraux athlétiques à mes abdos ciselés, fins, mais durs. Quand ses dents blanches se plantent dans ma lèvre inférieure, c'est à mon tour de perdre les pédales. Elle est trop belle, trop sensuelle.

Je la saisis par les coudes pour la ramener contre moi, le temps de faire refluer la violence de mes sensations, puis je la retourne pour la plaquer contre la porte.

Du bout des lèvres, j'embrasse son cou dégagé, je caresse son dos entièrement nu.

Sa peau satinée frissonne à mon contact, mais je ne m'arrête pas. J'en suis incapable. La douceur de sa chair de femme fait durcir mon sexe et tempêter mon pouls comme un malade.

Je halète, jouant avec les fines mèches de ses cheveux qui ont abandonné sa queue-de-cheval.

Lorsque Leo lève lentement les mains, je me fige derrière elle et regarde, sans parler, sans plus bouger, ses doigts délicats ôter les trois boutons qui retiennent le col de sa robe.

Le vêtement, d'un rouge intense, disparaît aussitôt à nos pieds, me laissant apercevoir la magnifique créature qui peuple tous mes rêves. Ses escarpins aux talons vertigineux galbent ses jambes aux cuisses charnues enveloppées dans des bas sexy.

Seigneur…

Sans pouvoir me retenir, je claque les mains sur ses fesses rebondies et caresse le tissu de soie rouge de sa minuscule culotte.

— J'ai tellement envie de toi, Leo, murmuré-je à son oreille.

Je palpe sa chair généreuse et remonte lentement vers le creux de son dos, avant de l'enlacer avec douceur. Du bout de la langue, je trace le creux de son cou, ce qui la fait trembler d'excitation contre moi.

Je souris et découvre la pulpe veloutée de son petit ventre, pour enfin remonter, lentement, vers ses seins fermes qui prennent parfaitement place au creux de mes mains.

Je gémis, les englobe, sans me lasser de leur contact. Leur pointe durcie devient trop sensible entre mes doigts et je les taquine jusqu'à ce que Leo soupire lourdement, la tête renversée en arrière.

— J'adore t'entendre prendre du plaisir, lui avoué-je.

Ses gémissements, la façon dont son corps se tend et vibre à mon toucher me rendent fou.

Je délaisse soudain sa poitrine, et l'un de mes poings s'agrippe à sa culotte tandis qu'elle sursaute en comprenant ce qu'il va se passer. Ma seconde main, plus sage, glisse lascivement sous le tissu tout chaud pour découvrir ses lèvres déjà humides.

Râlant de plaisir, je me presse plus fort contre elle, l'écrase presque contre la porte de bois tandis que ma langue titille le lobe de son oreille. Mon majeur s'insinue entre les replis de son intimité, que je me mets à caresser avec une frénésie libératrice.

Les mains de Leo se plaquent sur le battant de chêne, et ses doigts se recourbent quand elle le griffe de toutes ses forces. Ses gémissements sont à présent rauques et furieux, son corps entier vibre contre le mien à l'approche d'un orgasme monumental.

Je mordille son cou.

La pilonne de mon majeur.

Quand je finis par la faire jouir, un sentiment de plénitude s'empare de moi, alors que son corps admirable se détend contre le mien.

Leonie se retourne doucement, le regard alangui par le plaisir. Elle s'adosse à la porte, la poitrine bombée, les lèvres entrouvertes, puis attrape d'une main les pans de ma chemise pour m'attirer à elle. Le baiser qu'elle m'offre alors est beau, bon, précieux. Il est plein de tendresse et de mercis murmurés dans la chaleur de son souffle. Dans la douceur de sa langue tournoyant autour de la mienne.

À moitié nue, complètement sublime, elle m'échappe pour s'éloigner de moi. Elle se retourne à demi, et mon regard effleure ses seins parfaits, ses fesses magistrales. Je la rejoins en quelques pas et elle me prend la main pour me conduire jusqu'à un fauteuil au tissu bleu roi, dans un coin de la pièce, où elle me pousse avec une brutalité excitante.

Je m'y affale, les jambes écartées, et la regarde s'approcher avec une grâce féline, une sensualité toute féminine, et un regard débordant de sex-appeal et de promesses envoûtantes.

Dans la semi-pénombre, ses pupilles sont dilatées, rendant ses yeux presque noirs, surnaturels. Elle est comme une reine damnée, comme une sirène qui va me mener à ma perte en m'entraînant dans son sillage. Et franchement, pour rien au monde je ne m'écarterais d'elle, de ses sourires somptueux ou de sa mauvaise humeur désastreuse.

Une fois près de moi, elle s'arrête et me surplombe en observant ma bouche, mon torse, mon pantalon, qui s'est fait trop étroit à l'instant même où mes lèvres ont heurté les siennes.

Je fais de même : je balaye son corps d'un œil concupiscent, de ses petits seins dressés, appétissants, à ses hanches vallonnées. Son ventre charnu me donne envie de la toucher, de presser sa chair entre mes paumes avides, alors je le fais. Je me redresse dans ce fauteuil et pose les mains à l'arrière de ses mollets.

Leo frémit et agrippe mes cheveux pour m'obliger à relever la tête vers elle.

Je souris. Comme un prédateur. Et je fais glisser mes doigts sur toute la longueur de ses jambes avant de malaxer ses fesses avec délectation. Excitée, elle soupire profondément, ce qui me donne plus envie d'elle encore. Avec violence, j'agrippe sa culotte et serre le tissu entre mes poings fermés. Mais je me radoucis aussitôt et je la lui ôte sans me presser, la faisant rouler jusqu'à ce qu'elle s'échoue au sol.

Mes index tracent alors les contours en dentelle noire de ses bas, seuls vêtements qu'il lui reste à présent, avec ses chaussures à talons. Je me penche un peu en avant, puis, avec lenteur, je glisse la langue entre ses cuisses pour goûter le miel de sa peau.

La sensation est délicieuse. Sa chair satinée me donne envie de l'embrasser des pieds à la tête, mais Leo a d'autres projets pour nous.

Avec impatience, elle me repousse jusqu'à ce que mon dos heurte le dossier rembourré du fauteuil et se baisse vers moi avec un sourire charmeur. Puis, d'un geste exquis, elle dégrafe mon pantalon.

Quand mon membre émerge de son fourreau de tissu, elle y fait glisser le bout de ses doigts, me rendant fou de désir.

— Leo, grondé-je.

Mes mains s'agrippent aux accoudoirs, mon pouls entame une danse frénétique, dangereuse. Avec volupté, Leonie écarte les jambes puis s'installe sur moi, me chevauchant, me regardant avec une expression terriblement fragile.

Elle est nue, sur moi, prête à m'offrir son corps, prête à ouvrir son cœur.

Je l'embrasse en enlaçant sa taille, puis je lui demande doucement si elle se protège. Elle hoche la tête timidement mais, au moment même où elle se glisse sur ma verge, toute trace de fragilité s'efface de ses traits.

Leo entrouvre les lèvres, écarquille les yeux. Je suis un instant terrifié qu'elle puisse avoir mal mais, quand ses paupières se ferment, je comprends qu'elle prend un plaisir insensé.

Mon ego d'homme se gonfle d'une satisfaction pure et narcissique.

J'agrippe ses hanches, ses poignées d'amour généreuses et, comme un roi, je la laisse faire tout le spectacle.

Mutine, elle se déhanche langoureusement, m'offrant un show sexy avec ses seins qui bougent au rythme de ses coups de reins, son souffle alangui qui laisse échapper de petits râles de désir, mais rapidement elle se fait exigeante. Leonie commence à s'empaler plus fort sur moi, à réaliser ce mouvement de va-et-vient libérateur en heurtant son bassin contre le mien plus brusquement à chaque seconde qui passe.

C'est tellement bon ; je l'agrippe douloureusement, sa peau pressée entre mes doigts brutaux. Quand elle prend appui sur mes épaules pour garder l'équilibre, j'en profite pour l'enlacer. L'une de mes mains se faufile entre ses fesses pour quelques caresses au goût d'interdit, et l'autre glisse le long de son dos, au creux de ses reins. Ma bouche se perd sur son buste, ma langue goûte au sel de son corps. Je suis en fusion. Mon sang est brûlant, ma peau tiraille, avide de son contact.

Quand elle est sur le point de me faire perdre la tête, je la saisis par les épaules pour l'empaler sur moi, profondément. Enfoui en elle, je me sens au paradis, épanoui, et je l'empêche de bouger un long moment pour me délecter de ce plaisir. Je scelle nos lèvres, bois ses gémissements et nous fais jouir quelques secondes plus tard d'un dernier coup de boutoir puissant, magistral.

Le corps de Leo tressaute contre le mien tandis que sa tête bascule vers l'arrière.

Après cela, je la serre fort contre moi. Je l'embrasse, je la berce jusqu'à ce qu'elle cesse de trembler.

Quand je la touche, je me sens tellement bien. Quand nos corps se frôlent et que nos cœurs battent à l'unisson, tout est parfait. C'est une sensation que j'ai rarement expérimentée, et avec Leo, ça a quelque chose de beau, de rassurant. De parfait.

Katya, mon ex-compagne, fut l'une des premières femmes à entrer dans ma vie, et le désastre qu'a été notre couple a longtemps pesé sur ma conscience. Mais à présent, avec la responsabilité de Sailor, je ne me permets plus aucune relation. Le célibat que je me suis imposé ces trois dernières années ne m'a jamais gêné, du moins jusqu'à ce que je rencontre Leo.

Celle-ci se prélasse contre moi, alanguie et apaisée. Je crois que, après le chocolat, le sexe est la seconde chose capable de l'adoucir et de la détendre. Honnêtement, je pourrais fort bien m'en satisfaire.

— Je ne savais pas que tu pouvais rester si longtemps sans râler, la taquiné-je en embrassant la ligne de sa mâchoire.

— Tu es vraiment insupportable… Ta bouche est bien plus agréable quand elle est pressée contre la mienne que lorsque tu débites des absurdités.

— Je rêve ou mademoiselle vient de me faire un compliment déguisé ?

— Et alors ? Qu'attends-tu pour me prouver que j'ai raison d'être un peu gentille, pour une fois ? gronde-t-elle.

En riant, je l'embrasse encore à la hâte, avant qu'elle ne cherche à m'échapper, comme si ce moment d'intimité n'avait que trop duré. À ses yeux, en tout cas. Moi, je pourrais rester là pendant des heures, à la caresser, à écouter son souffle calme bercer mon âme.

Je l'aide à se relever et, tendrement, j'essuie le haut de ses cuisses humides avec un mouchoir. J'attrape sa petite culotte et la tiens devant elle, puis la fais remonter le long de ses jambes, jusqu'à ce qu'elle se dandine pour me faire lâcher prise. Elle n'ose plus vraiment me regarder, mais ce sourire ténu qu'elle tente de dissimuler me réjouit. Peut-être un peu trop, même…

Elle finit de se rhabiller seule, tandis que je m'enfonce dans le fauteuil pour l'admirer. Ses gestes sensuels éveillent à nouveau ce désir animal, sauvage, qu'elle fait naître en moi. Le sang écossais dans mes veines me donne envie de grogner, de l'agripper, de la serrer contre mon torse pour exiger ses baisers. Cependant, il me reste assez de lucidité pour savoir qu'elle crierait au scandale. Je l'ai suffisamment appris à mes dépens, braquer Leo, c'est prendre le risque de réveiller son côté terroriste !

— On devrait redescendre avant qu'ils ne m'accusent de me défiler, bougonne-t-elle.

Seigneur, à la simple expression de son visage, je constate à quel point devoir les retrouver lui fait mal. Et combien il m'est insupportable de voir Leo souffrir.

— Non, dis-je en la rejoignant.

Les mains posées sur ses épaules, je la force à me faire face.

— On devrait partir d'ici. Tu ne te sens pas à ta place dans cette maison, et ce n'est pas parce que ces gens sont ta famille que tu dois les laisser te blesser. Tu as droit au respect et à la bienveillance, comme tous les humains sur cette terre. Ne les laisse pas t'abattre, s'il te plaît. D'ailleurs tu sais quoi ? J'aimerais beaucoup que tu te joignes à moi, pour Noël. Je prendrai soin de toi, je te dirai que tu es belle, parce que c'est la vérité, et je t'offrirai du champagne, du chocolat, de la glace, tout ce que tu voudras. Mais passe cette fête en ma compagnie, s'il te plaît. Pas avec eux.

— Je… Je ne sais pas. En tout cas tu as raison sur un point, je n'ai aucune envie de rester ici. Et aussi… merci de me soutenir, ajoute-t-elle en souriant timidement. C'est… la première fois, vraiment, que quelqu'un fait attention à moi comme ça.

— C'est pour ça que tu te méfies. Tu n'as pas l'habitude.

Je lui lance un clin d'œil qui la fait rougir, et j'aime… Non, j'adore cette facette de sa personnalité.

Main dans la main, nous redescendons chercher nos manteaux. Alors que nous nous apprêtons à aller prendre congé, la famille au grand complet débarque dans le minuscule vestibule, fixant Leo d'un air furieux. Ses joues rougissent, et elle a soudain cet air blessé qui me brise le cœur. Sans un mot, elle ouvre la porte d'entrée.

— Qu'est-ce qui se passe, Leonie ? s'exclame Jazlynn. Qu'est-ce que tu fiches dehors ? Ne me dis pas que tu as commencé à fumer ! Tu n'as pas assez de vices comme ça ?

— Elle veut sûrement nous faire croire qu'elle doit retourner au boulot pour ne pas rester avec nous, rétorque Ansley. À moins que ce soit juste la flemme de donner un coup de main. Qu'est-ce qui vous étonnerait le plus ?

— Ça suffit, grogné-je en les menaçant d'un regard noir.

Avant que j'aie pu les remettre à leur place, Leonie prend une profonde inspiration et recule d'un pas.

— Nous partons, et je ne vais pas m'abaisser à trouver des prétextes pour me justifier. Je ne veux pas m'éterniser dans cet endroit, pour la bonne raison que votre attitude me dégoûte. Pour tout dire, j'en ai plus que marre d'être votre souffre-douleur, alors je vais rentrer tranquillement chez moi, où j'aurai enfin la paix. N'espérez pas me voir à Noël. Ni un autre jour, à vrai dire. Au revoir.

Sur ce, elle tourne les talons et je la suis, extrêmement fier de son petit discours.

— Réunion de crise ! couine madame Greene sur le pas de la porte, tandis que nous montons dans la Maserati, où je pousse le chauffage à fond.

Leo ne dit pas un mot, totalement renfermée sur elle-même, incapable de me regarder ou de m'adresser la parole. J'essaie de retrouver mon sourire, pour briser la glace. Et… je n'y parviens pas.

Chapitre 12

Ford

Le trajet en voiture jusque chez Leo me semble à la fois interminable et bien trop court.

Le silence glacé dans lequel elle s'est murée me rend nerveux et me donne l'impression que la route n'en finit plus. À un moment, dans le calme relatif de la nuit, nos visages seulement éclairés par la lueur orangée des lampadaires, je pose une main sur la sienne. En la sentant se crisper, je comprends que je viens de commettre une énorme erreur et tente de maîtriser ma colère et ma frustration.

Après la scène à laquelle j'ai assisté ce soir, je sais que je n'ai pas le droit de lui en vouloir. Pourtant, elle devrait savoir que je suis de son côté et qu'elle peut me faire confiance. Elle doit me faire confiance.

Dehors, le noir d'encre du ciel est constellé d'étoiles et de flocons de neige qui tournoient dans les lumières de fête. Chaque lampadaire est décoré de branches de sapin et de guirlandes scintillantes ; les devantures des magasins rivalisent d'illuminations pour attirer les yeux des clients. Les miens ne voient que Leonie.

La voiture s'emboîte parfaitement dans l'unique place libre, juste en bas de son immeuble. Aucun de nous n'ose esquisser le geste de descendre. Nous restons dans l'habitacle chauffé, à regarder droit devant nous tandis que la buée recouvre peu à peu toutes les vitres, nous cloîtrant dans une intimité qui nous met l'un comme l'autre mal à l'aise.

J'ai envie de briser ce silence, de lui jurer qu'elle peut se reposer sur moi autant qu'elle le veut, mais je ne parviens pas à articuler le moindre mot, car je sais que dès l'instant où je romprai ce moment elle sortira de la voiture, et notre rendez-vous prendra fin, définitivement.

Alors je me tourne vers elle et me contente de la regarder.

Son profil est souligné par les néons d'un bar, près de nous, mélange d'ombre et de ce doré qui lui va à merveille. Son petit nez se fronce quand elle s'en aperçoit, et elle tourne la tête vers moi.

— Quoi ? finit-elle par grogner.

— Rien. Je te regarde, c'est tout. Ton petit nez mignon, tes jolies lèvres pulpeuses, ton regard distant et perdu dans le vide. Tu as l'air tellement mélancolique, dis-je tristement.

— Ce n'est pas mon moment de l'année préféré, avoue Leo. Je n'aime pas le froid, et je n'aime pas non plus quand il fait noir à partir de 16 heures, c'est déprimant.

— Moi j'aime bien, ça permet de pouvoir admirer les lumières des guirlandes plus longtemps.

Elle esquisse un sourire minuscule. Incapable de résister, je lève une main pour caresser ses cheveux, pour effleurer sa joue tiède.

— Si tu pouvais avoir ce que tu voulais pour Noël, qu'est-ce que ce serait ? l'interrogé-je.

— Rien, justement. Je resterais seule chez moi, tranquillement, à me détendre loin des cris de ma famille et des gens qui m'énervent. Je ferais l'ermite.

Sa réponse me déçoit un peu, parce que je sais que, au fond d'elle, elle aspire à mieux. Elle ne veut s'isoler que pour se protéger des remarques acerbes et des méchancetés qu'on lui inflige depuis trop longtemps. J'ai de la peine pour elle. J'aimerais qu'elle se sente aussi belle qu'elle l'est en réalité.

— Mais en vrai, Leo, qu'est-ce que tu aimerais ? Si ton petit cœur n'était pas en miettes, si personne n'avait brisé ta confiance en toi, qu'est-ce que tu aimerais vraiment pour Noël ?

Ses lèvres s'entrouvrent, et je sais qu'elle a envie de protester, de râler, de m'engueuler probablement, de me dire que je vais trop loin, mais j'aperçois cet instant fugace où elle prend conscience de ses propres blessures, et où cela la fragilise encore davantage.

Ses grands yeux se mettent à briller ; elle retient ses larmes. Elle est forte, ma Leo. Elle se bat pour garder la tête haute quand le monde passe son temps à lui donner des coups pour l'enfoncer et la mettre K-O.

— J'aimerais…

Elle hésite. Sa plus grande peur, c'est de paraître faible, or je sais qu'elle ne l'est pas, loin de là.

Je prends ses mains entre les miennes pour les réchauffer doucement. Mes doigts caressent les siens, ma peau frissonne au contact de sa chair délicate.

Une éternité s'écoule avant qu'elle ose enfin avouer son souhait le plus cher. Je l'écoute me confier ce secret, que je me jure de garder précieusement.

— J'aimerais passer Noël dans une jolie cabane au milieu de la forêt. Il ferait froid, et tous les sapins seraient recouverts de neige. Je pourrais passer la soirée à lire, dans un beau fauteuil, devant la cheminée, ou me mettre à la fenêtre avec un chocolat chaud en regardant les flocons virevolter dans le vent. Et ce serait calme et parfait, parce qu'il y aurait près de moi un homme pour me prendre dans ses bras et m'aimer. Pour de vrai.

— Des flocons de neige, du chocolat chaud, une cabane et de l'amour. Tu es une femme très simple, Leo. Pas de limousine au Bahamas ? De collier de diamants offert au pied de la tour Eiffel ?

— Non, glousse-t-elle. Non, vraiment. Et puis oublie ce que j'ai dit, ce sont des conneries. Ce n'est qu'un stupide fantasme sans aucun sens. Ça ne se réalisera jamais. Tout ce que je veux pour Noël et qui serait à ma portée, c'est du chocolat. Les gens nous déçoivent sans arrêt. Le chocolat, jamais. Et toi, qu'aimerais-tu pour Noël ?

— Que Sailor soit le petit garçon le plus heureux du monde, bien sûr.

— Et pour toi ? Rien ? Au-delà de ta condition de père, qu'aimerais-tu rien que pour toi, Ford ?

— Vaste question… Je crois que ce qui me plairait le plus c'est que la femme que j'adore comprenne que mes sentiments ne sont pas des mensonges, que mes compliments ne sont pas hypocrites. Je voudrais qu'elle cesse de me repousser parce qu'elle pense que je vais la blesser, alors que jamais, au grand jamais, je ne pourrais lui faire une telle chose.

— Et sinon, tu ne pouvais pas demander quelque chose du plus facile ? fait-elle en s'esclaffant. Une licorne, un dragon de compagnie, une version sans chansons de tous les films Disney ?

— Sans chansons ? Tu es cruelle ! Entendre *Libérée, délivrée* chanté au petit matin par votre fils sous la douche, ça n'a pas de prix.

— Bien sûr que si, ça a un prix, ça s'appelle « la santé mentale ».

— En parlant de Sailor, quand je lui ai dit que je voyais la jolie elfe du Père Noël ce soir, il m'a demandé de te remettre ceci.

Je sors de ma poche une feuille pliée en quatre, que je lui tends. Elle la déplie lentement, prenant soin de ne pas l'abîmer, et un grand sourire illumine ses traits lorsqu'elle découvre le dessin.

Il nous représente tous les trois, devant ma voiture, sur le parking du centre commercial. Bien sûr, pour faire bonne mesure, il a ajouté autour de nous des sapins couverts de boules et de guirlandes, et Leo et moi nous donnons la main.

Leo passe le bout de son doigt sur la signature, un « Sailor » au « S » démesuré, le reste de son prénom s'écroulant vers le bas de la feuille.

— Tu dessines très mal, pour un adulte, finit-elle par marmonner.

Je ne peux m'empêcher d'éclater de rire, tandis qu'elle poursuit.

— Ton microbe a le don pour mettre en avant les défauts du corps humain. Sérieusement, mes hanches ne font pas cette taille-là et mes pieds ont des dimensions tout à fait normales. Si j'étais toi, je lui interdirais de toucher à un feutre jusqu'à la fin de sa vie.

— Le plus important, ce sont nos sourires, non ? Tu les as vus, un peu ? Ils vont tous les trois jusqu'aux oreilles, c'est magique.

— En parlant d'oreilles, il t'a collé de ces feuilles de chou ! Je crois que ce gamin a un problème avec les proportions. Il devrait consulter.

Sa façon de tout tourner en dérision m'indique qu'elle est clairement émue. Je suis ravi que ce petit dessin la bouleverse tant.

Quand nous descendons de la voiture, je me plante face à Leonie. Un instant, elle plonge dans mes yeux et sourit, puis ses lèvres perdent cet enchantement qui me plaît tant. Elle range le dessin dans sa poche, détourne le regard et se met à danser d'un pied sur l'autre, visiblement nerveuse.

Je me penche vers elle pour l'embrasser et lui souhaiter une bonne nuit, mais elle recule d'un mouvement vif, aussi choquée que déboussolée.

— Je suis désolée, dit-elle aussitôt, mais je ne veux plus te revoir, Ford.

— Pardon ?

Mon pouls s'emballe si fort que cela m'arrache une grimace. J'ai l'impression qu'elle vient de me tirer dessus, de me frapper en plein visage. Je sens mon cœur s'écarteler, près d'éclater dans ma poitrine, déversant ses vagues de souffrance jusqu'au plus profond de mes entrailles.

— Nous deux, ça ne peut pas continuer. Je ne veux plus que tu cherches à me contacter, s'il te plaît.

— Mais pourquoi ? soufflé-je, à deux doigts de tomber à genoux.

— Parce que… Parce que j'ai des sentiments pour toi, et ça me fait peur. Je ne suis pas prête pour ça, pour tout ce que tu veux de moi, et crois-moi, j'en suis sincèrement désolée. S'il te plaît, ne m'en veux pas.

C'est impossible ! Comment pourrais-je ne pas lui en vouloir ?

Je la regarde avec fureur, et… je ne vois que la jeune fille qu'un homme a brisée ; je ne vois que la femme apeurée, sur le point de pleurer, parce qu'elle tient vraiment à moi. Sincèrement. C'est à la fois beau, magnifique même, et terriblement cruel.

— Tu es sûre de toi, Leo ? Parce que tu dois savoir que je vais respecter ta décision. Si tu ne veux plus que je te contacte, je ne le ferai plus.

Comment vais-je tenir le coup ? Comment vais-je faire ?

— Je… Je suis sûre, bégaye-t-elle.

— Très bien. Sache que, si tu veux tout de même te joindre à moi pour Noël, tu seras toujours la bienvenue dans ma maison, mais je ne viendrai pas te chercher. Ce sera à toi de faire le premier pas si tu regrettes ta décision. Au revoir, Leonie.

Je lui tourne le dos, en colère.

Et anéanti.

J'ai mal pour elle. Pour moi. Pour nous.

Je fais démarrer la voiture dans un crissement de pneus qui la fait sursauter puis roule jusque chez moi, nerveux et tendu.

Que s'est-il passé ? Pourquoi a-t-elle changé d'avis de cette façon ? Qu'ai-je fait, ou dit, pour qu'elle me rejette ainsi ? Est-ce parce que je lui ai déclaré que je l'adorais ? Que je l'ai forcée à ouvrir son cœur et à me révéler ses désirs les plus sincères ?

Je rentre à la maison, à peine apaisé par les guirlandes qui illuminent les arbres, les fenêtres et la nuit tout entière.

J'ôte mon manteau et mon écharpe, que j'accroche dans

le placard de l'entrée, puis je vais m'effondrer sur le canapé après m'être déchaussé.

— Papa, papa, papa, tu es rentré ! s'écrie Sailor en se précipitant vers moi.

Il me saute dans les bras ; je le serre contre moi en souriant comme je peux.

— Mon bonhomme, tu m'as affreusement manqué ce soir, dis-je en l'embrassant.

Je ferme les yeux, et je crois qu'il comprend que je vais mal, parce qu'il me fait plein de bisous collants sur la joue. Leonie aurait sauté au plafond avant de l'asperger d'eau bénite. Ou de spray antibactérien. Elle a laissé une entaille dans ma poitrine qui me fait déjà terriblement souffrir.

— Mais qu'est-ce que tu as là ? demandé-je en apercevant quelques traces suspectes sur son front et dans ses cheveux.

— Au choix, il y a de la farine, du chocolat et peut-être aussi du feutre, explique Mira qui nous rejoint.

Elle s'assoit sur le bras du canapé, se tourne vers nous et glousse en regardant Sailor.

— Il dessinait un peu pendant que je travaillais, puis il a décidé qu'il devait m'aider à faire la vaisselle, sous-entendu, à lécher toutes les cuillères et toutes les spatules.

— Oui, et d'ailleurs, je n'ai pas terminé ! s'exclame mon fils en glissant du sofa pour courir vers la cuisine.

Je le regarde faire. Une fois qu'il a disparu, je m'autorise à laisser mes émotions me submerger. La tête renversée en arrière, je soupire, m'abandonnant à la douleur des blessures que Leo m'a infligées.

— Ford, murmure Mira en venant se placer tout contre moi, qu'est-ce qu'il y a ? Ça ne va pas ?

— C'est Leo, avoué-je. Je crois qu'elle m'a jeté hors de sa vie, comme ça. Un moment, nous étions enlacés, et l'instant suivant, elle ne voulait plus jamais me voir. Putain, je me sens tellement mal que je n'arrive plus à bouger. Je crois que je vais m'effondrer si j'essaie de me relever.

— Oh ! non… je suis désolée. Qu'est-ce qui s'est passé ? Vous vous êtes disputés ?

Je rougis et détourne le regard pour le poser sur l'immense sapin de Noël qui brille à l'autre bout de la pièce. Il fait près de trois mètres, et occupe toute la hauteur de l'alcôve qui me sert de bibliothèque. Pour les décorations, j'ai opté pour des tons d'azur clair, d'or et de nacre, en harmonie avec les nuances crème et bleu tendre de la maison.

Quand les livreurs sont arrivés avec cet arbre gigantesque, choisi par Mira et Sailor, à qui j'avais donné carte blanche, j'ai bien cru qu'il ne passerait jamais la porte ! Mais mon fils était si heureux que je n'ai pas pu leur demander de l'échanger contre un plus petit.

J'ai grimpé à l'échelle pour installer les décorations du haut, tandis que Mira se chargeait de la partie centrale, et Sailor du bas, à grand renfort de petits oiseaux céruléens et dorés. Ce gamin aime trop les paillettes, je crois. Tout ce qui brille le rend fou de joie.

Je lève les yeux vers mon amie en rougissant légèrement.

— Nous sommes allés chez ses parents. Ça a été un véritable carnage, Mira. La pauvre Leo s'est fait assaillir de toutes parts et a fini par se réfugier dans sa chambre d'ado. Je l'ai rejointe, et une chose en entraînant une autre, nous avons couché ensemble. C'était extraordinaire, dis-je dans un soupir en me rappelant cette sensation brûlante, enivrante de m'enfouir en elle en oubliant tout le reste. Nous sommes partis juste après. C'est une fois que je l'ai déposée chez elle que les choses se sont gâtées. Elle s'est braquée et m'a dit qu'elle ne voulait plus jamais me revoir. Je ne sais pas si je parviendrai à m'y résoudre. Elle est entrée dans ma vie comme une tornade, et je veux qu'elle continue à tout emporter sur son passage. Mon cœur, surtout. Je veux qu'elle le garde avec elle pour toujours, au lieu de me le balancer à la gueule dès qu'elle le peut.

Les mains de Mira se posent sur mes poings serrés pour essayer de les dénouer, mais je tremble tellement qu'elle me prend en pitié.

— Qu'est-ce que tu lui as fait pour qu'elle te largue

de cette façon ? Il s'est forcément passé quelque chose, insiste-t-elle.

— Je ne sais pas. Nous avons beaucoup parlé, c'est vrai. Je lui ai dit qu'elle était belle, que c'était la vérité. Qu'elle devait me croire, que les remarques de sa famille ne devaient plus l'atteindre et qu'elle n'avait pas à passer les fêtes en leur compagnie si ça la rendait triste. Je lui ai plus ou moins avoué que je l'adorais. Elle m'a répondu qu'elle avait aussi des sentiments, et c'est à ce moment-là qu'elle m'a quitté.

Mira se met à glousser, et je la bouscule pour la faire cesser.

— Donc elle a rompu après avoir couché avec toi, c'est le monde à l'envers.

En entendant ces mots, mon cœur loupe un battement et se fait douloureux. Alors, je comprends. Je comprends tout.

— Comme pour son ex, murmuré-je pour moi-même tandis que tout un tas de connexions se font dans mon esprit.

— Comment ça ? s'enquiert Mira, intriguée.

— Leonie m'a révélé que, lorsqu'elle avait quinze ans, elle était sortie avec un garçon plus âgé qu'elle. C'était son premier amour, elle lui faisait confiance, elle l'aimait plus que tout. Un jour, il l'a incitée à coucher avec lui, avant de la larguer en riant d'elle. Elle a été dévastée et n'a plus jamais réussi à faire confiance à quiconque, après cela.

— Et aujourd'hui, elle t'a fait le même coup parce qu'elle éprouve des sentiments pour toi, et qu'il lui était plus facile de rompre, de couper le cordon, pour s'éviter de souffrir davantage en laissant votre relation s'épanouir.

— Non, soufflé-je. Elle m'a quitté après avoir couché avec moi, parce qu'elle m'aime bien, et qu'elle était terrifiée à l'idée que ce soit moi qui la largue et la blesse. Elle a pris les devants en pensant que j'allais répéter le même schéma que son ex. Je comprends, maintenant. Je comprends pourquoi elle a eu peur, pourquoi elle a cherché à nous faire du mal. Elle veut simplement se protéger. Mais… Je lui ai promis de respecter son choix, Mira. Je lui ai promis de ne plus la contacter.

Mon amie sourit et joint les mains devant elle en couinant.

— Nous allons donc lancer l'opération « Récupérer Leo », et je vais t'y aider, Ford.

— Comment ?

— À ton avis ? En la rendant un peu jalouse, bien sûr ! Si elle t'apprécie ne serait-ce qu'un petit peu, elle sera tentée de revenir dans la partie en te voyant avec d'autres femmes, par exemple.

— Je ne veux pas la blesser, Mira.

— Ce ne sera pas le cas. Fais-moi confiance, s'il te plaît. Je vais t'apprendre à être irrésistible.

— Je croyais que je l'étais déjà, bougonné-je.

Elle se moque de moi, quand soudain un cri perçant nous fait sursauter. Je me lève d'un bond du canapé, pour voir Sailor arriver en courant, les joues écarlates, en pleine panique.

— Fafa, v'ai coinfé ma langue ! sanglote-t-il.

Je me retiens d'éclater de rire en le voyant tartiné de chocolat, sa petite langue coincée en haut du fouet, et écarte doucement les tiges souples en silicone rose. Une fois libéré, il pose sa main sur son cœur, laissant une grosse trace chocolatée sur son pull de Noël écru orné d'un joli renne en pilou, avec un pompon rouge en guise de nez.

— Ouf, j'ai bien cru que j'allais rester comme ça toute ma vie, dit-il.

— Bonhomme, je pense qu'il est temps pour toi d'aller au bain ! annoncé-je.

Il me fait ses grands yeux tristes, mais il est dans un tel état qu'il lui faudra faire trempette au moins deux heures pour se laver.

— File à la salle de bains et déshabille-toi. J'arrive dans un instant.

— D'accord, bougonne-t-il.

Les épaules basses, bras ballants, il grimpe les escaliers pour disparaître à l'étage.

Je me tourne vers Mira qui, comme je le soupçonnais, l'a pris en photo pour se remémorer cet instant.

— Je ne veux pas laisser Leo seule et bouleversée trop longtemps, lui expliqué-je. Je sais qu'elle m'a repoussé de peur que je lui fasse un sale coup, et je n'ai pas envie qu'elle le croie trop longtemps. Dis-moi que tu vas m'aider à lui faire entendre raison rapidement. Je veux qu'elle passe Noël avec nous.

Oui, je viens tout juste de comprendre que, ce que je souhaite par-dessus tout pour ces fêtes, c'est avoir Leo auprès de moi. C'est ça, mon vœu égoïste le plus cher. Je la veux pour moi tout seul.

— On pourrait déjà tenter une approche demain, qu'en penses-tu ?

— Il me manque un dernier cadeau pour Sailor. Je comptais aller faire les magasins à midi, pendant la pause. On pourrait aller à The View, non ?

— Ce sera parfait.

Nous mettons au point notre petite combine puis je file rejoindre Sailor pour faire couler son bain. Je le trouve dans la salle d'eau, en train de danser tout nu en chantant *Libérée, délivrée*, la bouteille de gel douche à la main. Ce môme ne fera jamais carrière dans la chanson, c'est certain.

Chapitre 13

Ford

Mira m'a rejoint dans ma chambre, ce matin, avant même la sonnerie du réveil, pour me choisir des vêtements. La chemise blanche ajustée que j'ai dû enfiler sous son regard perçant est assortie à un veston gris chiné clair. Ma cravate, aussi noire que mon pantalon et ma veste, est élégamment mise en valeur par une petite pince argentée.

J'ai l'impression que Mira s'est beaucoup amusée à se servir de moi comme mannequin. Je lui demande souvent si le monde de la mode ne lui manque pas un peu, mais elle me répond que non. Je la crois. Elle semble si épanouie ici, à faire ce qu'elle aime toute la journée, que je pense réellement qu'elle a trouvé sa place.

Une fois vêtu de pied en cap, je suis contraint de la rejoindre dans la salle de bains, où elle m'entoure d'un nuage de parfum. L'un de ceux que je n'avais pas mis depuis longtemps. Il a des fragrances un peu brutes, masculines, qui devraient plaire à Leo.

Quand la pause déjeuner arrive enfin, Mira vient me retrouver dans mon vaste bureau du Heart of Glass.

Bridgit, que je surveille attentivement depuis quelques jours, n'a pas osé renouveler son expédition nocturne ni même quitter son poste en ma présence, mais l'idée de m'absenter et de la laisser seule à l'étage me met mal à l'aise.

Au cas où, j'envoie un petit message aux agents de sécurité pour m'assurer qu'ils gardent l'œil sur ses déplacements, puis je tends le bras à Mira.

— Prête ?

— Oh ! attends, laisse-moi admirer la vue une seconde ! s'exclame-t-elle en trottinant jusqu'à la baie vitrée.

Bien qu'elle ait quitté le monde du mannequinat depuis des années, Mira reste élégante en toutes circonstances. Toujours chaussée des mêmes talons vertigineux que sur les podiums, elle ne porte que des robes, prétendant que les pantalons donnent l'impression de vouloir cacher des jambes de yeti.

Et pour sa première rencontre avec Leo, je dois dire qu'elle a fait fort. Sa minijupe d'un rouge criard est complétée par des collants transparents, dont la couture arrière semble avoir été tracée au crayon, des talons jusqu'à ses cuisses largement dévoilées.

En haut, elle a opté pour un pull noir au décolleté extravagant, que je n'ose même pas regarder. Elle m'a cependant assuré que Leo les verrait, ses seins. Je crois n'avoir jamais été aussi gêné par une discussion de ma vie.

— Waouh, c'est magnifique, Ford, fait-elle en posant les mains sur mes vitres.

Son souffle fait un peu de buée, qu'elle essuie de la manche de son manteau pour contempler la rue en contrebas. D'ici, on a l'impression que les voitures roulent au ralenti. Elles se faufilent sur la route, longent des magasins dont les devantures pétillent de lumières dorées, rouges ou orangées. Si j'ouvrais la fenêtre, je suis sûr que nous pourrions entendre les chants de fête qui résonnent doucement dans l'air et montent des haut-parleurs situés sur les grands lampadaires noirs.

— J'adore cette période de l'année… Je crois que ce que je préfère c'est quand la nuit n'est plus noire, mais ponctuée de milliers de couleurs qui scintillent partout. Sur les toits, dans les jardins et les vitrines des magasins. C'est si beau, dit Mira en souriant.

— Tu te souviens des vitrines animées à New York ? Du sapin du Rockefeller Center et de la patinoire ?

— Oui, j'y allais tous les ans, le jour de l'ouverture.

— Tu ne regrettes pas d'avoir quitté New York ?

— Non. Philadelphie est plus intime, plus douce et plus calme, c'est bien aussi. Je ne pourrais plus vivre au cœur de Manhattan, dans le bruit, la tension, au milieu de tous ces touristes. C'est chez nous, ici, maintenant. Ça me plaît bien.

Je pose la main sur son épaule puis embrasse sa tempe.

— Et quand Sailor sera assez grand pour se débrouiller seul, poursuit-elle, j'ouvrirai ma pâtisserie à moi, mais avant il faut que je m'entraîne et que vous me serviez de testeurs.

J'éclate de rire et nous partons ensuite pour The View.

Je gare la Maserati près de l'entrée, souriant d'avance à l'idée de revoir mon lutin. J'espère qu'elle portera ses collants moulants… et qu'elle aura son air meurtrier sur le visage !

Nous nous approchons à pas de loup des vitres qui donnent sur le vaste hall d'entrée. Leo est là, dans son costume, et au lieu de nous faire sourire, sa vision nous arrache un soupir.

— Elle a l'air si triste, murmure Mira.

— Oui.

Leonie agite mollement d'énormes pompons dorés de *cheerleader* tandis que ses collègues sautillent dans tous les sens en alpaguant tous les enfants alentour.

En temps normal, elle aurait râlé et fait la tête, mais cette fois elle a simplement l'air triste.

— Bon, il est temps de mettre notre plan en action. Redonnons du mordant à cette lutine ! s'exclame Mira.

Je hoche la tête, prends une profonde inspiration avant de sortir mon téléphone de ma poche, comme me l'a ordonné mon amie. Je fais mine d'être concentré sur mes messages et marche lentement, en m'arrêtant près de Leo. Comme prévu, celle-ci me rejoint aussitôt et se plante devant moi, mains sur les hanches, alors que les rubans dorés de ses pompons s'agitent follement.

— Qu'est-ce que tu fais ici ? ! Je croyais que tu ne devais plus venir me voir.

— Salut, Leo, dis-je en souriant. Je suis désolé de te décevoir, mais je ne suis pas là pour t'ennuyer. Je profite juste de ma pause pour faire quelques courses de Noël.

Elle hausse ses sourcils d'un air de défi. Je me réjouis de constater que sa tristesse semble s'être effacée à l'instant même où elle m'a aperçu. Cependant, à ses yeux un peu rougis, je suis presque certain qu'elle a pleuré et je ressens le besoin, l'envie, le désir de la prendre dans mes bras et de l'embrasser pour lui faire oublier ses déceptions passées.

— Tu les as déjà faites avec Sailor. Puis avec moi.

— Oui, mais il me manque encore quelques babioles.

Elle rougit un peu, consciente qu'elle se fourvoie peut-être sur mes intentions.

— Bien sûr, Ford. Donc tu es ici par le plus grand des hasards.

— Oui. Et je ne suis pas venu seul, de toute façon. Mon amie est en train de se repoudrer le nez dans la voiture, donc inutile de monter sur tes grands chevaux. Tu ne veux plus me voir et je suis assez grand pour le comprendre.

— Tu me sembles un peu trop coopératif pour quelqu'un qui m'a harcelée des jours durant pour un simple rendez-vous. Alors, elle est où, ta mystérieuse amie invisible ?

— Je te jure qu'elle va arriver ! dis-je en rougissant.

Mince, elle me connaît déjà trop bien ! Il va falloir que Mira soit exceptionnelle dans son rôle pour tromper Leo.

— Vraiment ?

Ça y est, je l'ai définitivement perdue. Elle ne me croit plus du tout. Il est grand temps que Mira entre en jeu. J'ôte mon manteau, comme si j'avais un peu trop chaud. Mon parfum suave se répand entre nous et, sans aucune gêne, Leonie dévore du regard mon corps moulé dans mon costume de luxe.

Je me passe la main dans les cheveux, le signal convenu entre ma complice et moi. Les portes du centre commercial s'ouvrent en grand sur Mira, qui débarque d'une démarche chaloupée, telle une superstar, et d'une main manucurée défait, elle aussi, les pans de son manteau pour exhiber sa plastique et sa tenue sexy.

Son écharpe en satin flotte derrière elle comme un voile et, lorsqu'elle vient s'accrocher à mon bras, je reprends soudain confiance. Leonie la regarde d'un air aussi révolté qu'enragé.

— Ford, mon chou, qui est cette personne ?

— Oh ! oui, Leonie, voici Mira. Mira, voici Leo. Une… connaissance, dis-je en toussotant.

En entendant ce mot, ma belle brune se braque un peu. « Une connaissance, ah oui ? » semble hurler son regard noir.

Je n'ai pas présenté Mira comme ma petite amie, c'est voulu. Notre but n'est pas de dégoûter la jeune femme, mais de lui faire comprendre que ses sentiments à mon égard méritent de vivre et de s'exprimer. Nous méritons tous les deux d'avoir une chance en tant que couple.

— Vous travaillez ici ? demande Mira, tout sourire, en détaillant Leo des pieds à la tête.

Je crois que ma lutine lui plaît un peu trop. Mira est à deux doigts de ronronner de satisfaction. Je lui donne un petit coup de coude discret pour qu'elle ne fasse aucune bavure, et elle se reprend aussitôt.

— Oui, je suis le lutin du Mordor, celui qui veut tuer tout le monde et prendre le contrôle de la Terre afin d'exterminer les gens et d'avoir enfin la paix dans l'univers.

Mira éclate de rire.

— C'est un projet vénérable, rétorqué-je.

— Elle est si drôle, Ford. Ta *connaissance* est exquise.

Je hoche la tête en regardant Leo dans le fond des yeux. Je crois qu'elle en est revenue à notre point de départ. Elle veut probablement me faire cramer à petit feu.

Discrètement, je tapote sur mon téléphone, et ma sonnerie résonne.

— Veuillez m'excuser, dis-je en m'éloignant de quelques pas pour faire mine de répondre.

Mira m'observe avec un grand sourire. Profitant de sa

distraction, Leo la détaille, sans manquer de remarquer le décolleté de la jeune femme et ses jambes interminables.

— Alors, comment connaissez-vous Ford ? finit par demander mon amie, qui dirige toute son attention sur le lutin en colère prêt à me sauter à la gorge.

— Oh ! Nous nous sommes rencontrés par hasard, voilà tout. Et vous ?

— Au boulot. J'ai travaillé comme mannequin pour lui, avoue Mira. Qu'est-ce qu'il est séduisant, vous ne trouvez pas ? Mmm, j'aimerais lui mettre le grappin dessus, malheureusement, il est hermétique à toutes mes tentatives de flirt. Je crois qu'il est dans une mauvaise phase. Rupture difficile, chagrin d'amour, d'après ce que j'ai compris. Il n'est pas prêt à me céder, mais qui ne tente rien n'a rien, pas vrai ? Et puis je pourrais très bien être sa façon très coquine de tourner la page. Est-ce qu'il y a une boutique de lingerie, ici ? Je suis sûre qu'en l'incitant à choisir un petit négligé transparent avec moi cela lui changera les idées.

Mira ne lâche rien, c'est un vrai pitbull ! Les joues de Leonie deviennent toutes rouges et j'ai la nette impression qu'elle a envie d'enfoncer ses pompons au fond de la gorge de mon amie.

Il faut que je me porte à son secours avant la catastrophe. Je range mon téléphone dans ma poche et retourne auprès des deux femmes avant d'offrir mon bras à Mira.

— Leonie, je ne vais pas t'ennuyer plus longtemps. J'espère que je ne t'ai pas dérangée.

— Bien sûr que si, je suis censée bosser, je te signale.

— Passe une bonne journée, dans ce cas.

Je me détourne et remonte l'allée centrale avec Mira, le long de boutiques dont nous n'avons que faire.

— Foooord ! couine tout bas mon amie une fois que nous avons tourné à l'angle. Tu ne m'avais pas dit qu'elle était aussi mignonne ! Grrraou, elle a un tempérament de feu, c'est tout ce que j'aime.

— Du calme, ma vieille. C'est *ma* lionne.

— Tu as peur de partager ?

— J'aurais surtout peur qu'elle te dévore toute crue sans rien laisser. Leo est difficile à dompter.

— Alors, tu penses que ça s'est bien passé ?

— Elle n'avait plus l'air triste, c'est déjà ça. J'espère qu'elle va se poser un tas de questions et tenter de revenir vers moi, maintenant.

— Je l'espère aussi.

J'entraîne Mira à la librairie, mettant un bonbon dans ma poche au passage. Au rayon romance, je rafle les cinq livres disponibles dont le titre contient le mot « Highlander » et les fais emballer à l'accueil. Puis nous filons au magasin de jouets, où je choisis une nouvelle sirène pour la collection de Sailor, un énième puzzle en trois dimensions et un kit de karaoké. Je passe ensuite à la pharmacie m'acheter des bouchons d'oreilles. J'en aurai besoin.

Lorsque nous sommes sur le point de quitter le centre commercial, je suis tenté d'aller offrir mon bonbon à Leo, mais Mira m'interdit de lui lancer le moindre regard.

Cela me rend nerveux et je suis complètement crispé. J'ai envie de la contempler. De lui sourire. De voir ses beaux yeux lancer des éclairs furieux. J'ai envie qu'elle revienne dans ma vie.

Je quitte The View en regardant droit devant moi, tandis que Mira éclate d'un rire bruyant qui fait tourner toutes les têtes dans notre direction.

Allez, Leo, cesse de faire ta tête de mule et appelle-moi.

Chapitre 14

Leonie

Je ne pensais pas qu'éjecter Ford de ma vie serait aussi dur et douloureux, et pourtant Dieu sait que ça l'a été. Je ne me suis pas écroulée, mais mon cœur a saigné. Je n'ai pas hurlé, mais mon âme s'est effritée. Ça a été comme extraire un poignard de mon ventre puis regarder la plaie s'agrandir et s'infecter. Sans la lame, c'est plus vivable, mais la douleur est toujours là.

Quand je me suis effondrée sur le canapé, Chamallow est venu me faire un câlin pour me consoler. Rien ne parviendra à effacer cette sensation horrible d'avoir fait du mal à Ford, cependant. Je me sens tellement monstrueuse, tellement horrible…

Alors oui, quand j'ai fini par me coucher, j'ai pleuré. Je me suis enfin écroulée.

Le lendemain, devoir retourner au centre commercial pour faire le lutin n'a pas été une mince affaire. Je n'ai même pas réussi à détester mon costume ou mes grelots. Plus rien n'avait d'importance à mes yeux. J'étais comme anesthésiée.

Puis il est arrivé. Ford. Il est revenu. Une petite partie de mon cœur s'est réjouie à l'idée qu'il veuille se battre pour moi, avant de comprendre qu'il était réellement ici pour chercher ses cadeaux. Accompagné d'une créature probablement descendue des cieux, en plus ! La jalousie a enflammé mes veines et j'étais à deux doigts de mettre cette morue au tapis quand elle a prétendu vouloir forcer la main à Ford pour qu'il sorte avec elle. Non mais, quel culot !

Furieuse, je rentre à la maison avec la ferme intention d'envoyer un message cinglant à cet imbécile de Ford, pour le menacer de… Je ne sais pas encore de quoi, si jamais il… il fait… Je ne sais pas encore non plus.

Je tourne la clé dans la serrure quand j'entends comme une voix, venant de l'intérieur de mon appartement. Paniquée, j'ouvre la porte à la volée, prête à sauter sur le cambrioleur et à lui bouffer l'oreille, façon Mike Tyson, s'il a touché à un seul des poils de Chamallow. Mais c'est pire encore que je ne l'imaginais… Devant moi se tient ma famille au complet, un grand sourire aux lèvres, vêtue de pulls atrocement assortis. J'ai les rétines en feu. Bon sang, maman a cousu une guirlande rouge et des boules sur son foutu haut vert sapin, ça mérite la prison à perpétuité !

Les autres ne sont pas mieux lotis. Dans un affreux dégradé de vert, papa arbore un bonhomme de neige avec une carotte en relief ; c'est le fond du trou du mauvais goût. Ansley et Mayah, quant à elles, ont un renne au nez qui clignote. Encore heureux qu'ils n'aient pas ressorti les T-shirts avec les photos de leurs nains de jardin pervers ! Cette fois-là, les voisins avaient porté plainte. C'était déjà suffisant pour eux – et pour le reste de la planète – de devoir vivre avec les statuettes exhibées en permanence sur la pelouse de mes parents.

— Qu'est-ce que vous faites ici ? grogné-je. Comment êtes-vous entrés ? Vous savez que, si je veux, je peux appeler la police pour signaler une effraction.

Et c'est ce que je vais faire.

Je me débarrasse de mon manteau, que j'accroche à la patère, essayant tant bien que mal d'ignorer la merveilleuse odeur qui flotte dans mon appartement. Ça sent le jambon au miel et aux épices, la purée au fromage, et derrière je perçois une très légère fragrance de gâteau au chocolat. Qu'est-ce qu'il se passe ici, bon sang ?

Je dévisage méchamment ma sœur, qui tient Chamallow dans ses bras, et le lui reprends immédiatement.

— C'est *mon* chat, d'abord.

J'ai l'air d'une gamine mais, quand ils sont près de moi, je n'arrive pas à contrôler mes émotions. J'ai toujours l'impression d'être cette tentative d'adulte qui n'est jamais assez bien à leurs yeux. Avant, ce n'était pas comme cela. Avant, ils m'aimaient un peu, au moins.

— Ma puce, commence maman en s'avançant d'un pas vers moi, si nous sommes ici, c'est pour passer un petit moment en ta compagnie, sans cris et sans méchanceté, je te le jure. Quand tu as quitté la maison, l'autre jour, tu nous as fait prendre conscience de tout le mal que nous te faisions, et nous en sommes sincèrement désolés. Après ton départ, nous avons eu une longue discussion, tous les trois.

Elle se met à pleurer, et je détourne les yeux pour ne pas me sentir coupable. Papa prend la parole.

— Nous avons réalisé à quel point nous avions été injustes avec toi. Et méchants. Nous ne méritons pas ton pardon, pupuce, mais s'il te plaît, laisse-nous une chance de nous rattraper.

— Pas si tu m'appelles *pupuce,* grogné-je.

— Je sais que c'est beaucoup te demander, alors laisse-moi au moins essayer de t'expliquer pourquoi nous avons commencé à t'attaquer aussi gratuitement, continue-t-il sans se démonter.

J'enfouis le nez dans les poils de Chamallow pour éviter de leur hurler à tous de partir. J'ai envie d'entendre leurs excuses, pourtant, mais j'ai peur que cela ne me blesse davantage.

— Quand tu étais adolescente, ta sœur est allée à l'université, quelques mois seulement, avant de revenir à la maison, pour que Mayah ait un peu de stabilité dans son existence. Nous étions tous les cinq, en famille, et quelque part dans nos cœurs, rien n'était aussi merveilleux que cette situation, confie papa en souriant. Puis tu as choisi de prendre ton envol. Et même si c'était dans la logique des choses, même si nous étions très fiers de toi, cela nous a fait du mal. Tu nous as abandonnés, tu as été vivre ta vie et tu n'es pas revenue. Nous n'entendions plus ta voix qu'une fois par semaine. C'était très dur.

— Tu nous manquais trop, ma puce d'amour, sanglote à présent maman. Et notre seule réaction a été de nous montrer durs avec toi, parce que nous sommes des idiots. Jamais nous n'aurions dû te blesser ainsi. C'était une vengeance minable.

— Sache que nous sommes fiers de toi… et plus que cela, même, me jure papa en tendant la main vers moi. Tu es une jeune femme magnifique, Leo, et tu ne cesses de nous prouver que tu as fait les meilleurs choix dans ta vie. Pardonne-nous, s'il te plaît.

Émue aux larmes, je décide de faire une bonne action. Je les rejoins et me fonds dans leur câlin aimant en tremblant un peu. Mais vraiment un tout petit peu.

— Hum, hum, fait soudain papa.

Je me redresse. Il lance à Ansley un regard dur pour l'encourager à me confier à son tour ce qu'elle a sur le cœur.

— J'étais tout simplement jalouse, voilà, bougonne-t-elle. De nous deux, tu es la seule à avoir réussi dans la vie, et la seule dont les parents ont regretté le départ.

— C'est faux, lâche maman.

— Ansley, tu n'as pas raté ta vie, allons ! Regarde Mayah ! Elle est heureuse, elle est épanouie. Tu as créé la vie, tu as élevé ta fille toute seule, alors que son boulet de père passe son temps dans les casinos et te laisse tout prendre en charge. Tu es une maman du tonnerre et une femme exceptionnelle. Si tu n'avais pas été une telle emmerdeuse avec moi, j'aurais presque pu t'admirer, avoué-je.

Nous gloussons toutes les deux, tandis qu'elle ouvre grands les bras pour que j'aille m'y pelotonner.

— Moi aussi, je suis désolée de t'avoir rendue si malheureuse, Leo. Tu as toujours tellement réponse à tout, tu sembles toujours si solide que je n'ai jamais mesuré à quel point je te blessais. Je m'en veux.

— Oublions tout cela, dis-je avec un soupir.

— Oui, on a apporté à manger pour revenir dans tes bonnes grâces, annonce maman en souriant. Viens t'asseoir, et laisse-nous nous occuper de toi.

Maman me prend par la main et papa tire une chaise où je prends place, à côté d'Ansley. Chamallow, sur mes genoux, s'endort sous mes caresses.

Ma mère me sert une énorme tranche de jambon avec une pleine louche de purée et de petits légumes rôtis au four, tandis que ma sœur se charge des boissons. Mayah trinque avec nous, au jus de fruits, et rit de bon cœur en entendant Chamallow ronronner.

Nous dînons dans une ambiance apaisée, que je n'aurais jamais pensée possible. Je crois que je vis là l'un des plus beaux instants de mon existence.

J'ai à nouveau une famille. Enfin.

— Alors, comment s'est passée ta journée ? demande Ansley.

— À mourir, râlé-je en levant les yeux au ciel.

Elle ricane un peu. Ma sœur adore se présenter comme une dure, mais elle n'a pas vraiment eu de chance, dans la vie. En entrant à l'université, elle est tombée amoureuse d'un loser, dont elle a rapidement été enceinte. Incapable de suivre les cours à cause de l'angoisse que lui provoquait la situation, elle a mis fin à son cursus pour retourner à la maison, où mes parents l'ont accueillie à bras ouverts. Je me souviens de leur tristesse lors de son départ pour le campus. Je ne savais pas que mon départ à moi aussi les avait bouleversés de la même façon. Graham, le copain d'Ansley, lui a promis le mariage en lui assurant qu'il trouverait un travail pour payer un logement et les frais liés au bébé. Évidemment, ça ne s'est pas passé comme ça. Cet abruti dépense chaque centime qu'il gagne dans des casinos et revient dormir sur le canapé de la maison familiale une fois par mois quand il est vraiment fauché. Je déteste ce type.

Fière et forte, Ansley s'est vite trouvé un petit boulot après être retournée chez mes parents, et l'a gardé après l'accouchement, mais elle oscille entre mi-temps et tiers-temps pour pouvoir s'occuper de Mayah. Elle est sur tous les fronts et je l'admire beaucoup d'être à la fois le papa, la maman, l'infirmière, la psy, la coiffeuse… Elle sait tout faire.

— Comment ça « à mourir » ? s'exclame papa. Je croyais que tu adorais ton travail, Leo.

— Je l'adore quand je peux le faire ! Pour les fêtes, j'ai eu une petite promotion. Je suis devenue lutin à la cabane du Père Noël. Et je porte un costume, ajouté-je en levant encore une fois les yeux au ciel.

— Oh ! mais c'est génial, tata Leo ! couine Mayah.

Sa mère, qui a compris ma douleur, ne peut s'empêcher de se moquer.

— Je suis sûre que tu es un lutin exceptionnel, ma puce, dit maman pour enfoncer le clou. Je passerai demain à ce fameux centre commercial. Il me faut absolument une photo de toi. Tu me donneras l'adresse exacte pour mon GPS.

Je lui lance un grand sourire et la lui note sur un bout de papier en me trompant malencontreusement sur le nom de la rue. Pas question qu'un seul membre de ma famille me voie dans cet accoutrement ridicule. D'autant que, si par malheur une photo venait à être prise, elle servirait probablement de carte de vœux pour les dix années à venir.

— Pupuce, viendras-tu à la maison pour Noël, alors ? Cela nous ferait tellement plaisir.

— Je suis désolée, papa, répliqué-je en rougissant, mais il se peut que j'aie d'autres plans, à présent.

— S'agit-il de ce bel homme avec lequel tu es venue l'autre soir ? s'enquiert Ansley, intéressée.

— Oui. Ford m'a invitée chez lui et j'ai accepté.

C'est un petit mensonge. En réalité, je n'ai pas encore

dit oui, mais j'y pense sincèrement, ne serait-ce que pour me faire pardonner mon attitude.

— Il avait l'air classe, en tout cas.

— Il est riche, confirmé-je à Ansley. Enfin, c'est ce qu'il prétend. C'est peut-être juste un psychopathe qui attire les femmes en leur faisant miroiter des rivières de diamants avant de les assassiner.

Mes parents me regardent avec de grands yeux, choqués et affolés.

— Je rigole, je rigole. Il est gentil.

— Depuis quand est-ce que vous sortez ensemble ? demande ma sœur.

— Techniquement, nous ne sortons pas ensemble. Nous sommes… amis, plus ou moins. Je ne sais pas trop, en fait.

— Est-ce que vous vous êtes déjà embrassés ? s'enquiert maman.

— Oui.

— Il t'a embrassée ? gronde papa. Mais de quel droit ? Je suis désolé, mais il aurait dû me demander l'autorisation avant même de poser les yeux sur toi. Non mais, c'est quoi, cette affaire ?

— Nous ne sommes plus au Moyen Âge, papa. Les hommes n'ont plus besoin de demander l'autorisation pour inviter des femmes à sortir. Vis avec ton temps. On n'y peut rien si tu es né à l'âge de pierre.

Maman glousse et nous jette un regard amusé, à Ansley et à moi.

— Oui, eh bien, j'aurais mieux fait d'être plus sévère avec tous ces bouffons que vous nous avez ramenés, les filles, bougonne papa. À commencer par toi, Ansley, avec ce pingouin ridicule… Et Leo, j'aurais pu tuer de mes propres mains ce pauvre type qui t'a larguée comme une…

— Rex, gronde maman.

— Vous savez pour…

Je détourne le regard. Chamallow s'est réveillé et grimpe le long de mon pull pour me lécher le menton.

— Nous savions que tu sortais avec quelqu'un et que

tu faisais parfois le mur, ma puce, reprend maman. Nous n'avons compris que vous aviez rompu que quand tu as commencé à être terriblement déprimée. Pour tout te dire, nous avons failli prendre rendez-vous chez un spécialiste pour que tu puisses évacuer ta peine, quand tu as trouvé ce job d'été, comme veilleuse de nuit, au musée. Dès lors, tu t'es épanouie et tu t'es mise à aller mieux. Nous étions si soulagés que tu retrouves le sourire…

— Je me suis fait de bons amis, là-bas. C'était sympa. Et j'ai aussi trouvé ma voie : avoir un Taser sur moi est devenu ma passion.

Je dis cela en toute sincérité, et avec un air réjoui.

Une fois le dessert terminé, nous remballons ce qu'il reste de nourriture, dont je garde une partie au frigo. Maman, papa et Ansley m'embrassent chaleureusement avant de s'engouffrer dans l'habitacle de la petite voiture familiale, de laquelle ils m'adressent de grands signes avant de disparaître.

Seigneur, j'en ai les larmes aux yeux… Je n'avais pas passé de moment aussi agréable, aussi humain avec eux depuis si longtemps que j'en tremble. Plantée sur le trottoir, je sens à peine le froid. Alors que la lumière des feux arrière de la voiture s'est évanouie depuis plusieurs minutes, je me demande si j'ai rêvé. Non. Les choses sont bien redevenues comme avant et je dois admettre que ça me bouleverse. Mieux encore, j'ai le sentiment que cela me répare un petit peu.

Je finis par remonter chez moi, un sourire flottant sur mon visage. Il est temps de me mettre au lit.

J'hésite entre terminer mon livre et contacter Ford. À vrai dire, j'ai un peu honte de la façon dont je l'ai traité, et surtout j'ai peur que cette Mira ait réussi à lui mettre le grappin dessus.

— Qu'est-ce que je dois faire ? demandé-je à Chamallow.

— Miaou.

— Tu ne m'es d'aucune utilité.
— Miaou.
— Moi aussi je t'aime bien, voyons.

Je lui fais un bisou avant de me pelotonner dans le lit, dans le noir, le téléphone serré dans ma main. Incapable d'appeler Ford, je me contente d'un court message.

As-tu trouvé tous tes cadeaux de Noël ?

Il se passe deux ou trois minutes. Je sais qu'il a lu mon message, mais il ne répond pas. Les larmes me montent aux yeux. Est-ce qu'il me fait la tête ? Est-il en colère contre moi ? Cette simple perspective me rend morose et déprimée. Je ne supporte pas l'idée de lui avoir fait du mal, et pourtant c'est bien ce qui s'est passé. Et je me déteste pour cela.

Histoire de me remonter le moral, je me relève pour allumer quatre jolis pots de verre garnis de guirlandes dorées et de petites fleurs blanches aux pétales couverts de fausse neige pailletée. Je les dispose sur mon appui de fenêtre, ma table de nuit et la commode.

— Voilà qui est mieux, n'est-ce pas, Chacha ?

Je me tourne vers lui, qui dort déjà, roulé en boule sur l'oreiller près du mien. Avant que ma place ne refroidisse, je retourne m'emmitoufler dans ma couette, lorsque mon portable vibre.

Il me manque un tout dernier cadeau, le plus important de tous, mais j'ai bon espoir de finir par le trouver.

Qu'est-ce que c'est ? Et pour qui ? Mira ?

Son simple prénom me brûle l'estomac comme un acide corrosif.

Jalouse ?

Non, simple curiosité.

J'ai envie de lui envoyer des doigts d'honneur, furieuse de ressentir cette jalousie qui me retourne le ventre.

Il s'agit de ton cadeau, en fait 😉

Je n'ai jamais dit que je viendrais chez toi pour Noël.

S'il voyait ma tête à cet instant, il rirait sûrement. Et bon sang, son rire me manque atrocement. Je n'avais pas compris qu'il était devenu l'un des petits bonheurs de mon existence, avant que je ne l'efface avec cruauté.

Par contre, tu as dit que tu ne voulais plus jamais me parler de toute ta vie. Tu as fini de bouder ? Tu m'as manqué. Deux jours sans te parler sont deux jours de gâchés.

Je n'ai pas terminé de bouder, détrompe-toi. Et puis on s'est parlé ce midi.

Moins de dix minutes de Leo, ce n'est pas suffisant pour considérer qu'on s'est parlé, ou vus. J'en voulais plus.

Moi j'ai trouvé que c'était déjà trop…

Ce n'est pas la vérité, mais j'ai tout de même ma petite fierté !

Bon, alors qu'est-ce que tu veux ?

C'est une bonne question. Qu'est-ce que je veux ? Pourquoi ai-je ressenti ce besoin urgent de le recontacter, de revenir dans ses pensées ? La jalousie, c'est sûr. Mais qu'est-ce que ça implique ? Que mes sentiments pour lui sont déjà si profonds que je ne peux envisager de le perdre ? Ah, mais pourquoi ai-je besoin de me compliquer la vie de cette façon ?

Si seulement j'étais un chat. Je serais tranquille, à ronronner sur un oreiller.

Mouais, il faudrait que je fasse un peu attention à ce que je souhaite en période de fêtes. Ça se trouve, demain, je vais me réveiller dans la peau de Chamallow, et lui sera à ma place, dans mon petit corps potelé, à se lécher les pattes et les fesses. La honte.

Nouveau SMS de Ford :

Toujours là ? Je peux t'appeler ?

Non.

Mon téléphone sonne l'instant d'après.

— Mais je t'ai dit non ! grondé-je en décrochant. Tu ne sais pas lire ou quoi ?

— Je t'ai posé deux questions et j'ai considéré que tu n'avais répondu qu'à la première, or je savais que tu étais toujours là, puisque tu as envoyé un message, déclare-t-il avant de s'esclaffer.

— N'essaie pas de jouer au plus malin.

— Je le suis, pourtant.

Le sourire dans sa voix me détend et me fait du bien. Les yeux fermés, je tente de l'imaginer assis sur mon lit, ma tête sur sa cuisse. C'est tellement agréable.

— Ce soir, ma famille tout entière est venue chez moi me faire une surprise. Ils m'ont préparé un somptueux repas et se sont excusés de m'avoir blessée. Ils m'ont expliqué les raisons de leur attitude et je leur ai pardonné, bien sûr, mais voilà, ça m'a fait penser à toi et moi. Moi aussi, j'ai été dure envers toi, et je crois que je t'ai peut-être blessé, alors je suis désolée, Ford. Vraiment, sincèrement désolée.

Je l'entends soupirer.

— Leo, fait-il, je suis tellement heureux de t'entendre dire cela.

— Ah bon ?

— Oui. Que tu sois de nouveau en phase avec ta famille, c'est extraordinaire.

— Oh ! je pensais que tu parlais de mes excuses.

— Oui, aussi. Je ne t'en ai pas vraiment voulu, ne t'inquiète pas, et je suis aussi ravi que tu aies repris contact. Je t'ai manqué ? m'interroge-t-il d'une voix amusée.

— Pas du tout. D'ailleurs, je n'avais pas envie que tu m'appelles, souviens-toi. Mais bon, maintenant que tu es là, autant en profiter. Alors, dis-moi, comment va la vie, avec ta nouvelle petite amie ?

Il éclate de rire, et je m'en veux un peu d'aimer autant ce son. Il est sensuel, charnel, et bien trop doux, comme une couverture toute chaude posée sur mes épaules.

— Mira n'est pas ma petite amie. Pas du tout, même. Elle est très chère à mon cœur, mais notre relation est d'une tout autre nature. Il n'y a que toi qui illumines ma vie, ma Leo. Tu es ma guirlande de Noël la plus brillante, celle qui ne s'éteint jamais, pas même quand elle essaie de m'échapper.

— J'ai eu peur, avoué-je.

— À cause de ton passé, de cet homme qui a profité de ton innocence, oui, je l'avais bien compris. Je ne suis pas comme lui, ma belle. Je ne suis pas prêt à te laisser partir non plus. Je suis persuadé qu'ensemble nous pouvons créer des étincelles comme celles qui ont crépité entre nous sur ce fauteuil d'un bleu aussi royal que tes yeux.

— Mes yeux ne sont pas bleus.

— Non, mais ils sont comme les bijoux de la couronne d'un roi. Ils brillent, ils sont magnifiques, et l'on ne peut en détacher le regard.

C'est à mon tour de glousser. Puis de rougir en repensant à nos étincelles.

Seigneur, comme j'ai aimé cet instant précis où nos corps se sont liés, où nos peaux se sont frôlées, découvertes. Avec Ford, j'ai toujours l'impression d'avoir le meilleur des champagnes qui coule dans mes veines. Je me sens bien, un peu guillerette, presque ivre en entendant sa voix, en écoutant son rire.

— C'était bon, ce que nous avons fait tous les deux, murmuré-je, pour que Chamallow ne m'entende pas.

— C'était bien plus que cela, Leo. Tu es…

Il soupire, tendu. Son excitation se ressent même à travers ce mince filet de voix qui parvient jusqu'à moi.

— Tu es magnifique, et plus encore quand tu danses sur mes genoux et que je m'enfonce en toi sans répit. J'ai envie de recommencer, ma belle. J'ai envie de te plaquer sur mon lit, de t'embrasser jusqu'à ce que tu me griffes pour réclamer un peu d'air tandis que je martèlerai ta chair si fort que tu jouiras dans un cri délicieux.

— Attends, je crois que je suis en train d'avoir des bouffées de chaleur façon Pompéi en l'an 79.

— Tu parles de l'éruption du Vésuve ? Dis-moi que tu as juste lancé un lieu et une date au hasard. Si je découvre que tu es cultivée en plus d'être belle et féroce, je ne vais pas m'en remettre.

— Quand j'étais adolescente, j'ai travaillé comme gardienne de nuit dans un musée. Les soirées étaient longues, alors je passais beaucoup de temps à admirer les œuvres et à lire les cartels.

— Tu es fascinante.

— Arrête tes compliments. Ce n'est pas parce que je t'ai autorisé à me contacter que je suis devenue une princesse.

— Tu es dure en affaires, ma sauvage.

— Je sais.

— Est-ce que tu te sens mieux, maintenant que tes relations avec ta famille se sont améliorées ? demande-t-il doucement, après un petit blanc entre nous.

— Oui, c'est un soulagement, comme un poids que l'on a ôté de ma poitrine. Ça n'aurait jamais pu arriver si tu ne m'avais pas poussée à partir et à m'éloigner d'eux, l'autre soir. Je te dois tellement.

— Tu ne me dois rien. Tout ce que j'ai voulu, c'était t'emmener loin d'eux et effacer les larmes dans tes yeux, ces larmes que tu ne faisais jamais couler, mais qui imbibaient jusqu'à ton âme. J'aurais simplement aimé que notre soirée se termine autrement. J'ai l'impression de t'avoir un peu poussée à bout. Et peut-être d'avoir profité de ta faiblesse.

— Non, je t'assure que non ! J'étais… J'en avais terriblement envie. Et besoin. Parfois, le sexe est juste une équation. Un homme, plus une femme, égale la perfection. C'était ça, nous deux. C'était parfait, et ça m'a fait un bien fou. Tu m'as aidée à me sentir belle, à me sentir aimée au milieu de toute cette colère autour de moi. Et je n'avais pas eu de relation aussi… épanouissante depuis longtemps. Tu as été ma raison d'oublier.

— D'oublier quoi ?

— Ma tristesse, mes angoisses, ma haine, mes idées noires. En fait, l'espace de quelques minutes, tu as été ma raison d'être heureuse.

— Leo… Si tu étais près de moi, je t'embrasserais. Jusqu'à ce que tu me dises que je suis trop collant. Ou que tu me frappes. Ou que tu m'insultes. Ou…

Je lui raccroche au nez en gloussant. Il m'envoie aussitôt un SMS.

Bonne nuit 😊

Bonne nuit.

On se revoit bientôt ?

Je vais y réfléchir.

Je ne suis pas encore prête à affronter la tempête d'émotions qu'il fait naître en moi, alors ce ne sera pas pour tout de suite. Mais, oui, bien sûr, j'ai envie de le revoir. À l'instant de m'endormir, un doux sourire se dessine sur mes lèvres.

Chapitre 15

Ford

Jeudi. Malgré les multiples messages que j'ai envoyés à Leo, je n'ai toujours pas de nouvelles. À mon air déprimé, Mira comprend tout de suite que les choses sont moins simples qu'elles n'en avaient l'air.

Au petit matin, après avoir galéré pour habiller de son uniforme un Sailor survolté, j'ai abandonné la partie et l'ai laissé porter son pantalon mauve avec sa chemise verte et son gilet jaune. La maîtresse n'aura aucun mal à le repérer, au moins.

Tandis que je sirote mon café à la table de la cuisine, les yeux dans le vague, Mira court dans tous les sens pour chercher sa recette de pudding. Je crois qu'elle a envie d'impressionner sa nouvelle copine avec un gâteau qu'elle adore. Elle est drôle, quand elle redouble d'efforts. Cela lui fait toujours un peu péter les plombs, et je sais qu'elle va finir prostrée sur le canapé avec un grand verre de vin. Je la connais par cœur.

— Détends-toi. Si tu lui offres ton gâteau en pleurant toutes les larmes de ton corps, elle va sûrement partir en courant, lui lancé-je.

— Je sais, je sais, mais… Ah ! voilà enfin ma fiche !

Mira soupire et s'échoue sur la chaise à côté de la mienne, un peu essoufflée.

— J'ai la pression. Ce soir, ce sera notre premier dîner

rien que toutes les deux, chez elle. J'ai promis d'apporter le dessert, c'est là qu'elle m'a confié qu'elle raffolait du pudding anglais. Quelle idée ! De tous les merveilleux desserts de l'univers, il faut qu'elle aime ce vieux monceau de pain rassis qui sent la chaussette, vraiment…

— Vois ça comme un défi. Sublimer un plat qui ressemble à du vomi devrait être facile pour toi, non ?

— Hum, c'est vrai. Et sinon, des nouvelles de Leo ? Tu as l'air abattu.

— Elle m'a envoyé un message pour s'excuser de son attitude et, depuis, plus rien. Je ne sais pas quoi faire. Je suis à deux doigts d'aller la voir ce soir, chez elle. Elle me manque, tu ne peux pas savoir.

— Et si tu lui faisais découvrir le Heart of Glass ? Toutes les femmes aimeraient avoir droit à une visite privée d'un studio où les célébrités se bousculent.

— C'est une idée fantastique !

Je ne suis pas convaincu que ce soit réellement le style de Leo. Mais ce serait un prétexte rêvé pour la revoir. Maintenant, il ne me reste plus qu'à trouver comment la convaincre. Et je crois bien que j'ai une idée…

Après avoir déposé Sailor à l'école, je file au bureau. À midi, je profite de ma pause pour faire un tour au centre commercial. Leo n'est nulle part en vue. J'imagine qu'elle est en train de déjeuner. Ça tombe bien, je ne veux pas qu'elle me voie manigancer quoi que ce soit.

Le bureau d'accueil de The View est animé par une petite musique agréable, et la femme derrière le comptoir arbore un bonnet rouge sur ses cheveux gris. Souriante, elle me propose un petit bonbon que je fourre dans ma poche, avec celui de la librairie.

— Bonjour, madame. Je souhaiterais parler au directeur, je vous prie.

— Vraiment ? Avez-vous une réclamation à faire ?

— Non, ne vous méprenez pas. Je désire simplement

l'entretenir d'une personne qui travaille ici… C'est personnel. Si vous voulez bien, dis-je en désignant le téléphone d'un mouvement de la tête.

À peine une minute plus tard, un certain M. Pumpkin, un bonhomme tout rond avec une petite moustache grisonnante, arrive vers nous, le sourire aux lèvres. Il porte un costume un peu trop grand et une cravate rouge où sont imprimées des têtes de Père Noël – et avec laquelle Leo a sûrement envie de l'étrangler.

Il me conduit à son bureau en s'excusant mille fois, même si je lui garantis qu'il n'y a aucun souci, que mon affaire est personnelle.

Le fauteuil où il m'invite à m'asseoir est douillet, à l'image de ce bureau rempli de photos de famille, de décorations de fête et d'une odeur de cookies aux noix de pécan.

— Monsieur Pumpkin, dis-je avant qu'il ne s'excuse une nouvelle fois, je sais que ma requête va vous paraître étrange, mais je voudrais vous « emprunter » Leonie Greene quelques jours, pour qu'elle travaille chez moi. Naturellement, je vous dédommagerai. Est-ce que 100 000 dollars conviendraient ? La moitié irait directement à Leonie, sous la forme d'une prime.

— 100 000…

Sa phrase reste en suspens. Pumpkin est figé, la bouche ouverte, les joues en feu. J'espère qu'il ne va pas faire une attaque ! Pour le rassurer, je lui tends ma carte de visite, qu'il observe sous toutes les coutures, comme si elle allait lui donner les réponses à ses questions.

— Vous avez besoin de Leo ? Je ne sais pas… Elle est très têtue, vous le savez, non ?

— Oui, dis-je en souriant. Nous nous connaissons vraiment bien.

J'ai décidé, sur un coup de tête stupide, de lui faire jouer les elfes à *Royalties*. Elle va probablement détester cela, et me détester encore plus, mais tant pis. C'est tout ce que j'ai trouvé pour l'avoir près de moi, au moins pour tenter de lui redonner le sourire.

— Pourquoi avez-vous besoin d'un agent de sécurité, si je puis me permettre cette question ? demande Pumpkin, mal à l'aise.

Agent de sécurité ? Mais bien sûr ! Pourquoi n'y ai-je pas pensé plus tôt ? Leo ne pourra pas dire non si je lui propose de troquer ses grelots contre un bel uniforme ! Un sourire satisfait étire mes lèvres. En fin de compte, tout se goupille à la perfection.

— J'ai comme qui dirait un petit souci avec une personne malintentionnée qui rôde près de mes locaux. Rien qui constitue un danger, bien sûr, mais j'aimerais renforcer la sécurité de l'entreprise que je dirige. Pas question de lésiner sur les moyens, surtout en cette période de fêtes. Et puis je connais bien Leonie, je lui fais confiance pour gérer tout cela d'une main de maître.

— Écoutez, je ne peux rien vous promettre, même si vous me proposiez 1 million de dollars. Je dois d'abord demander à Leonie si cela l'intéresse.

— C'est tout à votre honneur. Contactez-la, mais ne lui dites pas que c'est moi qui souhaite l'engager, s'il vous plaît.

— D'accord, fait-il en fronçant légèrement les sourcils.

Le directeur décroche son téléphone et compose le numéro de Leo, qui répond au bout de quatre sonneries. J'entends sa voix maussade qui sort du combiné.

— Ça a intérêt à être important, monsieur Pumpkin, râle-t-elle. Si vous me dérangez pendant ma pause pour que j'aille agiter mes grelots dans le hall, je vous jure que je vous les fais avaler.

— Leonie, glousse-t-il, vous n'avez aucunes manières.

— Si ce n'est pas trop demander, j'aimerais pouvoir finir mon sandwich tranquillement. Et d'ailleurs, contrairement à ce que vous insinuez, je me tiens bien, très bien même. Si vous saviez le nombre de mioches qui se sont fichus de moi aujourd'hui, à cause de mes chaussons stupides ! Je suis à deux doigts d'aller réquisitionner le micro de l'accueil pour annoncer à tous ces morveux que le Père Noël n'existe pas. Ou que je l'ai assassiné sauvagement, je n'ai pas encore choisi ma version.

J'ai de plus en plus de mal à me retenir de rire. Bon sang, j'ai envie de l'agripper par la taille et de l'embrasser à pleine bouche.

— Que vais-je faire de vous ? lâche le directeur.

— Me dire ce que vous me voulez, pour commencer.

— Je voulais vous proposer une petite mission en extérieur aujourd'hui et pour…

— Quelques jours, murmuré-je.

— Quelques jours, termine-t-il.

— Une mission en extérieur ? Si vous voulez que j'aille me cailler les miches dehors en collants verts, c'est vous que je vais assassiner.

— Rien de tout cela. Une entreprise… du centre-ville, précise-t-il en consultant ma carte de visite, recherche un agent de sécurité… Ce sera temporaire, bien sûr. Vous êtes d'accord ?

Pumpkin me regarde, mal à l'aise de devoir broder un petit mensonge pour cacher mon identité.

— C'est vous qui décidez, naturellement. Sachez que vous n'êtes absolument pas obligée et que…

— C'est d'accord. Tant qu'il n'y a pas de mioches qui courent partout et de lutins frétillants, marmonne-t-elle.

— J'ai bien compris, je vous le garantis. Surtout si ça peut améliorer votre humeur.

— Vous savez quelle est la première chose que j'ai vue ce matin au réveil ? Ce sont les fesses poilues de mon chat, qu'il m'a agitées à la figure sans aucune pudeur. Alors, croyez-moi, j'ai de bonnes raisons d'être de mauvaise humeur.

— Ne rejetez pas la faute sur ce pauvre animal, fait Pumpkin, jovial.

— Bon, c'est vrai, je suis tout le temps de mauvaise humeur. Je n'y peux rien, les gens m'énervent. Alors, quand est-ce que je commence mon nouveau travail ?

Je glisse en vitesse une petite note à Pumpkin, qui la lit.

— Une voiture passera vous chercher après votre pause,

à 13 heures. Après cela, vous rencontrerez le directeur, qui vous donnera toutes les informations sur la nature de votre mission.

— Très bien, je vais passer aux vestiaires pour faire un brin de toilette et me rhabiller en être humain, dans ce cas. À bientôt, patron et… merci d'avoir pensé à moi.

À l'entendre, je suis à peu près certain que Leo vient de rougir.

Je souris et essaie de ne pas l'imaginer sous la douche, mais je suis faible. Je quitte précipitamment le bureau du directeur avant d'avoir quelques soucis de taille et retourne au Heart of Glass. Je déjeune en vitesse, quand Al se matérialise soudain devant moi.

— Vous pourriez frapper, au moins, dis-je en secouant la tête.

— Désolé, monsieur, mais c'est une urgence. Je… J'ai bien suivi vos consignes à propos de « vous savez qui », murmure-t-il.

Son regard affolé se porte vers la cloison à sa gauche, autrement dit les quartiers de Bridgit.

— Je faisais ma ronde habituelle avant ma pause déjeuner, quand je l'ai surprise qui furetait au rez-de-chaussée. Je l'ai donc suivie discrètement. Elle était au téléphone, en train de se disputer avec quelqu'un et elle n'arrêtait pas de répéter : « C'est pour demain ! Je ne suis pas prête, il y a trop d'inconnues à prendre en considération. » Je crois que ce qu'elle veut voler est très important, car elle a aussi parlé d'argent. En tout cas, je suis presque certain que, demain, elle tentera le tout pour le tout.

— Où était-elle, exactement ?

— Devant le studio photo. Elle a essayé d'ouvrir la porte, mais elle était fermée.

— D'accord. Est-elle restée longtemps ?

— Elle est descendue dès que vous êtes parti. Quand elle a vu que le studio était fermé, elle a passé son coup de téléphone, qui a duré trois minutes. Ensuite, elle est remontée.

Mon humeur s'obscurcit soudain comme si un énorme nuage d'orage se formait au-dessus de ma tête. Je me cale dans mon siège, les poings serrés sur les accoudoirs, et je réfléchis. Que faire ? Laisser quelqu'un en planque toute la nuit dans le studio photo ? La prendre sur le vif ou tenter de la faire avouer ?

Bon, au moins, j'ai maintenant une parfaite excuse à la présence de Leonie. Elle ne me démontera pas. Enfin pas trop. Je crois.

— Merci de m'avoir prévenu, Al. Si je ne m'abuse, dis-je en consultant ma montre, vous devriez déjà être parti. Rentrez chez vous, mon ami, vous avez largement rempli votre mission.

— Mais ça ne me dérange pas du tout, monsieur, répond-il en rougissant. À vrai dire, en ce moment, je préfère être ici que seul à la maison. C'est Noël… Comme tous les ans, ma femme a pris un petit travail à mi-temps, pour que nous puissions bien gâter la famille au réveillon.

— Si vous souhaitez rester un peu plus longtemps, libre à vous, mais n'abusez pas. Il faut vous reposer. Ah, et à ce propos, j'ai oublié de vous le mentionner, mais passez à la compta récupérer votre prime de fin d'année, enfin votre prime… de… sécurité. Pour l'aide que vous m'apportez dans cette affaire qui nous occupe en ce moment.

— Vraiment ? Oh ! merci, monsieur le directeur.

J'envoie rapidement un mémo à la comptabilité pour qu'on lui prépare un petit bonus. En temps normal, l'entreprise ne paie pas d'heures supplémentaires, parce que les employés sont tous censés quitter les lieux à la fermeture des portes – hormis Al, bien sûr, mais il a des horaires bien précis. Cela dit, cette année, il mérite bien quelques dollars de plus pour son implication et son travail irréprochable.

— Mais qu'est-ce que c'est que ce bazar ! s'écrie une voix tonitruante.

Leo vient de débarquer dans mon bureau comme une tornade.

— C'est une sorte de kidnapping ou quoi ? braille-t-elle.

Tu as intérêt à préparer quelques litres de chocolat chaud si tu ne veux pas que je te fasse rôtir à petit feu, Ford !

Je me fige en voyant ses joues rouges de colère, ses yeux qui lancent des éclairs et ses beaux cheveux qui encadrent son magnifique visage. Et je souris comme un roi, parce que ma reine vient enfin d'arriver.

Chapitre 16

Leonie

Quand je sors du centre commercial, emmitouflée dans mon manteau, les cheveux noués en un chignon strict, j'ai le sourire aux lèvres. Le vent froid qui souffle par bourrasques fait voler de petits voiles de neige qui s'enroulent au pied des arbres nus, sur le parking. Leurs longues branches disparaissent sous des dizaines de guirlandes électriques entortillées qui clignotent.

Mariah Carey, qui chante pour la trente-septième fois du jour sa maudite rengaine, me sort par les oreilles. Oui, la compil de fin d'année n'est pas très longue, alors les chants tournent en boucle et en boucle, et moi, j'ai vraiment envie de foutre le feu au centre commercial.

Je relève les pans de mon écharpe pour avoir bien chaud et m'appuie contre les fesses d'un renne lumineux, lorsqu'un homme d'âge mûr, élégant et distingué, vient m'aborder.

— Mademoiselle Greene ? lance-t-il d'une voix posée.

— Oui. On se connaît ? rétorqué-je, sur la défensive.

— Non. Je suis chargé de vous emmener auprès de mon employeur.

— Hum, d'accord. Je peux savoir qui c'est ?

— Je ne suis pas autorisé à en dire davantage, mademoiselle.

Je lui lance un regard agacé et suis un instant tentée de refuser de le suivre. Après tout, rien ne me certifie qu'il ne s'agit pas d'un traquenard. Ou même d'un tueur en série ! Inquiète, je me tourne une seconde vers le hall du centre commercial, où j'aperçois mes collègues lutines qui dansent en rond autour d'un petit garçon riant aux éclats. Il faut absolument que je quitte cet endroit ! Tant pis si je finis dans une cave sordide attachée à un vieux radiateur rouillé. Tout, mais plus de lutins, pitié !

Le chauffeur me conduit vers une berline somptueuse, garée un peu plus loin, et m'ouvre la portière d'un geste déférent. L'intérieur, tout en cuir, est d'un beige apaisant.

Quand je suis confortablement calée dans mon siège, l'homme s'installe au volant et démarre après avoir poussé le chauffage à fond.

— Où est-ce qu'on va ?

— Je ne peux pas vous le dire, mademoiselle.

— Comment ça, vous ne pouvez pas me le dire ? grogné-je. Vous êtes en train de m'enlever ou quoi ? Je vous préviens, je garde mon téléphone à la main et j'appelle la police si jamais vous m'emmenez dans un endroit louche. Et j'ai un spray au poivre dans mon sac à main.

— Vous savez, faire la liste de vos atouts n'est pas la meilleure des idées, quand on se fait enlever. Sans vouloir vous offenser, vous auriez mieux fait de garder cela secret et de me prendre par surprise. Enfin, par bonheur, je ne vous veux aucun mal. Nous allons travailler pour le même employeur, après tout.

— Je n'ai encore signé aucun contrat. Et je n'ai toujours pas confiance en vous, grommelé-je.

Dans le rétroviseur, je vois ses yeux s'étrécir, amusés, ce qui a le don de m'agacer encore plus. Je croise les bras et serre mon sac « Chieuse à temps plein » contre moi. Il contient mon costume d'elfe, que je vais mettre au lavage, ce soir, en rentrant à la maison.

Si M. Pumpkin n'en avait pas des dizaines en stock, au magasin, je n'aurais pas hésité à le brûler, le perdre, le noyer ou le déchirer, histoire de ne plus jamais avoir à porter cette horreur. Mais à quoi bon ? Le pire, c'est que j'ai déjà essayé tout ça, et qu'à chaque fois Pumpkin m'a offert un nouveau costume avec un grand sourire et une petite réprimande. « Faites attention cette fois, Leo. » Ouais… Mes plans diaboliques n'ont vraiment servi à rien.

Le chauffeur se gare finalement sur la place de parking qui lui est réservée. Nous sommes à présent en plein cœur de Philadelphie, dans un quartier animé. De la musique festive, un peu jazzy, résonne autour de nous. Ici, tous les magasins sont magnifiquement décorés selon un thème forestier. Les vitrines sont agrémentées de branches de sapin ornées de boules et de guirlandes. Les devantures sont éclairées de petites lumières qui clignotent, et quelques chalets encombrent le trottoir ici et là, pour vendre du vin chaud, du thé à la cannelle ou un cacao qui embaume.

Je sors de la voiture, fascinée et heureuse d'avoir pu me rendre dans ce coin de la ville où je ne mets jamais les pieds, quand je lève soudain la tête vers l'immense tour de verre qui se dresse devant moi. Elle est magistrale, magnifique, et à travers les vitres, dans le hall, je distingue un sapin de plus de trois mètres de haut, décoré avec goût.

Sur la devanture, dans un lettrage doré, en cursive, s'étend le mot « Royalties », dont le « o » est coiffé d'une couronne.

— Ford, grogné-je, je vais te tuer…

Je plisse les yeux pour tenter d'apercevoir le sommet de la tour, en me demandant s'il peut me voir depuis l'une des baies vitrées et, surtout, s'il s'amuse bien du tour qu'il m'a joué. Il va vite le regretter.

J'entre dans le bâtiment d'un pas vif, laissant le chauffeur en plan dans la rue, et me rends directement à l'accueil.

— J'ai rendez-vous avec Ford, la préviens-je.

— Vous êtes ?

— Furieuse, voilà ce que je suis !

Sans prendre la peine d'argumenter davantage – inutile de prendre le risque qu'elle le prévienne et gâche mon effet de surprise –, je fonce vers les ascenseurs, direction le dernier étage. En descendant de la cabine, je m'arrête un instant pour admirer les lieux. Waouh ! Le tapis gris perle sous mes pieds, impeccable, étouffe le bruit de mes pas. Les vitres qui entourent tout le grand hall offrent une vue incroyable sur une Philadelphie dont les bâtiments se découpent sur un horizon géométrique d'immeubles et de fenêtres éclairées.

Bon, terminé, le petit instant paisible. J'ai un homme à abattre !

J'avance d'une foulée rageuse jusqu'au premier bureau sur mon chemin et y entre en trombe. Ouf, c'est bien celui de cet insupportable Écossais.

Je lui jette un regard froid, mais mon cœur se met à palpiter de plaisir en voyant sa gueule d'ange, ses cheveux sombres et son costume qui lui colle à la peau. Il est tellement élégant et séduisant que je me vois dans l'obligation d'ajouter une dose de colère dans ma voix pour ne pas lui pardonner trop vite ses manigances.

— C'est une sorte de kidnapping ou quoi ? lancé-je en m'arrêtant près d'un vieil homme qui me regarde, paniqué. Tu as intérêt à préparer quelques litres de chocolat chaud si tu ne veux pas que je te fasse rôtir à petit feu, Ford !

Ce dernier se lève doucement de sa chaise, et mon regard descend peu à peu. Il porte un veston à carreaux, summum du sexy, sur un pantalon de costume très ajusté, dévoilant son corps mince, athlétique. On dirait un footballeur européen. Il va finir par me faire recraquer !

— Leonie, je suis heureux que tu aies pu venir. Si tu es ici, c'est de ton plein gré, n'est-ce pas ?

Ce petit sourire…

— Un peu, marmonné-je.

— Très bien.

Ford me rejoint, et malgré mon envie de partir en courant, je reste plantée là. Je ne suis pas lâche, pas question de fuir, quand bien même son regard sauvage se pose sur moi, possessif.

Mon Dieu ! Mon cœur s'agite encore plus fort.

Ford se penche vers moi pour embrasser ma joue, puis me prend par la taille et me presse tout contre lui. Le soupir que je pousse est un mélange d'extase, de pur bonheur et de plaisir.

Mais je préfère ne rien laisser paraître, car nous ne sommes pas seuls dans ce bureau.

— Leo, je te présente Al, mon chef de la sécurité et ton superviseur direct, dit Ford en désignant l'homme âgé qui détourne le regard, l'air grave, une petite moustache frétillant sous son nez. J'ai une mission à te proposer, et elle est très sérieuse. Veux-tu bien me laisser quelques minutes pour tout t'expliquer avant de râler ?

— Je ne peux pas râler pendant tes explications aussi ?

— Bien sûr que si. Tu sais que j'aime quand tu fais ton Grinch.

Petit con. Je lève les yeux au ciel.

— Al, retournez à votre poste, s'il vous plaît. Je dois dire quelques mots à Leo en privé.

— Bien, monsieur.

L'homme s'incline poliment puis sort de la pièce. J'avoue me sentir un peu mortifiée d'avoir injustement accusé Ford de mon kidnapping, alors qu'il semble réellement avoir un travail à me confier.

Ford se place face à moi, et quand sa main se lève pour caresser ma joue barrée d'une mèche de cheveux, mon cœur devient comme une immense guimauve moelleuse et sucrée, qui voudrait garder son empreinte pour toujours. Mes paupières se ferment légèrement.

— Est-ce que tu vas ronronner ? murmure-t-il à mon oreille.

Aussitôt, je tape sur son bras pour l'éloigner de moi et j'avance jusqu'à la baie vitrée pour regarder l'horizon qui s'éclaire peu à peu. Quelques bancs de ciel bleu font leur apparition çà et là, entourés de gros nuages laiteux.

— Puis-je au moins avoir un petit baiser ? Pour tout le mal que tu m'as infligé.

Je fais volte-face, touchée au cœur par ses paroles, mais quand je vois son grand sourire, je me sens un peu soulagée.

— Tu n'as pas l'air si mal en point, pourtant. Mais… C'est d'accord pour un baiser.

— Vraiment ? s'exclame-t-il, surpris.

— Oui. J'en ai peut-être très envie, annoncé-je sans perdre ma fierté.

— Pardon ? Je crois que j'ai mal entendu.

— J'ai très envie de t'embrasser, soufflé-je une fois qu'il est revenu à ma hauteur.

Son sourire amusé s'estompe et son regard balaye mon visage, de mon nez rougi par le froid à mes cheveux en pagaille.

— Il fait un vent glacial, dehors. Tu devrais mettre un bonnet, me gronde-t-il.

Je souris. J'ai envie de caresser ses pommettes royales, d'effleurer ses taches de rousseur qui me fascinent tant.

Ford repousse mes longues mèches vers l'arrière et, avec tendresse, resserre les pans de mon écharpe tout contre moi. Je tremble un peu, mais ce n'est pas parce que je suis transie. C'est parce que j'ai envie de lui. Contre moi. Je veux ses baisers et ses lèvres sur ma peau nue, et recréer ce moment parfait, intime, passionné auquel nous avons donné vie quelques jours plus tôt.

— Alors, qu'est-ce que tu attends pour m'embrasser, Leo ? s'enquiert Ford en m'enlaçant tendrement.

En étouffant un petit rire, je noue mes bras autour de son cou. L'instant d'après, je scelle enfin mes lèvres aux siennes. Elles sont si douces, si sages, comme s'il pouvait enfin prendre le temps de respirer, de se reposer quand il est tout contre moi.

Cependant, je ne suis pas le genre de femme à me contenter de cela. J'entrouvre la bouche et, comprenant que je souhaite le goûter, Ford gémit et me laisse faire. Je l'envahis, le dévore, le déguste. Malgré l'épaisseur de mon manteau, je sens son corps se réchauffer, se tendre et s'exciter. Il aime ça. Il aime que je prenne les commandes, tout comme j'aime quand il me force à être sage.

— Ma Leo, finit-il par souffler quand je relâche mon étreinte. Pourquoi tu n'as pas répondu à mes messages ?

Dans sa voix, il n'y a aucun reproche, mais une certaine tristesse pèse sur la légèreté de son accent britannique.

— Je voulais me laisser le temps de faire le point sur mes sentiments, y compris sur ma peur. Et je dois avouer que cette petite partie de moi qui est déjà accro à toi m'a effrayée. Pourtant, j'essaie de la dompter, et j'essaierai encore et encore jusqu'à ce que je sois à l'aise avec ce *toi plus moi*, et l'idée d'un *nous*.

— Tu n'aurais pas pu me rendre plus heureux, lance Ford en souriant.

— Bien sûr que je le pourrais, dis-je en ronronnant, mes doigts glissant sur son torse ferme.

Ils effleurent les boutons de son veston, la soie de sa cravate.

— Arrête, je crois que mon corps réagit un peu trop sauvagement à ton toucher, ma belle, susurre-t-il à mon oreille, avant de planter un baiser sur mon front.

Il se détourne pour attraper son manteau dans un placard et l'enfile, avec sa fameuse écharpe en tartan. Je l'adore. Elle lui donne un petit côté Highlander qui ne me laisse pas indifférente.

— Je t'ai promis une explication sur ta présence ici. Laisse-moi t'inviter à boire un thé, que je puisse te dire de quoi il retourne.

— On ne peut pas rester à l'intérieur, plutôt ?

Je lui sers un regard adorable, un peu comme Chamallow quand il veut un bout de mon biscuit, mais Ford, mal à l'aise, secoue la tête.

Aussitôt sur la défensive, je ne prononce plus un mot jusqu'à ce que nous soyons dehors. J'ai l'impression qu'il a quelque chose de grave à m'annoncer, ce qui me rend nerveuse. Le vent a beau être mordant, à l'instant même où Ford prend ma main dans la sienne, une sensation de chaleur se diffuse dans tout mon corps et me fait oublier le bruit des passants, des voitures, pour ne voir que le positif autour de moi. Les décorations de fête sont magnifiques, une merveilleuse odeur de cannelle et de chocolat flotte dans l'air, et le bel Écossais à mon côté est vraiment sublime.

Quand il remarque que je suis en train de le regarder, il incline la tête vers moi et sourit.

— Je t'ai manqué aussi, pas vrai ?

Honteuse, je me contente de hocher la tête. Nous nous arrêtons, et il agrippe les pans de mon manteau pour m'attirer à lui et m'embrasser de tout son être. Je ne me suis jamais sentie aussi heureuse qu'à cet instant où j'accepte vraiment mes sentiments pour lui.

— Je crois que c'est presque aussi bon qu'un chocolat chaud, quand tu m'embrasses, lui glissé-je.

— Et est-ce que ça te rend gentille, aussi ?

— Je crois bien.

— Mince, pourtant j'adore quand tu joues les méchantes filles, ça m'excite, dit-il dans un éclat de rire en m'entraînant dans un petit café décoré avec soin.

Ford commande un thé, tandis que j'opte tout naturellement pour un chocolat chaud. Nous prenons place à une petite table en métal vieilli, ornée, en son centre, d'un joli bouquet de fleurs et d'une bougie à la fragrance légèrement vanillée. Nous nous débarrassons de nos manteaux, puis je glisse les mains autour de ma tasse, vite arrivée, pour les réchauffer.

— Dis-moi ce qu'il t'arrive, s'il te plaît. Tu as l'air un peu angoissé.

— Tu te souviens, quand je suis venu chez toi pour t'expliquer le souci que j'avais au boulot ?

— La voleuse.

— Oui. Bridgit est ma secrétaire, son bureau se trouve juste à côté du mien. C'est pour ça que j'ai jugé préférable de quitter les locaux. Elle a tenté d'entrer par effraction dans le Heart of Glass, et Al, mon chef de la sécurité, que tu as aperçu tout à l'heure, et moi la soupçonnons de vouloir mettre la main sur une parure de bijoux particulièrement précieuse que mon ami Bas doit shooter. Al pense qu'elle va passer à l'acte demain. Je voudrais donc que tu essaies de repérer les lieux aujourd'hui, que tu prennes tes marques, pour pouvoir m'aider à arrêter Bridgit, avant qu'il ne soit trop tard. Qu'en penses-tu ?

— Tu t'es souvenu que j'étais agent de sécurité ? Je suis très touchée. J'espère que la mission sera dans mes cordes. J'ai hâte de me mettre au travail.

— Hum, eh bien, maintenant que tu en parles, j'ai deux choses à t'avouer. La première, c'est que, non, je ne me souvenais plus de ton travail d'agent. En fait, je suis tellement obnubilé par la lutine que tu es que mon projet initial était de te faire venir ici dans ton caleçon vert. Je n'aurais pas quitté le rez-de-chaussée une seule seconde, juste pour te voir râler à cause de tes grelots.

— Je vais te tuer.

— En réalité, c'est Pumpkin, ton patron, qui me l'a rappelé. En fin de compte, tout se goupillait à merveille. Et mon second aveu, c'est que tu auras également un uniforme ici, pour le travail.

— Ça, ce n'est pas encore trop grave. Je suis toujours en tenue pour travailler à The View.

— D'accord, me voilà rassuré.

— Pourquoi serais-tu rassuré ? Je t'en veux terriblement d'avoir envisagé de faire de moi ton lutin personnel. Et pourquoi, d'ailleurs, voulais-tu m'emmener là, dans ta tour de verre ?

— Parce que… je suis très stupide, je n'ai pas réfléchi, et j'avais terriblement envie de t'avoir près de moi, dans ma vie, au moins quelques heures par jour. J'étais désespéré, Leo, et j'ai marché à l'instinct. Je te voulais, c'est tout. Ne m'en veux pas.

Quand je me lève aussitôt après avoir vidé ma tasse, ses beaux yeux s'écarquillent, brillants et angoissés.

— Que fais-tu ? Tu veux partir, c'est ça ? dit-il dans un soupir.

Il se lève à son tour, son corps frôlant le mien.

— Non, je suis simplement impatiente de commencer

mon nouveau travail. Tu n'imagines pas comme cela me manque, de surveiller tout le monde et de menacer les mômes avec ma matraque. J'aurai une matraque, pas vrai ?

Ford éclate de rire.

— Non ! Ah, Leo, ma petite sauvage… Je paierais une fortune pour te voir faire un combat dans la boue avec le Père Noël.

— Ma parole, tu es complètement cinglé.

Il enlace ma taille et m'embrasse doucement.

— Tu es trop belle, murmure-t-il tout bas en caressant mes flancs.

Mon pull rouge, décolleté, n'a rien de particulièrement chic. Et avec mon jean noir skinny et mes bottines usées, je pense certainement faire pâle figure en comparaison des femmes qui travaillent à ses côtés. Pourtant, il aime ma simplicité, même si je me juge fade, par rapport à lui.

De retour dans les locaux de *Royalties*, Ford tient à me faire visiter le rez-de-chaussée. Le vaste hall, avec son carrelage blanc brillant, reflète toutes les lumières du magnifique sapin à gauche de l'entrée, devant l'immense baie vitrée. À l'accueil, une belle blonde élégante nous salue d'un signe de la main. Ford me présente rapidement, mais nous filons ensuite à la salle de contrôle, dont il me donne le double des clés magnétiques, ainsi que le code d'accès. J'y reste quelques minutes, à observer les écrans pour me représenter mentalement la position des caméras dans le bâtiment. Une fois que je suis prête à passer à la suite, il me conduit aux vestiaires.

— Hé, je voulais continuer la visite, moi !

— Plus tard. Pour le moment, laisse-moi te donner ton uniforme. J'ai hâte de te voir dedans, avoue-t-il.

— Monsieur aime les femmes en uniforme ?

— Peut-être bien, fait-il, cajoleur, en s'asseyant sur un banc au centre de la pièce tout en longueur.

Des casiers chromés s'étalent le long des murs. Ford m'indique le plus vaste d'entre eux et me donne le code du cadenas. J'y prends l'un des petits paquets destinés aux femmes, à ma taille, puis je regarde autour de moi.

— Où sont les cabines pour se changer ?

— Tu sais, personne ne va entrer ici à cette heure-ci, rétorque-t-il avec un grand sourire.

Avec un gloussement amusé et gêné, j'ôte le vêtement du sac. Il s'agit d'une tenue très classique, pas de surprise à ce niveau-là. Ouf ! Tout sauf les collants verts, merci bien.

— Tu veux jouer les voyeurs, c'est ça ? Mais quel voyou tu fais, Ford.

— Tant que tu finis toute nue, je veux bien être traité de voyou, de bandit, ou même de hareng saur, je m'en moque.

J'éclate de rire, puis ôte mes chaussures. Lentement, je dis également adieu à mon pull.

— Hum, viens là, gémit Ford en me tendant la main.

Je marche vers lui et me retrouve entre ses jambes, prisonnière de ses mains glissées sur mes fesses. Sa bouche effleure la peau douce de mon ventre, et je me penche en avant pour profiter de ses baisers. Ses lèvres sont douces et tièdes contre ma peau froide.

De ses doigts agiles, il déboutonne mon jean, dont je me débarrasse en quelques secondes. Il ne me reste plus que mes sous-vêtements dépareillés. Un soutien-gorge de dentelle rouge et une petite culotte en coton noir.

— J'ai envie de toi, souffle-t-il alors que je me redresse.

— Ici ?

— Ici, ailleurs, tout le temps.

Son sourire épanoui me donne envie de râler, mais je me contente de rougir.

— L'addiction au sexe, ça se soigne très bien, tu sais.

— Pourquoi je voudrais me soigner ? Je préfère que tu sois ma véritable cure, c'est bien plus agréable. Et puis tu as ouvert la boîte de Pandore, donc c'est à toi de te dévouer corps et âme pour que j'aille mieux, non ?

— Et puis quoi encore ? Je ne suis pas ton petit joujou torride.

— Dommage.

— Et c'est quoi cette histoire de boîte de Pandore ? demandé-je en enfilant la chemise bleue très moulante portant le logo doré de *Royalties*.

— Avant toi, je n'avais plus vraiment le temps ni l'énergie d'avoir des… relations, avoue-t-il en toussotant.

— Tu veux dire que… Oh…

Cela fait donc trois ans, au minimum, qu'il n'a pas couché avec une femme ? C'est impressionnant.

— Tu m'as rappelé à quel point c'est bon, de se laisser aller entre les bras d'une jolie demoiselle. Et depuis cet instant, depuis que tu m'as chevauché sans inhibition, je ne fais que repenser à cette seconde magique où tu t'es empalée sur mon membre. Bon Dieu, ça en devient une obsession.

— Ne dis pas des choses pareilles ou je vais finir par succomber, soufflé-je.

J'enfile le pantalon noir, qui est tout aussi élégant que la chemise. Avec ses gros boutons dorés sur les côtés et sa coupe droite, il est un peu démodé, mais curieusement chic. Ford se lève pour ouvrir un coffre dont lui seul semble avoir la clé.

Il en sort une lourde ceinture munie d'un holster et d'une radio, qu'il me tend. Dans l'étui, à la hanche, je glisse un pistolet à impulsion électrique que Ford a extrait du même coffre.

Je me détourne de lui pour me regarder dans le grand miroir près de la porte. Jamais je n'avais porté un uniforme aussi élégant. La chemise de soie, d'un bleu royal et brodée d'or, moule mon buste et le dévoile subtilement, avec son encolure en V. Le pantalon à la mode des années 1960 met en valeur mon fessier bombé. Ford, qui veut également profiter de la vue, se place derrière moi et soupire de plaisir. Puis il m'enlace paisiblement et pose les lèvres au creux de mon cou.

Mon cœur palpite de façon si précipitée que je pousse un léger râle.

— Si tu as froid, il y a aussi un gilet assorti, m'annonce-t-il, les yeux rivés sur ma poitrine moulée et ferme.

— Je veux bien, merci.

En entendant le mot « gilet », je ne sais pas pourquoi, je m'attendais à une horreur laineuse informe comme celles que je tricote de temps à autre. Bon, d'accord, tous les soirs ou presque. En l'occurrence, il s'agit d'un magnifique boléro noir, avec de gros boutons dorés, dont le dos est brodé de la couronne, logo de *Royalties*.

Il m'aide à l'enfiler avec une tendresse qui me berce l'âme. La veste, assez courte pour ne pas gêner la manipulation du Taser en cas de problème, est chaude et douce, comme du satin de coton.

— En temps normal, quand il n'y a pas de réelle menace, la tenue de mes employées se complète par des escarpins à talons. Cette fois, c'est différent. Nous ne savons pas vraiment comment Bridgit va réagir, ni même ce qu'elle prévoit, tu peux donc remettre tes bottines si tu te sens plus à l'aise.

— Avec cette tenue… Ça m'embête. Je déteste les talons, et j'adore le confort de mes chaussures, mais j'ai trop envie d'être jolie dans mon uniforme.

Pour accompagner mes paroles, je tire de l'armoire une paire d'escarpins vernis, que je passe à mes pieds.

— Tu es toujours belle, Leo. Toujours, m'assure Ford.

— Je vais finir par te croire, dis-je en rougissant.

Sur un dernier baiser féroce et délicieux, nous ressortons des vestiaires.

— J'aimerais que tu me présentes Bridgit, si tu n'y vois pas d'inconvénient. Je voudrais étudier ses réactions et son comportement quand tu lui diras que la sécurité est renforcée.

— Tes désirs sont des ordres, ma chère. Et ce petit accent d'autorité va définitivement me faire craquer !

— Concentre-toi, au lieu de t'amuser. On est là pour travailler, je te signale.

— Très bien. Qu'est-ce que je dois dire à ma secrétaire pour justifier la présence d'une agente supplémentaire ?

— La vérité, du moins en partie. Dis-lui que pour la

sortie des bijoux lors du shooting, demain, tu préfères mettre les bouchées doubles pour t'assurer que les joyaux seront en sécurité.

— Pas mal. Tu t'y connais, pas vrai ? Tu n'es pas une simple agente de sécurité.

— Mon boulot, je l'adore, Ford. J'ai fait des études de psychologie et de comportementalisme avant de décider de tout arrêter. Je n'aimais pas tellement l'université, mais j'ai appris des choses fascinantes qui me servent beaucoup quand je dois intervenir au centre commercial. Tu sais, décrypter le comportement des voleurs m'aide aussi à les juger correctement. On ne peut pas mettre dans le même panier un type qui vole un bijou pour le revendre et s'acheter une nouvelle télé, et un autre qui pique juste un sachet de légumes congelés pour nourrir ses enfants. Parfois, la police n'a pas besoin d'intervenir. J'aime toutes ces facettes de mon boulot. Et j'aime aussi courir après les suspects qui croient pouvoir m'échapper, dis-je avec un sourire de satisfaction.

— J'ai toujours su que tu étais dangereuse.

Nous montons dans l'ascenseur, dont les portes s'ouvrent et se ferment avec une lenteur irréelle. De retour au dernier étage, nous avançons jusqu'au bureau du fond. Ford frappe et entre sans attendre l'autorisation. Il est ici chez lui.

En quelques pas, il est devant Bridgit, qui se lève d'un bond. Ses cheveux blonds, impeccablement coiffés en une vague qui ne bouge pas d'un millimètre, sont aussi dorés que le collier à son cou. Elle porte un tailleur qui met en valeur son corps mince et des escarpins de luxe aux hauts talons cloutés.

Son élégance me laisse perplexe. Vu son allure, elle ne doit manquer de rien. Que pourrait-elle bien faire de ces bijoux ?

— Monsieur Maxwell, que me vaut l'honneur de votre visite ? débite-t-elle d'une voix tremblante.

Les bras croisés sur son ventre, elle nous observe,

nerveuse. Son attitude est clairement fermée, comme si elle ne voulait pas nous livrer tous ses secrets. Intéressant…

— Bridgit, j'aimerais vous présenter Mlle Greene. Leonie, de son prénom. C'est notre nouvelle agente de sécurité, qui va renforcer l'équipe demain, quand nous sortirons les bijoux pour le shooting de Bas.

— Ah bon ? Vraiment ?

Surprise, elle tente de balayer l'inquiétude de son patron d'un petit geste de la main, mais ses longs doigts bagués tremblent un peu.

— Nous n'avons pas besoin de personnel supplémentaire, monsieur Maxwell. Les locaux de *Royalties* sont sûrs, et Al veille sur nous tous.

— Je le sais bien, mais je ne veux rien laisser au hasard.

Les pupilles de la jeune femme s'agrandissent un peu, témoignant d'une angoisse subite.

— Et Leo sera parfaite pour cela, ajoute Ford.

Remarquant l'utilisation du surnom, elle pâlit et tente de rester impassible. Bridgit est furieuse, mais hormis sa bouche pincée, rien ne peut le laisser deviner.

— D'accord. Merci de m'avoir prévenue, Ford.

À mon tour, je ne manque pas de noter l'usage du prénom, sans doute à mon intention.

— Bonne journée à vous, mademoiselle, dis-je, tout sourire, avant de quitter son bureau.

Je crois qu'elle mijote vraiment quelque chose. La nouvelle du renforcement de la sécurité l'a mise trop mal à l'aise pour qu'elle soit blanche comme neige.

Après cela, Ford m'emmène au sous-sol, l'étage du studio photo. L'endroit est désert et plongé dans le noir. En entrant, il presse un interrupteur, derrière la lourde porte métallique de l'ascenseur. Je crois que j'ai des étoiles dans les yeux en découvrant ces rangées entières de hauts portants où s'étendent des robes somptueuses. Elles brillent, chatoient de couleurs éclatantes sous les spots rivés au plafond.

Le coin studio à proprement parler est nettement plus organisé. Dans le fond du sous-sol, aménagé avec goût, une grande toile noire se déplie, encadrée par un réflecteur, des parapluies argentés, des ombrelles, et une boîte de lumière qui semble hors de prix.

Ford pose une main au bas de mon dos, puis me conduit vers la porte sécurisée d'un cagibi, au fond du studio. Il pianote un code, et un bip résonne entre nous.

— Je suis le seul, avec Bas, mon photographe, à connaître la combinaison du digicode, m'explique Ford.

— Très bien. Tu as vraiment confiance en lui ?

— Oui, je lui confierais ma vie sans arrière-pensée. Sebastian est comme un frère, pour moi. Il a été l'un des premiers à s'engager à mes côtés quand j'ai repris *Royalties*, et il n'est pas tellement porté sur l'argent. Il a beau bien gagner sa vie, il ne possède que des vêtements ordinaires, vit dans une sorte de taudis et se fiche totalement de ce que les gens pensent de lui. S'il devait choisir entre une bière éventée et un sac de diamants, il prendrait la bière.

— Fascinant !

Nous entrons dans cette nouvelle pièce, qui s'apparente à un dressing d'une quinzaine de mètres carrés. De nouvelles tenues sont conservées ici, mais lorsque je vois les noms au-dessus des portemanteaux, sur de petites pancartes dorées, je suis saisie d'admiration. Jean-Paul Gaultier, Christian Dior, Coco Chanel, Yves Saint Laurent, Thierry Mugler, John Galliano. Certaines pièces doivent coûter une véritable fortune. Je pourrais presque comprendre qu'une fashionista ait envie de se les approprier.

Au fond du dressing se trouve un haut meuble en mélaminé blanc, impersonnel, sans rien qui en indique le contenu. Je suppose que les parures de bijoux sont à l'intérieur.

J'ouvre un tiroir au hasard et m'étonne d'y découvrir des enveloppes par centaines, et des piles de magazines.

— C'est ici que nous archivons tous les anciens numéros de *Royalties*, déclare Ford avec une fierté qui illumine ses traits. Dans les enveloppes marron, ce sont toutes les dernières séances photo, et dans les tiroirs du bas se trouvent des bijoux des plus grandes marques de joaillerie. L'un d'entre eux, un saphir sur un ras-de-cou, a appartenu à la famille royale d'Angleterre.

— Impressionnant.

— J'aimerais que tu le portes, Leo, déclare-t-il soudain en se rapprochant de moi.

J'écarquille les yeux, choquée.

Ses doigts glissent sous mon menton et tombent dans l'échancrure de mon chemisier de soie.

— Pardon ? soufflé-je.

— Dans mon magazine, j'aime faire poser des femmes qui ne sont pas mannequins, et je te veux, toi.

— Non, merci. Je ne suis pas ce genre de personne. Prendre la pose devant quelqu'un, je ne pourrais pas.

— Tu en es sûre ? Cela me ferait tellement plaisir de t'immortaliser pour *Royalties*.

— Pourquoi ?

— Parce que tu règnes en reine, juste ici, dit-il en posant une main sur son cœur.

Mes yeux s'humidifient un peu, et je dois sourire de tout mon être, parce que le regard que Ford pose sur moi à cet instant est plein de tendresse, d'adoration et de joie. Ce qui devrait m'agacer. Mais ne contribue qu'à me faire… Seigneur ! À me faire tomber amoureuse.

Chapitre 17

Leonie

Il m'a fallu batailler ferme pour interdire à mon patron temporaire de faire de moi une égérie de son magazine. Finalement, il accepte sa défaite avec honneur. Je crois cependant qu'il n'en a pas fini de me fantasmer à la une de *Royalties*, toute nue, vêtue seulement d'un collier de saphirs ! Non mais, quel sale type !

Est-ce que moi je passe mon temps à l'imaginer tout nu ?

Euh… Oui. Mais moi, au moins, j'ai la décence de ne pas le lui dire !

Je passe l'après-midi à étudier le studio photo, le placement des caméras, les sorties disponibles, avant de rejoindre la salle de contrôle pour mémoriser le plan du bâtiment. Je ne vais rien laisser au hasard. Ford compte sur moi pour le tirer d'un mauvais pas, et j'aime tellement mon travail qu'il est hors de question que je ne le fasse pas correctement.

Quand ma journée se termine, je monte le retrouver dans son bureau. Il me propose de me ramener chez moi et envoie un chauffeur récupérer ma voiture, qui se trouve toujours sur le parking de The View. Cela lui permet de profiter de ma présence un peu plus longtemps. Ce n'est pas moi qui le dis, c'est lui !

Je l'admire un long moment, debout près de lui. Il est assis dans son fauteuil de cuir, le regard perdu dans le vague.

— Tu es angoissé pour demain, n'est-ce pas ?

Il se tourne et m'invite à m'asseoir sur ses genoux. Je pouffe de rire en secouant la tête, mais il m'agrippe par la taille et me force à prendre place tout contre lui. Il me serre fort, comme si j'étais son réconfort. Je le laisse faire, car j'aime sentir qu'il compte sur moi. J'aime qu'il me fasse confiance et qu'il me veuille à ses côtés.

— Oui, je suis angoissé. Je crains que Bridgit fasse une grosse bêtise, et que tu sois en ligne de mire.

— J'ai mon pistolet électrique et je n'ai pas peur de m'en servir. J'ai même hâte. Cette greluche ne m'inspire aucune confiance.

— Pourquoi ?

— Parce qu'elle est mignonne et travaille à côté de toi, bougonné-je.

Ford éclate de rire et se cale dans son fauteuil, m'entraînant en arrière avec lui.

— J'espère que tu vises bien, alors. J'aime ça, quand tu essaies de marquer ton territoire autour de moi.

— Je suis très douée avec une arme entre les mains. Mais j'ai la sensation qu'il y a autre chose, Ford. Qu'est-ce qui te tracasse autant ?

— Pour tout dire, je suis moins tracassé que déçu. Au fond de moi, j'espère sincèrement m'être fait des films à propos de Bridgit, parce que si j'ai raison, si elle trafique réellement quelque chose, alors cela signifie qu'elle m'a trahi. Et ça, tu vois, j'ai beaucoup de mal à l'accepter.

— Je suis désolée. J'espère aussi que tu te trompes, mais si je peux me permettre de dire une chose, elle serait vraiment stupide de te tourner le dos. Tu as l'air d'être un patron extraordinaire, à l'image de l'homme que tu es.

— Seigneur, Leonie ! Serait-ce un compliment ? Je… Je crois que je suis choqué ! Il me faut de toute urgence un bon whisky pour me remettre de mes émotions.

— Excuse-moi, grogné-je en me redressant. Je ne sais pas ce qui m'a pris, ça n'arrivera plus jamais, c'est promis.

Je croise les bras, et Ford, amusé par mon petit numéro,

m'agrippe pour m'approcher de lui et déposer plein de baisers sur ma joue. Je vais le tuer !

Nous rejoignons mon appartement à bord de sa Maserati. Le calme de la nuit nous aide à décompresser. J'ai tant de questions sans réponses que je commence moi aussi à m'angoisser. Bridgit sera-t-elle armée ? Je n'ai pas eu l'impression qu'elle était ce genre de femme. Elle choisira probablement une petite action rapide et discrète, plutôt qu'un braquage retentissant. Quand va-t-elle passer à l'acte ? Quelles sont ses motivations ? L'argent ? Le frisson ? Est-elle une sorte de cleptomane de luxe ? Difficile à dire.

Ford sur mes talons, je monte jusqu'à mon appartement, où Chamallow vient m'accueillir en courant, comme le ferait un petit chien. Je le prends dans mes bras et l'embrasse, avant de lui servir de l'eau et du thon. Cela fait, je ne l'intéresse plus du tout, bien sûr. Apparemment, je suis beaucoup moins passionnante qu'une boîte de conserve, merci pour mon amour-propre.

— Leo, est-ce que je peux te demander quelque chose ? m'interroge Ford.

Je tourne la tête vers lui. Il est resté dans l'entrée, adossé à la porte, les mains dans les poches de son trench-coat ouvert qui lui donne l'allure d'un lord anglais. Quand arrêtera-t-il d'être aussi séduisant ?

— Oui, bien sûr.

— Que dirais-tu de dîner en ma compagnie, ce soir ?

— Ça me ferait très plaisir, oui. Pour tout t'avouer, je comptais justement te demander si tu voulais bien rester, dis-je, gênée.

— Hum, je crains malheureusement que ce ne soit pas possible. Sailor est à la maison et attend probablement mon retour avec impatience. C'est pour cela que… Accepterais-tu de venir chez moi ?

— Oh ! je vois. Un dîner avec le microbe… Bon, je crois que je suis malade.

Je toussote ostensiblement trois ou quatre fois.

— Je sais que c'est du chiqué ! Allez, viens, s'il te plaît.

Il me prend par la main et m'attire vers la porte.

— Ce sera drôle, et sympa, et…

— Microbien.

— Ce n'est pas un vrai mot, si ? Quoi qu'il en soit, il est guéri, maintenant.

— Oui, mais c'est un enfant, il a les pattes toutes sales, il traîne partout et n'a aucune hygiène personnelle.

— Mon fils est propre ! s'exclame-t-il, mi-choqué, mi-hilare. Et il ne « traîne » pas. Et puis ton chat non plus n'a aucune hygiène, et tu l'aimes plus que tout.

— Hé ! Il se lave de lui-même tous les jours.

— Il se lèche les fesses, ce n'est pas vraiment la même chose que de prendre un bain, Leo.

— Tu marques un point, suis-je obligée de concéder. Je crois qu'il est évident que j'ai perdu cette bataille.

— Que ce soit bien clair, Leonie, je ne te force pas la main. Si tu ne veux pas dîner avec nous, je le comprends très bien, je t'assure.

— Non, ça va, j'ai faim, et puis les bisous de Chamallow vont sentir le thon, alors autant aller chez toi.

— Waouh, je crois que je suis loin d'être flatté par ta façon de choisir entre nous deux, fait-il en riant.

— Désolée. Tu serais partant pour une séance photo tout nu avec lui dans les bras, au fait ?

— Je crois que j'ai mal entendu.

— J'ai dit : « Et si nous y allions ? », fais-je avec un grand sourire innocent.

Quoi ? Il fallait bien que je tente ma chance… J'aurais pu devenir riche moi aussi, avec ces clichés. Juste retour des choses.

Ford rougit un peu, mais j'ai l'impression qu'il a envie d'éclater de rire. Il se retient pour ne pas me vexer.

— Ben quoi ? Toi aussi, tu voulais me faire poser, tout à l'heure.

— Habillée. Uniquement d'un collier…

Ses yeux se mettent à briller, alors je fulmine bruyamment.

— Arrête de m'imaginer ! m'écrié-je.

— Et ce sera quoi, après ? Arrête de respirer ? Arrête de vivre ? On ne peut pas lutter contre nos besoins naturels et biologiques, Leo.

— Tu es en train de me faire croire que penser à moi toute nue est aussi vital que respirer ?

— Oui.

Je soupire en secouant la tête.

— Qu'est-ce que je vais faire de toi ?

— Je peux t'assurer que j'ai tout un tas d'idées pour répondre à cette question, ma belle.

Après un dernier baiser, nous quittons mon appartement dans l'indifférence totale d'un chaton qui… se lèche les fesses.

De nouveau sur la route, j'en profite pour envoyer un message à Harley, afin de lui expliquer mon absence cet après-midi et demain. Il me répond aussitôt que j'ai de la chance d'être impliquée dans une petite mission comme celle-ci, loin des grelots et des marmots qui braillent. Ou qui me filent des coups de pied quand je leur dis qu'ils ont été trop méchants pour les cadeaux. Je n'ai même pas honte en plus, certains de ces petits teigneux sont vraiment de futurs merdeux.

— Tu souris, note Ford, pourtant concentré sur la route.

— Je racontais à Harley mon programme de demain.

— Vous êtes proches, tous les deux.

Ce n'est pas une question.

Son ton tente de rester neutre, mais je perçois le grognement caverneux, possessif, qui s'échappe de ses lèvres. Et même si cette constatation est pleine de jalousie, j'ai envie de lui expliquer la nature de ma relation avec Harley. Je ne veux pas que Ford soit blessé, ou malheureux, en pensant que mon amitié avec mon collègue va au-delà de la relation platonique.

— Harley est mon binôme avant tout. On s'est rencontrés comme ça, en faisant équipe, à The View. Peu à peu, il est devenu mon meilleur ami. Il a été là dans mes pires moments de doute, dans mes grands moments de peine, aussi. Je l'adore. Je ne pourrais pas me passer de sa présence dans mon existence. Tu as quelqu'un comme ça aussi, dans ta vie ?

Ford s'agite un peu sur son siège, mal à l'aise. Il lâche un « oui » qui ressemble plus à un soupir, puis garde le silence.

Il fait bien des mystères, ce soir.

Quand il se gare enfin dans sa rue, au cœur d'un quartier huppé, je remarque que toutes les maisons sont gigantesques. À commencer par celle vers laquelle il me conduit. Décorée du sol jusqu'au toit, entièrement illuminée, elle est un véritable rêve éveillé. Mais bon, j'ai une réputation à tenir.

— Tu veux aveugler tous les voisins ou quoi ? Il doit y avoir au moins trois millions de volts, sur ton petit chalet.

Son petit chalet… J'essaie de me moquer pour ne pas lâcher un « Waouh ! » à chaque pas qui nous rapproche de cette splendide villa. Nous montons trois marches de pierre grise qui mènent à la porte où un ornement pas très rond, avec des petits cœurs roses, des pommes de pin pleines de paillettes et un joli petit renard, est accroché.

— C'est une création de Sailor, m'explique Ford avec une fierté toute paternelle.

— Elle est très jolie.

— Écoute, Leo, j'ai un aveu à te faire avant que nous n'entrions.

Il saisit mes mains dans les siennes, comme s'il était effrayé à l'idée que je prenne la fuite, et mon cœur se met à tempêter. Qu'a-t-il de si grave à m'annoncer ? Ses yeux et sa voix ont perdu toute trace de leur amusement habituel. Son attitude se fait soudain froide et un peu distante.

— Garde une seule chose en tête, Leo, je n'ai jamais souhaité te blesser ou te forcer la main, ça n'a jamais été mon intention.

Figée sous les lumières clignotantes qui ornent les contours de la marquise, j'attends, terrifiée, qu'il lâche enfin le morceau. Mon nez est rougi par le froid mais, à cet instant, je ne le ressens même plus.

— Moi aussi, j'ai une amie qui m'est très chère. Elle est adorable, et je la connais depuis longtemps. Nous travaillions ensemble à New York. Et aujourd'hui, elle habite avec moi. Elle a ses quartiers au dernier étage de la maison et s'occupe de Sailor quand je suis au boulot. Hum, pour être clair, Mira est ma gouvernante.

— Je ne vois pas trop où tu veux en venir, dis-je d'une voix tremblante. Est-ce que tu as une relation avec elle ?

Mon estomac est une énorme boule de lave. C'est pour cela qu'il a peur de me blesser ? Il doit m'avouer un vilain secret qui risque de réduire ma confiance en miettes ?

— Non, pas du tout. Elle et moi n'avons jamais… Enfin, elle est attirée par les filles, mais quand je te dis qu'elle est ma meilleure amie, c'est peut-être un peu plus que cela. Elle est comme ma sœur. Et que fait une sœur quand son frère est démoralisé ? Elle lui propose des solutions qui ne sont pas toujours judicieuses. Comme… de rendre jalouse une jolie elfe qui refuse de répondre à mes messages, conclut Ford dans un soupir.

Je reprends mes mains en comprenant soudain. Ses détours, ses sous-entendus… En réalité, il a honte de ce qu'il a fait. De s'être servi de cette jolie femme, au centre commercial, pour me faire réagir.

Un instant, je tressaille de colère, mais honnêtement comment lui en vouloir alors que je l'ai moi-même ignoré au point de le blesser ?

— Je suis désolé, finit-il par dire. Je peux te raccompagner chez toi si c'est ce que tu veux.

Qu'est-ce que je veux, en fait ? À part peut-être…

— Tu me dois un calendrier de toi tout nu avec Chamallow pour t'être joué de moi de cette façon, rétorqué-je avec une petite fierté déplacée.

— C'est d'accord, Leo.

Il se remet à sourire un peu. Timidement. Alors, je tire

doucement sur son écharpe et l'embrasse tout en profondeur, quand un léger couinement nous fait sursauter.

À la fenêtre, à gauche du perron, Sailor nous observe, un grand sourire aux lèvres.

— Papa, papa ! s'écrie-t-il.

Ford ouvre la porte et nous fait pénétrer dans l'immense entrée au carrelage brillant, d'un beige très doux. Je suis aussitôt apaisée par de bonnes odeurs de nourriture et la chaleur qui règne ici.

— Salut, mon poussin, dit Ford.

Il m'aide à ôter mon manteau et le range avec le sien dans un petit placard, puis prend son fils entre ses bras.

— Tu as ramené un elfe à la maison, c'est trop, trop bien !

— Tu te souviens d'elle ?

— Oui, bien sûr.

— Alors, Sailor, je te présente Leonie. Il s'agit de la chérie de papa, lui explique-t-il en rougissant.

Un « Oh ! » d'admiration s'échappe de sa petite bouche.

— Euh, salut, lancé-je en tapotant deux fois sa tête quand il reste le regard figé sur moi.

— Tu me fais un bisou, s'il te plaît ? me supplie Sailor.

— Microbe, je ne fais de bisous qu'aux chats et parfois à ton papa, s'il est bien sage.

— Je te prêterai ma sirène en échange.

— La sirène ? Tu ne plaisantes pas, poussin, rétorque Ford, impressionné.

— Bon, dans ce cas, si tu insistes, je veux bien faire un effort.

Je soupire, désabusée, puis j'embrasse sa petite joue rondouillette. Aussitôt, il rougit et se cache dans la chemise de son père en gloussant. C'est alors que la fameuse Mira arrive.

Je la dévisage comme une furie, jusqu'à ce qu'elle me serre soudainement dans ses bras.

— Leonie, je t'attendais avec impatience ! susurre-t-elle.

Mira recule un peu et me scrute des pieds à la tête. J'ai remis mes vêtements civils avant de rejoindre Ford à son bureau, mais je me sens toute nue sous son regard implacable. Et clairement intéressé.

— Et donc j'en déduis que tu as réussi à mettre le grappin sur Ford ? grondé-je. C'est quoi ces histoires ?

Je me tourne vers lui. Il repose Sailor au sol et ce dernier court à la cuisine. Mira nous regarde l'un après l'autre, et je comprends que Ford entre dans mon jeu quand il lâche :

— Je peux tout t'expliquer, Leo.

— Tout m'expliquer ? Tu m'invites ici sous le nez de ta petite amie juste après m'avoir embrassée. Tu ne manques vraiment pas d'air. J'appelle un taxi immédiatement.

— Oh ! non, je suis désolée, Leonie, Ford n'est pas mon petit ami. Je… Je t'ai menti, au centre commercial, pour que tu comprennes que tu tiens à lui.

Complètement décomposée, Mira pâlit et ne sait plus où se mettre.

À cet instant, Ford et moi nous mettons à ricaner comme des adolescents. Il vient m'enlacer tendrement, après avoir embrassé le front de Mira.

— Vous m'avez piégée, dit-elle. Je suppose que je le mérite un peu, mais bon, je vous ai préparé un bon dessert pour me faire pardonner. Un fondant au chocolat, dans un plat en forme de cœur, à manger à deux.

Elle sautille en tapant dans ses mains. Sa bonne humeur est presque contagieuse. Je dis *presque*, parce qu'en général j'essaie de ne pas me laisser contaminer par ce genre de mauvaises ondes. C'est un peu difficile face à Mira. Elle est la tendresse et la joie personnifiées.

— Si la contrepartie contient du chocolat, alors je suppose que je peux te pardonner.

Mira nous prend par la main et nous conduit à la cuisine.

Je découvre un endroit magnifique, aux placards de bois peints en blanc avec des finitions bleutées qui donnent une touche de couleur apaisante à l'ensemble. Tout respire le luxe, dans cette pièce, et pourtant la jolie petite table ronde, au centre, est comme un îlot de normalité. Deux couverts sont dressés, avec des assiettes en porcelaine et deux verres de vin blanc déjà remplis, à côté d'un tas de feuilles que Sailor est en train de couvrir de gribouillages multicolores. Les quelques bougies qui illuminent la nappe blanche sont artificielles, bien sûr, mais ça n'empêche pas de donner un côté romantique à l'ensemble.

Sailor, dont la langue est sortie, attrape l'une de ses feuilles et descend de sa chaise pour venir me la tendre.

— Tiens, c'est pour toi, Leo, dit-il avec un grand sourire.

Ce filou a le même que son père. Un large sourire naturel, parfait. Lui aussi a le visage constellé de taches de rousseur, plus sombres que celles de son père, qui rehaussent la belle couleur de ses grands yeux.

— Merci.

Je prends le dessin et le contemple un long moment. Il m'a dessinée en elfe. Cette saleté de collant vert me colle décidément au train.

— Je vois que tu as beaucoup de talent, déclaré-je.

Après tout, cette fois, j'ai un physique de bâton, ce qui est presque flatteur.

— Ce visage… C'est digne d'un Picasso de la grande époque, et c'est une ancienne gardienne de musée qui te le dit.

Sailor rit doucement. Il ne sait pas de quoi je parle, mais il s'incline tout de même, flatté.

— Maintenant range tes affaires, poussin, nous allons bientôt dîner.

Sailor débarrasse ses crayons et ses dizaines de dessins, tandis que Mira lui apporte un grand verre d'eau et une petite assiette en plastique contenant des légumes et des nuggets de poulet.

Ford m'invite à prendre place à son côté. Mira nous sert une tatin de courgettes avec du blanc de dinde rôti à la broche, accompagné d'un jus épicé. J'en ai l'eau à la bouche.

— Je vous laisse vous débrouiller seuls, à présent. J'ai un pudding à apporter à ma chérie, déclare Mira en quittant la cuisine. Ah, et j'ai mis les instructions pour le gâteau au chocolat sur le plan de travail ! nous lance-t-elle de la pièce à côté.

La porte claque, nous voilà donc tous les trois. Sailor commence à raconter sa journée d'école, avant de rappeler que demain ce sera son dernier jour avant les vacances. Ford s'étouffe avec sa gorgée de vin. Je lui tapote le dos, et il me regarde avec des yeux écarquillés.

— Merde, j'ai oublié de préparer les biscuits pour la fête de l'école, murmure-t-il.

— Bon, je suppose que nous allons devoir nous en occuper après dîner.

Ça tombe bien, j'adore faire de petits gâteaux de Noël et, même si je n'en ai pas cuisiné depuis des années pour les raisons familiales que l'on sait, la perspective de créer une nouvelle tradition en les préparant avec Ford me met étrangement en joie.

Chapitre 18

Ford

Quand Sailor a terminé son repas, qu'il a mangé avec les mains, il se lève de table et vient se coller contre les jambes de Leonie. Elle a l'air à deux doigts de faire une crise cardiaque. Elle lui tapote à nouveau la tête et le menace de toutes sortes de représailles s'il pose ses mains grasses sur elle. Mon fils et moi sommes morts de rire.

Il s'avère que Leonie est terriblement mal à l'aise avec les enfants. Je ne sais pas trop pourquoi, mais il va falloir que j'arrange cela. Sailor est trop mignon, elle ne pourra pas lui résister bien longtemps.

Elle finit par faire semblant d'ignorer son existence, pour pouvoir terminer tranquillement son propre repas, tout en le gardant à l'œil au cas où il tenterait de s'approcher un peu trop près. Le bonhomme est obligé de garder les mains en l'air à moins d'un pas d'elle. Il a presque peur qu'elle mette ses menaces à exécution. Surtout la torture de sa peluche sirène…

Pendant que nous nous lançons des petits regards amusés – bon, je suis amusé, elle est désespérée – Sailor continue de raconter sa journée en nous ensevelissant sous tant de détails que nous ne savons même plus de quoi il parle. Et lui non plus, d'ailleurs.

— Bon, j'en étais où ? demande-t-il soudain. Ah oui, j'en étais à mon dessin, et j'ai utilisé des crayons bleu, vert, rouge, jaune, gris, noir, marron, kaki, rose. Ensuite, j'ai utilisé des feutres rouge, rose, jaune, encore du rouge, puis du bleu…

Et il continue, encore et encore, jusqu'à ce que Leonie plaque la main contre sa bouche, malgré sa peur des microbes. Sailor se met à rire et, au fond de moi, je me sens tellement comblé que j'ai envie de remercier mille fois Leo.

Lorsque nos assiettes sont vides, je débarrasse la table et mets le tout dans le lave-vaisselle, avant de retourner auprès de Leo, à présent en grande conversation avec mon poussin. Je nous ressers deux verres de vin. Ils parlent de chocolat et des différentes formes d'œufs de Pâques. La pauvre Leo n'arrête pas de lui dire de se taire parce qu'il lui donne faim, mais Sailor n'en démord pas. Il préfère les œufs bien ronds, au chocolat au lait. Passionnant !

— Sailor, laisse Leonie tranquille. Si tu veux, je t'autorise exceptionnellement trente minutes de télévision au salon. Qu'en dis-tu ?

Il hésite, évidemment. Sa petite tête se tourne vers l'autre pièce, puis vers Leo, et de nouveau vers le salon. La joie d'avoir une elfe chez nous le met dans un état d'excitation rarement atteint. Sauf ce fameux jour d'Halloween où il a mangé en douce tous les bonbons de son sac et s'est mis à courir tout nu à travers la maison en rigolant. J'ai mis vingt minutes à le rattraper.

— Euuuuh…

Puis, prenant sa décision en une fraction de seconde, il se jette sur Leo pour la serrer furtivement contre lui avant de courir jusqu'au canapé.

— Nous voilà un peu tranquilles.

— Pas trop tôt. J'ai cru qu'il allait scotcher ses mains à moi. Comment peut-on avoir les mains collantes en mangeant des nuggets de poulet ? Ça dépasse l'entendement.

Je laisse échapper un rire amusé, pour enfin mettre le fondant au chocolat dans le four. Il est effectivement préparé dans un adorable moule rouge en forme de cœur. Leonie va le détester.

Une fois ma tâche accomplie, je vais m'asseoir tout près de Leo, un bras posé sur le dossier de sa chaise pour caresser sa nuque. Elle porte un chignon très strict, qui allait terriblement bien avec son rôle de vigile. Son look de femme fatale, à la fois sévère et ultra-féminin, me met en transe. Je pourrais l'admirer toute la journée. Et l'imaginer jouer les agents de sécurité avec moi. Je me demande ce qu'elle penserait si je lui demandais de me fouiller au corps. Je crois qu'elle me passerait directement les menottes pour insubordination.

— Alors, ce n'était pas si terrible, non ? demandé-je en souriant.

Mes doigts glissent le long de sa nuque, de sa gorge, tandis que mon nez effleure une mèche de cheveux tombant sur sa tempe. Elle sent bon. Elle est belle. Elle me fait totalement craquer.

— Ça pouvait aller. J'espère juste que ton fils ne voudra pas se lancer dans une carrière dans le dessin.

— Aux dernières nouvelles, il voulait être sirène.

— Je crois que, pour les hommes, on dit triton.

— Non, non, il veut être sirène, avec un soutien-gorge en coquillages et des cheveux à paillettes, il n'en démord pas.

— C'est beau de rêver. Moi aussi, j'aimerais avoir des cheveux pailletés, mais après plus personne n'aura peur de moi à The View, alors je préfère garder mes mèches sombres.

— Tu pourrais être habillée en princesse Disney et avoir des paillettes partout, tout le monde aurait peur de toi, Leo. Tu as un regard de tueuse quand tu bosses.

Elle rougit soudain en plaçant les mains sur son cœur.

— C'est le plus beau compliment qu'on m'ait jamais fait, lance-t-elle.

J'éclate de rire une nouvelle fois.

Lorsque le four sonne enfin, je sors le fondant avant de le déposer devant Leo, avec deux cuillères en argent. Nous dégustons lentement notre dessert et terminons nos verres. Plus elle boit, plus elle se détend, me laissant percevoir la jeune femme douce et délicate qu'elle est sous la surface de sa carapace de survie.

Bien sûr, elle me menace tout de même, si jamais il me venait l'idée de lui piquer sa moitié de dessert, mais je sais que ce sont des paroles en l'air. Jamais elle ne m'enterrerait dans le jardin. Il fait bien trop froid dehors, la terre est dure comme du béton. Au moins, ça me donne la quasi-certitude de survivre jusqu'au printemps.

— Ton fils a l'air d'aimer les arts, dit-elle en observant le frigo couvert de ses œuvres. Il a d'autres talents que le dessin, j'espère ?

— Tu ne l'as pas entendu chanter. C'est… Ah, le simple fait de penser ces mots me donne l'impression d'être un père indigne, mais je dois t'en informer, au cas où il voudrait un jour te chanter quelque chose… C'est atroce, horrible, et aussi très drôle. S'il te propose un concert improvisé, surtout, dis non. Invente une otite, une maladie qui t'empêche d'entendre quoi que ce soit, mais ne le laisse jamais faire.

— J'essaierai de m'en souvenir. Par contre, je veux bien que tu me prêtes Mira de temps en temps. Sa cuisine est délicieuse.

— Tu sais qu'elle voudra te faire payer en nature, n'est-ce pas ?

— Hum, je suis presque prête à céder, pour un prix aussi dérisoire.

— Pas question, répliqué-je en me penchant vers elle. Tu es à moi.

Je grogne, enlace sa taille et ponctue son joli cou de baisers légers, avant de réclamer sa bouche avec ardeur. Leonie se laisse faire, et finit même par me rendre mes attentions avec plus de passion encore. Mes doigts s'agrippent à son pull, mes lèvres retournent à son cou, puis descendent vers l'échancrure de son vêtement, pour effleurer son décolleté magnifique.

— Le Highlander est possessif, déclare-t-elle.

Elle fait mine de s'en amuser, mais cela l'excite manifestement. De ses deux mains, elle défait lentement ma cravate, et mon pouls s'emballe au spectacle de la soie qui glisse entre ses doigts. Elle est tellement belle, tellement sensuelle. Et elle ne s'en rend même pas compte.

Ses lèvres entrouvertes me racontent l'histoire de son désir tandis que ses pupilles dilatées, noires comme la nuit, effacent la couleur magnifique de ses yeux. Elle m'envoûte. Me fait sombrer dans une ivresse qui me rend plus vivant que jamais.

J'ai longtemps mis l'homme que je suis de côté pour élever Sailor, pour lui offrir tout mon amour et combler l'absence de sa mère, mais à présent il y a Leo. Et j'aime qu'elle m'aide à lâcher un peu prise, qu'elle m'aide à me sentir bien.

Ma vie, partagée entre mon fils et mon travail, me plaît et me comble. Mais désormais, je sais aussi que je ne pourrai plus faire marche arrière. Aujourd'hui, Leonie s'est fait une place dans mon univers. Une place à part entière. Dans le ciel de mon existence, elle est une étoile nouvelle qui brille à côté de celles de Sailor et de Mira.

Un cri épouvantable, en provenance du salon, nous fait soudain sursauter.

Je me lève d'un bond, effrayé, et cours vers Sailor, Leo sur les talons.

En arrivant dans la grande pièce, je me fige et laisse échapper un rire rauque. Mon fils est en train de sauter sur le canapé devant la télévision, où une chaîne musicale diffuse *All I Want For Christmas Is You*, qu'il accompagne à tue-tête.

— Tu avais raison, lance Leonie en se bidonnant. Il chante terriblement mal… et bon sang, si j'entends cette chanson encore une fois, crois-moi, je vais sombrer dans le coma !

Je vais éteindre la télévision, avant de soulever Sailor, qui me fait soudain la tête.

— Mais la *chanchon* n'était pas finie, papa.

— Non, mais il est l'heure d'aller dormir, poussin.

S'il continue à s'extasier de cette façon devant les clips, il ne fermera pas l'œil de la nuit.

— D'accord, bougonne-t-il.

Je me tourne vers Leo, qui me regarde avec reconnaissance.

— J'arrive tout de suite. En attendant, fais comme chez toi.

— Ne t'inquiète pas pour moi, prends ton temps.

— Tu me fais encore un bisou, Leo ? demande Sailor.

— À moi aussi, dis-je en imitant la petite voix de Sailor.

— Rho, le père et le fils, vous êtes aussi agaçants l'un que l'autre !

Elle se penche néanmoins vers nous pour déposer un baiser sur notre joue.

— Voilà, bonne nuit, microbe.

— Bonne nuit, Leo, répond Sailor en fermant doucement les yeux.

Je le porte jusqu'à l'étage et l'aide à faire une toilette rapide pré-dodo, avant de lui passer son pyjama. Quand il se glisse dans son lit, sa peluche sirène entre les bras, il me regarde en souriant.

— Elle est jolie, Leonie.

— C'est vrai.

— Est-ce qu'elle va repartir, papa ?

— Oui, elle a une maison, tu sais. Et un petit chat.

— Au pôle Nord ?

Je vois ses lèvres trembloter et ses grands yeux s'humidifier. Et je comprends alors qu'il s'est déjà bien attaché à Leo.

— Non, poussin. Leonie habite à Philadelphie, pas très loin de chez nous, d'ailleurs. Elle travaille comme lutin ici, pour aider le Père Noël à distribuer les cadeaux.

— Oh ! d'accord. Alors on pourra la voir souvent ?

— Bien sûr. Quand elle voudra bien venir chez nous, dis-je doucement.

— J'espère qu'elle voudra venir tous les jours. Je l'aime bien. Elle est rigolote. Et elle m'appelle « microbe ». Ça va être mon nouveau nom de super-héros dans la cour de récré. Je suis Microbe-Man, je me bats contre tous les microbes du monde entier pour que les petits enfants ne soient plus jamais malades.

— Eh bien, si ce ne sont pas les prémices d'une belle carrière de médecin, ça…

— Mais non, papa. Tu sais bien que, quand je serai grand, je veux être une sirène.

— Pour un homme, on dit un triton, expliqué-je, faisant écho à Leo.

— Je n'aime pas trop. Je préfère être une sirène.

— Comme tu veux, mon poussin. Quand tu seras grand, tu pourras être ce que tu souhaites, tant que tu es heureux.

J'embrasse son front et m'apprête à me relever, mais il pose sa petite main sur la mienne.

— Tu me lis une histoire, s'il te plaît ?

— D'accord. Que penses-tu de celle du nounours qui aimait les myrtilles ?

— Oh oui ! Moi aussi, j'aime les *mistilles*.

Avec un sourire, je prends le livre sur la pile de la table de nuit et je commence la lecture, poussant des grognements quand Nounours n'est pas content et lançant des rires aigus quand Bébé Nounours découvre les buissons de myrtilles dans la forêt.

Je n'ai pas encore terminé le livre que Sailor dort déjà à poings fermés.

Quand j'allume la veilleuse et me lève pour aller éteindre la lumière de la chambre, je remarque que Leonie est appuyée contre l'encadrement de la porte, un beau sourire aux lèvres, l'air détendu.

— Tu es un très bon conteur, murmure-t-elle. Je pouvais presque sentir l'odeur des fruits quand tu évoquais cette tarte tout juste sortie du four. Le parfum du sucre caramélisé qui alourdit l'air, la beauté des fruits dont le jus violet a imbibé la crème à la vanille.

— Gourmande, lancé-je en tirant le battant.

— Je plaide coupable.

Mon bras se pose sur ses épaules, et je l'entraîne jusqu'à

ma propre chambre. Je m'arrête au milieu du palier, soudain sérieux. Je ne veux pas qu'elle me quitte.

— Leo…

— Il est tard, tu sais. Et demain, j'ai une méchante voleuse à arrêter.

— Alors tu pourrais dormir ici, avec moi. S'il te plaît, Leo, ne te sauve pas ce soir, dis-je en l'embrassant avec tendresse.

— Je ne sais pas si c'est une bonne idée…

— Pourquoi ?

— Eh bien, il y a Sailor.

— Qui t'adore.

— Et si ça lui faisait du mal, que tu sortes avec quelqu'un ? Je ne veux pas qu'il pense que je vais remplacer sa mère, ou lui voler son papa.

— Il n'est pas comme ça, je peux te l'assurer. Il est conscient que sa mère ne reviendra plus, et que moi aussi j'ai peut-être besoin d'un peu de tendresse.

— Je ne suis pas tendre ! s'exclame-t-elle en boudant.

— Bien sûr que si.

— Tu ne mérites pas que je reste auprès de toi, méchant.

— Toujours ce souci avec les compliments, n'est-ce pas ?

Je la serre un peu plus fort contre moi, et elle glisse une main dans son dos pour ouvrir la porte de ma chambre. Nous nous y engouffrons, dans le noir le plus total. Je referme derrière nous, tirant le verrou pour nous offrir toute l'intimité dont nous avons besoin.

Près du battant, je tâte le mur pour trouver l'interrupteur de la cheminée au gaz. Aussitôt, de magnifiques flammes orangées s'élèvent dans le foyer, au fond de la pièce. Leo se retourne d'un mouvement vif, surprise par la lueur qui teinte les murs d'une couleur chaleureuse.

Son regard ébahi la rend plus belle encore.

Je me glisse derrière elle et laisse mes mains se faufiler sous son pull. Avec lenteur, je caresse son ventre, remonte vers ses seins, tandis qu'elle penche la tête sur le côté. Du bout de la langue, je trace quelques arabesques sur sa peau soyeuse ; entre mes paumes, je sens sa poitrine se durcir. Son souffle s'alourdit perceptiblement.

D'un seul geste, j'ôte son haut. Leo se retourne entre mes bras.

— Détache tes cheveux, lui ordonné-je.

Un petit sourire ourle ses jolies lèvres et elle lève une main sensuelle pour la porter à son chignon. L'élastique noir qui le retenait se retrouve à son poignet et libère sa somptueuse chevelure brune, qui retombe en cascade dans son dos. J'y passe la main, étourdi par l'onde de douceur et de délicatesse que Leo émet à cet instant.

— Qu'est-ce que tu veux de moi, Ford ? souffle-t-elle en dégrafant son soutien-gorge.

Elle le jette négligemment au sol, avant de poser les mains sur ses seins pour les masser.

Je ne la quitte pas des yeux. Un grondement de satisfaction remonte le long de ma gorge.

— C'est ça que je veux.

J'agrippe ses poignets pour les éloigner et pose mes propres paumes sur sa poitrine. Les mains libres, Leonie s'occupe de déboutonner ma chemise avant de griffer tendrement mon ventre. Je frissonne. Ses mains… sur ma peau… me font un effet ! Je me contrôle à peine.

Mes doigts se cramponnent à ses hanches et je la plaque brusquement contre moi pour souder nos lèvres. Je ne l'embrasse pas, je prends possession de sa bouche. Puis de son corps, quand je déboutonne son jean et que j'enfouis une main dans sa culotte.

Un « Oh ! » enfiévré lui échappe, et je le bois, je l'aspire jusqu'à apaiser les battements furieux de mon cœur. Incapable d'attendre plus longtemps avant de la goûter, je m'agenouille devant elle et l'aide à ôter ses chaussures et son pantalon. Ses sous-vêtements.

Leonie passe la main fébrilement dans mes cheveux, et je lève les yeux vers elle.

— Qu'est-ce que tu fais ? murmure-t-elle, à la fois intriguée et gênée.

Je souris. Puis, sans douceur, je plaque les mains sur ses fesses et fais courir ma langue sur la surface lisse de ses cuisses. Un soupir d'extase lui échappe. Il y avait si longtemps que je n'avais pas pris un tel plaisir, que mes doigts se mettent à trembler contre sa peau.

Ma langue s'immisce sous les replis couverts de miel, et je la lèche, je la lèche sans m'arrêter une seconde, tandis que son bassin ondule contre mon visage. Je déguste son plaisir, j'enfonce les doigts dans ses fesses charnues, et lorsque Leo se met à jouir, je lâche un râle de satisfaction. Sa tête part vers l'arrière, sa poitrine se soulève lourdement. Elle est soudain si fébrile que j'ai peur qu'elle ne s'effondre, alors je me redresse et la prends dans mes bras pour la mener vers le lit, dont les draps bleu nuit contrastent avec sa peau pâle.

La jeune femme se laisse choir sur le matelas, puis roule sur le ventre. Son petit sourire satisfait me donne plus envie d'elle encore.

— Leo, grondé-je, je vais te prendre et te donner une bonne raison de sourire.

— Peux plus bouger, dit-elle en posant le visage sur ses mains.

Le défi me plaît assez. Je m'agenouille sur le lit et me place entre ses jambes largement écartées. Mon regard balaye son dos, le creux de sa colonne vertébrale, où ses mèches sombres forment comme un voile ténébreux. Il descend vers ses fesses qui portent les traces blanchies de mes doigts. Mon sexe est dur, mon besoin de plonger en elle manque de faire éclater mon cœur soudain furieux.

Je pose les mains sur ses hanches et, avec habileté, la force à relever son petit cul qu'elle m'offre sans pudeur. Je palpe sa chair tendre, me redresse pour glisser mon membre contre sa chair puis, incapable de faire durer le supplice plus longtemps, je m'enfouis en elle. Mon corps tout entier se contracte de plaisir.

Je gémis.

Je ferme les yeux.

Mais je les rouvre la seconde suivante, pour admirer ce parfait assemblage que nous avons créé. Moi en elle. Elle tout contre moi. Leo déploie ses doigts devant elle, s'étire comme une chatte élégante, ses griffes fermement plantées dans le tissu qui bruisse sous son corps. Les fesses offertes, elle bat doucement des jambes et me bouscule un peu, m'incitant silencieusement à me remettre à la tâche.

Je mordille ma lèvre inférieure et commence par retirer mon sexe, brillant de son plaisir.

La cheminée crépite. La douce chaleur qui parvient jusqu'à nous efface les imperceptibles frissons de Leo.

Je m'enfonce une nouvelle fois en elle. Jusqu'au bout, brutalement.

— Encore, souffle-t-elle de façon si ténue que je l'entends à peine.

Je me retire une fois de plus et la pénètre, violemment, cette fois. Mon pouls s'emballe encore davantage. Mon désir pour elle est sans limites. Je joue avec son corps, je fais vibrer le mien, la pilonnant sans relâche, sans lui laisser le temps de respirer, de m'offrir ces gémissements précipités que j'adore. Percevant les prémices d'un nouvel orgasme, je m'interromps, jusqu'à ce que notre pression retombe entièrement.

Je tapote le petit cul de Leo.

Elle me menace de toutes les tortures du monde si je continue de jouer avec elle, mais ça ne me fait pas peur. J'adore la faire sortir de ses gonds.

Et lorsque je suis à nouveau prêt, je me mets à la prendre de façon frénétique, faisant claquer mon bassin contre sa peau, sans lâcher ses hanches.

Agrippée aux draps, Leo laisse libre cours à ses gémissements de plaisir. Chaque fois que je bute en elle, chaque fois que nos corps vibrent l'un contre l'autre, je me sens un peu plus accro, un peu plus amoureux d'elle.

Merde.

Je suis complètement fou de cette femme.

Pas parce qu'elle est là, au lit, avec moi, offerte dans

la forme la plus pure d'intimité, mais parce que, même quand toutes ses barrières sont tombées, même quand elle est nue, soumise à mes mains, fragilisées par des années de tristesse, elle ne baisse jamais totalement les armes. Elle reste fière et droite, et ne cache en rien son excitation.

J'adore qu'elle aime son corps tel qu'il est, même si on lui a répété toute sa vie qu'elle était trop ronde. Ce n'est pas vrai. J'adore qu'elle me demande de la prendre plus fort, alors que je la burine furieusement et que j'ai peur de la blesser.

J'adore qu'elle soit elle-même, dans tous les cas de figure que lui présente la vie.

Quand elle jouit, je l'attrape par les chevilles et souris en voyant ses petits orteils se crisper. Elle est mignonne. Je ne peux même pas le lui dire, je risquerais de me faire insulter.

Je me répands en elle et la relâche, avant de m'allonger tout contre elle. Son corps se plaque au mien. Je me redresse sur un coude et caresse ses cheveux en admirant la perfection de ses traits, la sublime courbe de son sourire.

— Je crois que je pourrais m'y habituer, murmure-t-elle.

— À quoi ?

— À toi.

Elle se met à rire, et je l'enlace en me couchant. Nous nous endormons ensemble, tournés vers la cheminée qui éclaire son corps couvert de sueur. Et je me dis que, moi aussi, je pourrais m'y habituer. À la voir chez moi, évoluer dans cette maison, et capturer mon cœur à chacun de ses sourires.

Chapitre 19

Leonie

Je me réveille tout doucement.

La chambre est totalement plongée dans le noir et Ford, qui s'est éloigné de moi dans son sommeil, se rapproche à nouveau et m'étreint agréablement, comme s'il souhaitait me garder près de lui, sans m'y forcer pour autant. Je me sens si bien, si apaisée, au creux de ses bras, que je me rendors peu à peu.

Le léger brouillard qui trouble mon esprit se dissipe alors que j'entends la poignée de la porte tourner avec insistance dans le vide. La main de Ford, posée sur ma peau nue, parcourt tendrement mon dos. Soudain, une petite voix aiguë le tire de son demi-sommeil.

— Papa, pourquoi ta porte est fermée ?

— Oh ! merde ! grommelle-t-il, m'arrachant un petit sourire.

À tâtons, il allume une veilleuse jaune en forme de licorne sur sa table de nuit et s'extrait à regret du lit. Je suis encore trop ensommeillée pour bouger le moindre orteil, mais je garde tout de même un œil ouvert pour le voir s'affairer à toute vitesse.

— J'arrive dans un instant, poussin.

— D'accord.

Ford enfile un pantalon de pyjama, ramasse quelques affaires par terre puis file à la penderie. Quand il revient, je sens son poids sur le lit et… il m'enfile un large T-shirt à lui, ainsi que ma culotte.

— Hééé !

Je grogne, mais ne bouge pas d'un pouce.

— Oh ! j'adore quand tu joues les râleuses, ma Leo, dit-il avant d'embrasser ma chevelure hirsute. Mais je n'ai pas envie que mon fils voie ton minou, tu comprends.

Il me couvre de la couette, et va ouvrir la porte. Je me retiens d'éclater de rire.

— Papa, pourquoi je ne pouvais pas entrer ? Et pourquoi tu n'as pas de T-shirt ?

— J'ai dû fermer par mégarde hier, poussin. Et puis j'ai eu chaud, cette nuit.

— C'est vrai qu'il fait bon, dans ta chambre.

Aussitôt, Sailor se débarrasse de son haut de pyjama en pilou, et tapote son ventre tout rond. Avant de se baisser pour retirer son pantalon.

— Hé ! s'exclame Ford, qui s'agenouille pour le rhabiller. Ne joue pas les exhibitionnistes, s'il te plaît. Il se pourrait que, hum, la jolie Leonie soit encore à la maison. Tu vois, nous étions fatigués hier soir et nous nous sommes endormis dans le lit.

— C'est vrai ?

J'entends un beau sourire dans la voix du microbe, qui se précipite vers le lit et grimpe sur le matelas. Je referme les yeux et tâche de conserver une parfaite immobilité.

Ford revient s'asseoir près de moi et prend son fils sur ses genoux.

— Si tu as dormi avec un elfe, est-ce que ça veut dire que nous aurons plus de cadeaux à Noël ?

— Non, poussin, répond Ford. On ne soudoie pas les employés du Père Noël de cette façon, allons.

— Et est-ce qu'il va offrir des cadeaux à Leo pour toute l'aide qu'elle lui a apportée ?

— Évidemment, poussin. Je suis même sûr que ses cadeaux sont déjà emballés.

D'émotion, je serre les draps bleu nuit de toutes mes

forces. Ford a prévu un cadeau de Noël pour moi, je n'arrive pas à y croire. Cela signifie qu'il faut que je fasse de même, en tout cas si je passe le réveillon avec eux. Et je crois que j'en ai très envie.

— Papa ?

— Oui, poussin ?

— Tu crois que Leo va manger avec nous, à Noël ?

— Je ne sais pas.

— Et tu crois qu'elle va habiter avec nous ?

— Non, lance-t-il en riant. Elle a un joli appartement, et une vie bien à elle. Quand le Père Noël est en vacances, Leo travaille au centre commercial pour gagner des sous.

— Mais nous, on en a plein, des sous. Si on lui en donnait un peu, peut-être qu'elle pourrait habiter ici. Il y a la chambre d'amis entre la tienne et la mienne, et Leo, c'est notre amie, non ?

— Mon chéri, les choses ne fonctionnent pas vraiment de cette façon dans la vie. Leonie est indépendante, ça veut dire qu'elle est libre de faire ce qu'elle veut, quand elle le veut, sans avoir de comptes à rendre à qui que ce soit.

— Sauf au Père Noël, papa ! Si elle n'est pas *chage*, elle n'aura pas de cadeaux, sinon.

— Bien sûr, poussin, tu as raison. Bon, maintenant, il est 6 heures, alors si on se recouchait un peu ?

— Je vous rappelle que nous devons faire des biscuits, marmonné-je en écartant les cheveux de mon visage.

— Leonie ! s'écrie Sailor, un immense sourire sur le visage.

Il crapahute jusqu'à moi et dépose un bisou sur ma joue.

— Papa a dit que tu ne pouvais pas vivre chez nous, même si on te donne des sous.

Je ris et me redresse sur un coude pour le regarder. Maintenant que nous sommes tous réveillés, Ford allume la lampe de chevet. Je ne peux m'empêcher de remarquer à quel point il est beau, vêtu seulement de son pantalon de lin.

Ses abdominaux parfaits me laissent rêveuse. Si seulement ce petit bout de chou était resté couché…

— Microbe…

Il rit quand je l'appelle de cette façon, ce qui, étrangement, me donne envie de recommencer.

— Microbe, les adultes ont des règles bien définies pour vivre en société. Tu sais, à l'école, quand tu dois obéir à la maîtresse et rester dans ta classe ? Eh bien, pour les grands c'est pareil : mon appartement, c'est ma classe à moi. Je l'aime bien. C'est là qu'est ma place.

— Mais moi, j'aime bien quand ta place c'est dans le lit de papa, miaule-t-il.

— Moi aussi, répliqué-je sans pouvoir retenir un petit gloussement. Cependant…

Bon, je ne sais plus trop quoi dire, alors autant être directe.

— J'ai un chat et je dois rentrer m'occuper de lui, tu vois.

— Il n'a qu'à habiter avec nous aussi, déclare Sailor.

Grrr, ce bonhomme a réponse à tout. Et Ford, au lieu de m'aider, se contente de sourire chaque fois que son fils trouve un nouveau subterfuge.

— Tu peux toujours essayer de t'en sortir, ça n'arrivera pas, m'explique-t-il. Sailor est un négociateur hors pair.

— Les adultes ne vivent pas ensemble, c'est comme ça, un point c'est tout.

— Sauf quand ils s'aiment, Leo. Tu aimes mon papa ?

— Oh là ! cette conversation prend un tour un peu trop personnel, poussin ! File dans ta chambre, mets tes pantoufles, et nous irons préparer les gâteaux pour l'école.

Sailor quitte la pièce, nous laissant seuls, Ford et moi. Il se glisse jusqu'à moi et m'enlace en me couvrant de baisers pour me souhaiter le bonjour.

— Alors, est-ce que tu m'aimes, Leo ? C'est une réponse que je suis très curieux d'entendre.

Je rougis et entrouvre les lèvres, sans qu'aucun son n'en sorte. Je suis en train de faire une crise cardiaque, non ? Soudain, Ford éclate de rire et tapote mon postérieur dans sa minuscule culotte de dentelle.

— Je plaisante. Je voulais juste t'embêter un petit peu.

— Ce n'est pas drôle. Absolument pas drôle ! bougonné-je.

D'autant que si j'avais vraiment dû répondre, si j'avais vraiment dû faire face à ce que je ressens tout au fond de moi, j'aurais probablement dit oui.

Quand nous sommes levés, Ford me prête l'un de ses caleçons, que j'enfile avec de grosses chaussettes, tandis que lui-même reste pieds nus. Nous rejoignons Sailor, qui est déjà à la cuisine. Il a allumé toutes les lumières, à commencer par celles du grand sapin de Noël du salon, donnant une note chaleureuse à cette matinée, qui commence pourtant bien trop tôt. Une douce tiédeur nous accueille dans la cuisine, rehaussée par l'odeur du café fraîchement passé.

— Une tasse ? me propose Ford.

— Oui, merci.

Pendant qu'il me sert, Sailor me prend par la main et désigne le placard du haut.

— C'est là que Mira range ses affaires pour la pâtisserie. Qu'est-ce qu'on va faire comme gâteaux, dis, Leo ?

— Je pensais à des biscuits à la cannelle. J'en préparais avec ma famille quand j'étais petite comme toi.

— Tu étais petite ? Mais je croyais que les elfes poussaient dans des grands choux ! s'exclame-t-il.

— Euh, oui, je… Je ne me souviens plus tellement de ma naissance, tu sais. Toi non plus, d'ailleurs, pas vrai ?

— Ben non, Leo, j'étais pas là quand tu es née, allons ! rétorque-t-il comme si je manquais cruellement de sens logique.

J'éclate de rire et attrape tous les ingrédients nécessaires pour la recette, tandis que Ford s'occupe de la vaisselle. Sur le plan de travail, il dispose un saladier, une plaque de cuisson, un rouleau à pâtisserie, des emporte-pièces. Durant la demi-heure qui suit, nous prenons un plaisir magistral à cuisiner tous ensemble. J'ai préparé la pâte, Ford s'est occupé de la lisser et Sailor a fait les formes, que je répartis sur la plaque métallique avant de l'enfourner.

La cuisine embaume la cannelle, la vanille et le gingembre. Les guirlandes électriques qui clignotent en haut de tous les placards changent de couleur, oscillant entre le bleu et le violet, ce qui met en joie le microbe, qui rit en agitant ses mains dans tous les sens pour mimer la nage d'une sirène. Son torse toujours nu est barbouillé de farine, tout comme le visage de Ford. Je ne sais pas comment ils ont pu faire autant de dégâts à eux deux.

— Papa, c'est quoi les écritures, sur le T-shirt de Leonie ?

— Pourquoi, poussin ?

— Parce que t'arrêtes pas de regarder les lettres.

Je baisse les yeux et remarque la petite phrase écrite pile sur ma poitrine. En rougissant, je lance un regard blasé à Ford, qui toussote, gêné. Monsieur aime un peu trop mes seins, je crois.

— C'est écrit « Scottish & Elegant », et je trouve qu'il va très bien à Leo, pas vrai ?

— Oh oui, mais moi, je préfère quand Leo a ses grelots.

— Tu es bien le seul, microbe, marmonné-je.

Pendant que les biscuits cuisent, Ford monte avec son fils pour un passage à la salle de bains.

La cuisson ne dure que huit minutes, je m'occupe donc de tout sortir et de débarrasser le bazar que nous avons mis partout, avant de monter à mon tour. Je me rhabille à la hâte dans la chambre de Ford sans pouvoir m'empêcher de sourire au souvenir de ce que nous avons fait hier soir. Je me laisse tomber sur le lit, les bras écartés, et soupire longuement.

J'ai l'impression que mon corps, mon âme et mon cœur sont apaisés et palpitent de mille bulles de bonheur qui rendent ma vie beaucoup plus belle. Parce que, sous les couches de collants verts, de mauvaise humeur et de grognements asociaux, je retrouve un peu la jeune femme que j'étais avant. Celle qui détestait tout le monde, mais qui souriait tout de même de temps en temps.

Un cri perçant me fait soudain l'effet d'une douche froide.

— Leo ! hurle Sailor.

Je me précipite dans le couloir et ouvre toutes les portes jusqu'à tomber sur la salle de bains. Je me fige en découvrant Ford et Sailor dans la baignoire pleine de mousse, qui me regardent avec un grand sourire coquin. Leurs taches de rousseur ressortent sur leurs peaux rougies par la chaleur. Sailor arbore un chapeau blanchâtre, tandis que Ford a une barbe de Père Noël savonneuse.

— Vous m'avez fait peur, bon sang.

— Mais Leo, on a besoin de toi, lance Sailor. On a oublié nos serviettes, alors on ne peut pas sortir de la baignoire.

— Vraiment ? Mais si vous restez là toute la journée, je vais devoir manger tous les biscuits, dans ce cas…

— Quoi ? Mais… Mais… Tu m'en laisserais quand même un, pas vrai ? Je suis ton enfant préféré au monde, non ?

— Hum, c'est une question difficile, dis-je en me tapotant le menton de l'index.

Mais quand je vois son petit air traumatisé dans l'attente de ma réponse, j'arrête de jouer.

— C'est vrai que tu es mon microbe préféré. Où sont-elles, vos serviettes, messieurs ?

— Dans le placard, juste en face de la salle de bains. Papa a mis les autres au sale et il a oublié d'en prendre des propres. Mira dit qu'il est dans la lune, ces derniers jours. Elle dit aussi que quelqu'un lui fait tourner la tête, et c'est vrai que, quand la tête tourne trop, on ne sait plus très bien marcher droit, explique Sailor.

Ce môme adore parler, c'est fou. Je devrais l'emmener chez mes parents, les soirs de débats. Il les rétamerait tous.

Je vais chercher deux immenses serviettes bleu ciel et deux autres plus petites, blanches, que je dépose sur leurs cheveux. Je frotte d'abord le crâne de Sailor, puis celui de Ford, qui lâche un rire rauque et terriblement séduisant.

— Alors, monsieur Maxwell, qui est donc cette personne qui vous fait tourner la tête ? murmuré-je à son oreille.

— Une lutine terriblement mutine, rétorque-t-il.

Nous nous dévisageons une seconde, et je ne sais pas ce qui me pousse à faire cela, mais je me penche sur lui pour l'embrasser. C'est une pulsion. Un besoin. Un instant de satisfaction aussi parfait que réconfortant.

Un petit gloussement aigu, suivi d'un rire hystérique, nous fait tourner le regard en direction du microbe.

— Papa a une amoureuse, s'écrie Sailor. Papa a une amoureuse !

— Et papa aimerait beaucoup sortir de la baignoire avant d'être fripé comme un crapaud, alors au lavage, poussin. Attrape ton gant de toilette, je veux que tu sois tout propre dans cinq secondes.

— Cinq secondes ? s'exclame Sailor, les yeux emplis d'effroi.

Il prend aussitôt son gant sur le rebord de la baignoire et commence à se frotter.

— Il faut du savon pour être propre, lui lance Ford, moqueur.

Je les laisse à leur toilette et retourne à la chambre pour mettre mes chaussures et vérifier que je n'ai rien oublié – par exemple mon soutien-gorge, qui traîne dans un petit coin. Je l'enfile en vitesse, puis vais dans la chambre de Sailor préparer ses vêtements du jour. Je ne sais pas pourquoi j'agis de cette façon, mais j'ai envie qu'il soit ultra-mignon, alors je lui choisis une chemise bleue, un gilet d'une nuance plus foncée, avec un gros ours polaire en guise d'écusson, et un joli pantalon noir. Et pour la touche finale, un petit nœud papillon de la même couleur.

Je referme le dressing et avise une autre armoire, complètement différente de celle, moderne, où j'ai pris les vêtements. Elle est en bois, très belle, et visiblement ancienne. Peinte en blanc, avec des vaguelettes bleues sur le bas, elle arbore de petits motifs visiblement gravés à la main. Je trace du bout des doigts de jolis poissons sortant des vagues, et même une sirène.

J'en suis certaine, c'est Ford qui a sculpté cette merveille. Mes paupières se ferment un instant, et je l'imagine dans son jardin, vêtu uniquement d'un pantalon à carreaux, en train de travailler le bois sous un soleil de plomb. Les muscles de ses bras se gonflent, sa poitrine se soulève avec intensité. Seigneur, il faut que j'arrête de fantasmer !

Je secoue la tête et ouvre l'armoire pour y chercher des chaussures. La magie de ce meuble me laisse bouche bée. Après avoir tourné une vieille clé en métal dans la petite serrure, je tire doucement les portes qui grincent un peu. De l'une d'elles se déplie un petit escalier de bois qui mène à l'intérieur, pensé pour offrir un refuge cosy à Sailor. L'arrière est tapissé d'un motif de fonds marins, avec des poissons dorés et des rayons de soleil qui illuminent les eaux bleu foncé. Le bas de l'armoire comporte deux étagères de livres, et au-dessus, sur une solide planche de bois, se trouve un matelas de sol à pompons et un gros coussin auquel le microbe peut s'adosser pour lire.

Les portes sont décorées, elles aussi. L'une d'elles par un filet de pêche ponctué de coquillages de toutes tailles, où s'entortille une guirlande faite de petites fioles de sable pailleté. L'autre est recouverte d'écailles roses et encadrée par une guirlande d'étoiles mauves et de petits cœurs en miroir. Le microbe doit être tellement heureux là-dedans !

Je referme les battants, le sourire aux lèvres, et passe ensuite au dressing de Ford, où je choisis une chemise bleue, une veste de tailleur assortie et un pantalon noir. Ils seront tellement adorables, habillés de la même façon…

Quand je vais frapper à la porte de la salle de bains pour leur dire que je dépose leurs vêtements sur le meuble, derrière moi, Sailor ouvre aussitôt. Tout nu.

Je pousse un petit couinement et mets les mains devant mes yeux, faisant tomber leurs habits au sol.

— Sailor, non ! Combien de fois devrai-je te dire de ne pas jouer les exhibitionnistes, gronde gentiment Ford.

J'écarte mes doigts tandis qu'il enroule son fils dans l'immense serviette que je leur ai apportée. Ford, lui, a noué la sienne autour de ses reins et… Bon sang, j'aurais mieux fait d'en prendre une toute petite… Une serviette qu'il n'aurait jamais pu attacher autour de lui…

J'admire, fascinée, les gouttes d'eau qui roulent sur sa peau, sur ses épaules musclées, ses abdos saillants, rejoignant ses flancs puis le bas de son ventre, pour disparaître sous le coton fermement noué à ses hanches.

Durant un instant, j'ai l'impression d'être Fiona, qui se retrouve devant le laird de ses rêves dans ma romance écossaise, et je préfère détourner le regard avant de me retrouver à mon tour dans une situation compromettante. En flagrant délit de fascination musculaire.

Je me baisse pour ramasser les vêtements et les pose sur la commode la plus proche.

— Merci, Leo, tu nous es d'un soutien précieux.

— Papa, j'ai mis mon slip, ch'uis plus tout nu maintenant.

— Tu veux que je l'aide à s'habiller pendant que tu t'occupes de toi ? demandé-je à Ford en souriant. Ou qu'il se débrouille seul pendant que je t'aide ?

— Même si ta proposition me tente, je veux bien que tu te charges de Sailor. S'il te plaît.

C'est ainsi que commence ma bataille contre le microbe le plus indécis du monde. Je dois négocier dur pour qu'il accepte d'enfiler la tenue que je lui ai choisie. Quand nous sommes enfin prêts, nous rejoignons le rez-de-chaussée. La porte d'entrée s'ouvre soudain avec fracas sur un inconnu. Visiblement familier des lieux, l'homme se rend directement dans le salon, et balance son manteau et son écharpe sur le canapé. Ils atterrissent tous deux en plein milieu du salon, sur le carrelage propre.

— Tonton Bas ! s'écrie Sailor en se précipitant vers lui.

L'homme, aux cheveux trop longs et hirsutes, comme s'il venait de se prendre un coup de jus, arbore une épaisse barbe noire broussailleuse et un petit air supérieur qui me met aussitôt sur mes gardes.

Il tapote la tête de Sailor, qui court ensuite dans les bras de Mira. Celle-ci émerge juste de la cuisine, en pyjama, une tasse de café à la main.

Étreignant le microbe avec amour, elle ignore cependant ostensiblement le nouveau venu. Une sorte de curieuse froideur glace soudain l'air autour de nous.

— Hé, salut, beauté ! déclare le barbu en avançant vers

moi d'un pas lourd. On ne s'est jamais rencontrés, je crois. Je m'en souviendrais.

Beauté ? Mais pour qui il se prend, ce bouffon des cavernes ?

— Je m'appelle Leonie, tu ferais mieux de t'en souvenir aussi si tu ne veux pas avoir d'ennuis.

— Mais, les ennuis, j'adore ça, ronronne-t-il. Ils m'attirent comme un phare à l'horizon.

Il passe un bras autour de ma taille, que je repousse instantanément.

— Ne me touche pas, Bigfoot ! Et retourne dans ta forêt ou apprends d'abord les bonnes manières, merci !

Non mais, de quel droit il se permet de me coller comme ça, celui-là ? Les poils de son visage sont à deux doigts de me toucher, c'est de la torture. Il doit y avoir plus de bactéries là-dedans que sur les mains de Sailor après une journée d'école.

Bien sûr, bête comme il est, il revient à la charge avec ses « Beauté », mais quand il pose à nouveau les mains sur ma taille, un frisson douloureux remonte cette fois le long de mon échine. Je déteste qu'on me touche, je déteste qu'on me parle, je déteste les inconnus et presque tous les gens sur cette planète, en fait. Il va morfler.

Je l'attrape par le bras et lui fais un croche-pied, qui l'étale aussitôt sur le sol, face contre le carrelage. Il grogne comme un ours.

— Je t'avais prévenu, Bigfoot, dis-je avec un sourire.

Les poings sur mes hanches et mon pied sur son biceps, je me tourne vers Sailor et Mira, qui ont des étoiles plein les yeux.

— Approche, microbe, j'ai une grande leçon de vie à t'apprendre.

Sailor me rejoint d'un pas sautillant et me regarde comme si je n'étais plus un lutin, mais une sorte de prêtresse ninja super cool.

— Quand une femme dit non, ça veut toujours dire non, lui expliqué-je.

Sailor hoche la tête, pose ses petits poings serrés sur ses hanches et met son pied sur l'épaule de Bas pour imiter ma posture.

— Quand une femme dit non, ça veut toujours dire non, répète-t-il avec fierté.

— Leonie, je crois que tu viens de devenir ma nouvelle meilleure amie, ricane Mira, qui s'approche à son tour. Hé, Bas, tu as enfin été remis à ta place, pas vrai ? Il était temps, même si ce carrelage est encore trop propre comparé à ta niche habituelle.

Elle éclate de rire, lui balance un petit coup de pied dans les côtes et retourne dans sa chambre. Ford descend à ce moment-là.

— Que se passe-t-il ? demande-t-il en tendant une main à son photographe pour l'aider à se relever.

— C'est cette barbare, Ford. Qui est-ce ? Je te préviens, si c'est la nouvelle gouvernante, je ne viendrai plus chez toi. Ou je viendrai plus souvent, je n'ai pas encore décidé si j'avais aimé être mis au tapis ou non. Et cette beauté… Elle est…

— Si tu parles encore une fois de moi comme si je n'existais pas, je te remets à terre, compris, Bigfoot ?

— Grrr, roucoule-t-il en passant la langue sur ses lèvres.

— C'est pas possible, grogne Ford. Bas, éloigne-toi de Leo, ordonne-t-il en m'enlaçant de façon possessive. Si elle te tue, je planquerai ton corps, c'est clair ? Sailor, petit déj' tout de suite. Et toi, mademoiselle la ninja, garde tes forces pour tout à l'heure, tu en auras besoin.

— Tu penses que je ne pourrai pas m'occuper de Bridgit avec la même facilité ? Je ne ferai qu'une bouchée d'elle.

— Un combat de femmes, mmm… Quelle heure ? Quelle adresse ? demande Bas avec un air d'extase.

— Je vais vraiment le tuer, lâché-je.

Je file en cuisine avant de m'énerver pour de bon et, pendant que Sailor avale quelques biscuits préparés la veille par Mira, je m'occupe de décorer les nôtres.

Les glaçages étant encore un peu coulants, je dépose les

plaques quelques minutes au frigo, tandis que le microbe va rejoindre son « oncle » au salon. Ford me prend dans ses bras et m'embrasse passionnément.

— J'aimerais qu'il y ait des caméras dans la maison pour pouvoir t'admirer en train de mettre la pâtée à Bas. D'après Sailor, c'était magistral. D'après Mira, c'était le plus beau jour de sa vie.

— J'espère qu'il va se tenir à carreau, maintenant. Je ne supporte pas les gros lourds dans son genre, et je peux te dire qu'avec mon travail d'agent de sécurité j'ai plus d'une corde à mon arc en matière de self-défense. Je vais le briser en mille morceaux, s'il me cherche.

— Ne t'en fais pas, il te cherchera encore jusqu'à ce que tu lui casses un bras, une jambe ou la mâchoire. Il n'y a que comme ça qu'il comprend les choses.

— Et donc c'est lui, ton meilleur ami ?

— Pour le meilleur, mais surtout pour le pire.

Je soupire profondément. Je crois que, décidément, Bas et moi n'allons pas nous entendre.

Quand vient l'heure de partir, nous regagnons le salon. Sailor se met debout sur le canapé pour regarder son père.

— Papa, c'est quoi une « nana » ?

— *Nana*, c'est un vilain mot pour désigner une femme, poussin.

— D'accord. Et c'est quoi, « draguer » ?

— *Draguer*, c'est l'action de rechercher quelque chose dans un point d'eau, comme le corps de tonton Bas, que je vais balancer au fond d'un lac, par exemple.

— Pour lui apprendre à nager ? s'enquiert Sailor.

— Tout à fait, poussin. Pour lui apprendre à nager. Les pieds lestés de béton. Maintenant, va mettre tes chaussures et ton manteau, je t'emmène à l'école. Quant à toi, Bas, va au studio préparer ton matériel. Tu as du boulot et tu ferais bien d'être concentré, c'est le shooting le plus important de l'année. Et si jamais tu manques une nouvelle fois de respect à Leonie, c'est moi qui te briserai les jambes, compris ?

— Ce que tu es sexy, quand tu menaces d'autres hommes en mon nom, lancé-je avec un soupir amusé.

— Seulement dans ces cas-là ? Moi qui pensais l'être tout le temps.

— J'aime aussi quand tu as ton écharpe en tartan, en fait.

— Habillé et râleur, génial, je suis très flatté…

Avant de quitter la maison, je vais récupérer les biscuits que je range soigneusement dans une boîte hermétique. Sailor est tout excité que je vienne avec eux à l'école.

Quelques minutes plus tard, nous nous garons devant un bâtiment qui ressemble plus à un manoir qu'à un établissement scolaire. Donnant chacun une main au microbe, nous franchissons la grille métallique pour remonter la large allée pavée jusqu'à une lourde porte de bois. Il doit s'agir d'une de ces écoles privées hors de prix que mes parents n'auraient même pas pu payer en économisant toute leur vie.

Ford me conduit de couloir en couloir, et je me plais à écouter Sailor nous raconter l'histoire de la demeure – maison qui a appartenu à un acteur célèbre, qui coule aujourd'hui une retraite bien méritée en Floride – ou nous montrer ses dessins accrochés çà et là sur des banderoles qui pendent du plafond.

Derrière son apparente austérité, le manoir – appelé École Saint-Andrews – se révèle coloré et lumineux, avec ses décorations de Noël. Les portes des salles de classe sont toutes peintes d'une couleur différente – celle du microbe est jaune. Elle est d'ailleurs ouverte et laisse entrevoir une ribambelle de marmots qui piaillent sur leurs sièges installés en cercle autour du bureau de la maîtresse.

Celle-ci, une dame d'un certain âge qui porte de grosses lunettes roses, discute avec quelques mamans qui, quand Ford entre, cessent de parler pour lui sourire comme des midinettes. Je crois que monsieur l'Écossais a un fan-club.

Sailor va disposer nos biscuits sur un buffet où tout un tas de gâteaux attendent déjà d'être dégustés. Discrètement, je vole une praline chocolatée que j'enfourne aussitôt. Une grimace atroce déforme alors mon visage.

Mon Dieu, mais qu'est-ce que c'est que ça ? Je n'ai jamais mangé quelque chose d'aussi répugnant de toute ma vie ! Comment une friandise au chocolat peut-elle être à ce point ratée ?

Je sors un mouchoir de ma poche et je me détourne pour recracher cette horreur.

— C'est ma maman qui l'a fait, m'apprend un petit blond, avec un pull de fête orné d'une menora et une mini-kippa sur la tête.

— Ah oui ? Eh bien, tu lui diras qu'elle a des progrès à faire en pâtisserie.

— C'est une boulette énergétique aux dattes. C'est bon pour la santé, sans sucre et ça aide à garder la ligne.

— J'ai pitié de toi, mon chou. Tiens, prends ça et fais-toi plaisir, lancé-je en lui tendant un bonbon sorti de mon sac à main.

Le blondinet déballe le bonbon comme s'il s'agissait d'un cadeau de Noël et le déguste en lâchant un soupir de plaisir.

— Merci, madame.

— Hé, si tu m'appelles encore une fois « madame », je te fourre une boulette de datte au fond du…

— Je vous présente Leonie, déclare soudain Ford en me prenant par la main. Ma petite amie.

Je jette un regard terrifiant au petit blond, qui file rejoindre ses camarades, puis je souris. Enfin, disons plutôt que j'imite cette sorte d'étirement labial que m'adressent les mères de famille richissimes qui me font face. J'ai envie de leur demander si elles sont constipées ou si c'est naturel. J'ai aussi envie de leur fourrer des boulettes aux dattes au fond de l'arrière-train.

— Enchantée, Leonie, me dit celle que je pense être la femelle alpha de la meute. Nous ne nous attendions *pâs* à ce que Ford ramène *queulqu'un*.

C'est une blonde décolorée au petit nez pointu, que j'identifie comme étant probablement Miss Dattes, puisqu'elle ressemble comme deux gouttes d'eau au môme en question. Même grands yeux, même visage lisse – sauf que, contrairement à son marmot, ce n'est pas dû à la nature, si bien qu'elle arbore une expression perpétuellement surprise et le sourire d'un clown de film d'horreur.

— Chère *môdame*, dis-je en essayant d'imiter son accent stupide, je suis *égâlement* en-chan-tée.

Je lui tends une main flasque qu'elle se sent obligée de serrer. J'ai envie d'éclater de rire en voyant son air horrifié – et toujours artificiellement étonné. Elle a sans doute compris que je ne suis pas du même monde qu'elle et ses congénères, avec mon jean anonyme, mon écharpe tricotée à la main – très mal, en plus – et mes bottines usées par le temps – contrairement à son visage. Mais bon, il était bien trop tentant de la prendre au dépourvu. Si je n'étais pas si rebutée par l'ensemble de la population mondiale, je l'aurais prise dans mes bras juste pour l'embêter. Elle doit penser que je suis infestée de puces et de microbes.

Je tends la même main molle aux trois autres mamans présentes, puis retourne auprès de Ford, occupé à raconter notre première rencontre. Il a le sourire aux lèvres, et je comprends soudain qu'il prend du plaisir à leur parler de cet instant où nous nous sommes croisés pour la première fois. C'est une histoire qui l'a marqué, qu'il aime. Il aime… ce que nous avons créé ensemble.

Émue, je tourne le regard vers lui pour admirer ses talents de conteur et le grand sourire qui anime ses jolies lèvres. Les pans de son écharpe en tartan retombent sur son torse ; j'ai envie de les agripper pour l'attirer à moi et l'embrasser. Je crains fort que Ford soit parvenu à effacer la Leo sauvage en moi, du moins juste un peu.

Quand il termine, son public s'esclaffe avant de me jeter des coups d'œil effrayants. Je crois qu'elles auraient toutes pu prévoir de divorcer rien que pour attraper Ford dans leurs filets. Je l'ai un peu sauvé, en quelque sorte.

L'heure est venue de quitter les lieux. Nous disons au revoir à Sailor, puis faisons un crochet chez moi pour que je puisse embrasser Chamallow, avant de repartir pour les bureaux de *Royalties*. Je file directement me changer dans les vestiaires. Comme la première fois, Ford m'accompagne pour admirer le spectacle.

— J'hésite à mettre les escarpins, dis-je. Aujourd'hui, je suis à peu près certaine qu'il y aura de l'action, mais je crois que j'aime trop les porter pour m'en priver… Tu ne me verras pas souvent en talons, profites-en.

— Quoi ? Tu m'as parlé ? répond Ford, l'air rêveur, en me regardant déambuler devant lui en sous-vêtements et talons aiguilles.

Je lève les yeux au ciel, puis m'approche de lui pour caresser ses cheveux. Ses lèvres se posent sur ma peau nue. Sa douceur est un baume pour mon âme mise à si rude épreuve.

Ford finit par se lever, puis m'aide à terminer de m'habiller, boutonnant mon chemisier avec un plaisir non dissimulé.

— Tu crois que ça va aller ? me demande-t-il, inquiet.

Je tapote mon arme à la ceinture de mon pantalon.

— Bien sûr. Au pire, je tire sur tous les suspects. Je vais bien m'amuser.

— Fais attention à toi, Leo. Nous ne savons pas ce que Bridgit prépare, je ne voudrais pas que tu sois blessée.

— Je connais mon métier. En réalité, le seul qui risque d'être blessé, aujourd'hui, c'est Bas si je le croise trop souvent.

— Essaye de ne pas le tuer, s'il te plaît.

— Je ne peux rien te promettre.

Quand je suis prête, il quitte les vestiaires pour retrouver son beau bureau. Moi, j'y reste encore quelques minutes pour me concentrer sur ma mission. Je suis convaincue que tout se passera comme sur des roulettes. Je vais sauver les bijoux de Ford ! Hum, cette phrase est vraiment mal tournée…

Chapitre 20

Leonie

Le hall de chez *Royalties* est dix fois plus grand que mon appartement. Et plus brillant, aussi. Tout se décline en nuances de blanc cassé et de doré. Le carrelage étincelle, le sapin de Noël est sublime, et l'hôtesse d'accueil, déjà à son poste, se fond parfaitement dans le décor. Elle porte une robe blanche moulante, avec un gros collier doré, et arbore un carré blond impeccable. Déambulant lentement, je la salue avant de me poster à l'entrée du bâtiment, juste à ses côtés.

Layla est très gentille et semble avoir compris que je sortais avec Ford, ce qui me met un peu mal à l'aise. Je ne sais pas si notre relation est un sujet tabou ou non ici.

Bien droite, le visage tourné vers la rue, je regarde les passants défiler, emmitouflés dans leurs gros manteaux et leurs écharpes multicolores. Le vent est tombé cette nuit, mais une neige toute neuve, immaculée, recouvre les auvents colorés des magasins. Heureusement, les trottoirs ont été dégagés dès l'aube. La température ayant un peu augmenté, le gel qui recouvrait les branches des arbres et les sapins verdoyants forme à présent des gouttelettes qui brillent dans la lumière des guirlandes ou sous les rayons d'un soleil encore timide.

Alors que je commence à me lasser de surveiller la rue, Bridgit arrive enfin. Elle entre comme une reine, la tête haute, sans même dire bonjour à Layla. D'une main manucurée, elle défait les gros boutons de son manteau et file vers l'ascenseur pour monter à l'étage.

Je rejoins Layla, qui semble déconfite. Le « bonjour » joyeux qu'elle lui a adressé est retombé comme un soufflé.

— Tu sais ce qu'on dit, hein, lancé-je en m'accoudant au comptoir, devant elle. À péter plus haut que son cul, on finit par avoir mauvaise haleine.

— Leonie ! glousse-t-elle en couvrant sa bouche de sa main. On ne parle pas ainsi de Bridgit. Elle est la secrétaire en chef de *Royalties*, et le bras droit de M. Maxwell.

— Elle pourrait être la reine d'Angleterre que ça ne lui donnerait pas le droit de te traiter de cette façon, Layla.

— Bridgit met tout le monde au même niveau, tu sais. À part elle-même et Ford.

— Raison de plus pour l'électrocuter, marmonné-je.

— Pardon ?

— Je disais juste que c'est une raison de plus pour la détester, déclaré-je avec un sourire fourbe. Mais bon, ce n'est pas comme si j'avais besoin de raisons supplémentaires, au-delà de son petit air supérieur.

— Sans compter que, en salle de repos, elle a la sale manie de voler les meilleurs desserts des autres, dans le frigo. Elle en mange juste une bouchée avant de jeter le reste à la poubelle. Une fois, j'ai même dessiné de fausses taches de moisi sur mon Tupperware pour qu'elle ne touche pas à ma part de tiramisu.

— C'est criminel, de voler le dessert des gens ! grondé-je.

Layla hoche la tête en signe d'assentiment.

Je prends congé de ma nouvelle copine pour rejoindre Al, le chef de la sécurité, dans le petit local de surveillance, au fond d'un couloir. Je frappe et entre discrètement, puis m'assieds à son côté. Il a réquisitionné une chaise à roulettes rien que pour moi, à l'arrière de laquelle il a scotché un papier où est écrit mon prénom. J'ai l'impression d'être une star.

— Bonjour, Al. Alors, qu'allons-nous faire de beau aujourd'hui ?

— Bonjour, Miss Leo. Tout d'abord, je vais vous demander de garder ceci sur vous en toute occasion.

Il me tend un talkie-walkie comme ceux qu'ont les policiers – noir, très lourd et d'une qualité irréprochable. Je le fixe à ma hanche gauche et remarque alors au passage que mon Taser est réglé sur la puissance maximum. Même si j'ai très envie de griller les fesses de Bridgit, je n'aimerais pas que le service de nettoyage ait à passer derrière elle si elle venait à se lâcher. Je le règle donc sur la puissance minimum, qui devrait l'incommoder suffisamment.

Al me désigne un écran, puis, quelques secondes plus tard, un autre. Nous suivons attentivement le ballet de Bridgit, qui déambule dans les locaux, les bras chargés de documents.

— Elle doit savoir que nous la surveillons, déclare Al. Elle essaie de déjouer notre attention.

— Pourquoi pensez-vous cela ?

— Parce que habituellement elle reste à son étage et ce sont les autres qui doivent se déplacer pour elle.

— Alors vous aviez raison, elle va probablement passer à l'action aujourd'hui.

La matinée passe à toute vitesse. À la pause déjeuner, je grignote rapidement le sandwich qu'un livreur distribue à tous les employés de *Royalties*. Ce sont de très bons produits ; j'apprécie particulièrement les tomates séchées charnues ainsi que la mozzarella fraîche et tendre, directement importées d'Italie, m'apprend Al.

N'étant pas censée reprendre avant 13 heures, je décide de passer au sous-sol avant de monter voir le patron. J'emprunte l'escalier, puis pousse la lourde porte battante rouge qui mène au studio photo.

Bas est là, en pleine séance avec un mannequin.

La jeune femme, dont les oreilles sont ornées de boucles en diamant magnifiques, tourne délicatement la tête pour les mettre en valeur. Ses cheveux sont noués en un chignon royal, piqué de quelques épingles elles-mêmes serties de pierres précieuses.

— Allez, chérie, joue les femmes fatales pour moi, lance Bas en se dandinant de tous côtés pour capter au mieux l'expression sévère et concentrée de la jolie brune.

Elle lève une main parée d'une french manucure et la pose sous le menton.

— C'est parfait, bébé, ne bouge pas.

Bas reprend quelques clichés, puis se redresse pour regarder le résultat. Il remarque alors ma présence.

— Hum, salut, chérie. Tu es là pour jouer avec moi, toi aussi ?

— Possible. J'avoue que je ressens vraiment l'envie de faire un petit foot avec toi, mais je n'ai rien sous la main pour te décapiter. Je suppose que je vais juste devoir te remettre au tapis et shooter dans ta tête directement.

— Quelle violence ! Tu me fais vibrer, bébé.

— Bas, arrête d'embêter la nouvelle. Tu vas encore te prendre une ordonnance restrictive ! lance le mannequin en riant.

Elle quitte la lumière des projecteurs et avance vers moi. Cette femme est immense ! Avec ses talons vertigineux, elle doit frôler le mètre quatre-vingt-dix. Son teint n'a pas le moindre défaut, et son maquillage met en valeur ses grands yeux bleus.

— Ali, se présente-t-elle en me tendant la main.

— Leonie.

— Ne fais pas attention à cet imbécile, il ressent le besoin de harceler toutes les femmes qu'il croise. Quelque chose à voir avec son ego d'homme des cavernes.

— Ou son cerveau atrophié, ajouté-je.

— Tu me vexes, bébé, fait-il en s'approchant de nous.

— Appelle-moi encore comme ça et, des bébés, tu ne pourras jamais en avoir, c'est clair ?

Ali éclate de rire et, pour la punir, Bas la renvoie vers son tabouret. Une maquilleuse en profite pour lui repoudrer le visage avant que le shooting reprenne.

— On est partis du mauvais pied, toi et moi. Alors si

tu me laissais te payer un verre, ce soir, on pourrait finir la nuit entremêlés sur mon clic-clac.

Il hausse les sourcils en me lançant un regard sensuel. Enfin, qu'il croit être sensuel, mais qui est en fait plutôt pathétique. Il ressemble à un crapaud poilu. Sa barbe, sombre et hirsute, lui donne l'air d'une paire de fesses de babouin mal lavé. Mince, je ne vois plus que ça, maintenant !

— Tu as bien compris que, Ford et moi, on sortait ensemble, pas vrai ?

— Ah, je ne crois pas à ces choses-là ! L'être humain est fait pour être libre et butiner toutes les fleurs qui croisent son chemin. Tu veux que je te butine, Leo ?

— Non, c'est moi qui vais te butiner. L'arrière-train. Avec mes escarpins.

Je lâche un gros soupir et me détourne pour ne pas être tentée de lui coller mon poing dans la figure, par-dessus le marché. Je repère les lieux, compte le nombre de bijoux étalés sur la plaque de velours rouge posée sur le meuble, à l'entrée du dressing sécurisé. Ce midi, la porte n'est pas verrouillée, pour faciliter le travail de l'équipe de Bas.

Un grésillement me fait soudain sursauter ; je réalise qu'il vient de mon talkie-walkie. Je prends l'appareil à ma ceinture et l'approche de ma bouche en pressant le bouton jaune.

— Al, c'est vous ?

— Oui, Leonie. La cible est en mouvement, je répète, la cible est en mouvement. Remontez immédiatement.

— Pourquoi ?

— Elle arrive vers vous, Leonie.

Je réfléchis à toute vitesse. Je dois absolument garder Bridgit en vue, au cas où elle ferait une bêtise.

— Al, je vais rester ici. Si Bridgit tombe sur moi par hasard, elle sera peut-être moins tentée de jouer les Billy the Kid.

— D'accord. Faites attention à vous, Leonie. Je reste en contact radio et me branche sur la caméra du studio.

— Bien reçu, Al.

Je m'adosse au mur derrière moi, les mains dans les poches, et fais mine d'admirer Bas et Ali en train de travailler. Bridgit arrive quelques secondes après l'appel d'Al, avec le petit « ding » de l'ascenseur. Ses talons cliquettent, mais elle semble avoir perdu toute sa belle assurance de tout à l'heure. Sa démarche se fait hésitante. Je suis convaincue qu'elle va passer à l'action. Pas question de lui laisser la moindre chance.

Quand elle passe devant moi, je l'ignore délibérément pour la bercer d'un sentiment de sécurité. Je m'écarte ensuite du mur et m'approche de Bas, qui mord immédiatement à l'hameçon.

— Alors, tu as changé d'avis, bébé ? Tu veux qu'on se butine ?

— Plus tu me parles, plus je ressens l'envie de te faire souffrir, soufflé-je en levant les yeux au ciel.

— Ce que j'aime ça, quand tu es sauvage, ma belle.

Je pousse un petit couinement. Cet homme me tape prodigieusement sur les nerfs, mais je suis coincée dans ce minuscule studio avec lui. Je ne sais pas comment fait Ford pour le supporter. Non, vraiment, il doit avoir une patience d'ange.

Bridgit papillonne d'une coiffeuse à l'autre pour réarranger le matériel et, enfin, je la vois du coin de l'œil se faufiler dans le dressing.

Mon cœur bat à tout rompre dans ma poitrine. De l'action, enfin. J'espère secrètement que Bridgit va péter un câble, juste pour avoir le plaisir de l'électrocuter, mais elle ressort rapidement de la pièce du fond et se précipite vers l'ascenseur. Mince, elle marche à toute allure, sans me laisser la possibilité d'aller recompter les bijoux. Mais comment fait-elle pour cavaler ainsi sur des talons pareils ?

Il faut que j'intervienne. Si je la laisse seule et qu'elle prend la fuite, elle pourra se débarrasser des parures comme elle le souhaite et nous ne les retrouverons jamais. Ford serait dans la mouise jusqu'au cou et sa réputation en prendrait un coup. Je saisis mon talkie-walkie.

— Al, murmuré-je, j'ai besoin que vous descendiez ici pour compter les pièces des parures en diamant. Bridgit sort du dressing, je dois lui coller au train pour l'empêcher de quitter les lieux.

— Très bien, je m'en occupe tout de suite, Miss Leo.

— Il y avait douze pièces en tout. Dites-moi si c'est toujours le cas, s'il vous plaît.

Il coupe la communication tandis que je cours vers l'ascenseur, ôtant au vol mes escarpins, qui me ralentissent. À cet instant, je vois les portes de la cabine se refermer, mais je parviens à les bloquer *in extremis* et à entrer.

— Merci d'avoir retenu les portes pour moi, dis-je, mielleuse.

— Avec plaisir.

Son regard se fait fuyant ; elle semble aussi à l'aise qu'une dinde la veille de Noël.

Les mains nouées devant elle, elle triture ses doigts si fort que j'en ai presque mal pour elle.

Quant à moi, nonchalamment adossée à la paroi métallique de l'ascenseur, je ne la quitte pas des yeux.

— Alors, qu'êtes-vous passée faire au studio, Bridgit ? dis-je, tout sourire. Essayer de beaux bijoux ? Voir les dernières robes que *Royalties* a reçues ?

— Rien d-du tout, enfin. Je…

— Il me semble pourtant que ce n'est pas dans vos attributions de venir ici.

Mon interrogatoire la rend de plus en plus nerveuse.

— N'y voyez aucune méchanceté, mais je vous prierais de vous mêler de vos affaires. Merci.

— N'y voyez aucune méchanceté, mais si vous tombiez dans les escaliers, ce serait probablement parce que je vous aurais poussée, marmonné-je.

Ses yeux se fixent sur moi, et sa terreur se fait palpable. Elle essaie d'être brave, d'affronter ses propres mensonges, mais sans grand succès. Elle sait que je sais ce qu'elle a fait.

Au rez-de-chaussée, les portes s'ouvrent enfin, et Bridgit s'approche de moi. Elle ne sait plus quoi dire ni comment se justifier, alors, au lieu de se fatiguer à me mentir davantage, elle écrase mon pied nu sous son escarpin. Hurlant de douleur, je me plie en deux en sautillant. Cette grande dinde appuie sur tous les boutons de l'ascenseur avant de sortir de la cabine en courant à perdre haleine. Vite, il faut que je réagisse avant de repartir vers les étages supérieurs.

Je claudique pour m'extraire de la cage, bloquant les portes qui se referment, et j'aperçois Bridgit, qui se précipite déjà vers l'entrée. Oh ! elle ne va pas m'échapper ainsi ! Ma parole !

Je me lance à sa poursuite, tentant d'ignorer la douleur dans mes pauvres petits orteils. Quand elle se trouve vraiment dangereusement près de la sortie, je sais qu'il ne me reste qu'un seul moyen de l'arrêter. Et je dois avouer que ça me réjouit.

Mon Taser pèse dans ma main quand je le dégaine. Je le mets en route, vise le popotin de Bridgit dans sa petite robe moulante, et j'appuie sur la détente.

Bridgit pousse un couinement déchirant, avant de s'affaler sur le carrelage. J'espère que les caméras ont tout immortalisé, parce que je veux pouvoir me repasser ce moment en boucle à Noël.

Je suis trop méchante.

Ford, qu'Al a dû prévenir entre-temps, arrive en courant et me prend dans ses bras.

— Tu vas bien, Leo ? s'enquiert-t-il.

Sur ses joues rougies par la course et l'angoisse, ses taches de rousseur semblent un peu plus foncées. Oh là là, il est si beau que j'ai envie de l'embrasser. Mais ce n'est pas le moment.

— Tout va bien, le rassuré-je. Elle n'était pas armée, mis à part ses stupides chaussures qui m'ont broyé le pied.

— Je suppose que je te dois une prime de risque, dans ce cas.

— Est-ce une proposition déplacée, patron ?

— Peut-être bien.

— Alors, comment refuser ?

Je souris, mais ce qui me met réellement de bonne humeur, c'est d'entendre Bridgit, toujours allongée au sol, m'agonir d'injures.

J'ai vraiment tout du père Fouettard, pour le coup.

Chapitre 21

Ford

Bridgit, qui se trouve juste à nos pieds, se relève en fulminant. Les insultes qu'elle lance à Leo me donnent des envies de violence, mais je me contiens. Cependant cette situation n'a déjà que trop duré.

— Ça suffit ! hurlé-je soudainement, bouillonnant de rage.

Ma voix s'est élevée, si tranchante qu'elle résonne dans le hall tout autour de nous. Les deux femmes se figent, conscientes que ce n'est pas dans mes habitudes de perdre patience, mais les circonstances l'exigent : je ne veux pas que Leo s'empoisonne au venin de Bridgit.

Cette dernière, dont les mains tremblent encore légèrement à la suite du choc électrique, est totalement décoiffée – sans doute pour la première fois de sa vie. Elle nous regarde tour à tour, les joues en feu et la respiration trop forte.

— Je… Vous me le paierez, tous les deux ! s'exclame-t-elle. Je vais porter plainte contre vous pour agression, et je vous ferai cracher jusqu'au dernier centime que vous possédez.

— Mais bien sûr, Barbie ! rétorque Leo.

Elle s'avance, fière et magnifique dans son uniforme, la main posée sur la crosse de son Taser. Remarquant ce détail, Bridgit perd un peu de sa superbe.

— Nous savons que tu as volé des bijoux dans le studio photo, alors arrête tes salades et rends-nous la marchandise. Si tu as de la chance, peut-être qu'on n'appellera pas la police, mais je ne peux rien te garantir.

— Vous vous trompez, souffle Bridgit. Je n'ai rien volé. Je le jure.

Elle croise délicatement les mains devant elle et recule d'un tout petit pas.

— La loi m'autorise à te fouiller, donc lève les bras, ordonne Leo. Et n'esquisse pas le moindre geste ou je prendrai cela comme une déclaration de guerre, c'est clair ?

Seigneur, comme j'aime quand elle joue les furies. Ses sourcils froncés, sombres, rehaussent la clarté de ses yeux brillants. Elle est pieds nus et boitille. Je crois qu'elle brûle d'envie d'électrocuter Bridgit une nouvelle fois.

Leonie tâte les poches de ma secrétaire, puis ses hanches, ses flancs, la doublure de sa veste, avant de se tourner vers moi, blafarde.

— Il… Il n'y a rien, Ford.

Elle déglutit péniblement et observe Bridgit qui se dandine sur place, mal à l'aise.

— Toi, ne bouge pas, dit Leo avant de me prendre par la main pour m'attirer un peu plus loin.

Elle se saisit de son talkie-walkie et appelle Al, qui répond aussitôt.

— Qu'en est-il des bijoux, s'il vous plaît ?

— Il ne manque rien du tout, Miss Leo, nous apprend-il.

— Vous en êtes sûr ?

— Oui, absolument.

— Merci.

Je me passe une main sur la mâchoire. Mon Dieu, Bridgit pourrait me faire tomber pour agression, harcèlement, tout ce qu'elle voudra si je l'ai accusée pour rien. Je suis dans la merde. Jusqu'au cou. Mon cœur cogne lourdement dans ma poitrine tandis qu'une corde invisible s'enroule peu à peu autour de ma gorge pour m'étouffer. J'ai mal.

Quel avenir pour mon fils, si je perds tout ce que j'ai ?

— Leo, j'ai fait une connerie, je crois, soufflé-je. Je…

— Non, grogne-t-elle.

Elle serre mes mains dans les siennes pour me rassurer, pour me communiquer un peu de sa force.

— Non, elle s'est comportée d'une manière plus que suspecte. Et puis il y a toutes ces preuves que tu as découvertes.

— Des preuves circonstancielles. Des résidus d'indices qui ne nous ont conduits à rien.

— Je suis persuadée qu'elle trempe dans quelque chose. On va s'en sortir, Ford. Je vais trouver ce qu'elle a fait, je te le jure.

Elle pose à nouveau un regard implacable sur Bridgit, qui tord ses mains dans son giron. J'ai l'impression qu'elle n'a qu'une envie : partir d'ici ventre à terre.

— Ford, si elle était innocente, pourquoi aurait-elle cherché à m'échapper ? À s'enfuir, alors que son manteau est resté en haut, dans son bureau ? Et puis regarde-la. Est-ce qu'elle se comporte comme ça, habituellement ?

— Non. Bridgit est toujours sûre d'elle et hautaine. Je crois que c'est la première fois que je la vois si mal à l'aise, mais c'est peut-être parce que nous nous en sommes pris à elle.

Je soupire, excédé. Si Bridgit nous attaque en justice, je risque de tout perdre et de briser l'avenir que je construis pour mon fils, et ça, ça m'est intolérable.

Soudain, Leonie s'approche d'elle d'un pas menaçant, et plante son regard dans le sien, avant de la passer au scanner, des pieds à la tête.

— Soulève ta robe, ordonne-t-elle.

— Mais tu es complètement malade ! s'exclame ma secrétaire. Et puis quoi, encore ?

— Montre-moi ce que tu caches là-dessous.

— Leo, bon Dieu, je t'en prie, arrête ça. Je crois que nous allons trop loin, lui dis-je précipitamment.

— Fais-moi confiance, Ford. Bridgit, soulève cette robe ou je me jette sur toi pour le faire moi-même, c'est clair ?

Ma lionne est sur une piste. Comme tous les prédateurs, quand elle coince sa proie, elle ne la laisse pas s'échapper.

Bridgit pousse un lourd soupir. Sa mâchoire se crispe et elle attrape le bas de sa robe pour la soulever.

Je détourne les yeux par pudeur mais, lorsque j'entends Leonie pousser un cri de victoire, je ne peux m'empêcher de regarder. Bridgit arbore une gaine noire couvrant ses cuisses et le bas de son ventre. Coincée entre sa peau et le tissu se trouve une pochette que je reconnais trop bien.

Leonie la prend et me la tend. J'ouvre le dossier, stupéfait. Bridgit a bien cherché à voler quelque chose, et pas n'importe quoi. Il s'agit des clichés que nous avons faits avec cette star de cinéma, pour la naissance de son bébé, et qui doivent être le clou de notre hors-série.

Je me sens si trahi que mon cœur se serre dans ma poitrine.

— Explique-toi, demandé-je d'une voix éraillée. Explique-toi immédiatement.

Comprenant que je suis bouleversé, Leonie recule pour me prendre la main.

— Ces photos étaient mon ticket d'entrée chez *See You Soon*, Ford, avoue Bridgit, tête baissée. Pendant des années, j'ai tenté d'obtenir un poste de rédactrice ici, mais tu me l'as toujours refusé. Quand *SYS* me l'a proposé en échange de ces clichés, j'ai sauté sur l'occasion. Leur but était de t'empêcher de les publier pour te faire un pied de nez.

— Autrement dit, tu étais prête à hypothéquer tout l'avenir de *Royalties* juste pour décrocher un boulot dans cette feuille de chou ? Tu te rends compte à quel point c'est égoïste ? Tu sais aussi bien que moi que, si tu avais eu le niveau, je t'aurais offert un poste de rédactrice les yeux fermés, Bridgit. Mais ce n'était pas le cas. Je t'ai proposé de faire des stages, des formations, mais c'est toi qui les as refusés. Tu voulais le prestige du titre, mais tu n'étais pas prête à travailler pour l'obtenir. Tu n'es pas digne de bosser pour cette entreprise, Bridgit, et j'espère sincèrement que ça se passera bien chez *SYS*, parce que, moi, je ne veux plus jamais te revoir ici. Va récupérer tes affaires. Tu as cinq minutes pour quitter les lieux, ou c'est la sécurité qui se chargera de te foutre dehors.

La tête haute, Bridgit retourne vers l'ascenseur et disparaît.

— Ford, tu ne veux pas que j'appelle la police ? demande doucement Leonie en me caressant le bras.

— Non, elle n'en vaut pas la peine. Et puis maintenant que tu as sauvé *Royalties*, tout ira bien.

— Je n'ai rien sauvé du tout, c'était un travail d'équipe, répond-elle avec modestie.

Je souris et l'embrasse en caressant sa joue. Je ne sais pas ce que j'aurais fait, sans son aide. Si elle n'avait pas découvert que Bridgit cachait les photos de notre numéro hors série, ç'aurait été la catastrophe. J'ai engagé des frais pharaoniques pour avoir l'exclusivité des clichés, et la fabrication dépassera le budget habituel, avec un papier glacé d'une qualité supérieure et près d'une trentaine de pages supplémentaires. Mes collaborateurs et moi avons tout misé pour attirer les lecteurs, et je pense pouvoir dire, sans me tromper, que nous réaliserons nos plus grosses ventes depuis que j'ai repris les rênes de *Royalties*.

Je me suis tellement investi pour cette fin d'année, j'ai travaillé dur pendant des mois, à tenter de négocier des interviews avec des célébrités, à forcer Bas à parcourir le pays entier pour des séances photo exclusives… Je n'ose même pas imaginer la tête de mes équipes si j'avais été obligé de leur avouer que nous avions loupé notre sortie. D'ailleurs, le numéro part à l'impression demain ; les premiers exemplaires seront envoyés à nos abonnés avant la sortie internationale. Je suis à la fois angoissé et très fier de moi. Et de Leo, pour avoir été si fine observatrice.

Je la serre contre moi, même si je sais qu'elle va finir par protester si je ne la libère pas, puis nous montons à mon bureau. Je m'installe sur mon fauteuil, où elle me rejoint et caresse ma nuque en un mouvement si doux qu'il soulage une grande part de ma tension.

— Tu vas bien, Ford ?

— J'ai besoin d'une nouvelle secrétaire, mais hormis ce détail, oui, ça va.

— Et sous cette grosse couche de mensonge, quelle est la vérité ? dit-elle d'une voix grave.

Je crois que je l'ai vexée, parce qu'elle cesse de me caresser et s'éloigne de quelques pas. Son geste me fait mal, et pourtant, je m'enfonce dans mes conneries.

— Leo, soupiré-je, je te jure que je vais…

Elle lève l'index pour m'interrompre.

— S'il te plaît, ne me mens pas. Tu crois que je ne vois pas que tu vas mal ? Que tu ne te sens pas bien ? Ce n'est pas parce que je suis distante que je ne ressens rien pour toi, Ford. Je t'apprécie. Je…

Elle rougit et détourne le regard.

— Le fait est que je tiens beaucoup à toi, alors je t'en prie, ne me sers pas ces mensonges à la fois ridicules et blessants. Ne dis rien, ça vaut mieux.

Les yeux humides, elle enfonce les mains dans ses poches et s'apprête à quitter mon bureau. Je ne peux pas la laisser partir, je n'en ai pas la moindre envie. Je me lève et l'enlace si brusquement qu'elle sursaute.

— Où vas-tu ? murmuré-je, le visage enfoui dans la courbure de son cou.

— À The View. Je suppose qu'il faut que je reprenne le boulot, à présent, rétorque-t-elle d'une voix froide.

— Reste. S'il te plaît.

— Pourquoi ?

— Parce que, moi aussi, je t'aime, Leo. Et que si j'ai menti c'est parce que je ne veux pas t'ennuyer avec mes soucis.

Dire que mon plus gros mensonge pèse encore entre nous, et que je n'ai toujours pas eu le courage de lui avouer cette vérité qui m'oppresse… Je me sens dégueulasse chaque fois qu'elle me sourit, qu'elle me fait confiance.

Elle se retourne dans mes bras et m'enlace à son tour, apaisant ma culpabilité.

— Tu peux m'ennuyer autant que tu le veux, parce que même si je lève les yeux au ciel, même si je soupire, même si je râle, je veux être là pour toi. Je veux que tu me fasses confiance.

Ses paupières se baissent doucement, pudiquement. Bon sang, qu'est-ce qu'elle est belle.

— Je te fais confiance, Leonie. Sans quoi je ne t'aurais pas laissée gérer toute cette affaire. Si tu veux tout savoir, je suis effondré qu'elle m'ait trahi. Je comptais sur elle, je m'appuyais sur elle. Nous nous sommes côtoyés des années, alors même que *Royalties* n'était qu'un vulgaire magazine de seconde zone, et je n'aurais jamais cru qu'un jour elle pourrait me trahir. Si je ne l'avais pas reconnue sur la vidéo de surveillance, si tu n'avais pas deviné ce qu'elle cachait…

— N'y pense plus, me coupe Leo. C'est derrière nous, maintenant.

— Grâce à toi, et je ne l'oublierai pas. D'ailleurs, j'ai loué tes services jusqu'au 26 décembre, alors tu peux prendre quelques jours de congé, puisque je n'ai plus besoin de ton aide ici. Al et ses collègues vont prendre la relève.

— Oh ! Fini les grelots ! Mon Dieu, c'est le plus beau Noël de toute ma vie ! s'écrie-t-elle.

Son sourire n'a pas de prix, mais il va tout de même falloir que j'appelle son patron pour le prévenir de mon petit mensonge.

— Leonie, je peux te demander quelque chose ? soufflé-je en posant les mains sur ses hanches.

Le simple fait d'envisager de la garder près de moi au quotidien me rend heureux. Je ne sais pas comment je pourrai reprendre une vie normale si elle retourne au centre commercial. Je pense d'ailleurs depuis quelque temps à cette proposition que je m'apprête à lui faire. J'espère qu'elle l'acceptera.

— Bien sûr, répond-elle en souriant.

— Est-ce que… Est-ce que ça te plairait de travailler ici, avec moi ? Tu pourrais rejoindre l'équipe de sécurité. Naturellement, je t'accorderais une augmentation, parce que je suis le patron et que j'ai tous les droits !

— Ford, c'est une proposition extrêmement généreuse, déclare-t-elle d'une voix posée.

Elle déglutit, et tente de sourire sans y parvenir.

— Mais ? lâché-je.

— Mais j'adore mon travail au centre commercial. J'adore l'animation, j'adore courir après les méchants, j'adore faire mes rondes avec Harley. Bien sûr, ici, tout est magnifique. Tout est parfait. Tu as une entreprise florissante, dont tu peux être plus que fier. Pourtant, elle n'est pas faite pour moi. Je crois que je m'ennuierais si je devais rester plantée dans le local à regarder des écrans, ou me poster à la porte toute la journée pour rassurer les visiteurs. Je suis désolée, Ford, je ne peux pas accepter.

— Ce n'est pas grave, grogné-je, dépité. C'était stupide de ma part de croire que tu pourrais te plaire ici. Tu es une femme d'action. Ici, tu n'aurais pas vraiment l'occasion de te servir du Taser.

— Ça, je dois avouer que j'ai adoré !

— Tant mieux, c'est déjà ça.

— Cela dit, vu la gravité du crime et ta gentillesse de ne pas vouloir mêler la police à tout ça, je suppose que j'aurais dû monter la puissance de mon arme. Je regrette, maintenant.

J'éclate d'un rire bruyant et retourne m'asseoir dans mon fauteuil, la prenant sur mes genoux pour me remettre à l'embrasser. Qu'est-ce qui m'attire à ce point chez cette femme, pour que je ne puisse plus la lâcher lorsqu'elle est près de moi ? Je veux la toucher, la caresser, l'embrasser. La faire rire, aussi. Mais qu'est-ce que je raconte ? Bien sûr que je sais ce qui m'attire, chez Leonie. Elle est intelligente, spirituelle, douce sous ses allures de dure à cuire, et d'une beauté qui n'a besoin d'aucun artifice.

J'ai beau fréquenter des mannequins du monde entier, travailler avec des couturiers de renom, une Leo toute simple, sans maquillage, vêtue d'un débardeur et d'une paire de leggings me fait fantasmer. Elle est à l'opposé du monde dans lequel j'évolue, et pourtant, elle est la femme qu'il me faut. Celle qui fait battre à nouveau mon cœur et dont le sourire illumine ma vie.

Quand elle tourne le regard vers moi après avoir admiré mon bureau, je suis ébloui. Elle a l'air si heureuse que j'en oublie presque la trahison de Bridgit. Leo est mon bouclier contre l'adversité.

— Tu as dit que tu m'aimais, prononce-t-elle en rougissant.

Soudain timide, elle croise les mains et évite mon regard.

— C'est la vérité.

— Vraiment ? Même si je râle tout le temps ?

— C'est comme cela que je t'aime le plus, je crois. Quand tu râles. Mais je t'aime aussi quand tu souris, quand tu dors, quand tu boudes, quand tu es toi-même et quand tu tentes d'être quelqu'un d'autre. Je t'aime tout le temps, en fait, et ce depuis cet instant magique où tu m'as ouvert la porte de ta cabane, vêtue de tes habits rembourrés, une grosse barbe sur le visage.

— Tu n'as pas pu m'aimer si vite.

— Bien sûr que si. Le coup de foudre, ça te dit quelque chose ?

— Oui, c'est quand il y a de l'orage et des éclairs. C'est dangereux.

— C'est vrai que tu es dangereuse, ma sauvage. Mais ce qui m'a plu tout de suite, c'est ton regard expressif et dur, mêlé à la tendresse que tu tentais de repousser au fond de toi. Tu as beau jouer les félins indomptables, Leonie, tu as le cœur sur la main, et ça se voit. Tu ne peux pas le cacher.

— Même pas un tout petit peu ? grogne-t-elle.

— Bon d'accord, un peu, concédé-je.

Juste pour lui faire plaisir.

Elle se relève pour arpenter le bureau. Je la rejoins et la prends dans mes bras.

— Tu es la plus douce de toutes les barbares du monde.

— Arrête, tu sais que je déteste les compliments. Et tu es trop romantique, de toute façon !

— C'est impossible. On ne peut pas être *trop* romantique. Et puis ce monde a besoin d'amour. C'est la seule façon de lutter contre tout ce qui va mal.

— Pourquoi ?

— Parce que l'amour c'est libre, gratuit, beau et magique. Quatre qualités qui font cruellement défaut à cet univers de folie, Leo.

— Tu sais quoi ? Je crois que j'adore ça. Que tu voies la vie du bon côté, que tu souries toujours et que tu puisses trouver que c'est beau, d'aimer. Moi aussi je trouve ça beau, depuis que je suis avec toi. J'ai toujours cru que tous les hommes se valaient, qu'ils ne cherchaient qu'à assouvir leur plaisir, l'espace d'une nuit, et j'avais peur. Peur de te voir me quitter du jour au lendemain, peur qu'après avoir couché avec moi tu ne t'échappes… Mais tu es toujours là, malgré tout. Malgré le recul que j'ai voulu prendre, malgré le fait que tu m'aies vue dans mes plus mauvais jours. Je n'oublierai jamais ce moment où tu m'as rejointe dans ma chambre d'adolescente pour me dire que j'étais belle, alors que je me sentais humiliée, rabaissée. Tu m'as réconfortée, tu m'as…

— Aimée, la coupé-je.

— Et tu m'as réparée. Cette fissure, là, juste dans ma poitrine, dit-elle en prenant ma main pour la poser sur sa gorge, elle n'est plus. Elle a disparu, tout comme mes craintes, mes angoisses, mes incertitudes. Et c'est grâce à toi. Parce que tu es un homme exceptionnel, Ford.

— Qu'essaies-tu de me dire, Leo ? susurré-je à son oreille.

Je vois bien qu'elle a un aveu à me faire, mais que les mots lui manquent.

— Ce que j'essaie de te dire… C'est…

Son souffle rauque se coupe. Je ne l'ai jamais vue si nerveuse qu'à cet instant, et pourtant, quand elle finit par inspirer profondément, c'est comme si une paix immense prenait naissance au creux de sa poitrine pour se diffuser dans tout son corps. Ses lèvres s'entrouvrent, son pouls se calme et un sourire timide se dessine sur son visage.

— C'est que je t'aime, murmure-t-elle, pour que ce secret ne reste qu'entre nous deux.

Doux, chaud et somptueux.

— Tu es mon conte de Noël, Ford. Une lumière qui brille toujours, et qui embellit ma vie.

— Et toi, tu es mon Grinch.

— Je ne suis pas sûre que tu aies vraiment gagné au change.

— Tu plaisantes ? J'ai toujours aimé cette boule de poils verte ! Et puis qu'est-ce qui est plus beau qu'une femme amoureuse, grincheuse ou non ? Rien. Râle autant que tu veux, ma Leo. Râle tous les jours, même, si tu le souhaites. Tant que tu le fais près de moi, ça me va.

— Tu es fou, dit-elle avec un petit rire.

Peut-être qu'elle a raison, que je suis fou, mais rien ne me fera jamais changer d'avis. Leo est ma moitié, mon âme sœur, cet opposé qui m'attire tellement.

Nous passons le reste de l'après-midi dans mon bureau, à lire une dernière fois le *Royalties* hors série qui doit sortir à l'impression demain, pour me rassurer un peu. J'ai besoin d'un œil neutre et neuf. Elle se prête au jeu avec plaisir et sérieux, même si le contenu n'est pas toujours à son goût, avant de me complimenter sur le travail qu'elle juge exceptionnel. Je ne me suis jamais senti aussi fier de ma vie.

Elle suggère ensuite que nous nous mettions en quête de la secrétaire idéale, sans passer par les ressources humaines, puisqu'il s'agit avant tout d'une question de confiance. Sur un site de recrutement spécialisé, le CV d'une certaine Mona retient notre attention. Enfin, pour être exact, c'est Leonie qui affirme que c'est elle que je dois engager, et vite. Je pense que la mention des romances historiques avec des Highlanders dans la rubrique « intérêts personnels » n'y est pas pour rien.

— Tu t'identifies à elle, c'est ça ? me moqué-je.

Assise à mes côtés dans le fauteuil de Bridgit, Leonie acquiesce.

— Un peu. Enfin elle a surtout l'air très douée, son parcours est impressionnant. Et puis regarde, elle est mignonne comme tout.

Mona est une petite dame âgée de soixante ans, avec de grosses lunettes à monture jaune ornées de strass, et un sourire qui semble à toute épreuve. Elle affiche effectivement une impressionnante carrière dans le secrétariat de direction et serait parfaite pour le rôle.

Je lui envoie donc un message pour lui proposer de la rencontrer dès demain et suis agréablement surpris de recevoir une réponse positive moins d'une minute plus tard.

Leonie est tout excitée. Je crois qu'elle a été séduite par la première phrase de la présentation de Mona : « Je sais que je suis vieille et donc inutile à la société, mais je suis compétente et si vous n'arrivez pas à le concevoir, c'est que vous êtes un gros chameau stupide. » Elle s'est vraiment reconnue en elle, c'est certain. Une chose est sûre, c'est que la place de Bridgit sera bientôt occupée, et que le futur contrat de travail comportera des conditions drastiques. Toute trahison, tentative de vol ou de porter préjudice à *Royalties* sera sévèrement punie. J'en parlerai aux avocats de la société. Je ne veux pas risquer à nouveau qu'on me plante un couteau dans le dos. Ceux qui s'y trouvent déjà me font bien trop mal. D'abord mon ex-compagne, et maintenant Bridgit.

Je regarde discrètement Leo, occupée à lire les recommandations des anciens employeurs de Mona. Ses sourcils froncés lui donnent un petit air animal qui me plaît beaucoup. Le menton dans sa main, elle respire calmement, alors que mon souffle s'accélère peu à peu.

Au fond, sous mes dehors assurés, je suis aussi angoissé que Leonie. Si elle me trompait, si elle me trahissait, je serais anéanti, et rien au monde ne pourrait me redonner foi en l'humanité. Mais s'il y a une chose dont je suis certain, c'est de sa franchise. Elle ne ferait jamais rien dans mon dos ; jamais elle ne me blesserait intentionnellement.

D'ailleurs, en parlant de trahison, même si ce n'en est pas réellement une, je commence à regretter amèrement le mensonge que je lui ai servi lors notre rencontre. Plus le temps passe, plus j'ai du mal à revenir sur mes aveux et j'ai bien peur que tout cela finisse par m'exploser en pleine figure. Ce sera alors à mon tour de planter un couteau dans son dos. J'en souffre le martyre à l'avance.

La journée se termine, et arrive enfin ce moment que j'attendais avec tant d'impatience. Je prends Leonie par la main et l'entraîne à la fenêtre qui se trouve derrière mon bureau. Le soleil commence doucement sa chute à l'horizon, parsemant le ciel de traînées roses, orange et violettes, qui la fascinent.

— C'est magnifique, souffle-t-elle tandis que les lumières de la ville s'allument une à une.

Les quelques rayons dorés restants se faufilent derrière la ligne d'horizon formée par les immeubles puis, enfin, le crépuscule baigne la cité dans une mer bleutée.

— C'est l'un de mes moments préférés de la journée. Avec celui où je rentre à la maison retrouver Sailor, et tous ces instants précieux où tu m'embrasses.

Je l'enlace tendrement par derrière et frotte ma joue contre la sienne. D'ici, de tout là-haut, dans ma tour de verre, j'ai l'impression de dominer la ville. Je me sens serein, hors d'atteinte, et pourtant, ce n'est que lorsque Leo est près de moi que je suis réellement heureux. Je ne pensais pas pouvoir un jour être amoureux, succomber au charme d'une femme, après l'échec retentissant de ma relation avec Katya.

Avec Leonie, je n'ai pu que succomber. Elle est ma sirène à moi, son chant m'attire et son regard me captive. Jamais je ne pourrais me séparer d'elle.

— Tu rentres avec moi, ce soir ? lui demandé-je en embrassant son cou.

Je remonte vers la ligne de sa mâchoire et presse mes mains un peu plus fermement, juste sous ses seins, que j'englobe avec douceur. Leonie lâche un petit rire amusé et soupire si fort que la vitre se couvre de buée.

Dehors, dans la nuit pâle, quelques flocons de neige se mettent à danser devant nous. Leo reste en extase devant ce spectacle.

— Je suis désolée, je dois rentrer. Chamallow me manque, et je dois préparer ma liste de cadeaux de Noël. Il me reste beaucoup de choses à acheter.

— Demain, tu es en congé, tu pourras t'en occuper.

— Arrête d'essayer de me remettre dans ton lit, dit-elle.

— Mais c'est l'un des endroits où je préfère te voir, marmonné-je.

— Tu n'auras qu'à rêver de moi, dans ce cas.

— Je le fais déjà toutes les nuits.

Ça la fait rire.

— Tu es trop romantique, lance-t-elle sur un ton aussi agacé que satisfait.

— On se voit samedi, dans ce cas ? Dis oui, je t'en prie.

— D'accord, mais seulement parce que j'aime beaucoup Mira. Certainement pas pour te voir, compris ?

— Bien sûr, bien sûr, j'y crois à fond.

Elle quitte ensuite mon bureau d'un pas décidé.

— Je t'aime ! lui lancé-je quand elle arrive sur le pas de la porte.

— Tu l'as déjà dit ! rétorque-t-elle en jouant les dures.

— Tu es censée répondre la même chose…

— La même chose, pff…

Je vois un petit sourire flotter un instant sur ses lèvres et ses joues, rosir. Elle ne répond pas vraiment, bien sûr, mais au regard qu'elle me lance, je sais qu'elle m'aime aussi.

Ces mots n'ont pas besoin de franchir la barrière de sa belle bouche pour que j'en sois certain. Je le vois dans ses sourires, dans ses yeux, dans ces petites attentions qu'elle a pour moi chaque fois que nous sommes ensemble.

Aimer, ce n'est pas être capable de pouvoir prononcer trois mots. Le mensonge est si facile. Aimer, c'est avant tout ressentir un souffle sur le cœur, une caresse à l'âme, une joie qui inonde tout votre être et signifie bien plus que des paroles. Et si j'arrive à la rendre heureuse, si j'arrive à lui faire oublier ses peines, alors oui, elle m'aime aussi.

Quand je rentre à la maison, Mira et Sailor sont dans le salon en train de regarder la télévision. Je les rejoins et m'affale auprès d'eux. D'après ce que je vois, le repas de ce soir, c'est pizza à manger à la main. Parfait ! J'envoie une petite photo à Leo pour lui montrer ce qu'elle rate. Bingo ! Je crois qu'elle va regretter son reste de pâtes toutes desséchées.

Elle me répond aussitôt en m'envoyant une photo du postérieur de Chamallow.

Arrête de me faire du mal.

J'éclate de rire, et remarque que Sailor et Mira me regardent avec un petit sourire.

— Quoi ?

— Rien, fait mon amie. Tu as l'air heureux, c'est tout.

— C'est vrai ça, papa. Tu souris tout le temps, en ce moment. C'est parce que tu vas bientôt recevoir tes cadeaux de Noël ?

— Absolument, poussin.

Je me sens un peu mal d'imaginer que mon plus beau cadeau serait Leonie complètement nue dans mon lit. Quel père indigne je fais ! Je secoue la tête pour penser à autre chose ; pourtant, c'est toujours Leo qui hante mon esprit.

Je veux qu'elle soit mon plus beau Noël, mon plus beau nouvel an, et toutes les fêtes qui suivront jusqu'à la fin de nos vies.

Lorsque je monte coucher Sailor, Mira nous suit pour rejoindre ses appartements.

— Va mettre ton pyjama, poussin, dis-je à mon fils en attrapant Mira par le poignet.

Quand nous sommes seuls, je prends sa main dans la mienne. J'ai conscience de la serrer un peu trop fort.

— J'ai besoin de toi, samedi.

— Pourquoi ?

— Je voudrais que Leonie passe la journée seule avec Sailor, mais elle ne voudra pas en entendre parler si je le lui propose. Les mômes lui font peur, alors nous allons la piéger, annoncé-je en souriant.

— Oh ! Je crois que j'aime beaucoup cette idée !

Je lui explique notre future mission. Certes, j'aurais préféré passer la journée entière avec Leo, mais je pense que ça lui fera le plus grand bien d'être en présence de Sailor. Ils s'adorent, même si elle tente de faire croire le contraire.

Et puis, en père indigne, il se pourrait bien que je manipule un peu Sailor aussi, pour qu'il réalise un dernier dessin avant d'aller dormir. Un dessin spécial pour Leonie. Elle va craquer, c'est sûr. Personne ne résiste à sa petite bouille adorable.

Chapitre 22

Leonie

Ma journée tranquille à la maison commence bien, tiens ! J'ai un chat sur le visage, en train de ronronner contre mon nez. Je ne peux retenir un éternuement, qui fait si peur à Chamallow qu'il fait un bond avant de filer hors de la chambre.

— Froussard ! lui crié-je.

Je me lève, m'étire et me rends à la cuisine, dans mon pyjama une pièce orné de ce qui ressemble à un pingouin. Je donne à manger et à boire à Chamallow, qui est roulé en boule sur le canapé et me regarde comme si j'étais un démon puant sorti d'une bouche d'égout – tout ça parce que je lui ai éternué dessus.

Quand j'ai terminé mon propre petit déjeuner, je vais fouiller dans mon placard à balais – qui est en fait un débarras, rempli de toutes ces choses qu'on achète et qu'on utilise une seule fois dans sa vie.

Je repousse des pantoufles lampe torche, un sac à main en noix de coco, un étui à banane, un pantalon de yoga couleur chair… avec lequel j'ai eu une fois la très, très mauvaise idée de me balader dans la rue. Je me demande encore combien de crises cardiaques j'ai provoquées ce jour-là.

Après quelques fouilles archéologiques dignes d'Indiana Jones, je trouve enfin ma boîte à trésors ! Un énorme coffre en bois où j'ai entassé des tas de pelotes de laine aux teintes improbables. Je souris, ravie, et l'ouvre pour en sortir une violette, une turquoise et une rose – les couleurs préférées de Sailor. Pour son Noël, je vais lui tricoter une couverture « queue de sirène », dans ces tons qu'il adore. J'espère que cela lui plaira.

Posée sur le canapé avec mes aiguilles, je lance un *soap opera* mexicain dont j'ai loupé les trois cents derniers épisodes, puis je me mets à l'ouvrage. Je ne suis pas très douée pour le tricot, mais en cherchant bien sur Internet je déniche des tutos qui me permettent de me lancer assez facilement. Je crée de belles écailles en forme de vagues, alternant les couleurs. J'y consacre une bonne partie de la journée.

Quand je termine enfin ma couverture, je la mets au lavage et décide d'appeler ma sœur. Elle décroche presque immédiatement.

— Ansley à l'appareil. Qui est-ce ?

— Waouh, tu n'as même pas mon numéro dans ton répertoire. C'est vexant.

— Leo ? Désolée, c'est maman qui a décroché pour moi, je suis en train de cuisiner. Là, elle me tient le téléphone. Et là, elle vient de mettre le haut-parleur pour entendre ta voix.

— Salut, ma puce, j'espère que tu vas bien, claironne ma mère.

— Maman, ne te fatigue pas trop non plus ! Ce n'est pas parce que tu as décidé de ne plus m'insulter que tu dois faire semblant de t'intéresser à ma vie.

— Oh ! Mais je t'assure que je veux entrer dans ta vie, Leonie. Ton père et moi n'en avons pas fait partie durant trop longtemps et nous voulons nous rattraper. Nous t'aimons, quoi que tu en penses ! Alors maintenant, dis-moi, comment ça va ? Surtout avec ce beau jeune homme qui est venu à la maison l'autre jour.

— Si tu cherches des ragots, sache que je ne lâcherai rien !

— Alors à moi, tu peux tout me raconter, intervient ma sœur.

— Ce que vous êtes agaçantes ! Écoute, Ansley, si j'ai appelé, c'est pour une question de la plus haute importance, et comme je ne connais personne d'autre à qui m'adresser, hormis un agent de sécurité taciturne qui me claquerait sa porte au nez, je me rabats sur toi.

— Tu as le don pour lécher les bottes des gens, toi. On ne t'a jamais appris que la gentillesse pouvait te conduire plus loin que la méchanceté ?

— Hé, ce n'était pas méchant ! Harley est mon meilleur ami, il est adorable.

— Ouais, n'essaie pas de te rattraper, c'est trop tard. Maintenant, dis-moi ce que tu veux ou maman va finir par nous faire une crise d'apoplexie. Je crois qu'elle est encore plus curieuse que Mayah.

J'étouffe un petit rire moqueur et m'allonge sur le canapé, toujours en pyjama. Chamallow vient se lover contre ma gorge. Ma petite boule de poils m'a déjà pardonné notre accrochage de ce matin.

— Hum, par où commencer ? Disons que j'ai quelques tenues, dans mon armoire…, attaqué-je, indécise.

Je rougis un peu. Je ne sais vraiment pas comment tourner ma requête, alors je me mets à fixer le plafond en caressant Chamallow, qui ronronne de plus en plus fort.

La surface au-dessus de ma tête est recouverte de lattes de bois, modeste cache-misère suite à des inondations survenues quelques années plus tôt. Je ne m'en plains pas, mon précédent logement, quand j'ai pris mon premier boulot, était une boîte d'allumettes insalubre. Ici, j'ai plus d'espace, et l'appartement a un côté cosy que j'adore. Bon, d'accord, nous sommes loin du faste de la villa de Ford, mais nous n'avons pas le même portefeuille non plus.

Moi aussi, j'aurais un piano de cuisson, si j'étais riche. Et aussi un grand arbre à chat pour Chamallow. Il va d'ailleurs falloir que j'économise pour lui en offrir un, il adorerait, c'est certain.

— Des tenues de quoi ? demande Ansley.

— Des tenues… belles, en quelque sorte. J'ai des robes, voilà, mais je n'en ai pas beaucoup, et je dois passer Noël avec Ford. Tu vois où je veux en venir ?

— Oh…, chantonne-t-elle.

— Ma puce, tu veux te faire toute belle pour ton chéri, c'est ça ? reprend maman.

— C'est ça, confirmé-je, au summum de la honte. Et j'ai besoin de conseils pour choisir ma tenue. Alors, est-ce que tu veux bien m'aider à choisir une robe, s'il te plaît ?

— Moi aussi, je peux ? demande maman.

— Non. Toi, tu as fêté ces cinq derniers Noëls avec des pantalons bariolés et des débardeurs à paillettes, je n'ai pas confiance, maman.

— Tu n'as qu'à mettre un col roulé. C'est bien, un col roulé, lance mon père qui se mêle à notre conversation.

Bon sang, comme si je pouvais encore tomber plus bas ! Voilà que papa me donne des conseils vestimentaires, même si je le soupçonne juste de vouloir m'enlaidir pour m'éviter la nuit de folie qu'il redoute tant.

— STOP. Tout le monde se tait ! Leo, je coupe le haut-parleur. Dis-moi ce que tu as dans ton armoire, s'il te plaît.

— Alors, j'ai une jupe noire toute simple, une autre grise toute simple, et une bleue toute…

— Simple, lâche Ansley. Tu me désespères. Je mets mon plat au four et je passe te chercher dans quinze minutes. Nous allons faire les magasins ! s'exclame-t-elle d'une voix enjouée.

— Oh non, mon pire cauchemar va se réaliser. Un moment de shopping avec toi…

— J'ai toujours rêvé de te relooker, Leonie. Ah, je n'ai jamais été aussi heureuse de ma vie ! Enfin, sauf quand j'ai eu Mayah, bien sûr.

— Elle est dans la cuisine, c'est ça ? lancé-je en ricanant.

— Et elle me dévisage avec son regard de mini-tueuse en série.

Je raccroche en éclatant de rire, puis passe en vitesse à la salle de bains avant d'enfiler un gros pull, un pantalon et des bottines fourrées.

Chamallow, qui dort, la langue pendante, est si mignon que je lui pose sur le sommet du crâne un mini-bonnet de Noël chipé sur une de mes décorations. Je prends une photo, et comme je l'aime trop, j'envoie le cliché à tout mon répertoire.

Harley se moque aussitôt :

Vieille fille à chats.

Je rétorque avec un émoji représentant un doigt d'honneur :

Moi au moins j'ai quelqu'un dans ma vie.

Ça ne compte pas s'il marche à quatre pattes et qu'il a plein de poils.

Ce n'est pas ce que tu disais pour ta précédente copine, celle qui t'a largué en moins de trois jours.

C'est un match de catch ou quoi ? Tu m'as assommé direct, je crois. Ma vie ne vaut plus la peine d'être vécue. Commande-moi une pizza pour te faire pardonner, au moins.

Et puis quoi encore ?

Je lève les yeux au ciel. Il peut toujours courir !

Et puis tu pourrais passer chez moi, on se ferait une soirée tranquille rien qu'à deux.

Il me lance toute une série de smileys innocents avec de petites auréoles sur la tête, mais je ne suis pas dupe, il a simplement envie que je lui cuisine un dessert.

Impossible, je dois servir de cobaye à ma sœur pour une séance shopping. Je préférais encore quand elle me traitait de grosse et qu'elle ne m'aimait pas…

Tu n'es pas grosse de toute façon, et puis tout le monde t'aime, tu es une chic fille.

Une chic fille ? Je n'ai rien de chic et, en plus, je râle sans arrêt. Je suis sûre que je suis née comme ça, avec une ride sur le front et une absence totale de bonne humeur.

Moi je sais apprécier tes qualités.

C'est parce que tu es presque pire que moi.

C'est vrai… Nous sommes la Team Rocket, les deux plus grands faux méchants de l'univers.

Je rêve ou tu viens de faire une référence aux Pokémon ? J'ai honte… J'ai trop honte… Je ne te connais plus, adieu.

Comme Ansley doit à présent m'attendre en bas, je me prépare et enroule mon écharpe autour de mon cou avant de faire un dernier bisou à Chamallow.

— Allez, sois sage Miaouss, maman revient bientôt.

Je descends les marches en courant et quitte à regret le hall calme et bien chauffé. Comme je l'avais deviné, la vieille voiture d'Ansley, dont s'échappe une fumée grise suspecte, est garée juste devant l'entrée de mon immeuble. Je m'engouffre dans l'habitacle en frottant mes mains l'une contre l'autre. Vu le froid, je regrette de ne pas avoir pris mon bonnet. La Chevrolet, âgée d'au moins vingt ans, met près de trente minutes à se réchauffer. Nous allons donc faire le trajet en claquant des dents.

— Je sais déjà ce qu'on va te prendre, déclare ma sœur en démarrant.

Je n'ai même pas le temps de boucler ma ceinture de sécurité et, comme Ansley conduit excessivement mal, je me demande un instant si je ne suis pas déjà en train de voir la petite lumière au fond du tunnel. Mais non, ce sont juste les feux arrière de la voiture devant nous, qui sont bien trop proches à mon goût.

— Tu sais, ce n'est pas obligatoire de t'arrêter à trois millimètres des gens en pilant.

— T'inquiète, je n'ai jamais eu d'accident.

— Et des « presque accidents », tu en as eu combien ?

— Oh ! ça, à chaque fois que je prends le volant !

— Danger public.

Heureusement, notre balade est de courte durée. Ansley finit par se garer sur une longue place dans une petite rue commerçante, et nous descendons de voiture alors que la nuit est déjà bien tombée. Les amas de neige, un peu partout sur les trottoirs, sont de véritables paradis pour les enfants du quartier. Des bonshommes de neige miniature décorent les rebords des fenêtres, les marches…

Ma sœur me rejoint, et nous marchons tranquillement, bras dessus, bras dessous, durant quelques minutes.

La boutique où elle veut nous entraîner est tout en sobriété. Sa devanture noir et doré attire l'œil et se marie parfaitement bien avec les décorations de la rue. Les sapins synthétiques, d'à peine un mètre de haut, installés de chaque côté de l'entrée sont ornés de guirlandes et de boules semblant faites d'or et de lumière.

— C'est ici qu'on va acheter ta robe, Leo. Je suis sûre que tu trouveras la pièce idéale.

— Qu'est-ce que tu insinues ?

— Eh bien, selon ta morphologie…

— Je croyais que tu devais arrêter de m'insulter !

— Non, Leo, ce n'est pas ce que je veux dire, rétorque-t-elle en rougissant. Il se trouve simplement que je connais bien les vendeuses, qui sont des amies. Je sais qu'elles trouveront les tissus qui sublimeront ton grain de peau et la coupe qui mettra en valeur la femme magnifique que tu es.

Ansley prend mes mains dans les siennes et me sourit timidement. Quand je la regarde, j'ai l'impression de voir maman, sur ces vieux clichés qu'elle nous montre de temps en temps, et qui datent de l'époque où elle a rencontré papa.

Ma sœur et moi, nous nous ressemblons, tout en étant très différentes.

Elle me dépasse de près d'une tête, mais nous avons les mêmes cheveux sombres et les mêmes yeux clairs tachés de pépites émeraude. J'ai les traits fins et féminins, quand les siens sont un peu plus bruts, plus ciselés. Elle est mince et athlétique comme notre mère ; moi, j'ai des formes comme les femmes de la famille de notre père.

— Leo, reprend-elle d'une voix ténue, je sais que j'ai été dure avec toi trop longtemps… Mais j'ai menti en te disant que c'était à cause de nos parents, parce que j'étais jalouse qu'ils pleurent ton départ. Il y avait de ça, bien sûr, mais peut-être que mon animosité à ton égard remonte à un peu plus loin.

— Est-ce que j'ai fait quelque chose de mal ? soufflé-je, peinée.

— Non. Enfin… C'est compliqué. Le jour où tu as rompu avec Chris et que tu es rentrée en pleine nuit, je ne dormais pas et je t'ai entendue, Leonie. Je t'ai entendue pleurer toutes les larmes de ton corps et j'ai passé les dix jours suivants à te demander si tu allais bien, si tu voulais me parler, passer du temps avec moi. Tu me répondais toujours non. Tu me disais que tu allais parfaitement bien, en grognant. Je n'aurais pas dû prendre la mouche, parce que tu as toujours été grincheuse, sauf que là, durant ces quelques jours, je savais que tu mentais. Et plus tu me cachais la vérité, plus tu me blessais. C'est pour ça que j'ai commencé à t'en vouloir, et j'ai réagi bêtement, en souhaitant te blesser comme je m'étais sentie blessée. Voilà pourquoi je me suis mise à être aussi ignoble avec toi. Alors je voulais te dire, du plus profond de mon cœur, que je suis désolée. Tu es ma petite sœur. J'aurais dû réagir différemment. Me glisser avec toi dans ton lit pour te dire que tout finirait par s'arranger, t'emmener manger une glace pour penser à autre chose. J'aurais peut-être dû aussi aller tabasser ce salaud. Il ne méritait pas une fille comme toi !

— J'ai fini par le comprendre, ne t'inquiète pas. Ne

pensons plus à lui. De toute façon, Ford est bien plus beau et nettement plus doué au lit !

— Leonie ! s'exclame ma sœur, faussement outrée. Raconte-moi tout !

C'est en riant que nous entrons dans la boutique. Je lui parle un peu de Ford, de son travail, de mes prouesses avec le Taser, aussi, parce que j'adore raconter à tout le monde que j'ai grillé les fesses de Bridgit. Ansley, quant à elle, me parle de son mari, et me confie qu'elle pense de plus en plus au divorce. Je l'incite à sauter le pas, évidemment. Elle est indépendante, travailleuse, et n'a vraiment pas besoin d'avoir ce boulet à la cheville.

Malgré l'insistance d'Ansley, je refuse que ses amies s'occupent de moi. Je suis bien trop gênée pour leur confier mon corps et les laisser me regarder sous tous les angles pour me choisir une tenue. Je fais donc confiance à ma sœur, qui m'aiguille vers des robes courtes, au décolleté sage, mais bien présent. Elle choisit une pièce d'un beau grenat, cintrée, dont le bas et le décolleté s'ornent d'une bande de soie dorée.

— Avec une paire de boucles d'oreilles en or, et ces escarpins, là ! s'exclame-t-elle en me traînant vers le présentoir.

Il s'agit de chaussures à talons aiguilles couleur framboise, avec deux jolis nœuds sur l'arrière et une semelle qui brille.

— Tu seras la plus belle au bal du prince charmant.

— Ce n'est pas un bal, et nous ne serons que quatre, je pense. Et puis, Ford n'est pas un prince charmant, c'est juste… Ford, quoi, grommelé-je.

Un bel Highlander viril et sexy, pour sûr, mais je ne peux pas le dire tout haut, j'ai une réputation de dure à cuire à tenir !

Après un essayage en cabine, je conclus qu'Ansley a décidément visé juste. Tout est parfait, je me sens vraiment bien dans cette tenue.

En rentrant à la maison, une heure plus tard, je découvre que tout est sens dessus dessous ! Enfin presque.

Mon ficus est renversé, ma pelote de laine violette ressemble à un labyrinthe qui recouvre le sol et s'entortille autour de mes chaises. Je repère un rouleau de papier toilette rose dévidé, qui a rendu l'âme sur le canapé.

Chamallow… Après avoir saccagé tout l'appartement, ma bestiole trône au milieu de la table et donne des coups de patte dans mon mini-sapin de Noël, qu'il a consciencieusement renversé.

M'entendant grommeler, il me regarde, la tête penchée sur le côté, l'air totalement innocent malgré le bout de guirlande qui pendouille entre ses oreilles. Je vais le récupérer, puisque monsieur n'ose pas descendre lui-même, et lui fais un bisou. Parce que, même s'il est coupable à cent pour cent, il est évidemment trop mignon pour que je me retienne de lui faire des papouilles.

— J'espère que tu es content, lui dis-je. Tu as mis tellement de bazar que je vais devoir passer l'aspirateur, et tu détestes ça. En plus, comme ton vilain museau est plein de terre, tu vas devoir prendre un bain. Tu as tout gagné, mocheté.

— Miaou.

— Mais oui, je rigole, tu n'es pas moche du tout.

Et moi, je parle à mon chat. *C'est vraiment la lose.*

Chapitre 23

Leonie

J'arrive chez Ford vers 10 heures, le samedi matin. Il m'a invitée à venir passer le week-end en sa compagnie. J'étais censée débarquer à la première heure, mais après avoir passé la soirée à remettre l'appartement en état à la suite des frasques de Chamallow, je me suis endormie tard et, par conséquent, je n'ai émergé que vers 9 heures. Oui, ce n'est vraiment plus de mon âge de veiller aussi tard. Le temps de prendre ma douche et de m'habiller, je suis donc un peu en retard.

Je sonne à la porte. C'est Sailor qui m'ouvre.

— Leo ! s'exclame-t-il en serrant l'une de mes jambes contre lui.

Sa petite tête disparaît sous les pans de l'écharpe que j'étais en train d'ôter.

— Papa m'avait promis que tu viendrais. Viens voir, j'ai une surprise pour toi !

Il attrape les franges de mon écharpe et me tire en avant pour m'entraîner dans la cuisine. Je ris en trottinant derrière lui et découvre Mira, qui vient de déposer sur la table un spectaculaire plateau de brownies encore fumants, dont le parfum chocolaté me fait fondre. En plus, je n'ai pas pris de petit déjeuner.

Sur ces merveilleux petits carrés qu'elle a découpés avec délicatesse, Mira ajoute un soupçon de ganache brillante pour leur donner un peu d'onctuosité. Je vais finir par l'embaucher pour moi toute seule !

— Salut, Leonie, chantonne-t-elle.

Vêtue d'une belle robe bleue moulante sous un tablier blanc bordé de dentelle, elle est magnifique. Ses cheveux sont si bien coiffés que je me sens soudain mal à l'aise. Avec le vent et la neige, j'ai l'impression d'avoir un nid d'oiseau sur la tête…

— Bonjour, Mira.

— N'hésite pas à te servir si tu as faim, je suis en train d'essayer de perfectionner une recette, en déterminant la quantité idéale de chocolat.

— Si tu veux mon avis, il n'y en a jamais assez.

Elle éclate de rire et Sailor, qui me tire toujours vers l'avant, se met à sautiller sur place. Il m'a menée jusqu'au gros frigo chromé, dans un coin de la pièce, et pointe du doigt un tout nouveau dessin qui me représente, avec des collants verts rayés de blanc, en train de lui faire un bisou. Bon sang, ce môme est vraiment trop mignon !

— Leo, lance-t-il d'une voix mielleuse en étirant le « o » à l'infini.

— Quoi ? grogné-je.

— Tu me fais un bisou ?

— Mais c'est quoi, ton problème, à la fin ? Tu veux toujours des bisous ! Tu sais, quand tu seras adulte, tu devras te faire une raison. Tu ne pourras pas traîner partout dans la rue et en réclamer aux inconnus, ou bien tu finiras en prison.

Il ouvre la bouche, choqué.

— Eh oui, mon gars. En prison ! On n'embrasse pas les gens qu'on vient à peine de rencontrer, un point c'est tout.

— Mais Leonie, tu n'es pas une inconnue, tu es mon lutin de Noël, réplique-t-il d'une petite voix triste.

Mince alors, je n'ai pas du tout envie qu'il soit triste.

En soupirant, je me penche vers lui et embrasse sa joue.

— Tu as intérêt à me laisser ta part de brownie, pour la peine, Sailor.

— D'accord. Je mangerai celle de papa.

Après avoir ouvert quatre placards, j'attrape deux verres et nous sers du lait. Nous nous installons à table et dégustons un carré de brownie en faisant moult commentaires sur la perfection de la recette. Mira, qui nous regarde avec appréhension en mordillant sa lèvre inférieure, les mains serrées devant elle, semble plus que ravie que nous appréciions à ce point sa pâtisserie. Quand nous entamons notre deuxième part, elle se détend enfin et couine de plaisir en nous voyant, de concert, poser une main satisfaite sur notre ventre.

Mira s'apprête à dire quelque chose, quand son téléphone émet soudain une sonnerie disco. J'évite de me moquer, mais lorsque Sailor entonne *Mamma Mia*, je crois que mes oreilles se mettent à saigner. La jolie blonde disparaît en courant dans le salon, ce qui me laisse tout le loisir de chiper un dernier carré de brownie.

Quand elle revient, j'ai l'impression qu'elle a une mauvaise nouvelle à nous annoncer. Elle a ce regard un peu abattu caractéristique qu'on lance aux gens pour les préparer. Du style « Désolé, il y a eu un terrible accident », ou « Nous n'avons plus que des salades de fruits en dessert » au restaurant.

Mira s'assied finalement à côté de moi et pose une main sur mon bras.

— Leonie, je suis navrée, je viens d'avoir Ford au téléphone et il a un petit contretemps qui l'empêche de venir tout de suite. Il ne sait pas quand il pourra se libérer, mais il te demande de faire comme chez toi.

— Euh…

Comme chez moi ? Il est conscient que je vais aller me prendre un bain de trois heures dans sa baignoire olympique ?

— Il a dû faire un saut au bureau. Avec le lancement du hors-série, il y a des petites bavures de dernière minute à corriger.

— Je comprends, bien sûr. Mais tout de même, il aurait pu m'appeler.

— Je lui dirai de le faire.

— Non, ce n'est pas la peine. Je vais rentrer chez moi.

— Oh non, s'il te plaît, Leo ! me supplie Sailor.

Mira tripote son téléphone qui, soudain, se remet à sonner. C'est une musique latino et enjouée qui résonne cette fois et fait gigoter Sailor sur sa chaise.

— Excusez-moi un instant, lance-t-elle en filant au salon, un grand sourire sur les lèvres.

— J'ai dit à tous mes amis que, la chérie de mon papa, c'est un lutin, m'explique-t-il en mangeant une troisième part de brownie à son tour.

Je devrais peut-être lui faire une réflexion. Il y a un féroce « Laisse-m'en un peu quand même » qui me picote la langue. Mais bon, il a l'air de se régaler, alors j'en reprends un morceau, moi aussi. Même si j'ai mal au ventre. Et que je ne pourrai probablement plus avaler quoi que ce soit dans les cinq jours qui viennent. Ou les deux prochaines heures, soyons honnêtes.

— Et mes amis ont répondu que ce n'était pas vrai, que tu ne pouvais pas être un lutin et habiter presque chez moi, alors tu voudrais bien faire une photo avec moi pour que je leur montre ? S'il te plaîîît.

— Un jour, ton petit sourire adorable ne fonctionnera plus non plus, je te préviens, microbe. Mais je vais voir ce que je peux faire pour toi…, dis-je avec un clin d'œil.

— Je suis désolée, les amis, j'ai une petite urgence sentimentale à gérer ! s'exclame Mira.

Oh… Non, non et non ! Je me lève d'un bond et cours jusqu'au salon pour voir la jeune femme se précipiter dehors, déjà vêtue de son manteau et de son bonnet.

— Mira ! m'écrié-je.

— Tout va bien se passer, Leo, je rentre dans quelques heures ! Soyez sages, tous les deux.

— Tu ne peux pas me laisser toute seule avec…

Je lui fais les gros yeux et désigne discrètement le môme qui se trouve à côté de moi.

— Pas le choix !

— À tout à l'heure, Mira ! crie Sailor en lui faisant signe de ses deux mains couvertes de chocolat.

Quoi ? Je vais devoir rester avec ce nid à bactéries ? Seule ? Non mais, je rêve !

Sitôt la porte refermée, je vais m'affaler sur l'énorme canapé de cuir beige. Quelques gros coussins dans les tons bleus et nacrés s'étalent un peu partout et amortissent ma chute.

Qu'est-ce que je vais bien pouvoir faire ici, toute seule avec Sailor, pendant Dieu sait combien de temps ? Je suis désespérée ! J'ouvre un œil pour regarder ma montre et constate qu'il se tient juste devant moi, à me regarder en souriant.

— Est-ce qu'on peut encore manger du brownie ? demande-t-il.

— J'aimerais te dire oui, parce que j'en ai envie aussi, mais si on en laisse, on en aura pour le dessert tout à l'heure, ce qui est chouette aussi.

— Je crois que tu as raison. Je peux m'asseoir à côté de toi ?

— Je ne sais pas. Je suppose que oui, puisque c'est ton canapé.

— Mais non, c'est celui de mon papa.

— Tu devrais te laver les mains avant, quand même.

Avec un sourire malicieux, il se met à lécher ses doigts les uns après les autres ! Beurk…

— Pas avec ta bouche, oh là là !

Il se précipite alors dans la cuisine et revient quelques instants plus tard, sentant le savon. Ouf, quelques microbes en moins, c'est déjà ça.

Je me redresse, et Sailor s'assoit à mes côtés. Les mains posées sur nos genoux, nous regardons droit devant nous sans dire un mot. Longtemps. Je ne sais pas trop quoi lui raconter, en fait. Alors j'envoie une dizaine de messages à Ford, qui ne répond pas, et je passe ensuite aux menaces de mort, qui n'ont pas l'air de lui faire très peur. Bon sang, je vais le tuer !

Le temps passe. Et passe encore. Ma montre résonne d'un tic-tac agaçant.

— Je m'ennuie, lâche Sailor.

Je regarde à nouveau l'heure.

— Ça ne fait que trois minutes que tu es à côté de moi, dis-je, désespérée.

— On pourrait jouer aux cartes ?

— Non, merci.

— Alors on peut parler. Leo, comment est-ce qu'on trouve une amoureuse ? m'interroge-t-il.

Mes joues s'empourprent. Qu'est-ce que c'est que cette question ?

— En cherchant bien, je suppose ?

Sailor semble y réfléchir un long moment avant de hocher la tête.

Ouf, je suis la reine de l'esquive…

— Est-ce que, la télé, elle était en noir et blanc quand tu étais petite ?

Je vais le tuer aussi…

— Je ne suis pas aussi vieille que ça. Elle était déjà en couleur, et la guerre était terminée depuis longtemps, par la même occasion.

— Est-ce que tu as plusieurs amoureux ?

— Non ! C'est déjà bien assez compliqué d'en avoir un.

— Mon papa est compliqué ?

— Hum… Parfois, oui, avoué-je. Une fois, il a mangé tous mes cookies, tu te rends compte ?

— C'est très méchant ! déclare-t-il. Pourquoi les bébés naissent dans des choux et pas dans des carottes ?

— Ils ne naissent pas dans des légumes, dis-je avec un gloussement gêné, ils sortent par… Euh…

Oh, bordel ! Je me suis piégée toute seule !

— Écoute, je n'ai pas la réponse à cette question, en fait. À l'heure qu'il est, j'en suis encore à essayer de comprendre où disparaissent toutes mes chaussettes après un tour en machine, alors les bébés, je ne saurais vraiment pas comment t'expliquer. Mais à mon avis, tu devrais demander à Mira, elle connaît la réponse, j'en suis sûre. Et dis-lui bien que tu es au courant qu'ils ne viennent pas du potager, les bébés.

— Merci, Leo, couine-t-il, heureux de découvrir prochainement l'un des secrets de l'univers. Si tu veux, je peux t'aider à chercher tes chaussettes, sinon.

Son innocence est tellement belle à voir.

— Tu sais quoi, ce n'est pas une mauvaise idée. Je pourrais t'emmener chez moi, je te présenterais à mon chat, il s'appelle Chamallow.

— Oh oui ! J'ai toujours rêvé d'avoir un chat ! Et un chien. Et un écureuil. Et aussi un poney ! Tu me donnes la main ?

— Non ! Beurk ! Pourquoi je ferais un truc pareil, d'abord ?

— Ben, pour aller chez toi, Leo.

— J'ai une voiture, microbe. Va te débarbouiller, tu as du chocolat jusqu'au front. Je prépare nos affaires en t'attendant.

— Mais j'ai déjà lavé mes mains…

— Sailor, tu ressembles à un dalmatien, là.

Il fait une drôle de moue, comme si ça lui plaisait bien, puis file à la salle de bains se débarbouiller. La perspective de sortir un peu lui plaît davantage que de jouer les petits chiens. Pendant ce temps-là, je vais à la penderie, dans l'entrée, et sors son manteau, son bonnet et ses moufles, que je lui enfile quand il revient. Je m'habille également, et quelques minutes plus tard, nous sommes arrivés chez moi.

J'envoie un message à Ford pour le prévenir, au cas où il rentrerait entre-temps. Je n'ai pas envie qu'il me colle une alerte enlèvement sur le dos.

Dès que Sailor aperçoit Chamallow en train de jouer avec sa souris en peluche, il court vers lui et le prend dans ses bras pour l'embrasser. Je résiste à l'envie de le récupérer et de lui crier : « C'est mon chat à moi. » Allez, je suis une adulte, je peux faire mieux que ça. Mais tout de même, c'est *mon* Chamallow !

Sailor en prend grand soin, si bien que ce petit traître de chaton se met à ronronner.

— Oh ! Leo, il est si doux, ce minou ! Je l'aime déjà !

— Je crois que, lui aussi, il t'aime bien.

Je m'agenouille près d'eux et je prends une petite photo que j'envoie à Ford.

La réponse est immédiate :

Je vois que tu montres ton minou à tout le monde. Je pensais que j'étais spécial, pour toi.

Ce sale fourbe ne répond pas à mes messages désespérés, mais là il m'écrit dans la seconde. Je le déteste.

Désolée, je ne voulais pas te vexer. Peut-être que j'essaierai de me rattraper ce soir.

Comment ? ❤

En finissant le brownie de Mira, comme ça, tu ne te sentiras pas mal de manger ces bombes caloriques.

Comme tu es adorable. Prépare-toi à ce que je dévore ton minou, pour la peine.

Ford ! ! !

Je dissimule mes éclats de rire en me détournant de Sailor, puis je range mon téléphone au fond de ma poche.

— Leo, est-ce que je peux habiter ici, avec Chamallow et toi, s'il te plaît ?

— Désolée, microbe, mais ton père ne serait pas content. Et puis, je n'ai qu'un seul lit.

— Je ne prends pas beaucoup de place, tu sais. Je suis tout petit.

— Je crois que je l'avais remarqué.

Sailor est un peu plus petit que les enfants de son âge,

si j'en juge par la taille de ma nièce. Heureusement qu'il est craquant, je suis sûre qu'il doit avoir des tas d'amis à l'école, pas comme moi quand j'étais jeune. Ah, ces super moments que je passais seule, à la bibliothèque, à lire en grignotant des biscuits… Le bon vieux temps.

— Ne bouge pas d'ici, je reviens dans un instant, dis-je.

Je vais à la salle de bains pour enfiler mon costume de lutin, puis je rejoins Sailor, qui n'a pas bougé et est toujours en train de faire des bisous à Chamallow tout en lui racontant notre trajet en voiture jusqu'ici. Il lui parle des jolies boutiques qu'il a vues, des gens qui chantaient dans la rue ou de ces bonshommes de neige qui ornaient les trottoirs.

— Et moi aussi, je voudrais bien faire un bonhomme de neige, mais un grand, très très grand, avec papa, Mira et Leo pour m'aider. Et toi aussi, mais avec tes pattes ce sera difficile. Et peut-être même que tu mangerais la carotte, non ? Tu aimes les carottes ?

— Il préfère nettement les ficus, si tu veux tout savoir.

Sailor se tourne vers moi, et des étoiles se mettent à filer dans ses grands yeux.

— Waouh ! lance-t-il en me voyant dans ma tenue d'elfe.

— Tu es prêt pour la photo, microbe ?

Je dégaine mon téléphone, et Sailor prend la pose, un grand sourire aux lèvres, Chamallow serré tout contre son écharpe qui, d'ailleurs, est en tartan, comme celle de Ford.

— Dites *cheese* !

— *Cheeeeeese* ! s'écrie le microbe.

— Miaou, rétorque le minou.

J'éclate de rire en prenant la photo, et je dois avouer que je la trouve magnifique.

— Comment je vais faire pour la montrer à mes amis, maintenant ? s'enquiert Sailor.

— Hum, c'est une bonne question. Je suppose que nous allons devoir aller au centre commercial pour la faire imprimer. Je vais aller me changer.

— Oh non, s'il te plaît, reste comme ça !

— Pourquoi ?

— Parce que c'est magique, Leonie. Tu es un lutin du Père Noël ! s'exclame-t-il.

— Tu sais que tu es trop mignon, le microbe ?

— Papa dit que je suis irrésistible, fait-il en souriant.

Je pousse un gros soupir.

— Et il a bien raison. Je te préviens, je ne serai pas la seule à me taper la honte là-bas. Je vais t'acheter un costume à toi aussi, et nous allons être tous les deux des lutins du Père Noël.

— Oh oui ! s'écrie-t-il en sautillant partout.

Je remets mon manteau et, bien malgré moi, je me retrouve à The View dans ma tenue de fêtes aussi stupide que moche. Sailor, qui a eu du mal à lâcher Chamallow, me suit jusqu'aux vestiaires, où nous déposons nos affaires. Je l'emmène ensuite dans un magasin de déguisements qui solde tout depuis Halloween. Même si j'aurais aimé le voir en petit lutin, il jette son dévolu sur un costume de sapin de voiture. Au moins, nous sommes verts tous les deux.

— Allez, viens, microbe, on va imprimer ta photo.

— Merci, Leonie. J'adore être avec toi, tu es trop rigolote.

— C'est gentil, petit. Moi aussi, je crois que j'aime bien être avec toi.

Sur notre chemin, nous croisons une cabine photographique et, comme il est trop chou avec sa pointe de sapin sur la tête, je décide de nous offrir une vraie séance. Nous prenons une dizaine de clichés dans des poses hilarantes, au point que j'en oublie presque que j'ai des grelots aux pieds et un chapeau à pompon sur la tête.

Une fois les photos imprimées, je les range dans mon sac à main pour qu'elles ne s'abîment pas. Nous passons devant un immense magasin d'électroménager, où les téléviseurs, dans la vitrine, diffusent un clip de rap.

— De la musique ! De la musique ! s'exclame Sailor.

Il se précipite pour poser ses mains sur la vitre avant

de se mettre à danser comme… hum, les femmes à moitié dévêtues dans la vidéo, qui remuent du popotin.

— Papa ne veut jamais que je regarde la musique à la maison. Il dit que je suis trop petit, alors il met la radio.

— Je crois que ton papa a raison.

Quand je le vois danser en imitant les filles, je suis incapable de l'éloigner de là. Il prend tellement de plaisir que je suis obligée de l'imiter. Nous dansons comme des fous, tandis qu'il chante – très mal – en improvisant les paroles. J'en ai presque les oreilles qui sifflent, mais je ris tellement que je me moque de tout, même du regard des autres.

Je profite des pages de pub pour prendre Sailor par la main et l'attirer dans une boutique de breloques. Je nous paie des colliers en toc avec de gros « $ » qui pendent, ainsi que des lunettes de soleil en forme d'étoiles, puis nous retournons danser devant le magasin. C'est un vigile – que je ne connais pas – qui finit par nous faire déguerpir en nous lançant un regard noir. Je le lui retourne, bien sûr, mais il est fort baraqué, alors nous partons en courant dans un éclat de rire, avant de nous arrêter en sentant soudain une délicieuse odeur de sandwich au fromage et, surtout, de muffins.

Pour le déjeuner, je nous offre donc un bon repas bien gras, avec une pointe de sucre pour le dessert, et c'est survoltés, en chantant à tue-tête, que nous rentrons à la maison.

En arrivant chez Ford, nous retirons chaussures et manteaux, qui finissent en vrac dans le placard, puis je mets en marche la télévision sur les chaînes musicales. Quand Ford finit enfin par revenir, il nous trouve main dans la main, sautant sur le canapé et braillant sur *Who Let the Dogs Out*.

Je ne dois vraiment pas avoir l'air futée, à faire le chien devant le Highlander le plus sexy de la planète…

— Papa ! Tu es rentré ! s'écrie Sailor sans cesser de faire du trampoline.

Les pointes en mousse de son costume de sapin de voiture ondulent comme un vieux flan.

Ford se débarrasse de ses affaires et vient le cueillir entre ses bras.

— Salut, poussin. Bonjour, Leo. Désolé de t'avoir fait faux bond. Tout s'est bien passé ?

— Oui, c'était super génial, papa !

Ford me regarde des pieds à la tête, avec ma tenue verte moulante, mes colliers de rappeuse et mes lunettes de soleil sur le bout du nez.

— Je crois que je vais avoir besoin d'une sieste de trois jours, annoncé-je.

— Et moi aussi, ajoute Sailor.

— Alors nous devrions tous monter, dit doucement Ford.

Il serre Sailor contre lui et va le mettre au lit, mais avant même que sa tête ne se pose sur l'oreiller, il dort déjà.

Ford me prend par la main et, sans un mot, me conduit jusqu'à sa chambre. Un beau sourire paisible s'étale sur ses lèvres, mais quand j'y plaque les miennes, il soupire de contentement et m'enlace fermement. Nous chutons dans le lit, son corps plaqué contre le mien.

— Ne t'ai-je pas promis de déguster ton minou, mademoiselle ?

— Je croyais que je devais faire une sieste.

— Tu es fatiguée ? murmure-t-il à mon oreille, avant de lécher la courbe de mon cou.

Mon corps se tend de plaisir et j'écarte les cuisses pour l'emprisonner tout contre moi.

— Très fatiguée. Mes voisins du dessous ont passé la nuit à donner des coups de balai dans le plafond.

— Tu n'as pas été leur demander d'arrêter ?

— Je ne pouvais pas, j'étais occupée. Je m'entraînais à jouer du violon pour mon cours du jeudi soir. Je suis grande débutante, mais je pense pouvoir bientôt changer de niveau. Tu crois qu'il existe des niveaux « grand grand débutant » ? Ou éventuellement « vaut mieux lâcher l'affaire, tu n'y arriveras jamais » ?

— Je ne pense pas que ce soit très pédagogique.

— Mince alors. Tous les autres élèves sont déjà plus doués que moi. En fait, je suis sûre que le professeur attend que j'abandonne la partie, parce qu'il en a marre de m'entendre torturer mon instrument.

— Passe au piano, au pire.

— Et comment je ferais pour me le payer ? Je ne vais pas en trouver un dans la rue, comme mon violon !

— Je t'en offrirai un, si tu veux. Je veux bien t'offrir tout ce qui te plaira au monde, Leo, souffle Ford en caressant ma joue.

Il se redresse sur un coude et me regarde à la seule lumière du feu de cheminée et du jour qui décline. Son visage aux traits fins, royaux, est sublimé par la lueur dorée des flammes qui ne dansent que pour nous.

— Il n'y a qu'une chose que je souhaite réellement, mais elle est inestimable. Elle coûtera plus cher que cette villa, plus cher que tout ce que tu peux avoir sur ton compte en banque.

— Qu'est-ce que c'est ?

— Je ne peux pas te le dire, c'est trop précieux, répliqué-je. Après, tu feras des pieds et des mains pour me le donner, et je ne veux pas que tu t'épuises juste pour moi.

— Dis-moi ce que c'est, Leo. Dis-moi ce que je pourrais t'offrir et qui te rendrait heureuse.

— Ton cœur, Ford. Offre-moi ton cœur, et tu feras mon bonheur.

— Oh ! Mais tu l'as déjà depuis longtemps, ma belle. Quand je t'ai déclaré que je t'aimais, ce n'était pas des paroles en l'air. Je t'aime, Leonie. Je t'aime de jour comme de nuit, quand tu boudes ou quand tu ris. Je t'aime quand tu ne sais plus où tu en es, et quand tu sais exactement ce que tu veux. Ta mauvaise humeur ne me fait pas peur, j'irais même jusqu'à dire que je te trouve mignonne quand tu te renfrognes. Voilà à quel point je t'aime : si tu voulais la lune, je prendrais le premier vol pour les étoiles et je t'en ramènerais un morceau, niché dans un écrin de verre, que tu pourrais accrocher à ton cou en guise de pendentif sur une chaîne en or.

— J'aimerais être aussi romantique que toi pour te faire de telles déclarations, tu le mérites tant, Ford.

— N'essaie pas de changer pour moi. Je t'aime comme tu es.

Sa bouche effleure la mienne, puis ponctue ma pommette de doux baisers. Son souffle chaud caresse ma peau. Puis il se penche un peu, et sa langue parcourt ma gorge jusqu'à ce que mon cœur s'emballe. L'une de ses mains se glisse sous le tissu moulant de mon haut, qu'il remonte jusqu'à dévoiler mon soutien-gorge.

— Tu m'excites terriblement, quand tu es déguisée en elfe. Je ne sais pas d'où vient cette lubie mais, toi, tes collants verts et ton petit corps diablement bien moulé, vous avez eu raison de moi.

Ford baisse les yeux et contemple ma poitrine, avant d'écarter lentement les bonnets de dentelle. Il palpe mes seins sans me quitter du regard. La tension charnelle qu'il a attisée dans le bas de mon ventre est presque douloureuse.

Me recouvrant de son corps parfait, il réchauffe ma peau déjà brûlante et penche la tête pour venir suçoter ma poitrine. La langueur de ses gestes, la douceur de cet éveil me laissent un goût de rêve. J'ai l'impression de nager en plein cœur d'un fantasme, où je suis l'objet de toutes les attentions de Ford.

Quand je finis par me cambrer sous lui, ses dents mordillent l'arrondi de mes seins et il se redresse, haletant, pour ôter mon pantalon et ma culotte.

Il écarte mes jambes parcourues de frissons.

Ses mains glissent et naviguent sur mon corps, comme si celui-ci était une carte au trésor et qu'il cherchait du bout des doigts un moyen de parvenir jusqu'à moi.

Dehors, la neige se met à tomber à gros flocons, que je peux apercevoir dans l'interstice entre les rideaux. Il fait si sombre que seule la cheminée nous fournit un peu de lumière.

Pourtant, ce sont les yeux de Ford qui brillent le plus et qui illuminent ma vie de promesses délicieuses. Quand sa bouche glisse autour de mon nombril, j'oublie tous mes soucis. Quand sa langue goûte au miel exquis entre mes cuisses, je souris, m'agrippe aux draps et me laisse emporter par un orgasme magistral, qui donne à son regard un côté « Dieu tout-puissant » terriblement excitant.

Ford a beau être un homme charmant, doux et attentionné, au lit, il est dur et impitoyable, maître absolu de la situation. J'aime ses coups de reins profonds, passionnés. J'aime qu'il m'embrasse jusqu'à ce que j'aie besoin d'air. J'aime enfin et surtout qu'il me prenne entre ses bras, quand nous sommes tous les deux repos de plaisir.

Chapitre 24

Leonie

Mon petit intermède passionné entre les bras virils de Ford puis l'heure qui a suivi à écouter notre souffle apaisé m'ont rendu un peu de ma foi en ce monde. C'était si simple, si beau, que j'en ai eu les larmes aux yeux.

Parfois, la vie est tellement cruelle qu'elle ne semble plus valoir la peine d'être vécue. Mais des instants comme celui-ci parviennent à effacer certains traumatismes passés, aussi douloureux soient-ils. À présent, je sais que mon histoire avec Chris avait un sens. Sans lui, sans sa méchanceté et ce couteau qu'il a planté dans ma poitrine, jamais je n'aurais saisi l'importance et le bonheur d'être auprès de Ford.

Le lundi arrive rapidement, après un dimanche passé au lit, Sailor entre nous et les plateaux-repas de Mira pour nous sustenter.

Aujourd'hui, c'est le réveillon de Noël et il est déjà 17 heures.

Je sillonne désespérément l'appartement à la recherche de mes escarpins aux talons dorés et de mes barrettes à paillettes en forme de rennes. Chamallow, qui court derrière moi, miaule chaque fois que je lance un coussin à travers la pièce en espérant que mes affaires soient cachées dessous. Bien sûr, il bondit et agresse sauvagement ses proies, qui se retrouvent couvertes de griffures. Non mais, quel barbare, ce chat !

— Vas-y, moque-toi ! Tu pourrais m'aider, au lieu de miauler comme un sauvage.

Je finis par retrouver mes escarpins dans le placard fourre-tout et mes barrettes dans le vide-poches de l'entrée. J'en orne mes cheveux lâchés. Le chignon strict du boulot, ce ne sera pas pour ce soir. Quand tout le monde sera couché et que je rejoindrai Ford au creux de son lit, je veux qu'il me trouve belle et ne puisse pas me résister.

J'ai d'ailleurs enfilé des sous-vêtements qui devraient lui plaire.

Je colore mes lèvres d'un rouge framboise intense et pose une ombre dorée sur mes paupières. Avec mon maquillage assorti à ma robe rouge et or, je ne me suis pas sentie aussi féminine depuis longtemps.

À peine assise sur le canapé après avoir nourri Chamallow, je reçois quatre messages de mes parents. Ils m'envoient tout un tas de photos d'eux avec leurs tenues moches et drôles de Noël.

Tu nous manques ! On regrette que tu ne sois pas avec nous, pupuce, mais amuse-toi bien ce soir.

Merci, vous aussi. Je passe mercredi vous dire bonjour et apporter les cadeaux. Pas trop de vin, vous savez que vous chantez faux et que les voisins finissent toujours par appeler la police.

Pas grave, nous sommes prêts à les soudoyer avec des cookies et du chocolat chaud. Ils ne résisteront pas !

Je souris à la boutade de ma mère et embrasse une dernière fois Chamallow avant de quitter l'appartement. Emmitouflée dans mon écharpe surdimensionnée, mon sac « Chieuse à temps plein » rempli de cadeaux à la main, je marche dans le froid jusqu'à ma voiture, dont le pare-brise est couvert de givre. J'ai trouvé le cadeau de Ford ce matin même, acheté un beau livre de cuisine française pour Mira, et mon tricot pour Sailor s'est agrémenté de quelques breloques brillantes et pailletées.

Même si la neige s'est maintenant arrêtée de tomber, ce Noël devrait être le meilleur depuis des années.

Je roule jusque chez Ford sur la chaussée déserte. À cette heure, tout le monde est déjà en famille. Les trottoirs verglacés brillent dans les phares de ma voiture, que je gare avec prudence devant la villa. Je laisse mon sac « Chieuse » sur le siège passager. Mieux vaut ne prendre aucun risque, au cas où le Père Noël n'aurait pas encore déposé ses cadeaux sous le sapin de la famille Maxwell.

La magnifique bâtisse illuminée me laisse rêveuse. Cet endroit est tellement beau que j'ai du mal à concevoir que je puisse y passer les fêtes. Le sourire aux lèvres, je descends de la voiture en serrant mon manteau contre moi pour me protéger du froid. En robe, je grelotte un peu et ma respiration forme de jolis nuages blancs dans l'obscurité de la nuit.

Devant la porte, le joyeux « ding dong » de la sonnette redouble mon excitation. C'est Noël ! Et je ne vais pas avoir droit aux disputes et aux insultes ! Je me sens redevenir l'enfant joyeuse et impatiente que j'étais.

J'attends quelques secondes, lorsque le battant s'ouvre enfin. Sur une femme magnifique, moulée dans une robe noire qui souligne à merveille sa silhouette. Grande et mince, elle arbore un carré noir corbeau avec une élégance ostentatoire.

Je me fige tandis qu'elle me scrute de haut en bas.

— Quoi que vous vendiez, nous n'avons besoin de rien, lâche-t-elle d'un ton dédaigneux.

Son accent d'Europe de l'Est est chantant et mélodieux, mais je déteste aussitôt cette grognasse.

J'éprouve la soudaine envie de l'insulter mais, s'il s'agit d'une collaboratrice de Ford, je ne veux pas me la mettre à dos. J'opte donc pour un très diplomatique :

— Mais vous êtes qui, bordel ?

Elle éclate d'un grand rire et agite ses mains en l'air comme si elle chassait les mouches. Mais toujours avec élégance, bien sûr.

À cet instant, Ford déboule, furieux. Sans même le regarder, les yeux toujours fixés sur moi, elle le prend par le bras.

— Je suis Katya, la femme de Ford.

Mon cœur explose dans ma poitrine. M'étouffe. Se déchire. Me blesse.

Je regarde cet homme qui m'a déclaré qu'il m'aimait, cet homme qui était censé me réparer et me redonner goût en l'amour, et il n'a rien à dire. Ses lèvres s'ouvrent. Un « Leo… » ténu s'en échappe.

Je n'ai même pas envie de lui hurler dessus, même pas envie d'être à nouveau cette créature féroce qui l'a repoussé si longtemps pour se protéger. Maintenant que je l'ai fait entrer dans ma vie, que je lui ai ouvert ma poitrine pour lui offrir mon petit cœur tout tendre, il l'empoigne avec violence et l'écrase entre ses doigts cruels.

J'ai tellement mal, à l'intérieur. Je souffre, je me brise, mais je n'en montre rien.

Je secoue la tête, humiliée, et lui tourne le dos pour m'échapper en courant tandis qu'un torrent de larmes qu'il ne verra jamais dévalent mes joues glacées.

— Leo, attends ! hurle-t-il.

Mais il ne tente même pas de me rattraper. Je ne suis pas digne de cela, de son précieux temps, de ses efforts.

Incapable de conduire à cause de mes sanglots, de mes mains tremblantes, je hèle un taxi, qui me ramène à la maison. Je suis bouleversée. Par ces semaines remplies des mensonges qu'il m'a servis, par ces sourires que j'ai pensé sincères. Je me sens salie par ses tromperies, par ses doigts, par ses « je t'aime ».

Comment ai-je pu être aussi stupide ? Deux fois ! Je me suis fait avoir deux fois par deux hommes que tout oppose, hormis leur volonté de briser un cœur que je leur ai offert.

Je m'engouffre chez moi et cours dans ma chambre, avant de m'écrouler sur mon lit. Je pleure encore. Je pleurerai sûrement des jours durant.

Chamallow grimpe sur le matelas et me rejoint pour me lécher la main, doucement.

— Il n'y a que toi qui m'aimes vraiment, dis-je. Que toi.

Je l'enlace tendrement. J'ai l'impression qu'il est triste de me voir dans cet état et ça me met un peu de baume au cœur. Je suis dévastée, mais pas question de me laisser abattre. Pas question de laisser qui que ce soit gâcher un Noël de plus ! Je suis lasse, vidée, mais je refuse qu'on me marche dessus encore une fois.

J'embarque Chamallow, que j'enfouis dans ma grosse écharpe pour le protéger du froid, puis je sors dans la nuit. Les rues sont désertes. Partout aux fenêtres, je vois de la lumière, j'entends des rires qui fusent, mais cela ne parvient pas à apaiser les battements de mon propre cœur. Il me fait si mal que j'ai l'impression qu'il va s'effriter dans ma poitrine d'une seconde à l'autre.

— Miaou, fait Chamallow, compatissant.

Mon chaton se débat un peu avec la laine puis sort sa petite frimousse de mon écharpe.

— Tu vas avoir froid, retourne à l'intérieur.

Comme il n'en fait qu'à sa tête pour me léchouiller le menton, je hâte le pas. Quelque part derrière moi, j'entends le son d'une cloche. Je me retourne. Un peu plus loin, sous les lumières multicolores d'une guirlande illuminant un grand arbre, un groupe de six chanteurs de gospel entonne des chants de Noël. Sailor aurait adoré ça, c'est certain ! Mon regard s'attarde sur eux un instant. Ils respirent la joie de vivre, le bonheur et ils chantent merveilleusement bien.

Je finis par décamper lorsqu'ils attaquent une version *soul* de *All I Want For Christmas Is You*. Qu'est-ce que j'en ai marre de cette chanson ! Si je n'avais pas été aussi épuisée, je leur aurais sauté dessus en hurlant pour les faire taire.

Mes larmes se remettent à couler ; la trahison de Ford étreint ma gorge et poignarde ma poitrine. Je me dirige vers la seule maison exempte de toute décoration de Noël. Une fois devant chez Harley, je frappe sans hésiter à la porte.

Il n'y a pas de lumière à l'intérieur, mis à part celle de la télévision. Comme à son habitude, Harley est probablement en train de regarder un vieux match de football en criant après les joueurs qui font toujours les mêmes fautes.

Comme il ne répond pas, j'hésite à tourner les talons en direction de chez moi, mais j'ai tant besoin de son amitié, ce soir, que je suis incapable de quitter son perron. Je frappe à nouveau, plus fort et, enfin, les lumières s'allument.

Harley ouvre le battant avec fureur. Il est torse nu, vêtu uniquement d'un bas de jogging gris un peu trop grand, qui tombe sur ses hanches, dévoilant le V qui plonge sous le coton. Ses tatouages de mandalas, partout sur ses bras et son torse musclé, m'hypnotisent un instant. Leurs formes géométriques qui s'emboîtent les unes dans les autres ont un côté apaisant. Cependant, lorsqu'il prononce mon prénom comme si nos vies étaient sur le point d'être anéanties, je sursaute et le regarde dans les yeux.

— Je suis désolée de t'embêt…

— Seigneur, que s'est-il passé ? Est-ce que quelqu'un t'a blessée ? gronde-t-il en me prenant entre ses bras.

Il me serre si fort que mes larmes se tarissent. C'est tout ce dont j'avais besoin pour ce soir.

La porte claque derrière moi. Une fois au chaud chez lui, je sors Chamallow de mon écharpe pour le poser au sol. J'ai apporté un bac à litière ici la semaine dernière, pour le cas où je rendrais visite à Harley accompagnée. J'en ai également déposé un chez mes parents. Enfin, pour être exacte, je l'ai déposé devant leur porte avec un petit mot, avant de filer à l'anglaise.

— Leonie, dis-moi ce qu'il t'arrive.

Harley essuie mes joues, et à ses doigts noircis, je suppose que mon mascara a dû laisser des traînées sur ma peau.

— Je suis désolée, sangloté-je.

— Tu l'as déjà dit, ça, et je ne veux pas de tes excuses. Tu seras toujours la bienvenue chez moi, Leo.

Je baisse les yeux et détourne la tête. Avec raideur, Harley défait les gros boutons de mon manteau et m'aide à l'ôter. Quand il me regarde, de mes escarpins rouges jusqu'à mes lèvres boudeuses, un petit soupir admiratif lui échappe.

— Oui, je sais, ça ne me va pas, c'est ça ? J'aurais mieux fait de passer la journée en pyjama.

— Tu es sublime. Tu l'as toujours été.

Il rougit et toussote, puis dépose mon manteau et mon écharpe sur l'une des chaises du salon.

— Maintenant, Leo, viens là, et dis-moi qui je dois aller tabasser.

Devant mon silence, il ajoute, furieux :

— Bon sang, tu te pointes chez moi, en pleurs, le soir du réveillon ! Alors, parle avant que mes nerfs ne lâchent les uns après les autres.

— Il ne s'est rien passé de grave, ne t'inquiète pas, dis-je en soupirant. C'est juste Ford.

— Ce crétin d'Anglais ?

— Il est écossais et il m'a menti.

Ma voix se met à trembler, au point que Chamallow et Harley se précipitent vers moi, comme si j'allais m'effondrer sur place. Le premier pose ses petites pattes sur mes escarpins et me regarde avec tristesse. Le second essuie de nouvelles larmes avec un mouchoir en papier tout doux.

— Je ne veux plus parler de lui, Harley. S'il te plaît, je suis venue ici pour penser à autre chose, pour qu'on arrête de me faire du mal. Je ne veux plus être celle qui subit.

— Bien sûr, je comprends, souffle-t-il.

Une nouvelle fois, il me prend entre ses bras et me serre contre lui. C'est bon, l'étreinte d'un ami. C'est à la fois un baume appliqué sur mes plaies et un sourire qui renaît sur mes lèvres.

— Merci d'être là pour moi, murmuré-je.

— Merci d'être là avec moi, rétorque-t-il. Même si je préfère être bien tranquille tout seul.

Nous gloussons en même temps, mais le regard d'Harley change soudain, pour se faire sérieux et intense. Je n'ose plus bouger. Et à peine respirer. Ses mains se lèvent et caressent doucement mes joues.

— Il est vraiment con, s'il t'a laissée partir.

Sur ce, il plaque un baiser sur mon front et va s'allonger sur le canapé.

— Allez, venez, on va regarder un téléfilm stupide plein de bons sentiments, lance-t-il.

J'attrape Chamallow et vais m'allonger tout contre Harley, qui passe un bras autour de ma taille.

— Hé ! m'exclamé-je en posant les yeux sur le téléviseur, où le générique du film vient juste de commencer.

— Quoi ?

— *Aliens, le retour* n'est pas un film de Noël plein de bons sentiments !

— Je sais. Mais avoue-le, tu as besoin d'action et de voir une nana survoltée tuer des centaines de créatures meurtrières.

— C'est vrai. Mais je vais devoir cacher les yeux de Chamallow, dans ce cas.

C'est ainsi que se déroule mon premier réveillon loin de ma famille. Je suis près de mon meilleur ami, avec un chat roulé en boule contre ma poitrine et une Ripley qui casse la baraque.

Enfin, en réalité, ce n'est qu'une toute petite partie de mon réveillon. Quinze minutes après le début du film, quelqu'un frappe à la porte. Harley soupire.

— Bon, je vais aller ouvrir. Peut-être qu'il y aura une autre jeune femme en détresse prête à me sauter dans les bras. Je commence à apprécier la sensation.

— Prends un chat, si tu te sens seul. C'est bien, les chats.

Harley se lève du canapé et ouvre le battant, laissant le froid entrer dans sa petite maison. Je me redresse pour voir le nouveau venu et découvre Ford, planté sur le seuil, le visage contrit.

— Putain, lâche Harley en l'attrapant par le col de son manteau pour le plaquer contre le mur le plus proche.

Le choc est si violent que Ford laisse échapper un râle de douleur mais, les bras écartés de son corps, il n'esquisse pas le moindre geste de défense.

— Harley, arrête ! hurlé-je quand il le plaque une seconde fois contre le mur.

J'ai peur qu'il le blesse, ce n'est pas du tout ce que je souhaite !

Je dépose Chamallow sur le canapé et avance jusqu'aux deux hommes avant de fermer la porte.

Ils me regardent sans dire un mot. Harley, les poings serrés près du cou de Ford. Et Ford, les yeux brillants de tristesse.

— Comment m'as-tu retrouvée ?

— Je suis venu chez toi directement après… Quand tu es partie, en fait. Après avoir frappé en vain à ta porte pendant dix minutes, j'en ai conclu que tu étais ici.

Je soupire, regrettant le jour où je lui ai fait découvrir ce petit refuge que j'aime tant.

— Leonie, ajoute-t-il, je suis désolé de t'avoir blessée, mais je te jure que je peux tout t'expliquer.

— Leo, si tu veux le tuer, sache que j'irai moi-même enterrer son corps, intervient Harley.

— Tu… Je… Merci, dis-je à mon ami. J'en prends bonne note.

Avec une profonde inspiration, je plonge les yeux dans ceux de l'autre homme à qui je pensais pouvoir accorder ma confiance. Nos regards se soudent et se heurtent. Il m'a fait trop mal, et je ne le laisserai pas faire plus longtemps.

— Ford, sors d'ici, je ne veux plus jamais te revoir.

— Je ne vais pas lâcher l'affaire si facilement, répond-il. J'ai commis une erreur, Leonie, mais je peux t'expliquer la situation, et tu verras que tu n'as aucune raison d'être triste. Ou en colère. Ou juste un peu si tu le souhaites, juste pour le plaisir de râler, mais je t'en supplie, laisse-moi la possibilité de te dire pourquoi je t'ai menti. Je ne disparaîtrai pas de ta vie sans me battre et sans t'avoir rassurée.

— Tu peux garder tous tes bobards, rosbif. C'est trop tard pour les belles paroles. Maintenant, dégage, lance Harley en repoussant brusquement Ford, qui manque de chuter.

— Mais arrête ! crié-je. Qu'est-ce qui te prend, bon sang ?

— Il t'a fait pleurer, voilà ce qui me prend ! Ce type ne te mérite pas, Leonie ! Ouvre les yeux ! Tu es trop bien pour lui. Un mec qui ment une fois mentira toujours.

— S'il te plaît, laisse-moi gérer mes problèmes comme une grande.

— Vraiment ? Tu veux vraiment que je te laisse gérer tes problèmes toute seule, alors que tu viens chialer chez moi ? s'exclame-t-il.

Ses mots me blessent tellement que j'en reste muette. Je le regarde et, pour la première fois, je vois en lui un homme qui, comme les autres, n'hésite pas à me faire du mal. Je n'aurais jamais pensé cela de lui. Pas de Harley, non.

Il doit comprendre que je souffre parce que, soudain, il se tait et ses épaules retombent. Les muscles de son corps se détendent et il lève une main pour prendre la mienne. Je la repousse.

— Excuse-moi, murmure-t-il.

— Non. Et puis tu as raison, je n'aurais pas dû venir t'ennuyer. Je vais retourner chez moi, ce sera mieux.

— Ne dis pas de bêtises, s'il te plaît. Je vais vous laisser seuls pour discuter. Reste au chaud, Leo. Ne t'en va pas.

J'ai envie de partir en courant, mais Harley quitte la pièce et je le regarde disparaître dans l'obscurité.

J'éteins la télévision et je me tourne vers Ford, qui se tient toujours debout près de la porte d'entrée.

— Ne lui en veux pas, dit-il. Il ne t'a pas blessée intentionnellement.

— Vraiment ? Alors, dis-moi, Freud, qu'est-ce qui lui a pris ?

— Il est amoureux de toi, Leonie. Et il s'est lui-même senti blessé en comprenant que tu voulais me parler.

— Il est…

Me voyant pâlir, Ford vient me prendre dans ses bras. Je le repousse, mais il ne se laisse pas faire et m'enlace plus fermement.

— Laisse-moi tranquille.

— Alors, viens t'asseoir près de moi, s'il te plaît.

— Bon sang, j'ai juste envie de t'étriper, là, alors tu as intérêt à faire vite.

Il me conduit vers le canapé et prend place juste en face de moi, sur la table basse.

Levant les yeux, je tente de me représenter Harley, dans son lit, en train de se maudire de m'avoir parlé de cette façon. En plusieurs années d'amitié, je n'avais jamais imaginé une seule seconde qu'il pouvait avoir des sentiments pour moi. Je suis sous le choc.

Et puis il y a Ford, et mon cœur saccagé à cause de lui. Perdue, je pose mes coudes sur mes cuisses et me prends la tête entre les mains.

— Je n'arrive pas à croire que tu m'aies menti, et trahie ! Comment as-tu pu me faire une chose pareille ! J'avais confiance en toi, Ford !

Mes larmes se sont taries, désormais remplacées par une colère souterraine qui menace d'exploser.

— Ça n'a jamais été mon intention, Leo. Je t'aime, et c'est la vérité. La première fois que nous nous sommes vus, c'est Sailor qui t'a dit que sa mère était morte, ce n'est pas moi. Je n'ai fait que… Bon sang ! Je n'ai fait que mentir durant des années ! Mais ce n'était pas pour jouer les salauds, il faut que tu me croies. Sailor est tout pour moi. Si tu veux tout savoir de notre vie, alors je vais te révéler ce que je garde enfoui au plus profond de moi.

Mon pouls se met à palpiter quand je comprends que Ford est sur le point de me dévoiler un secret d'une telle gravité qu'il en est encore blessé.

Je plonge dans son regard saisissant et le laisse me conter son histoire. Celle qui va peut-être apaiser mes maux et me convaincre de lui pardonner. Si c'est encore possible.

Chapitre 25

Ford

C'était l'effervescence à la maison.

Sailor dansait dans la cuisine en demandant à Mira de mettre plus de chocolat dans son gâteau, parce que Leo lui avait dit que c'était le mieux à faire. Moi, je réajustais ma cravate en attendant l'arrivée de la femme de ma vie, et je n'avais jamais été aussi heureux – ou presque – de toute mon existence. Réunir pour une soirée de fête ma jolie sauvage, mon fils et ma meilleure amie était la plus belle des perspectives.

Tout allait bien, tout était parfait, jusqu'à ce que la sonnette de l'entrée retentisse. Jusqu'à ce que j'ouvre cette foutue porte, un grand sourire aux lèvres, pour me retrouver face au fantôme de mes pires années.

— Katya ?

Dans mon estomac, de la lave en fusion se met à brûler mes entrailles. Ce n'est pas possible. Ça ne peut pas être vrai ! Si elle fait du mal à Sailor… Si elle lui parle ou lui avoue… Merde ! Qu'est-ce que je vais faire ?

— Salut, Ford. Me revoilà ! lance-t-elle en forçant le passage dans l'entrée.

— Comment ça, « Me revoilà » ? Qu'est-ce qui se passe, bon Dieu ? m'écrié-je.

— Eh bien, j'ai fini mon petit voyage, en fait, alors je

reviens vivre à la maison. Je ne savais pas que tu avais déménagé, au passage.

— Évidemment, puisque tu n'as jamais pris la peine de m'appeler ou de demander des nouvelles. Non pas que j'en aie eu envie, cela dit.

Elle ricane et me regarde des pieds à la tête comme pour évaluer la marchandise. Elle porte un sac à main de grande marque au creux de son coude et arbore de longs ongles parfaitement manucurés. Son petit sourire satisfait, lorsqu'elle observe ma demeure, me met en rage. Elle n'a rien à faire dans une vie que j'ai bâtie sans elle. Pas question qu'elle fiche tout par terre.

— Papa, c'est qui la dame ? demande une petite voix près de moi.

— Sailor…

La panique manque de faire exploser mon cœur. Je ne sais plus quoi faire. Je suis paumé.

Katya regarde son fils en haussant les sourcils. Quand il voit les sequins sur son sac à main, il couine et s'apprête à se jeter dans ses bras. Katya recule d'un bond.

— Ne m'approche pas ! ordonne-t-elle d'une voix autoritaire. Et bon Dieu, va te laver les mains, le visage et… tout le reste. Tu es couvert de chocolat. Mes vêtements coûtent certainement plus cher que tout ce que tu posséderas jamais. Ne les touche pas.

— Mais je suis sage, madame ! Je peux avoir un bisou, au moins ?

Katya grimace et fait un vague geste de la main pour que Sailor s'éloigne. Elle a raison. Je ne veux pas que mon fils reste près d'elle, de toute façon.

Heureusement, Mira est arrivée et a pris Sailor par la main, ce qui semble le réconforter. Elle fusille Katya du regard, mais ne dit rien.

— Tu peux le conduire à l'étage ? Je t'appelle quand c'est réglé.

Glaciale, elle hoche la tête, prend Sailor dans ses bras et disparaît avec lui en haut.

Je n'arrive pas à croire que Katya se soit comportée ainsi avec son propre fils. Même Leonie, qui déteste les enfants, ne lui aurait pas fait un tel coup. Mais Leonie n'est pas sa mère, contrairement à cette femme que j'ai devant les yeux et qui m'a abandonné des années plus tôt. Qui *nous* a abandonnés.

Je sais que je ne devrais pas lui en vouloir. Toutes les femmes ne sont pas faites pour être mères, ni pour la vie de couple, mais bon sang, même si la conception de Sailor a été une erreur, elle aurait pu l'assumer. Ou au moins me parler, au lieu de disparaître sans laisser de trace.

— Ma valise est dans le coffre, où est-ce que je peux la ranger ? Je ne vais pas rester habillée comme ça pour le dîner.

— Katya, lâché-je, ici, c'est chez moi. Il n'est pas question que tu t'installes avec nous.

— Ah oui ? Et pourquoi ? s'enquiert-elle d'un ton narquois.

— Parce que tu es partie.

— C'était juste un voyage, bon sang. Remets-toi, Ford.

— Il a duré plus de trois ans ! Tu m'as quitté, Katya, je ne comprends même pas comment tu peux envisager de revenir. Tu m'as largué, tu as mis les voiles ! Dis-moi seulement que tu as envie de prendre part à la vie de Sailor, et j'accepterai que tu le voies de temps en temps. Je lui parlerai, je lui expliquerai la situation et tu reprendras une place dans notre univers, mais pas à pas. Est-ce que c'est ce que tu veux ? Le prendre par la main et l'emmener au parc, ou au centre commercial, pour le gâter ou faire des photos avec lui ?

Katya prend le temps de réfléchir, les yeux fermés. Je revois le sourire de Leonie quand je l'ai allongée dans mon lit, avant de l'embrasser. Je revois ses éclats de rire quand elle m'a tendu les clichés de la cabine photo, avec elle dans sa tenue de lutin et mon fils en sapin désodorisant. Je la revois rougir en me demandant si elle peut garder l'une des six photos, celle où ils prennent la pose comme les drôles de dames. Je réalise que Sailor a réellement besoin de la présence d'une figure maternelle dans sa vie, et que même si Katya décidait finalement d'endosser un peu de ce rôle, au fond de moi, j'ai envie que ce soit Leo qui nous accorde son amour.

C'est Leo que je veux voir graviter autour de nous. J'aimerais qu'elle le comprenne, mais je ne veux pas la forcer. Un jour, elle cédera et entrera totalement dans notre univers. Tant qu'elle nous accorde un peu de son temps et de son amour, tout ira bien dans nos vies.

— Ne m'en demande pas tant, par pitié ! gémit Katya en levant les yeux au ciel. Tu sais très bien ce que je ressens pour cet enfant, Ford. Je l'ai pondu pour toi, c'est suffisant, non ?

Le plus fou, c'est que je n'arrive même plus à être en colère contre elle. Je me détourne et avance jusqu'à la cuisine pour me servir un whisky, mais la sonnette retentit une nouvelle fois. Je bois mon verre cul sec et, soudain, je comprends que c'est forcément Leonie. Et que Katya va lui ouvrir la porte.

Je cours jusqu'à l'entrée, mais il est trop tard. Beaucoup trop tard.

— Je suis Katya, la femme de Ford, lance celle-ci avant que je ne puisse l'en empêcher.

Quand je vois les yeux de Leonie s'emplir de larmes, quand je vois toute la cruauté de cette révélation lui briser le cœur, lui déchirer l'âme, je suis incapable de dire un mot.

Elle me regarde avec attention, cherchant certainement une dénégation de ma part, mais je ne peux pas lui mentir davantage. Pas après ces dernières semaines avec elle, où ce mensonge stupide n'a cessé de me ronger.

— Leo, soufflé-je.

J'ai envie de la prendre dans mes bras, de l'embrasser, de réparer ces blessures que je lui ai infligées, mais elle part soudain en courant. J'ai besoin de la rattraper, de l'arrêter, pourtant je ne veux pas laisser Katya ici, chez moi. Avec mon fils.

— Leo, attends ! hurlé-je.

Mais elle ne m'écoute plus.

Je me retourne vers mon ex, qui a l'air tellement satisfaite que j'en suis stupéfait. Elle a compris que Leonie comptait pour moi et jouit du mal qu'elle nous a fait. Je reste sous le choc.

— Je veux que tu sois partie d'ici quand je reviendrai. Je ne te le dirai pas deux fois, c'est clair ? Tu pars, tu ne reviens plus dans nos vies. Si tu as encore le toupet d'être ici à mon retour, j'appelle les flics.

J'attrape mon écharpe et mon manteau, que j'enfile en vitesse, puis je cours sur les pas de Leo. Bien sûr, elle est déjà hors de vue. Je me précipite jusqu'à la voiture, qui met ce qui me paraît une éternité à dégivrer. Quand je peux enfin démarrer, je fonce jusque chez Leo et appuie sur le bouton de l'ascenseur. Il est lent, beaucoup trop lent. Alors je grimpe les marches quatre à quatre avant de tambouriner à sa porte. Je l'appelle, la supplie de m'écouter, jusqu'à ce qu'une voisine ouvre derrière moi pour m'apprendre qu'elle n'est pas là.

Mon front claque contre le battant de bois. Je me maudis d'être aussi con. Elle ne peut être qu'à un seul endroit. Je ressors et cours jusque chez Harley. Les poumons me brûlent sous l'effort, tandis que les températures chutent drastiquement.

Me voici à présent assis face à Leonie, cherchant comment lui expliquer mon mensonge. Je vais devoir me montrer enfin honnête avec la femme à laquelle je tiens le plus au monde, comme j'aurais dû l'être dès le début.

Sous son regard sérieux, face à ses grands yeux si expressifs, je me sens insignifiant. Elle est belle, naturelle, sensible. Ses joues sont striées des traces noires de son mascara, à cause de moi, mais ça n'ôte rien à sa beauté. La robe rouge qu'elle a choisie est sublime et met en valeur sa plastique, qui, même dans ces circonstances, me fait fantasmer.

Il faut qu'elle revienne dans ma vie. Si elle me quittait à cause de mes erreurs, je ne m'en remettrais pas.

— Katya ne m'a jamais pardonné de l'avoir forcée à mettre Sailor au monde, d'avoir été écartée des podiums pendant sa grossesse. Elle refusait de s'occuper de notre fils. Les nuits, quand il pleurait, c'est moi qui me levais. C'est moi qui le changeais, qui le lavais, qui le nourrissais. Il était tellement mignon, si tu savais. C'était une petite bulle de bonheur dans mon quotidien morose, dans mon mariage qui faisait plus que battre de l'aile. Pour dire les choses crûment, Katya ne supportait même pas la vue de Sailor… Alors, elle s'est mise à voyager, de plus en plus souvent, de plus en plus loin. Et puis un matin, je me suis réveillé avec ce môme entre les bras. Je m'étais endormi sur le canapé en attendant le retour de Katya, Sailor ronflait sur moi, et elle n'était pas là. Elle n'était pas rentrée à la maison. Elle avait mis les voiles, en me laissant juste un texto. Quelques mots dont je me souviendrai toute ma vie : « Ne m'attends pas ce soir. Ou jamais en fait. Bye. » C'était lapidaire, tranchant comme une lame. Je l'ai appelée des centaines de fois pour tenter d'arranger les choses, pas tant pour moi que pour Sailor. Quand elle a enfin daigné répondre, elle m'a dit qu'elle partait en voyage autour du monde avec ses amies, pour s'amuser. Et elle a dit aussi qu'elle ne nous aimait pas. Ni moi ni Sailor. Je m'en doutais, bien sûr, mais ça ne m'a pas empêché d'être bouleversé. Qu'allait devenir mon fils, sans sa mère ? Même une mère comme elle… Au début, il pleurait son absence tous les soirs dans mon lit, je me sentais déchiré par sa peine, c'était une vraie torture, Leo. Évidemment, il était trop petit pour que je puisse lui expliquer la situation. Tout ce que je pouvais faire, c'était être présent pour le réconforter. Quand Sailor a grandi, quand il a été en âge de me demander pourquoi il n'avait pas de maman comme les autres enfants, j'ai trouvé qu'il était plus sage de lui dire qu'elle était partie au ciel, plutôt que de lui révéler la vérité. À savoir qu'elle n'en avait rien à faire de nous et qu'elle avait préféré mettre les voiles. C'était plus facile de mentir que de lui dire que sa mère ne l'avait jamais aimé. C'était trop cruel, Leo. Trop cruel. Tu comprends ?

— Je… Je suis désolée de ce qu'il vous est arrivé, bégaye-t-elle en prenant mes mains dans les siennes avec une douceur soudaine.

Ce contact m'apaise. C'est un premier pas vers moi qui me laisse espérer qu'elle comprendra peut-être pourquoi j'ai agi comme je l'ai fait.

— Je me suis embourbé dans cette histoire… Personne autour de moi ne sait qu'elle est encore en vie, hormis Mira. Katya a débarqué ce soir en me prenant totalement au dépourvu ! Je suis terriblement en colère contre elle. Je ne sais même pas comment elle a pu dénicher mon adresse ! En tout cas, une seule chose est sûre dans mon cœur, Leonie, c'est que je t'aime, et que malgré mes erreurs j'ai besoin que tu me pardonnes. Jamais je n'ai souhaité te faire souffrir. Tu es entrée dans ma vie comme un flocon de neige. Froide, précieuse, magnifique et fragile. Tu t'es posée sur mon cœur et je ne veux pas que le vent te balaye ailleurs. Tu es… Tu es tout pour moi, avoué-je dans un murmure.

Je baisse la tête, et elle appuie son front contre le mien.

— Tu aurais dû m'en parler plus tôt, fait-elle. J'aurais compris !

— Je me doute. Tu es magnanime, bien sûr, mais je n'y arrivais pas. Le dire, c'était un peu comme d'ouvrir une boîte à la serrure rouillée. J'avais peur que cela ne te blesse, que Sailor puisse entendre quelque chose… J'avais… J'ai toujours peur pour lui. Je veux qu'il soit heureux, et même maintenant, je ne me vois pas lui annoncer que sa mère est vivante. Je sais que ça fait sans doute de moi quelqu'un de mauvais, mais c'est un petit garçon sensible. Je préfère qu'il garde d'elle une belle image plutôt que de le voir pleurer à l'idée qu'il n'était pas assez bien pour qu'elle reste.

— Ford, dit timidement Leonie, tu n'es pas mauvais. Tu as fait un choix qui était difficile, et si le mensonge n'est pas toujours pardonnable, je ne peux pas t'en vouloir d'avoir pris cette décision. Le bien-être de Sailor est important, et des deux maux, tu as choisi le moindre, celui qui lui ferait moins de peine en grandissant.

— Oui, c'est ce que je voulais. Un jour, il aura seize ans, dix-huit ans… ou trente-cinq ans, et je devrai tout lui dire. Tu ne sais pas à quel point j'en suis angoissé à l'avance. Et s'il ne me le pardonnait jamais ? Et s'il me le reprochait jusqu'à la fin de ma vie ?

— Ce n'est pas son genre, Ford. Tu as élevé un môme extraordinaire et je suis certaine qu'il comprendra ton choix. Inutile de te ronger les sangs à l'avance. Pense à aujourd'hui, à demain peut-être, mais ne va pas plus loin. Ça ne sert à rien.

— Tu as raison. Écoute, je sais que je t'ai fait de la peine mais, je t'en prie, reviens. Viens passer Noël avec nous. Sailor était si impatient de te revoir qu'il a harcelé Mira pour qu'elle mette plus de chocolat dans son gâteau. C'est une bûche, elle fait au moins un mètre de long ! Mira a passé la journée tout entière à préparer ses mousses et sa ganache. Et puis surtout… j'ai tellement envie que tu sois à mes côtés, Leo.

— Je crois que je vais devoir accepter, bougonne-t-elle. Mais pas parce que tu es craquant, attentionné et sexy. Je vais accepter pour la bûche au chocolat.

— Je m'en doutais un peu, dis-je en souriant, mais ça me convient parfaitement.

Je me lève et lui tends la main, sans pouvoir m'empêcher de baisser le regard vers son décolleté… magnifique. Mes bras glissent autour de sa taille et je la presse contre moi avant de l'embrasser. Elle se laisse faire, douce et apaisée. Ses ongles se plantent dans mon manteau, ses lèvres épousent les miennes, et la furie en elle refait surface quand sa langue s'immisce dans ma bouche.

Lorsque nous nous séparons, un beau sourire calme flotte sur son visage.

— J'aime tant te voir heureuse, Leo. Tout à l'heure, quand tu es partie en courant, j'ai cru que tout était fini et que j'étais condamné à devenir un mauvais souvenir, comme cet homme qui t'a brisé le cœur. Je ne veux pas devenir comme lui, Leo. Pour toi, je veux être présent, et je veux t'aimer toute ma vie, sans que rien nous sépare.

— Dans ce cas, je te préviens, il va falloir arrêter les grandes déclarations.

— Tout ce que tu voudras !

Avec tendresse, j'efface les traces de son mascara, puis embrasse le bout de son nez.

— Bon, je vais aller parler à Harley. J'imagine qu'il fait la tête, sans quoi il serait revenu pour te coller un pain. Il n'aime pas les gens qui m'embêtent.

Quand je fais mine de la suivre à l'étage, Leo m'arrête. J'ai le temps d'entrevoir l'intérieur d'une chambre impersonnelle, dont le désordre est éclairé par une simple lampe de chevet. Du linge traîne un peu partout, quelques livres forment une pyramide bancale sur la table de nuit. Harley, allongé sur son lit, a la main posée sur ses yeux. Les tatouages qui recouvrent ses bras et son torse dansent quand Leo s'approche de lui.

En la voyant s'asseoir sur le matelas, tout près de lui, je sens m'envahir une jalousie difficile à maîtriser. Leo est une perle rare, et Harley l'a bien remarqué. Je me demande pourquoi il n'a jamais osé lui proposer de sortir avec lui. Il l'aime tellement, c'est évident…

Tout près de la porte, je ne peux m'empêcher d'écouter leur conversation.

— Alors, l'Anglais est reparti ? grommelle Harley.

— Il est écossais. Et non, il m'attend. Je vais aller fêter Noël chez lui. On s'est expliqués et, en fin de compte, j'ai compris qu'il ne m'avait pas trahie. Je ne lui en veux pas… Enfin, pas beaucoup. Tu sais ce que je dis toujours, n'est-ce pas ? « Pardonne à ton ennemi, mais seulement après avoir crevé ses pneus et incendié sa boîte aux lettres. »

Harley rit, puis tourne le visage pour la contempler.

J'aimerais être à sa place. Dans ce lit, près d'elle, à pouvoir lui parler en toute franchise. J'aimerais une amitié comme la leur, et des sentiments comme les nôtres. Je veux que Leonie fasse pleinement partie de ma vie.

— Je pourrai le faire ? Crever ses pneus et mettre le feu à sa boîte aux lettres ?

— Non mais, tu plaisantes, j'espère ? C'est moi qu'il a fait pleurer, c'est mon boulot de me venger !

— Et moi, tu m'as pardonné pour ce que je t'ai dit ?

— Bien sûr. D'ailleurs, pour Noël, tu pourras t'acheter une nouvelle boîte aux lettres, mais s'il te plaît, évite de reprendre cette affreuse carpe avec une énorme bouche carrée. En y pensant, c'est une faveur que je vais te faire en la brûlant.

— Tu ne comprends rien à la pêche. Tu te rappelles quand je t'y ai emmenée ? Tu as tenu dix minutes.

— Les plus longues et les plus barbantes de toute ma vie. Harley…

— Quoi ?

— Ça va te sembler bizarre, mais… Est-ce que tu veux venir avec moi, chez Ford ? On pourrait réveillonner tous ensemble, ce serait bien, je te le jure.

— Ma belle, rétorque-t-il en caressant sa joue, être ici avec toi à regarder la télé, c'était ce que je considère comme « bien ». Il ne m'en faut pas plus. Tu sais parfaitement ce que cette période signifie pour moi.

— Oui. Excuse-moi.

— Va t'amuser, maintenant. Tu l'as bien mérité. Et fais-lui donc tourner la tête, à cet Anglais stupide, mais surtout, pas de cochonneries ce soir. Ça lui apprendra, tiens !

— Tu es le pire ami du monde ! Tu ne sais pas que le sexe est le meilleur antidépresseur de l'univers ? Et puis tu as vu un peu Ford ? Il est trop craquant…

— Et moi alors ?

— Toi, tu es… Bah, toi, quoi.

— Ton éloquence digne d'une vieille chaussette me fait chaud au cœur.

— Je t'aime même quand tu m'insultes, Harley, dit

Leonie en riant. On se revoit bientôt au boulot, maintenant que les lutins c'est du passé.

Elle l'embrasse sur la joue et me rejoint enfin.

Je l'aide à enfiler son manteau, tandis qu'elle met Chamallow bien au chaud dans son écharpe.

Je lui présente mon bras, qu'elle saisit en silence, puis nous parcourons les quelques mètres qui nous séparent de ma voiture dans le froid piquant de la nuit.

— Ford, dit-elle alors que je pousse le chauffage à fond, qu'est-ce qu'on va faire pour Chamallow ? Je n'ai pas envie de le laisser tout seul à la maison le soir du réveillon.

— Prends-le avec toi, dans ce cas.

Nous faisons un crochet par chez elle pour récupérer le nécessaire pour son chaton, qui miaule désespérément en attendant sa maîtresse dans la voiture.

Arrivé chez moi, j'ai à peine le temps de pousser la porte que Mira se jette sur moi, rouge de colère, en désignant le salon, avant de retourner à l'étage. Haussant le cou, j'aperçois Katya, qui non seulement n'a pas daigné quitter ma maison comme je l'avais exigé, mais s'est installée sur le canapé et feuillette un magazine, comme si elle était chez elle.

Je sens la main de Leonie se crisper dans la mienne, et un air de tristesse passe au fond de ses yeux.

Oh non, il n'est pas question que je laisse qui que ce soit la rendre triste, j'en fais le serment !

Le Noël de Leonie sera parfait, un point c'est tout.

Chapitre 26

Ford

Mais bon sang, pourquoi Katya n'a-t-elle pas foutu le camp ? Alors que j'avais promis à Leonie de ne plus lui faire du mal, je la mets dans la pire des situations.

Ignorant délibérément Katya, je prends le temps de débarrasser Leo de son manteau et entoure ses épaules de mon bras pour bien signifier que c'est elle que je veux près de moi.

Après quelques minutes, je me tourne finalement vers mon ex, toujours installée au fond du canapé.

— Il me semble t'avoir demandé de quitter ma maison, dis-je, glacial.

Elle se lève avec élégance et avance vers nous pour se planter face à moi.

— Nous devons parler, Ford. Nous sommes mariés et je…

Leonie laisse échapper un petit hoquet de tristesse. Affolé à l'idée qu'elle puisse à nouveau se sauver, je l'agrippe par la taille et la serre contre moi.

— Mariés ? Tu penses vraiment que nous sommes toujours mariés, Kat ? J'ai engagé les meilleurs avocats de New York pour faire invalider notre mariage, et j'ai gagné. C'est fini, et depuis longtemps. À vrai dire, c'était déjà fini avant même d'avoir commencé, alors ne tente pas de me faire croire que tout cela t'importe. Dis-moi ce que tu me veux. Dis-moi pourquoi tu es là, alors que tu n'en as strictement rien à foutre de moi.

Katya pince les lèvres. À cet instant, son regard est aussi dur que le mien.

— J'ai appris que tu avais repris les rênes de *Royalties*, avoue-t-elle enfin. Je veux travailler pour toi. Je suis un mannequin réputé et je saurai…

— Non.

— Ford, laisse-moi parler !

— Non, je ne veux pas te laisser parler !

Je lâche Leonie et m'avance vers Katya.

— Tu m'as largué et, crois-moi, c'est le dernier de mes soucis. En revanche, le fait que tu aies quitté Sailor, ça, je ne pourrai pas te le pardonner. Alors tu peux toujours courir pour travailler pour moi. Je ne suis pas un putain de paillasson où tu peux essuyer tes pieds chaque fois que tu le désires, Katya. Maintenant, va-t'en. Vraiment. Pour de bon. Laisse-moi tranquille. J'ai fait le deuil de notre relation, Sailor aussi, alors ne reviens pas nous hanter. Je ne veux pas de toi dans ma vie, je ne veux pas de tes embrouilles et de ton manque de respect.

— Cette discussion a assez duré ! gronde Leonie à son tour. Je suis fatiguée d'entendre toutes ces conneries. C'est Noël, je crois que Ford a mérité de souffler. Donc toi, ma vieille, tu vas débarrasser le plancher immédiatement.

— Tu n'as pas d'ordres à me donner ! s'écrie Katya.

— Ce n'est pas un ordre, grince Leonie. C'est une mise en garde.

Sur quoi elle sort de son sac à main un pistolet à impulsion électrique et le pointe vers mon ex-compagne.

— J'ai tellement aimé électrocuter Bridgit que je m'en suis offert un ! ricane-t-elle en me lançant un clin d'œil.

Ah, comme j'ai envie de l'embrasser, cette sauvage !

Katya, qui perd un peu de sa superbe, finit par tourner les talons pour quitter la maison. Définitivement. Leo donne un coup de pied dans la porte, qui claque lourdement, et pousse un soupir de satisfaction.

Plus détendu, je laisse Leo ranger son arme et l'embrasse avec voracité.

— Tu sais quoi ? dis-je. Va mettre tes cadeaux sous le sapin, c'est presque l'heure de les ouvrir. Je vais aller chercher Sailor et Mira en haut, comme ça on passera un vrai bon moment en famille. Qu'en penses-tu ?

— J'en pense que c'est une idée merveilleuse. Je les ai laissés dans ma voiture, par contre.

— Reste au chaud, je vais aller les récupérer.

— Pour que tu puisses tâter les paquets pour deviner ton cadeau ? Jamais !

— Qui ferait une chose pareille ? m'esclaffé-je.

— Hum, moi, pour commencer. Je suis championne du monde en titre du tâtage de cadeaux.

— Dois-je te féliciter ? Tu as une médaille ou une coupe pour me prouver ces exploits ?

— Pas besoin de tout ce foin, allons. Je suis une femme simple.

Ce qu'elle me fait rire !

Je l'embrasse une autre fois. Puis encore et encore.

— Je ne m'en lasserai jamais.

— De quoi ?

— De toi, de ta bouche, de tout ce que tu apportes dans ma vie.

— Des ennuis ? Des problèmes ? De la violence ? Dis-moi quelque chose de beau.

— Leonie, nous n'avons pas la même perception des mots. Oui, tu es une sauvage, une petite brute en robe dorée, mais tu ne m'attires pas de soucis. Bien au contraire.

— Rho, je suis presque déçue.

Je la laisse à ses ruminations et grimpe au deuxième étage, pour découvrir Sailor et Mira en train de regarder *La Petite Sirène*.

Je m'écroule dans le lit à leurs côtés, savourant la paix qui émane de mon fils.

— Tout va bien ? s'enquiert Mira.

— La voie est libre, dis-je dans un soupir.

— Tant mieux.

Elle sourit puis se concentre à nouveau sur le dessin animé.

La chambre de Mira est à son image, d'une grande élégance. Sur la coiffeuse au miroir ouvragé se trouve une magnifique boîte à bijoux en bois, un souvenir de famille, qui contient la bague de fiançailles de sa grand-mère, sertie d'un énorme diamant.

Le parquet en chêne et les murs aux tons beiges donnent un petit côté royal à l'ensemble, tout comme l'immense lit à la tête matelassée et le lustre en cristal, qui feraient pâlir de jalousie la reine d'Angleterre.

Mira occupe tout le second étage et a créé, dans l'aile sud, un vaste dressing qui pourrait accueillir une famille de sept enfants.

Au mur, les photos qui la représentent sur les podiums ou dans les magazines sont peu à peu remplacées par des dessins de Sailor.

— Poussin, va te laver les mains, s'il te plaît, il va être l'heure de descendre, dis-je pour l'éloigner quelques minutes.

Sans protester, Sailor quitte la chambre et je me redresse pour regarder Mira.

— Merci, Mira, tu m'as sauvé la mise avec Sailor. Je suis désolé pour…

— Ford, me coupe-t-elle. Tu n'as pas à te justifier. Je la connais aussi bien que toi, c'était mon amie, à moi aussi. Et d'une certaine façon, elle m'a quittée aussi. Je suis bien placée pour savoir que tu as fait ce qui était le mieux pour protéger Sailor. Je n'aurais pas agi autrement. Est-ce qu'elle est partie ?

— Oui. On a frôlé la catastrophe, mais j'ai pu expliquer la situation à Leonie, qui a compris. Elle est mon miracle de Noël, je crois.

— C'est beau, Ford. Je suis tellement heureuse que tu aies croisé son chemin.

— Tu as raté le meilleur moment, quand Leo a menacé Katya avec son Taser, c'était plutôt épique.

— Mince, dire que je regardais *La Petite Sirène* pour la quatre centième fois…

Je ris, puis nous récupérons Sailor à la salle de bains pour redescendre au salon.

— Leo ! hurle mon fils en voyant Leonie au pied de l'escalier. Leo et Chamallow !

Il est comme fou, et court autour d'eux en riant aux éclats.

— Dis, tu me fais un bisou ? La dame tout à l'heure n'a même pas voulu ! lance-t-il en lui servant son fameux regard triste – sa spécialité quand il veut quelque chose.

— À une condition, microbe.

— Laquelle ?

— Je veux que, ce soir, tu prennes soin de Chamallow. Tu t'occuperas très, très bien de lui, d'accord ?

— Oh ! ce serait un *noneur*, Leonie !

— Un…

Elle éclate de rire puis se penche pour embrasser mon fils et lui confier le chaton. Seigneur, dire qu'elle tente de faire croire qu'elle déteste les enfants, alors qu'elle vient de rendre le mien plus heureux qu'il ne l'a jamais été !

Avec douceur, Sailor prend Chamallow au creux de ses bras, ferme les yeux et embrasse sa petite tête. Je crois qu'ils sont tous les deux en train de ronronner.

J'atteins la dernière marche sans cesser de dévorer Leonie des yeux. Ses cheveux détachés ondulent légèrement, formant une somptueuse vague sombre autour de son visage. Ils sont retenus en arrière par une barrette pailletée en forme de renne, que Sailor n'a sans doute pas repérée, sans quoi il m'aurait déjà réclamé la même.

Leonie tapote le dessus de la tête de mon fils, puis se tourne enfin vers moi. Son sourire est solaire. Il fait entrer le bonheur, la joie, une douce chaleur dans ma vie. Je la rejoins, pose les mains sur ses hanches et un baiser au creux de son cou.

Ses mains délicates se plaquent contre ma poitrine et remontent pour se nouer à ma nuque.

— Il ne manque qu'un peu de musique, et vous pourriez

m'entraîner dans une valse, monsieur Maxwell, chuchote-t-elle.

— Je préfère rester sur place, ne pas bouger, et pouvoir contempler tes beaux yeux remplis d'étoiles.

— Tu penses vraiment que je vais rester ici sans bouger alors que le Père Noël est passé ?

— Le Père Noël est déjà passé ? s'exclame Sailor. Oh là là, papa, est-ce qu'on peut ouvrir nos cadeaux ? Dis oui, dis oui, dis ouiiiii, pitié !

— Bien sûr, poussin.

— Je m'occupe de la distribution ! chantonne Mira qui revient de la cuisine, avec son tablier bien en place et un air ravi sur le visage.

Nous nous installons tous les trois sur le canapé, tandis que Sailor court jusqu'au sapin et s'assoit au milieu des paquets. La petite tête de Chamallow dépasse de son gilet. Le chaton miaule, désireux de recevoir davantage de caresses.

— Attends un peu, voyons, lance Sailor. Une chose à la fois. D'abord j'ouvre mes cadeaux, ensuite je m'occupe de toi.

Mira crée toute une pile de cadeaux devant Sailor, qui éclate de rire, bien trop gâté.

Pendant qu'il déchire le papier coloré autour de ses paquets, Leonie, Mira et moi ouvrons les nôtres.

Leo rougit, ravie, en découvrant ses livres de romance avec des Highlanders, puis déballe avec délicatesse la plus petite des boîtes. Ses lèvres s'entrouvrent et ses sourcils se froncent devant l'écrin de velours qui contient une magnifique clé en fer forgé, qu'elle tourne entre ses doigts.

— Qu'est-ce que c'est ? s'enquiert-elle en me dévisageant.

— Tu auras la réponse demain.

— Mais… Je veux savoir ! C'est cruel de devoir attendre ! Allez, dis-moi tout, s'il te plaît ! Est-ce que c'est un coffre au trésor que je vais devoir trouver ? Plein de gâteaux au chocolat ?

— Non !

Mon index se glisse sous le pli de l'enveloppe verte que Leonie m'a offerte, dont je tire un bristol. Mon sourire s'étire en lisant ce qui y est inscrit.

Bon pour une lap dance avec un lutin sexy.

(Chaussures à grelots non nécessaires.)

— Je crois que ce sera le meilleur Noël de ma vie, lui chuchoté-je à l'oreille.

— Attends de me voir danser, pouffe-t-elle.

— Je suis sûr que ce sera exaltant, Leo. Après tout, tes petites fesses posées sur moi, c'est tout ce qu'il me faut pour être satisfait.

— Juste mes fesses ? Le reste de mon corps est vexé, je crois.

— J'aime le reste aussi. Il se pourrait simplement que j'aie un petit faible pour ces miches craquantes enrobées de lycra vert. Mince, il y a vraiment un truc qui cloche, chez moi !

J'éclate de rire, et Leonie se pelotonne tout contre moi. Soudain, nous remarquons les larmes qui coulent sur les joues de Mira. D'une main tremblante, elle tend le document que je lui ai offert.

— C'est trop… Pas dû faire… Comment te remercier… Gâteaux…, sanglote-t-elle.

— J'ai offert à Mira un local près d'ici pour ouvrir sa future pâtisserie, expliqué-je à Leonie.

Mes yeux se posent sur mon amie, qui est tellement émue qu'elle ne parvient plus à parler.

— Merci, se contente-t-elle de souffler.

De l'autre côté du sapin, Sailor pousse soudain un cri perçant et se précipite vers nous, un karaoké portatif à la main.

— Papa ! Regarde ce que le Père Noël m'a donné ! Je vais pouvoir chanter toute la journée.

— C'est génial, poussin.

Mon Dieu, qu'est-ce que j'ai fait ?

— Je peux commencer tout de suite ?

— On va d'abord manger. Ensuite, tu feras ce que tu veux.

Il hoche la tête et retourne près du sapin, au beau milieu d'un océan de papier cadeau.

Je sors de ma poche deux boîtes de bouchons d'oreilles, que je tends à Mira et Leo. Je crois que la soirée va être mouvementée.

Sailor pousse un nouveau cri perçant et revient vers nous pour nous montrer la couverture en forme de queue de sirène qu'il vient de découvrir. Ses hurlements vont finir par nous percer les tympans. Il grimpe dans le gros fauteuil, face au canapé, et s'emmitoufle dedans. Je reconnais les talents de Leonie et lui lance un regard complice.

— Je crois qu'il est conquis. Merci pour lui, murmuré-je en l'embrassant.

Le reste de la soirée n'est qu'un festival de joie, de rires, et de fausses notes, quand nous prenons tous part au karaoké de Sailor. Je crois pouvoir affirmer sans me tromper que nous avons tous adopté Leonie. Elle fait partie de notre famille, et j'espère sincèrement qu'elle ressent la même chose de son côté.

D'ailleurs, si j'avais encore des doutes, son duo endiablé avec Sailor au karaoké achève de les dissiper.

Chapitre 27

Leonie

Je me réveille lentement, bercée par la douce chaleur de la cheminée, dont les flammes dansent dans l'âtre noir. Dehors, il fait très froid. Les fenêtres de la chambre de Ford sont couvertes de buée et une épaisse couche de neige s'étale sur le rebord extérieur.

Je souris.

Pas parce que la soirée d'hier a été exceptionnelle ; ni même parce que je brûle d'impatience de découvrir ce qu'ouvre la clé de Ford.

Non.

Je souris parce que je suis heureuse, irrémédiablement amoureuse, et que je ne me suis jamais sentie aussi bien de ma vie.

Ford, pressé contre mon dos, caresse distraitement mon flanc et la courbe de ma hanche en respirant paisiblement. Je crois qu'il est éveillé depuis longtemps, mais il n'a pas daigné se lever, trop occupé à me toucher. Comme pour me le confirmer, sa voix s'élève dans le silence de la chambre.

— Ta peau est douce comme de la soie.

Il se redresse sur un coude pour embrasser ma joue, qui rougit.

— Tu es bien plus flatteur que Chamallow. C'est un plaisir de me réveiller à tes côtés pour entendre ces jolis compliments, plutôt que de me retrouver nez à nez avec ses fesses poilues.

— Tu peux dormir avec moi quand tu veux. Ma porte te sera toujours ouverte.

Un petit gémissement de satisfaction m'échappe, et je referme les yeux.

— Je pourrais rester ici toute la journée avec toi.

— C'est le plus beau compliment que tu puisses me faire. Mais je crois que tu vas adorer la surprise que je t'ai préparée. C'est le matin de Noël, après tout, et tu as un nouveau cadeau à découvrir.

— Ça veut dire qu'on doit se lever ?

— J'en ai bien peur.

— Bon. Je n'ai plus qu'à retrouver ma robe avant que le microbe débarque.

Pour dormir, Ford m'a prêté l'un de ses T-shirts. Je m'y sens bien, mais je ne veux pas non plus me promener à moitié nue dans la maison.

— Ne t'inquiète pas, il ne viendra pas nous déranger ce matin. Mira est bénévole dans une maison de retraite. Elle l'a réquisitionné pour l'aider à préparer des muffins et les porter aux pensionnaires, avec ses copains de l'école.

— C'est adorable.

Je me lève du lit et m'étire voluptueusement devant la fenêtre. Dehors, le jardin est recouvert d'un épais manteau blanc. Je passe un long moment à observer la neige qui brille dans les rayons d'un soleil timide. Tout est si calme, si paisible. Ce que j'aime ce spectacle, je ne m'en lasserai jamais…

Ford, qui s'est également décidé à bouger, me rejoint et m'enlace par derrière, les bras autour de mon ventre, ses lèvres contre mon cou. Je ris quand il pousse un petit râle appréciateur, et que ses hanches viennent buter contre mes fesses.

Ses mains baladeuses soulèvent légèrement mon T-shirt et ses doigts glissent sur ma petite culotte.

— Tsss ! dis-je en lui donnant une petite tape.

— Tu risques d'avoir un peu froid avec ta jolie robe, non ? Tu veux qu'on passe chez toi pour que tu te changes ?

— Non, je veux mon cadeau le plus vite possible, m'exclamé-je en le laissant me bercer contre son torse.

— D'accord.

Ford me laisse passer à la salle de bains, où j'enfile mes sous-vêtements propres et choisis spécialement pour lui. Je les avais cachés dans mon sac « Chieuse », et j'ai hâte qu'il les découvre. Quand je ressors, je le trouve vêtu d'un gros pull en laine et d'un pantalon marron, qui lui donnent l'air d'un gentleman-farmer. Je pourrais en rire, mais à vrai dire je le trouve encore plus séduisant ainsi. J'ai envie de lui demander de me raconter une histoire, rien que pour l'entendre parler avec son accent si craquant.

Me voyant frissonner dans ma petite robe, il me prête un gilet épais appartenant à Mira. Bon, comme nous ne faisons pas vraiment la même taille, il me colle un peu au corps, mais au moins j'ai bien chaud.

J'ai à peine le temps de poser un pied au rez-de-chaussée que la petite tête de Sailor émerge de la cuisine. Il me lance un sourire éclatant, m'adresse un signe de la main – l'autre tenant Chamallow avec précaution – puis s'en retourne vers la pièce d'où provient une délicieuse odeur de gâteaux.

— Les gars, les gars ! s'exclame Sailor d'une voix perçante. Elle est enfin arrivée ! Notre elfe Leonie est là !

Un concert de cris haut perchés résonne alors tandis qu'une vague de marmots déferle soudain vers moi. Tout se passe au ralenti, comme dans un cauchemar. Ils courent dans ma direction, en criant, en riant, leurs petites mains sales en avant pour les poser sur ma robe.

Un « Nooooon… » grave m'échappe, mais je suis figée, et avant même que je puisse me sauver, une vingtaine de mômes me tournent autour en réclamant des bisous. J'ai envie de pleurer, de hurler et, aussi, de les insulter.

Ford, qui s'est éloigné avant le raz-de-marée, rit tellement qu'il a du mal à rester debout. Mira, quant à elle, est à deux doigts de se rouler par terre.

— Je vous l'avais dit ! Je vous l'avais dit ! s'exclame Sailor. Mon papa est amoureux d'un lutin !

— À l'aide ! articulé-je à l'intention de Ford, qui ne bouge pas le petit doigt pour me secourir.

Heureusement, Chamallow, qui s'est échappé d'entre les bras de Sailor, m'aide à me débarrasser de ces monstres. Il saute sur le canapé, miaule deux fois puis se met à lécher sa patte avant. Il est tellement mignon que les mini-Satan crient de plus belle et se précipitent vers lui pour lui faire des câlins.

Je me plaque contre le placard de l'entrée, le pouls cognant à toute allure, et l'ouvre pour m'y cacher. Ford me rejoint aussitôt. Dans le noir, entre les manteaux moelleux et son écharpe en tartan qui sent divinement bon, il m'embrasse sans se presser, jusqu'à ce que le calme soit revenu dans la pièce d'à côté. Il s'est peut-être passé quelques secondes, quelques minutes, je n'en sais rien. Ma seule certitude, c'est que j'adore être près de lui.

— C'est bon, on peut prendre la fuite, maintenant, déclare-t-il.

Nous quittons notre refuge, non sans y avoir pris nos manteaux pour affronter le froid. Ford me demande de l'attendre une minute et file à la cuisine, d'où il revient portant un grand panier d'osier. L'air mystérieux, il refuse de me révéler ce qu'il contient.

Mes escarpins ne sont pas franchement adaptés à la neige, de sorte que, quand mon bel Écossais me prend entre ses bras, je ne proteste pas.

— On va chercher mon coffre à gâteaux, c'est ça ? l'interrogé-je avec un grand sourire.

J'ai glissé la jolie clé qu'il m'a offerte dans la poche de mon manteau. J'ai hâte de découvrir ce qu'elle ouvre.

— Un coffre à gâteaux… Ce serait une idée splendide pour m'attirer tes faveurs, c'est vrai. Malheureusement, ce n'est toujours pas ta surprise, dit-il en m'invitant à monter dans la voiture, à mon grand soulagement.

Ce matin, le soleil est de sortie. Il resplendit et fait

briller l'épaisse couche de neige qui recouvre la ville. C'est magnifique. J'ai l'impression que tout autour de nous est saupoudré de paillettes.

Ford roule un bon moment au ralenti, même s'il n'y a personne dehors aujourd'hui. Les hauts immeubles reflètent les rayons du soleil, et les eaux du fleuve font danser quelques plaques de glace.

J'ouvre de grands yeux quand nous quittons la ville pour rouler entre les arbres immenses de la forêt de Wharton, avec en fond une petite musique douce qui résonne dans l'habitacle. J'ai l'impression que nous sommes seuls au monde. Mon regard se perd de tous côtés, sur les troncs bleutés par le givre, vers les rivières qui peinent à s'écouler sous la glace translucide, vers ces gouttes d'eau figées par des températures négatives. Après un trajet qui me semble hors du temps, la voiture s'arrête enfin.

Je lance un regard interrogatif à Ford, qui ne dit rien et se contente de fixer un point devant lui en souriant. L'imitant, je découvre avec stupéfaction un magnifique chalet en bois foncé, dont la toiture disparaît sous une couche de poudreuse.

Çà et là, à quelques mètres des murs en rondins, de jeunes sapins sont décorés de guirlandes lumineuses.

Ford sort de la voiture et vient m'ouvrir la portière, puis me soulève dans ses bras comme si je ne pesais rien et me dépose sur le perron, avant d'aller chercher le panier d'osier. Je regarde autour de moi. Au loin, entre les hautes branches d'arbres dénudés, j'aperçois un magnifique lac dont la surface gelée scintille au soleil.

C'est un conte de fées ! C'est comme… dans mes rêves les plus fous.

De petits oiseaux sautillent de branche en branche et chantent, rien que pour nous.

— Tu te souviens de ce jour où tu m'as parlé de ton souhait le plus cher ? De ce que tu aimerais le plus au monde pour Noël ? souffle Ford en me prenant par la main.

Lorsqu'il m'attire vers la lourde porte rouge, je sens deux grosses larmes rouler sur mes joues.

Il me désigne une petite plaque en cuivre, clouée sur le bois. En m'approchant, je déchiffre mon prénom, en lettres cursives.

— Oui, je m'en souviens. Je t'ai dit que ce que j'aimerais le plus au monde ce serait du chocolat. Mais que si mes rêves les plus fous pouvaient se réaliser, alors je ferais le vœu de passer un Noël au calme, dans un chalet sous la neige, avec un chocolat chaud et un bon livre.

— Ouvre la porte, dans ce cas.

Je m'exécute, les mains tremblantes, et pousse un soupir émerveillé. Rustique mais chic, l'intérieur est digne d'un magazine de décoration.

Juste devant nous se trouve une énorme cheminée, au pied de laquelle nous attendent deux paires de pantoufles. Ford ôte ses chaussures, enfile les siennes et m'invite à faire de même. J'éclate de rire en découvrant qu'elles sont en forme de lapins blancs.

— Mais qu'est-ce que c'est que cet endroit ? m'exclamé-je, pendant que Ford dispose des bûches dans l'âtre.

Sur la table en bois, au centre du salon, je vois deux tasses de porcelaine, une boîte métallique contenant du cacao, un sucrier et un bocal en verre rempli de marshmallows blancs et roses. À côté, sur un plateau d'argent, se trouve une pyramide de truffes au chocolat noir, parsemées de minuscules pétales de rose, de violette, et de flocons de noix de coco. D'un grand coffre ouvragé, Ford sort une épaisse couverture crème et la dépose devant le feu qui crépite déjà doucement.

Dans un coin, je repère un bac à litière et un arbre à chat, et au mur, des tableaux représentant tout ce que j'aime au monde. Des biscuits, Chamallow, Sailor et moi en séance photo, et même un Highlander sexy ! Près d'un canapé brun, recouvert de deux plaids en tartan, il y a une petite console sur laquelle s'empilent des livres.

— Ce chalet t'appartient, Leonie, dit Ford. C'est ton

cadeau de Noël. Les placards sont pleins, de même que le réfrigérateur et le congélateur, au cas où tu souhaiterais y passer quelques jours. C'est Mira qui a conçu la décoration, comme celle de tout le chalet, d'ailleurs. Elle a fait un travail magnifique. Je te fais visiter la chambre ?

— Pas tout de suite, soufflé-je en regardant autour de moi, tellement émerveillée que j'en reste comme pétrifiée.

Je me gorge de ce parfum de nature et de chocolat dans l'atmosphère, observe cette décoration si belle et chaleureuse qui n'est rien qu'à moi et… mon cœur bat la chamade, mes yeux s'embuent de larmes. Puis quand je peux enfin bouger, c'est pour aller l'embrasser.

— Merci, c'est le plus beau cadeau que j'aie jamais reçu…

Je balance mes pantoufles à l'autre bout de la pièce et glisse mes mains sous le pull de Ford. Je sens ses abdominaux se contracter à leur contact et sa peau vibrer sous mes doigts.

— C'est à ton tour d'avoir ton cadeau, non ? susurré-je en me hissant sur la pointe des pieds pour mordiller le lobe de son oreille.

Son pouls s'accélère de manière fulgurante et il baisse la tête pour me contempler. Son regard est intense, sérieux, comme s'il cherchait à graver mes traits dans sa mémoire pour toujours.

— Ma lap dance ? Non, je me la garde pour plus tard.

— Comme tu veux ! J'aurais dû mettre une date limite.

— Ne t'inquiète pas, je ne tarderai pas. Mon anniversaire est dans deux semaines, si tu vois ce que je veux dire.

— Mais Noël, c'est aujourd'hui.

Je recule d'un pas et, un sourire aux lèvres, j'ôte les bretelles de ma robe, qui glisse de mes épaules. En une seconde, je suis en sous-vêtements.

Ford me regarde de haut en bas, lentement. Ses yeux dévorent chaque parcelle de mon corps et se font rieurs en découvrant mon ensemble d'elfe coquine. Le soutien-gorge de tulle vert transparent est bordé d'une fine bande de soie rouge, tandis que la culotte assortie, minimaliste, dévoile ma chair déjà sensible.

D'un geste précipité, Ford enlève son pull et le reste de ses vêtements. Je l'observe, amusée, appuyée contre la table, derrière moi.

— Quelle impatience…

Il me rejoint l'instant suivant et, avec sauvagerie, me soulève pour m'asseoir sur la surface de chêne.

— Je vais te déguster tout entière, ma Leo, murmure-t-il. Prépare-toi à vivre l'orgasme de ta vie.

Ses lèvres se plaquent sur les miennes sans que j'aie le temps de répondre. Sa langue envahit ma bouche, ses doigts se plantent dans mes flancs. Nos souffles rauques, chauds, saccadés embrument mon esprit et réchauffent ma peau.

Les lèvres de Ford sont exigeantes. Peu à peu, il délaisse ma bouche pour lécher le creux de ma nuque, puis ma poitrine, prisonnière de son écrin de tulle.

À travers le tissu, il mordille ma chair ferme et me tente, m'excite jusqu'à ce que je tremble d'un besoin vital de lui.

— Touche-moi, ordonné-je en attrapant sa main pour la glisser entre mes cuisses.

Pour toute réponse, Ford agrippe mes poignets.

— Ne bouge pas.

J'obéis sagement et le regarde passer l'index sur l'encolure de mon soutien-gorge. Il baisse le tissu, exhibant mes seins, qu'il suce l'un après l'autre avec voracité. Le plaisir fait pulser mon sang, mes fluides, jusque dans mon bas-ventre. Je sens que je suis déjà trempée.

Je bascule la tête en arrière ; mes longs cheveux effleurent mon dos nu.

— J'ai envie de toi, Leo. Tellement envie.

Un bras passé autour de ma taille, il me plaque contre lui, frottant son sexe contre ma culotte.

Je le regarde, des étoiles dans les yeux, les lèvres entrouvertes exhalant un souffle lourd.

Ses grandes mains se plaquent sur ma poitrine, qu'il malaxe sans s'encombrer de délicatesse. J'y prends tant de plaisir que je me mordille la lèvre inférieure presque jusqu'au sang.

— Lèche-moi encore, dis-je dans un filet de voix.

Il baisse la tête et s'exécute, suçotant ma chair sensible à présent écarlate.

Quand il me repousse pour m'allonger sur la table, je lance un petit cri de surprise, avant de m'agripper au rebord du bois pour le laisser m'enlever ma culotte. Ford me domine, debout devant moi, contemplant chaque millimètre de ma peau. Il joue encore quelques secondes avec mes seins, ses pouces effleurant leurs pointes dures, mais lorsque j'écarte les cuisses pour m'offrir à lui, son sourire disparaît.

Un grognement de satisfaction lui échappe pendant que, doucement, il glisse un doigt en moi pour sonder mon excitation.

— Leo, halète-t-il.

Je me cambre. J'en veux plus.

Il ajoute son annulaire et me masse un instant.

— C'est moi qui te fais cet effet ?

— Oui. C'est toi.

Il se penche sur moi, le sourire aux lèvres, et me tend ses doigts pour me les faire déguster, alors que sa hampe dure effleure mes jambes.

Il ôte ses doigts de ma bouche pour saisir mes chevilles et relever mes jambes, brusquement, avant de faire claquer sa main sur mes fesses. Je sens sa langue glisser de mes talons jusqu'aux replis de mon sexe humide.

Ford me lèche, me savoure avec une telle ardeur que mon souffle se transforme en râles, en gémissements de plaisir curieusement mélodieux. Il me relâche, relève la tête, puis caresse mes jambes, qui s'écartent à nouveau, plus largement encore, comme les pétales d'une fleur au cœur d'un printemps ensoleillé. Je m'offre à lui, à sa bouche, douloureusement cambrée, hurlant mon plaisir tant mon orgasme est époustouflant.

Reprenant son souffle, Ford pose ses mains viriles de part et d'autre de mon corps, puis prend le temps de m'observer.

Du rouge qui pare mes joues jusqu'à mes lèvres enflées de nos baisers, rien n'échappe à son attention.

— Ce que tu vois te plaît ? dis-je en souriant.

— Tellement…

— C'est étrange, je me demande toujours comment tu peux m'apprécier, alors que tu passes tes journées avec des mannequins au corps et au visage parfaits.

— La perfection n'a rien à voir avec cela. Toi aussi tu es parfaite, Leo. Vous l'êtes toutes à votre manière, mais dans mon cœur c'est toi la plus jolie au monde.

— Mais j'ai des défauts.

Ma main effleure mon petit ventre rebondi et mes cuisses charnues. Je suis soudain gênée d'être nue devant lui.

— Je n'en vois aucun quand je te regarde. Je ne comprendrai jamais que les femmes soient aussi obsédées par leur poids, alors que ce qui devrait compter réellement dans leur vie c'est qu'elles puissent continuer à se sentir fières, telles qu'elles sont, dans une société où on les pousse à se détester.

— Je ne me déteste pas. Enfin, pas toujours, dis-je en rougissant. Peut-être un peu quand j'ai rencontré Mira. Peut-être beaucoup plus quand j'ai croisé Katya…

— Et pourtant, de vous deux, tu es la seule qui ait réussi à faire palpiter mon cœur, à faire vibrer mon âme. La seule que j'aime. En réalité, la perfection, c'est toi, Leo.

— Je vais ronronner, dis-je en me cachant le visage de mes mains.

Ford m'aide à me redresser, avant de me débarrasser de mon soutien-gorge. Il me soulève, puis m'emmène vers la cheminée, pour m'allonger sur l'épaisse couverture crème. Là, avec lui, devant le spectacle des flammes qui ondoient, son corps recouvrant le mien, je ne me déteste plus. Je ne déteste même plus le monde entier. Mon univers est aussi lumineux que la neige au-dehors, qui brille et se réchauffe sous les rayons d'un soleil lointain. Mon univers est magnifié par la présence de cet homme.

— À quoi penses-tu ? Tu as le plus beau des sourires sur les lèvres.

— Je pense à toi, et au fait que je t'aime.

— Je t'aime aussi, ma Leo.

— Alors pourquoi me tortures-tu ?

— Te torturer ?

— J'attends, tu sais…

Je soupire et me penche sur son oreille pour lui murmurer quelques petites instructions. Aussitôt, Ford se redresse, m'agrippe par les hanches et me pénètre jusqu'à buter tout au fond de moi. Je le regarde prendre du plaisir, bouger contre moi de plus en plus vite, tandis que les muscles de son torse ondulent et se couvrent de sueur. J'ai chaud, et je respire si fort que les poumons me brûlent, mais j'aime tellement la sensation de l'avoir en moi, de sentir son membre me pénétrer que je suis incapable de lui demander de ralentir le rythme.

Ford me prend encore plus fort, toujours plus fort. Ses mains naviguent sur ma chair, ses yeux brillent d'un désir saisissant.

Quand notre plaisir est à son comble, quand nos corps se tendent dans le silence, Ford jouit en moi, et je le suis une fraction de seconde plus tard. Jamais je n'aurais cru que deux êtres humains pouvaient créer quelque chose d'aussi beau, d'aussi parfait ensemble.

Nous passons les minutes suivantes enlacés l'un contre l'autre, le dos tourné à la cheminée. Chaque caresse de Ford contre ma peau sensible apaise un peu plus mon âme sauvage.

Quand il trouve finalement le courage, Ford se lève et va chercher son mystérieux panier d'osier, dont il sort une bouteille de jus d'oranges fraîchement pressé et des gâteaux encore tièdes, pour nous offrir un somptueux pique-nique en guise de petit déjeuner.

La journée passe lentement, et le temps se couvre un peu, jusqu'à ce qu'une neige légère se remette enfin à tomber. Heureuse, je me poste à la fenêtre pour regarder les flocons danser.

Ford nous prépare deux cacaos, que nous dégustons, enveloppés dans un plaid en tartan, en admirant le paysage.

— Mon Noël de rêve, murmuré-je. Tu l'as réalisé.

— Et j'essaierai de réaliser tous tes autres rêves, ma belle, glisse Ford en m'embrassant.

Dans l'après-midi, quelqu'un frappe à la porte. Surprise, je lève la tête de mon roman.

— Mince… J'ai oublié de te dire quelque chose d'important, fait Ford.

— Tu veux parler de la visite de Mira et Sailor ? Je crois que j'avais deviné en voyant les briquettes de jus de fruits au frigo et les restes de gâteaux pour dix personnes !

— Tu ne m'en veux pas ? J'avais très envie qu'on passe un peu de temps ici en famille.

— Bien sûr que non.

Ford sourit et ouvre la porte.

— Papa, j'ai apporté mon karaoké ! s'exclame le microbe en libérant Chamallow niché dans son blouson.

— Bon, en fait, je t'en veux beaucoup, marmonné-je.

Mais au fond, qu'importe ? Je sais que je garderai toujours le souvenir magique de ce premier Noël avec l'homme de ma vie, et que tous les suivants seront aussi parfaits que celui-ci. Certaines personnes ne vivent que pour détruire les autres, et puis il y a lui. Lui qui m'a réparée, qui a su rassembler et recoller les pièces de mon cœur en miettes. Lui qui, enfin, m'a réappris à aimer.

Composé et édité par HarperCollins France.

Imprimé en septembre 2025
par CPI Black Print (Barcelone)
en utilisant 100% d'électricité renouvelable.
Dépôt légal : octobre 2025.

FSC
www.fsc.org
MIXTE
Papier issu de
sources responsables
FSC® C159065

Pour limiter l'empreinte environnementale de ses livres, HarperCollins France s'engage à n'utiliser que du papier fabriqué à partir de bois provenant de forêts gérées durablement et de manière responsable.

Imprimé en Espagne.